COLLECTION FOLIO

Tristan L'Hermite

# Le Page disgracié

*Édition présentée, établie et annotée
par Jacques Prévot*
Professeur
à l'Université de Paris X

Gallimard

© Éditions Gallimard, 1994.

# PRÉFACE

*Le traité de Huet* Sur l'origine des romans *(1669) fournit au curieux quelques éléments de réflexion sur le genre romanesque au XVII$^e$ siècle : tout le roman serait une œuvre en prose qui n'aurait pas renié son ascendance épique et vivrait en union libre avec l'histoire ; il se donnerait « l'amour pour objet principal et ne [traiterait] la politique et la guerre que par incident » ; écrit dans un style moyen, il viserait un public qui ne nourrirait pas d'ambition intellectuelle et rechercherait dans la lecture d'abord son plaisir ; toutefois, pour être bon, le roman devrait se soumettre à des règles analogues à celles qui s'imposent au théâtre et, donc, sans prétendre à la vérité, respecter la vraisemblance et la moralité.*

*Mais, même pour le XVII$^e$ siècle, cette définition est insuffisante. Une liste des variétés romanesques pratiquées par les écrivains montre assez qu'avant la fin du XVII$^e$ siècle le roman offre au regard du critique la plupart des formes qu'on lui connaît aujourd'hui : roman d'amour, d'analyse psychologique ; d'aventures, de cape et d'épée ; roman picaresque, de voyage, d'apprentissage, d'éducation ; roman historique ; récits de vie, autobiographies ; roman utopique ou érotique ; roman à clefs ou à scandales ; roman épistolaire ; histoires comiques, fantastiques, tragiques, récits de crimes. Le romancier du XVII$^e$ siècle pose déjà la question du personnage, manie avec habileté tous les pronoms personnels, exploite la distinction entre auteur et narrateur, explore les* *possibilités de structure, va de la forme brève au roman fleuve ; il joue avec le temps et l'espace, évoque les problèmes de société ou passe à l'examen critique réalités et idéaux ; il s'ouvre également à la multiplicité des langages, jusqu'au poétique, élargissement ultime.*

*Quelle place pour Le Page disgracié dans cette fresque ? Tristan L'Hermite est un solitaire dans le monde littéraire du XVII$^e$ siècle. Attaché au souvenir de Théophile de Viau[1] qui l'a encouragé et dont il se sent intellectuellement proche, et bien qu'il ne soit pas lui-même sans influencer ou inspirer, parmi d'autres, Maynard ou Cyrano de Bergerac, il vit en marge de son temps. Connu par un premier poème,* La Mer, *qui sera suivi de nombreux recueils, il est le poète du lyrisme personnel, à la fois délicat et sensuel (« Le Promenoir des deux amants », « Les Cheveux blonds », « La Belle Esclave More »). Il a aussi écrit de fort belles pièces de théâtre et fut un des plus brillants émules de Corneille (dès 1637, en face du* Cid, La Mariane *connut un succès remarquable). Mais tout ce talent ne lui valut ni fortune ni même ascension sociale ; et peut-être le seul roman qu'il nous ait laissé, récit aux bonheurs sans cesse rompus, trahit-il quelque chagrin dissimulé sous beaucoup d'humour.*

*De la somme des événements qui se déroulent pendant le temps supposé du récit (1601, date probable de la naissance de Tristan, 1621, année de la campagne de Louis XIII contre les Protestants du Sud-Ouest), le narrateur en retient peu. Et pourtant c'est une période critique de l'histoire de France : l'assassinat d'Henri IV en 1610, la régence de Marie de Médicis, la réussite des Concini, les diverses rébellions des Grands, le coup de force de Louis XIII en 1617 contre sa mère et par le meurtre de Concini, la guerre entre la mère et le fils, l'effacement de Richelieu au profit de Luynes. L'action romanesque se développe à l'écart des faits historiques principaux, à l'abri de l'actualité. Cette intemporalité, ce*

---

1. On trouvera p. 313 un index des auteurs cités.

## Préface

*refus de la fresque historiographique, ont pu déconcerter ses contemporains.*

*Mais Le Page disgracié a tout pour séduire un lecteur d'aujourd'hui. Écrit sous forme d'autobiographie, en chapitres courts, il divertit par la variété de ses épisodes, le mélange de ses registres, l'élégance de son style, l'abondance des personnages qu'il met en scène, la finesse du regard que l'auteur porte sur eux comme sur le « Je » qui semble le représenter dans les milieux qu'il traverse. Mais on jugerait mal de la dimension de l'œuvre en y voyant une adaptation française de quelque modèle picaresque.*

*Le titre déjà incite à la réflexion. Le page est une figure traditionnelle des œuvres de fiction et la présence du terme montre assez qu'il va s'agir d'un récit d'enfance et d'adolescence, sans doute même du récit de quelques polissonneries, car les pages passaient plutôt pour dissipés et farceurs. Un page, c'est aussi un enfant qui occupe une situation sociale honorable dans une maison de renom où il fait l'apprentissage de son métier d'homme de qualité : l'emploi de page ouvre une carrière au rejeton de plus petite noblesse ou de noblesse pauvre attaché à la famille d'un très grand personnage. Or ce page est « disgracié », c'est-à-dire que, selon la terminologie de l'époque, il a été éloigné de la présence de son maître (puis de sa maîtresse) par quelque faute, qu'on lui a ôté la faveur et la protection qui lui avaient été données ; qu'il a perdu les privilèges et les avantages de sa condition. Comme le réprouvé privé de la présence de Dieu.*

*Le Tristan-en-prose fait le récit de cette disgrâce et répond à la question de la responsabilité ou de la culpabilité de cette faillite. Les promesses de l'enfance et l'espérance rêvée ne sont plus pour le narrateur de 1642 qu'occasions manquées, causes d'une tristesse que l'humour seul peut provisoirement atténuer. Aussi le Prélude inaugure-t-il le texte d'un ton mélancolique et sombre : « amertume », « si difficile à supporter », « m'y plaindre », « histoire déplorable », « jouet des passions et des astres », « lamentable original », « accidents ».*

*Une vie s'est jouée, ratée, pendant les années qui mènent de l'enfance à l'âge adulte, et si le narrateur n'est rien d'autre que l'écrivain méditant sur son passé, on comprend qu'il n'ait pas estimé nécessaire de donner une suite à son Page : le vécu ne valait plus le littéraire. Le récit se clôt sur un dernier croc-en-jambe du destin lorsque, devenu jeune homme, « Je » retrouve, par une ironique circularité de l'histoire, un premier maître désireux mais incapable de lui assurer un avenir et de lui rendre un sens.*

*La « Fortune » — le sort — a gouverné l'existence du page. Soit qu'il ait subi l'influence mêlée et antagoniste des astres (Mercure, le Soleil et Vénus) qui ont présidé à sa naissance. Soit que la Fortune coïncide avec cette aveugle et implacable Fatalité qui décide une fois pour toutes du bonheur ou du malheur de l'individu et transmue tous les coups du hasard en inévitables misères. Aux yeux du narrateur, « Je » est prédestiné à l'adversité.*

*Il doit en outre subir l'hostilité des autres. L'amitié d'un camarade lui est « préjudiciable » ; la sottise d'un cuisinier, l'insolence d'un brutal : (« la fortune comme indignée de ma révolte... »), le manque de parole du philosophe alchimiste, la haine et la déloyauté de l'écuyer de sa maîtresse anglaise, le complot de ses ennemis, la malhonnêteté du faux Polonais, l'avarice de son oncle, les menées de l'amoureux de la fille de son hôte, la méchanceté d'un nain, la trahison d'une dame, l'opposition d'un grand, les malices de la guerre, font de lui une victime perpétuelle.*

*Il souffre tout autant d'une organisation sociale qui exclut des emplois lucratifs le jeune noble désargenté, le met en situation de dépendance, l'oblige à solliciter, au risque de l'estime qu'il devrait se porter à lui-même. Les errances du page le mènent d'un maître à l'autre ; et, loin de goûter la liberté, il n'est jamais aussi malheureux que dans les intervalles où il n'en a plus.*

*Mais il se pourrait bien que ces causes extérieures d'infortune masquent en fait sa propre responsabilité. Quoiqu'il possède certains traits physiques du héros (il a quelque sens de l'honneur et toutes les qualités d'un athlète, semble aussi exercer un pouvoir de séduction sur les jeunes filles), il n'en possède pas la vertu, la* virtus, *force et énergie morales. Le narrateur, et peut-être à travers lui l'auteur, le pose en antihéros, ce qui maintient le récit à égale distance de l'épopée qui magnifie et de la fable qui embellit. L'existence du page, bien que traversée d'accidents, demeure commune et banale. Et le lecteur ne peut pas ne pas résister à la puissance d'identification du pronom de la première personne, alors même qu'il devrait y céder.*

*Roman de la tribulation où le caractère du personnage principal et sa psychologie expliquent la plupart de ses mésaventures. « Je » est un faible qui se laisse ballotter par les circonstances, se contentant de réagir, mais sans dessein ni projet. Son existence suit un parcours qui lui échappe, déterminé par rencontres et accidents, tel le zigzag de l'atome soumis aux chocs du mouvement originel. Il ne s'agit pas de la noblesse tragique d'un* Fatum *en face duquel le héros affirme sa conscience et s'identifie, mais d'une molle dispersion de soi dans les quatre cents coups de la vie.*

*Le lecteur ne doit évidemment pas oublier l'extrême jeunesse de « Je » qui pourrait expliquer les fragilités de sa volonté. Mais le narrateur n'y cherche pour lui nulle excuse : il suit plutôt à la trace la piste de ses défaillances. Bien que figure centrale de l'action, « Je » en abandonne l'initiative à d'autres, qui le plus souvent lui nuisent, à commencer par ce « certain page le plus malicieux et le plus fripon de la Cour », qui lui apprend à « ferrer la mule » et l'initie à ce qui va devenir son plus triste vice : le jeu. Or pour un esprit du XVII$^e$ siècle le jeu est une des activités humaines le plus condamnables. Il constitue un manquement à la sagesse aussi bien qu'à la morale. Outre qu'en s'organisant autour de l'argent il favorise « les plus bas instincts » et conduit à la fréquentation des vauriens, il provoque de terribles passions, dévastatrices du libre arbitre et qui précipitent l'homme dans* *un état d'aliénation. Le jeu est dangereux, car ce défi au hasard, en fait véritable soumission, dissimule à grand-peine une poussée de l'instinct de mort, une forme inavouée de la pulsion de suicide.*

*Au fil des années nous voyons le page céder à son penchant au plaisir. Il aime à faire ripaille, prend en Angleterre un goût vaniteux du luxe et des cadeaux ; la « gentillesse » de La Montagne, jeune cavalier, l'entraîne à commencer de boire du « vin un peu fort ». Le « philosophe » l'avait fort bien compris et dépeint :*

Il me tança de me laisser trop aller à la pente que j'avais à la sensualité, et me dit qu'il fallait que je me souvinsse que notre âme était créée pour être la maîtresse de nos sens, et non pour être leur servante,

*ajoutant :*

Voilà des marques d'une inclination à la volupté qui vous coûtera beaucoup de peines.

*Ce n'est pas qu'il sombre entièrement dans le vice. Il ne déroge pas toujours au code aristocratique. Tel ou tel épisode le montre fort chatouilleux sur les affronts, courageux dans les duels, soucieux de sa dignité et du respect de soi. Mais comment ne pas y voir de simples sursauts de générosité ou d'impétuosité entre deux affaissements de son sens moral ? Il franchit trop souvent la ligne de démarcation du Bien et du Mal, aussi prompt à participer aux plaisanteries cruelles d'un Gélase ou à user son génie à se venger d'un peinturlureur de province qu'à secourir un jeune seigneur d'Écosse ; plutôt prêt à s'engager dans quelque pillerie avec des soudards qu'à rechercher l'occasion d'une action de bravoure et d'éclat.*

*Il s'épuise de ses contradictions. Dans ses amours mêmes il apparaît incertain et douteux, à la fois émotif et calculateur, rêvasseur et imbu de lui-même, plus animé du désir de vaincre que du désir de plaire. L'affection de l'écolière anglaise dont « les grâces », « les bontés » et « la beauté » l'enchaînent, a pour effet de le distinguer de la troupe des serviteurs, de le hausser d'un emploi subalterne ; il s'enfle de l'illusion de sa propre grandeur. « Je marchais d'un pas aussi grave que si j'eusse été quelque sénateur. » Plus tard il trahit par vanité la confiance d'un jeune camarade, le prive de la possibilité d'être aimé de la fille de son hôte, finit par devoir fuir sans gloire, quitte à qualifier avec mépris son amoureuse de « fille d'un teneur de pensionnaires », inépousable.*

*Une avidité l'habite, une boulimie, pour combler on ne sait quel vide intérieur. En guise de formation intellectuelle, des bribes de leçons faites à son jeune maître, un fatras de lectures au gré des bibliothèques. Il profite de sa prodigieuse mémoire pour emmagasiner un savoir qui ne pourrait servir qu'aux autres et qu'il répéterait en perroquet. De jugement, point. Son goût personnel l'incline aux romans et aux fables dont il fait une consommation immodérée et désordonnée :*

J'étais le vivant répertoire des romans, et des contes fabuleux... Je ne m'appliquais qu'à lire et débiter des contes frivoles.

*Non seulement ce goût exclusif n'est pas innocent, mais il est révélateur ; sa culture livresque le protège du monde où il n'a pas sa place, l'arrache au réel. La lecture est un refuge, lui tient lieu d'accomplissement. Il se revanche ainsi, étant tous les héros de la mythologie et de la fiction, de n'être pas grand-chose. Il vit sa vie comme un roman. La structure du* Page *rappelle d'ailleurs à la fois celle du roman d'éducation et celle du roman d'initiation : aventures, voyages, rencontres, traversée de milieux sociaux, épreuves et tentations, premières amours, affrontement à des périls (la guerre, par exemple) qui, surmontés et vaincus, font les héros. Mais le romanesque reste une fiction dont il se berce, l'aveugle sur la réalité. Il rêve, et ses rêves ne cessent de le faire culbuter.*

*Nul épisode plus éclairant que celui de « l'étrange rencontre » avec le « philosophe » alchimiste. « Je », curieux et intrigué par le personnage, ne se satisfait pas de l'observer ; il tire de cette observation des conclusions et une interprétation qui ne reposent que sur son goût de l'extraordinaire et du merveilleux. Le vieil homme était-il vraiment un alchimiste ? Était-il un rose-croix ? Ne s'agissait-il pas de quelque faux-monnayeur assez habile pour entretenir l'illusion du jeune page, assez charlatan pour alimenter sa crédulité par un comportement qui le nimberait de mystère et par des discours aux effets de mysticisme initiatique ? Autant par son aspiration à l'irréel que par son inexpérience « Je » ne peut qu'il ne succombe à toutes les duperies. Encore même l'homme serait-il un alchimiste véritable, quelle créance lui accorder ? Comment ne pas être saisi de l'obstination du garçon dans des espérances de plus en plus folles à mesure que passent les jours et qu'il s'avère qu'il ne reverra plus jamais celui dont son imagination a constamment grandi les pouvoirs. Avec ses promesses de richesse et ses vanités de grandeurs il cherche moins à éblouir la jeune fille qu'il aime qu'à perpétuer le songe délicieux et doré. Non seulement il raconte mais il se raconte des histoires. L'expulsion hors du royaume enchanté du rêve constituera une autre disgrâce.*

*Le relatif insuccès du roman en 1643 ne vient-il pas de ce que le public n'en pouvait percevoir entièrement l'originalité ? Récit des égarements et des mésaventures d'un anti-héros dans une succession de cadres et de situations héroïques, Le Page disgracié est évidemment un roman de l'échec, dont la dernière page contient une déclaration de misanthropie. Le protagoniste s'y confronte avec une humanité mêlée, de tous les milieux et de tous les âges ; mais il ne s'arrête nulle part longuement ; il fuit, il s'échappe, il est chassé, partout passager sans repos ni répit. Roman, si l'on veut, tranche de vie, qui n'ayant pas de leçon à donner, ne peut avoir de fin, annonce naturellement des suites qui ne sauraient être rédigées. Cette contradiction s'ajoute à toutes celles qui font le cœur du texte, comme le cœur du personnage qui se représente et s'admet dans la versatilité : versatilité principe de la Nature — sa nature, celle des choses et des gens. Ni le monde ni l'homme ne sont permanents, homogènes. Ils se font et se défont par les antagonismes de leur être. « Je » en prend son parti, s'y résigne, toutefois incapable de s'administrer des préceptes, d'en concevoir une philosophie, d'en tirer une sagesse, de méditer durant les accalmies les causes de la tempête.*

*C'est un personnage hors normes, qui se situe hors des règles et des cadres sociaux. Il acquiert l'essentiel de son instruction et de son éducation loin des structures familiales et de tout appareil scolaire. Autodidacte, en quelque sorte, livré aux fantaisies de ses engouements et aux hasards de ses pérégrinations, il vit sur les bas-côtés, en marge de l'Ordre universel, astéroïde errant dans le ciel si parfaitement organisé de la cosmologie aristotélicienne, effet ou même preuve d'un dérèglement du système. Irresponsable par caractère autant qu'en raison des circonstances, il est aussi un oisif menant presque une existence d'homme, dont il n'a pas la capacité, à l'âge de l'enfance ; libre d'une liberté qui le dépasse, et dépourvu des secours d'une conscience assez forte pour lui rappeler ses devoirs et ses obligations. Son âme n'est enduite que d'une très mince couche de vernis moral. Voué au parasitisme, à la charge des plus fortunés, il ne pourra en effet métamorphoser et sublimer son inutilité, au regard des conditions de l'époque, que dans l'emploi d'homme de lettres, s'il en a le talent.*

*Le roman de Tristan peint l'incertitude. Il joue avec notre sentiment de l'Espace et du Temps, nous refuse les points de repère ; accélère ici la série chronologique, et s'attarde là ; introduit la discontinuité, préfère l'épisode à la durée, construit le temps du récit comme une addition de fragments. Si « Je » expose avec quelque complaisance sa généalogie, il n'a ni nom ni prénom ; et tous ceux qu'il rencontre ou qu'il sert se dissimulent sous un anonymat à peine éclairé par les formules de présentation, ou sous des pseudonymes de fonction (Thirinte, Gélase, par exemple). Même effet d'incertitude des lieux, par laquelle il nous déconcerte et nous désoriente ; le page se déplace sur une carte quasi imaginaire, selon des mouvements géographiques aux lignes estompées. Voilà bien un roman écrit pour désemparer la logique conventionnelle de la lecture et mettre à l'épreuve le besoin de rationalité du lecteur.*

*Cet effort du romancier ne constitue pas un de ses moindres écarts avec les usages romanesques de son époque. La brièveté des chapitres différencie radicalement* Le Page disgracié *des romans sentimentaux ou héroïques à la mode. Mais sont bien plus étonnantes encore la hardiesse et la désinvolture structurelles d'un texte qui, non content de pratiquer l'alternance des péripéties, y ajoute l'apiéçage de narrations probablement autobiographiques, de passages inventés (Tristan n'ira en Angleterre qu'à l'âge adulte), et de souvenirs de lectures pourtant présentés comme vécus (en particulier les chapitres où Gélase joue le rôle principal). Ce n'est que par une ruse d'écrivain que le narrateur prétendra que « la vérité s'y présentera seulement si mal habillée qu'on pourra dire qu'elle est toute nue ».*

*Dans cet intervalle entre le vrai et le fictif se pose la question du vraisemblable. C'est parce que les faits sont relatés à la première personne par un narrateur acteur et témoin, avec sincérité, dit-il, et sans apprêts esthétiques — renonçant ainsi à toute ambition d'écrivain — que nous devrions en recevoir la relation pour véridique. Si l'auteur a décidé de nous amuser d'un agréable et beau mensonge qu'il nous prie, par contrat préalable, d'accepter pour vérité, il nous doit au moins le vraisemblable qui suppose le possible et le cohérent. Il ne nous importe pas alors de savoir si, et à quel moment, Tristan est allé en Angleterre, mais s'il est possible que son personnage, à l'âge qui est le sien dans la fiction, soit passé outre-Manche, y ait connu les aventures et les mésaventures qu'on nous narre, et si tout cela est cohérent, compatible, avec ce qui nous a été dit de son caractère, de sa psychologie. Autrement dit, si Tristan romancier a voulu représenter un réel auquel nous puissions croire.*

*Je pense que sur ce point encore il a choisi le parti de la liberté, soucieux dans certaines pages de rester proche de l'histoire vue et vécue (son séjour chez Scévole de Sainte-Marthe, ou l'existence quotidienne pendant une des campagnes militaires de Louis XIII, par exemple); mais, dans d'autres, plus désireux simplement de nous distraire, de créer avec le lecteur un rapport de plaisir, en puisant dans le répertoire comique (épisodes de l'avare libéral, des perdrix dans les chausses du nain, des farces de Gélase — ce nom propre faisant révélateur —, etc.) ou romanesque (tout l'épisode anglais: amours, duels, empoisonnements, procès, fuite — c'est le type du drame héroïque; comme la rencontre avec « un jeune seigneur d'Écosse » qui est, d'ailleurs, l'occasion pour lui de dénoncer le caractère de fabrication du passage par l'emploi du procédé traditionnel des histoires intercalaires, ici pathétiques).*

*Le* Page *ne rejette pas brutalement les modèles — sociaux, moraux, esthétiques; il se présente en roman de l'ambiguïté, parfois de la duplicité. Les personnages se nourrissent de nobles aspirations, de prétentions dignes du code aristocratique, et s'englutent dans la banalité ou même la vulgarité. Les chapitres sont écrits d'un ton soutenu et d'un style élevé, ou bien se complaisent dans le burlesque. Songe d'héroïsme, et d'existence vécue dans l'avilissement du quotidien. Ce va-et-vient, cette chute de l'un à l'autre traduisent, sans que l'auteur prétende en tirer une leçon universelle, les hésitations de la nature humaine et les vicissitudes de la condition humaine. La situation n'est pas tragique, elle est seulement dérisoire; mais cette dérision ne va pas sans amertume. À la fin de son récit, « Je » constate l'impossibilité du bonheur et de la paix intérieure.*

« *Je* » *n'est-il pas exemplaire ? L'emploi de la première personne entraîne l'adhésion spontanée d'un lecteur qui s'identifie dans le pronom.* « *Je* », *c'est moi. Mais c'est d'abord celui qui raconte une histoire qui est la sienne.* « *Je* » *établit le protocole autobiographique. Et l'on est d'autant plus enclin à admettre qu'il faut confondre le personnage, le narrateur et l'auteur que, lorsque le frère de Tristan, Jean-Baptiste, fait rééditer le texte en 1667, il l'accompagne d'un supplément important : les clefs, qui apportent, semble-t-il, lumière et renseignements précis sur beaucoup de ce que Tristan avait laissé dans l'obscurité. On doit vraiment le regretter. Car par ces clefs (qu'un éditeur ne peut passer sous silence), Jean-Baptiste L'Hermite trahit la volonté de l'écrivain pour qui l'absence de nomination contribuait à l'originalité de la relation du lecteur avec son roman, et rétrécit le champ d'activité de son imagination. Car, aussi, l'existence de ces clefs risque d'aveugler le lecteur sur la présence ou la part d'invention, de fiction, et sur le caractère proprement romanesque du texte. Le Page disgracié n'est pas un livre de mémoires ; les confidences s'y distinguent mal des réflexions du moraliste et des analyses psychologiques du dramaturge célèbre et du poète délicat qu'était Tristan en 1642, et qui avait acquis une vaste et riche expérience de la littérature non moins que de la vie.*

*Je, par conséquent, et Pas-Je. Bernardin, dans sa thèse, a fait fausse route en prenant pour récit sincère et exact de l'enfance et de la jeunesse de l'écrivain ce qui appartient d'abord à son personnage, et en reconstituant la biographie du premier au fil de l'histoire du second. Il est clair que dans l'esprit de Tristan, cette œuvre* « *où l'on voit de vifs caractères d'hommes de tous tempéraments et de toutes professions* » *s'adressait à un public très divers auquel le goût récent de la galanterie et de* « *l'honnesteté* » *n'aurait pas fait oublier les audaces des nouvelles de Sorel. La stratégie du mélange (mêlant-Je) maintient le lecteur en état d'éveil, l'empêche de s'abandonner aux douceurs de l'uniformité et aux séductions du genre. Y céderait-il malgré tout, Tristan le rappellerait à la vérité de son texte par le truchement du narrateur.*

*Au moment où il prend la plume, l'auteur de* La Mariane *a plus de quarante ans, et le regard qu'il tourne vers son passé n'est rien moins que candide. Il crée une série de fonctions qui font du* Page *une vraie fausse autobiographie où le narrateur est autant son double fictif que le « Je » dont il met en page les dix-huit ou dix-neuf premières années de la vie. Romanesque, ce Thirinte, interpellé comme le destinataire de l'œuvre et qui, sans doute, nous y représente. Romanesque, le narrateur qui décrit « Je », et tantôt se complaît en lui, tantôt le juge, l'observe avec humour ou ironie, joue à l'aimer, le plaindre ou le blâmer. Romanesque, « Je » lui-même, tissé de souvenirs, de phantasmes et de rêves, et que la mélancolie de l'adulte a peu à peu métamorphosé en victime et en dupe. Littéraires, ses protestations de modestie, les formules de la* captatio benevolentiae. *Remarquable styliste, enfin, le Tristan déployant toutes les grâces et toutes les habiletés d'un art d'écrire qui peut filer la métaphore poétique ou s'en tenir au trait juste dans le portrait bref, n'exclut jamais le mot technique quand il est nécessaire, passe sans effort du grave au pittoresque, de la scène d'amour à la scène de comédie, excelle également dans la mise au jour des ridicules ou dans la production d'estampes à la Jacques Callot.*

*En 1642 le roman à la première personne est exceptionnel. Il n'y a de précédent que* La Première Journée *de Théophile, c'est-à-dire un roman dont le caractère à la fois apologétique et pédagogique est indéniable et qui ne cache pas l'influence exercée par Montaigne sur l'esprit de l'œuvre. Démarche intellectuelle et roman d'intellectuel, le roman de « Je », bafouant la règle du « il », suppose et propose une vision critique ou sceptique du monde par laquelle, sans se confondre avec son personnage principal, le romancier affirme son indépendance en marge des usages et systèmes de pensée, ou contre eux. Le monde perçu par « Je », organisé par son regard, aménagé à sa mesure d'individu, dissout l'ordre et* abolit la légitimité des structures et des mentalités collectives. Il en sera ainsi chez Cyrano ou, plus tard, chez Dassoucy. Le page de Tristan vit dans « une branloire pérenne ». L'inconstance et la précarité des choses gouvernent la fragilité des gens. L'ignorance égale ou surpasse le savoir ; la vertu hésite ; le vice envahit la vie courante ; les déréglés et les fous abondent ; hommes et femmes se jouent des tours cruels, lorsqu'ils ne se précipitent pas dans la barbarie de la guerre. Dieu fait silence. À quoi bon le Bien, que l'on ne pratique pas ? et pourquoi donc ce Mal qui dégrade et pollue ? S'il faut en rire le rire a quelque chose de grinçant. Le sentiment de la relativité aggrave obscurément l'inquiétude. Le lecteur flotte dans la nature douteuse de « Je » et son indétermination, vacille dans la perplexité, et s'interroge sur ses propres certitudes et ses repères idéologiques. L'écrivain prend des libertés avec les catégories littéraires, les conventions rhétoriques, les règles du bien-vivre, nous entraîne dans un vagabondage hors frontières, dans des lieux souvent sans nom, en des temps sans références.

Au moment précis où Corneille invente des héros qui se définissent dans la proclamation et l'accomplissement de leur moi, le romancier du Page disgracié peint un moi irrésolu, poussé de-ci, de-là par tous les vents, ose un romanesque sans héroïsme et sans sublimation. Un tel tableau de la société et un tel portrait de l'individu créent la distance et engendrent l'ironie. Sans tonitruer, Tristan fait entendre une voix originale et se distingue par ses dissonances de ceux qui dogmatisent en tout et n'ont à la bouche que le mot de Vérité. Fort de nos contradictions, conscient de nos infirmités, inquiet des avantages qu'en l'homme l'animal prend trop souvent sur l'esprit, il écrit un roman anticonformiste, mais qui n'a pas renié toute portée éthique implicite à ses interrogations. N'est-ce pas être libertin au XVII$^e$ siècle ?

Jacques Prévot

*Le Page disgracié*
**Où l'on voit de vifs caractères
d'hommes de tous tempéraments
et de toutes professions**

*Première partie*

CHAPITRE I
*Prélude du page disgracié.*

Cher Thirinte[1], je connais bien que ma résistance est inutile, et que vous voulez absolument savoir tout le cours de ma vie, et quelles ont été jusqu'ici les postures de ma fortune. Je n'ai pas résolu de faire languir davantage votre curieux désir ; mais j'ai bien de la peine à prendre la résolution d'y satisfaire. Comment aurai-je la hardiesse de mettre au jour des aventures si peu considérables ? Et comment est-il possible que vous rencontriez quelque douceur en des matières où j'ai trouvé tant d'amertume, et que ce qui me fut si difficile à supporter vous soit agréable à lire ? Puis, que dira-t-on de ma témérité d'avoir osé moi-même écrire ma vie avec un style qui a si peu de grâce et de vigueur, vu qu'on a bien osé blâmer un des plus excellents esprits de ce siècle, à cause qu'il se met quelquefois en jeu dans les nobles et vigoureux essais de sa plume[2] ? Il est vrai que ce merveilleux génie parle quelquefois à son avantage en se dépeignant lui-même ; et je puis dire que n'ayant aucune matière de me louer en cet ouvrage, je ne prétends que de m'y plaindre.

Je n'écris pas un poème illustre, où je me veuille introduire comme un Héros ; je trace une histoire déplorable, où je ne parais que comme un objet de pitié, et comme un jouet des passions, des astres et de la Fortune. La Fable ne fera point éclater ici ses ornements avec pompe ; la Vérité s'y présentera seulement si mal habillée qu'on pourra dire qu'elle est toute nue. On ne verra point ici une peinture qui soit flattée ; c'est une fidèle copie d'un lamentable original, c'est comme une réflexion de miroir. Aussi j'ai beaucoup de sujet de craindre que ma trop grande ingénuité ne vous cause quelque dégoût en cette lecture. Le récit des choses qui sont inventées a sans doute beaucoup plus d'agréments que la relation des véritables, pour ce que d'ordinaire les événements d'une vie se trouvent ou communs, ou rares. Toutefois la mienne a été jusqu'à cette heure si traversée, et mes voyages et mes amours sont si remplis d'accidents, que leur diversité vous pourra plaire. J'ai divisé toute cette histoire en petits chapitres, de peur de vous être ennuyeux par un trop long discours, et pour vous faciliter le moyen de me laisser en tous les lieux où je pourrai vous être moins agréable.

## CHAPITRE II

*L'origine et naissance du page disgracié*[1].

Je suis sorti d'une assez bonne maison, et porte le nom et les armes d'un gentilhomme assez illustre, et qui comme un autre Périclès fut grand orateur et grand capitaine tout ensemble. L'Histoire lui donne beaucoup de louanges pour avoir été l'un des principaux ministres de cette heureuse guerre qui se fit en la Terre Sainte, il y a cinq cents tant d'années ; et je puis dire qu'il y avait autrefois d'assez grands honneurs et assez de biens en notre famille. Mais comme on aperçoit en toutes les choses une vicissitude perpétuelle, et que selon les secrètes et justes lois de la divine providence les petites fortunes sont élevées et les grandes sont anéanties, j'ai vu comme disparaître en naissant la prospérité de mes pères. Deux partages qui s'étaient faits en notre maison, dont l'un fut entre neuf enfants, diminuèrent beaucoup sa grandeur. Mais un grand procès criminel où mon père fut enveloppé dès l'âge de dix-sept ans acheva presque sa ruine. Cette affaire coûta beaucoup de biens à ce gentilhomme, et si dans cette grande jeunesse il n'eût fait éclater une grande vertu, ce malheur lui eût coûté la vie. Je ne vous déduirai point toute cette aventure, elle est trop funeste et trop longue, et vouloir la représenter sur ce papier, serait vouloir écrire l'Histoire de l'Écuyer aventureux, et non pas les aventures du *Page disgracié*. Il suffira que je vous die[1] qu'un des plus grands capitaines de notre siècle[2], et l'une des plus belles et des plus excellentes femmes du monde[3], s'employèrent pour son salut, et qu'à la faveur de ses amis, il survint miraculeusement une grâce du roi qui le fit sortir glorieusement d'une si dangereuse affaire.

Ce fut durant cette conjoncture qu'il fit connaissance avec un vieux gentilhomme de bonne naissance et de grand mérite[4] qui, trouvant mon père bien fait et d'une agréable conversation, se proposa d'en faire son gendre, encore que mon père fût d'une province fort éloignée du lieu de son habitation, et qu'il ne connût pas entièrement quel était l'état de ses affaires ; la chose ne lui fut pas difficile à mettre à bout ; cettui-ci qui était puissant en amis, et d'un esprit fort agréable, rendit tant de bons offices à mon père, et lui fit concevoir tant d'affection pour lui, qu'en peu de temps il conclut d'épouser sa fille, qu'il amena incontinent[5] après dans le pays où je suis né. Deux ou trois ans ensuite je vins au monde, et ceux qui ont rectifié avec soin le point de ma nativité trouvent que j'eus Mercure assez bien disposé et le Soleil aucunement[6] favorable ; il est vrai que Vénus, qui s'y rencontra puissante, m'a donné beaucoup de pente aux inclinations dont mes disgrâces me sont arrivées. Je crois que cette première impression des astres[7] laisse des caractères au naturel qui sont difficiles à effacer, et que s'ils ne forcent jamais, au moins ils enclinent sans cesse ; on dit que le Sage peut dompter cette divine violence ; mais il faut aussi qu'il soit véritablement sage, et l'on ne trouve guères d'esprits de cette marque. Il faut qu'une bonne élévation[1] soit bien assistée de la philosophie pour combattre toujours avec avantage des ennemis qui nous sont naturels et qui comme des hydres repullulent incessamment et se renforcent bien souvent par leur défaite. Les saints personnages le pourraient bien dire, eux dont les âmes ne regardent plus que le Ciel, et qui sont toutefois nuit et jour assaillis par de dangereuses tentations, contre lesquelles ils ne sont point assurés après avoir gagné de grandes batailles. Il est vrai que, pour rendre leur mérite plus grand, Dieu permet que les démons s'en mêlent ; et lors c'est une cause étrangère qui nous fait toujours de mauvaises propositions.

## CHAPITRE III

### L'enfance et l'élévation du page disgracié.

À peine avais-je trois ans, que mon aïeule maternelle vint voir sa fille et, portée de cette ardente et naturelle amour qui descend du sang, me demanda pour m'élever[2] ; ainsi je commençai à me dépayser, et n'ayant aperçu jusqu'alors que des arbres et la tranquillité de la campagne, je vins à considérer les divers ornements et le tumulte d'une des plus célèbres villes du monde. On m'a dit souvent que je témoignais en ce bas âge une assez grande vivacité d'esprit, et que ma curiosité ne pouvait être contentée, encore qu'on prît assez de plaisir et de soin à répondre à toutes mes demandes ; les objets qui se présentaient en foule à mes yeux avec une diversité si grande n'étaient point capables de satisfaire à l'activité de mon esprit ; je me faisais entretenir de choses

plus solides que celles qu'on a de coutume de digérer
pendant une enfance si tendre. Je m'informais même avec
empressement des choses qui concernent l'autre vie et les
mystères de notre religion. Un prince de l'Église de mes
proches parents fut émerveillé des choses qu'il ouït dire de
moi [1], et fut encore plus surpris lorsque, me caressant un jour
et me raillant sur des demandes que j'avais faites de la forme
des Enfers, je lui témoignai en ma manière de m'exprimer
que je doutais qu'il y eût des ténèbres où il y avait de si
grands feux allumés.

Je vous dirai que je n'avais guère plus de quatre ans que je
savais lire, et que je commençais à prendre plaisir à la lecture
des romans que je débitais agréablement à mon aïeule et à
mon grand-père, lorsque, pour me détourner de cette lecture
inutile, ils m'envoyèrent aux écoles pour apprendre les
éléments de la langue latine. J'y employai mon temps, mais je
n'y appliquai point mon cœur ; j'appris beaucoup, mais ce
fut avec tel dégoût d'une viande si fort insipide, qu'elle ne me
profita guère : on m'avait laissé goûter avec trop de licence
les choses agréables, et lorsque l'on me voulut forcer à
m'entretenir d'autres matières plus utiles mais difficiles, je ne
m'y trouvai point disposé. J'apprenais pour ce que je
craignais les verges, mais je ne retenais guère les choses que
j'avais apprises. Je perdais en un moment les trésors que l'on
m'avait fait serrer par force et ne les retrouvais que par force,
pour ce que je n'y avais point d'affection.

## CHAPITRE IV

*Comme le page disgracié  
entre au service d'un prince.*

L'étude m'avait donné tant de mélancolie que je ne la pouvais plus supporter, lorsqu'une bonne fortune m'arriva qui me fit changer de façon de vivre : mon père avait eu l'honneur de servir un des plus grands et des plus illustres princes du monde pendant les guerres[1] ; et cette âme toute royale, et qui n'avait point de plus grande passion que celle de faire du bien à tout le monde, ce prince, dis-je, dont la mémoire est immortelle, se ressouvint un jour que mon père l'avait fidèlement servi ; et, pour lui témoigner son noble ressentiment, s'étant enquis s'il avait des enfants, lui commanda de me présenter à lui, protestant qu'il voulait que je fusse nourri auprès d'un des siens. Mon aïeule, transportée de joie d'une si agréable nouvelle, fit les frais de mon équipage pour une si belle occasion ; et j'eus l'honneur d'aller saluer ces princes en la compagnie de mon père et de mon oncle maternel, personnage d'une très illustre vertu et d'une grande autorité[2]. Je fus tout ébloui de la magnificence et des beautés du Palais où l'on me mena, et principalement de la splendeur qui sortait de ces deux divines personnes à qui l'on m'offrait : le père me trouva joli, et m'honora de caresses particulières ; et le fils[3] m'accepta et me reçut favorablement.

Nous étions presque d'un âge et de même taille ; mais il était d'une beauté merveilleuse et d'une gentillesse d'esprit qui faisait dès lors prodigalement [pressentir[4]] les promesses que ses grandes vertus ont depuis acquittées avec usure. À notre première rencontre, je fis en mon cœur une forte et fidèle impression de son mérite ; et comme il était d'un excellent naturel, il eut beaucoup d'affection pour moi, soit que ce fût par une secrète reconnaissance de mon zèle, ou par une naturelle inclination. Dès que je fus à son service, on pouvait dire que j'y étais vraiment attaché : les perfections du maître étaient de pressantes chaînes pour le serviteur. J'étais toujours aussi près de lui que son ombre ; je le voyais dès qu'il avait les yeux ouverts, et je ne cessais point de le voir jusqu'à ce que le sommeil les lui fermât. J'étais spectateur et imitateur de ses exercices ordinaires ; j'étais présent à ses prières, à ses études et à tous ses divertissements. Mon maître n'avait point de *pédant*[1] pour précepteur : celui qu'on avait choisi pour l'instruire était un homme de lettres fort poli[2], qui lui faisait apprendre les plus belles choses de l'Histoire et de la Morale en se jouant. Ce grand homme savait parfaitement l'art d'élever la jeunesse, et en avait fait preuve en l'instruction d'un de mes parents, qui fut possible[3], du consentement de tous, un des plus éloquents et des plus habiles personnages de notre siècle.

Cettui-ci prit un soin particulier de ma nourriture[4] par une juste reconnaissance de l'obligation qu'il avait aux miens ; mais le zèle ardent qu'il avait pour l'avancement de son principal disciple l'empêchait de prendre assez curieusement garde à moi. Il se donnait bien la peine de m'enseigner tout ce qu'il montrait à mon maître qui me pouvait faire arriver aux bonnes connaissances et à la vertu ; mais il ne pouvait prendre tout le soin qui était nécessaire pour me détourner de voir et de suivre les mauvais exemples que me donnaient beaucoup de jeunes gens libertins, que je voyais dans la maison. Il eût fallu pour mon bonheur qu'un aussi digne précepteur que celui-là se fût donné tout à moi et m'eût toujours regardé de près. La jeunesse, encline aux licences, est si sujette à prendre de mauvaises habitudes qu'il ne faut rien pour la corrompre. C'est une table d'attente pour les bonnes ou pour les mauvaises impressions, mais elle est beaucoup plus susceptible des mauvaises que des vertueuses. Il se trouve des hommes faits qui se fortifient aux bonnes mœurs parmi les occasions du vice ; mais cela serait comme miraculeux si l'on voyait des enfants conserver leur innocence sans tache parmi les mauvaises compagnies. Je ne fus donc pas longtemps en cette cour sans y voir des postiqueries[1] et sans y prendre la teinture de quelques petits libertinages[2].

CHAPITRE V

*L'affinité qu'eut le page disgracié
avec un autre page de la maison,
dont l'amitié lui fut préjudiciable.*

Je n'avais rien qu'un camarade qui fût en même posture auprès de mon maître, et dont on prît soin comme de moi[3] ; et cettui-là était un enfant d'illustre naissance et qui sentait bien son enfant d'honneur. Je l'honorais et l'aimais fort, à cause de la bonté de son courage[4], et de celle de son naturel ; nous briguions ensemble les faveurs de notre maître sans envie ; il n'était pas jaloux de la mémoire que j'avais beaucoup meilleure que lui, et par malheur il ne me donna pas d'émulation pour le jugement qu'il avait meilleur que moi. Je le soufflais[5] souvent à l'étude pour le faire souvenir des choses qu'il avait oubliées ; mais il était capable de m'avertir en toutes occasions de ce qui concernait mon devoir. C'était un garçon si sage que je ne me pouvais jamais pervertir en sa compagnie ; mais mon mauvais destin voulut que je fisse connaissance avec un certain page le plus malicieux et le plus fripon de la Cour. J'ai sujet de croire que ce fut l'organe dont se servit mon mauvais génie pour me tenter et me détruire.

Ce mauvais démon travesti sut interrompre par son artifice le cours heureux de mes études, en me montrant secrètement les subtils préceptes d'un art qui ne tend qu'à damner les âmes. Ce fut lui qui m'apprit le premier l'usage des dés et des cartes, et qui, se servant de mon innocence pour s'emparer du peu d'argent que j'avais, me fit follement piquer du désir de réparer mes pertes, et m'engager toujours plus avant dans le malheur, par les instigations d'une trompeuse et folle espérance. Il m'imprima de telle sorte cette passion qu'elle se rendit bientôt égale à celle que j'avais pour l'étude, et à quelque temps de là l'on ne me pouvait guère surprendre sans avoir des dés dans mon écritoire et des cartes parmi mes livres ; et même ce dérèglement alla si loin, que je me défaisais souvent pour jouer des choses qui m'étaient nécessaires pour apprendre, et que de tous les livres que j'avais accoutumé de feuilleter il ne me restait plus rien que des cartes [1]. Notre précepteur ne fut pas longtemps à s'aviser de mes débauches ; mais il lui fut impossible de m'en retirer : il employa vainement ses verges et ses préceptes sur ce sujet ; le mal était déjà trop enraciné. Je promettais souvent de ne jouer plus, les larmes aux yeux, mais dès qu'il m'avait perdu de vue, j'avais trois dés ou une paire de cartes entre les mains. Ce qui me rendit le plus incorrigible, c'est que la gentillesse [2] de mon esprit en un si bas âge m'avait acquis d'illustres amis, qui m'empêchaient d'être corrigé. Sitôt que je croyais avoir été surpris en faute et que j'appréhendais de rendre quelque compte à notre précepteur, je m'allais jeter entre les bras de ces personnes puissantes, près de qui j'étais en un sûr asile. Beaucoup de jeunes princes dont j'avais l'honneur d'être connu obtenaient fort souvent ma grâce ; et, m'assurant sur leurs suffrages, je concevais une forte espérance de pécher avec impunité.

Voyez un peu comme les puissances dont la faveur me devait être avantageuse s'employaient pitoyablement pour ma perte ! et comment les bonnes qualités que j'avais me faisaient trouver le moyen de me maintenir dans les mauvaises. Au reste l'amour que j'eus pour le jeu acheva de me dégoûter de l'absinthe des premières lettres. Je trouvais des plaisirs partout, fors à l'étude, et au lieu de répéter mes leçons, je ne m'appliquais qu'à lire et débiter des contes frivoles. Ma mémoire était un prodige, mais c'était un arsenal qui n'était muni que de pièces fort inutiles. J'étais le vivant répertoire des romans et des contes fabuleux ; j'étais capable de charmer toutes les oreilles oisives ; je tenais en réserve des entretiens pour toutes sortes de différentes personnes et des amusements pour tous les âges. Je pouvais agréablement et facilement débiter toutes les fables qui nous sont connues, depuis celles d'Homère et d'Ovide, jusqu'à celles d'Ésope et de Peau d'âne[1].

Lorsque la Cour faisait du séjour en quelques-unes des maisons royales, tous les jeunes princes avaient leur appartement l'un près de l'autre : et c'était durant ce temps-là que j'avais plus de liberté de les aller entretenir. Il y en avait souvent quelqu'un qui, se trouvant indisposé, me demandait à notre précepteur pour lui faire passer le temps et l'endormir avec mes contes. Leur santé était si précieuse que l'on n'avait point d'égard en cette occasion au temps que je perdais, et moi j'étais ravi de le perdre. C'était lors qu'étant trouvé nécessaire au divertissement de quelque grand, j'entreprenais hardiment des actions qui n'étaient pas nécessaires à mon repos. Comme j'avais un médiateur assuré, j'allais assurément[2] jouer et me battre avec quelqu'un de mes pareils. Mon précepteur avait quelquefois des rôles[3] tout entiers des postiqueries que j'avais faites, et pour lesquelles j'avais mérité d'être fouetté plus de douze fois ; et cependant il ne m'en coûtait qu'une larme ou deux, que la crainte me faisait répandre, et quelque dolente supplication que j'adressais de bonne grâce à quelqu'un de ces jeunes astres. Il me souvient qu'il y en eut un de grande importance, qui demanda souvent pardon pour moi durant sa vie et en la considération duquel on me fit souvent grâce après sa mort.

CHAPITRE VI

*Mort déplorable d'un des maîtres
du page disgracié.*

Ce jeune soleil n'avait pas encore atteint un lustre, et donnait de si grandes espérances de ses divines qualités, que c'était une merveille incomparable[1]. Il était extrêmement beau de visage, mais il était encore plus avantagé pour l'esprit et le jugement, et disait presque toujours des choses si raisonnables et si sensées qu'il ravissait en admiration tout ce qui était auprès de lui. Il y a eu de grands esprits qui se sont employés à remarquer cette belle vie, qui fut ensemble si brillante et si courte qu'elle passa comme un éclair. Je n'en dirai point les traits d'esprit qui sont possible en aussi grand nombre et aussi dignes de mémoire que beaucoup d'autres que nous estimions[2]. Je remarquerai seulement ici un trait enfantin de son naturel enclin à la miséricorde. Un soir qu'il avait quelque petite indisposition, sa gouvernante, dame sage et prudente, et qui rendit son nom célèbre par sa vertu, s'avisa de m'envoyer quérir pour le divertir quelques heures avec mes histoires fabuleuses ; et comme je voulais accommoder mon sujet à la portée de mon auditeur, j'eus recours aux fables d'Ésope. Cela l'empêchait de se divertir à d'autres passe-temps qui lui eussent donné de l'émotion ; et sa santé demandant qu'il demeurât quelque jour en repos, j'eus l'honneur de l'entretenir plusieurs fois. Après que sa patience et sa curiosité m'eurent épuisé de beaucoup d'autres histoires où les animaux raisonnaient, je vins à lui conter une certaine aventure d'un loup et d'un agneau[3] qui buvaient ensemble au courant d'une fontaine. Je lui représentai comme le loup qui buvait au-dessous de l'agneau le vint accuser de troubler son eau par une malice noire ; je lui figurai encore l'humble et modeste repartie de ce doux animal, que l'on querellait mal à propos. Puis après comme le loup, cherchant un autre prétexte pour dévorer cet innocent, lui reprocha qu'il se souvenait bien qu'il y avait deux ans qu'il avait bêlé des premiers, en une certaine bergerie, où les pasteurs réveillés avaient assommé son grand-père ; enfin comme l'agneau repartit que cela ne pouvait être véritable, puisqu'il n'était né que depuis deux mois. Là-dessus ce jeune prince, voyant où tendait la chose, tira vitement ses petits bras hors de son lit, et me cria d'une voix craintive, ayant presque les larmes aux yeux :

« Ah ! petit page, je vois bien que vous allez dire que le loup mangea l'agneau. Je vous prie de dire qu'il ne le mangea pas. »

Ce trait de pitié fut exprimé si tendrement et d'une façon si fort agréable qu'il ravit en admiration toutes les personnes qui l'observèrent, et pour moi j'en fus si sensiblement touché que cette considération me fit changer sur-le-champ la fin de ma fable au gré des sentiments de cette petite merveille ; et ce fut si adroitement qu'à peine un autre eût pu deviner l'effet de ma complaisance.

En suite de cet honneur que j'avais reçu, je ne manquai pas à la première occasion à recourir à ce royal asile, et de lui présenter quelque matière pour me faire du bien, c'est-à-dire pour le supplier d'empêcher qu'on me fît du mal. Ce qui me réussit hautement par un commandement très absolu de ce petit prince qui se pouvait bien appeler grand pour son auguste naissance, mais beaucoup plus pour ses divines qualités. Ô que la plupart des beaux objets sont fragiles ! Cette divine fleur ne fut pas de ces fleurs qu'on nomme éternelles, ce fut un lis qui ne dura guère de matins. La Terre le rendit au Ciel, avant qu'elle l'eût gardé plus d'un lustre. Et l'Europe perdit en sa mort de grandes espérances et de grandes craintes. Les plus excellents médecins furent appelés à sa maladie ; et comme ceux de cette profession ne s'accordent jamais guères en leurs jugements, ils donnèrent de différents avis sur la manière de le traiter durant son mal, et ne cessèrent pas leur dispute après qu'il eut cessé de vivre[1]. Cependant ils furent tous contraints d'avouer qu'il y avait quelque mauvais principe en la constitution du corps de ce jeune prince[2], qui l'empêchait de retenir longtemps sa belle âme, qui fit connaître, peu devant que d'aller là-haut, qu'elle était toute lumineuse. Toute la Cour en prit le deuil avec raison, et j'en eus en mon particulier un regret fort sensible et fort légitime.

CHAPITRE VII

*Comme le page disgracié
faisait la cour à son maître,
qui était tombé malade d'une fièvre tierce.*

Mais il faut que je quitte cette digression pour revenir au digne maître à qui l'on m'avait donné, qui ne manquait pas de bonté pour moi, qui employait[3] aussi aux occasions pour me faire pardonner mes fautes. Je savais fort bien prendre mon temps pour le faire agir quand il en était besoin. J'observais les jours où, par le progrès qu'il avait fait à l'étude et par la sage obéissance qu'il avait rendue aux ordres de notre gouverneur, il était capable de tout obtenir ; et lors je lui faisais porter parole pour ma grâce par mon camarade, lequel, à la faveur de son bon naturel, lui faisait dire des paroles pour mon salut qui portaient abolition[4]. Souvent je me trouvais présent sans être vu, lorsque mon procès se plaidait ; mon maître me faisait tenir caché derrière une tapisserie, tandis qu'il employait ses bontés à faire pardonner à ma malice et que par des prières ardentes et obstinées il détournait le juste châtiment de mes péchés. Nonobstant tous ces artifices, notre précepteur ne laissait pas de me surprendre parfois si finement que mon maître ni pas un autre prince de mes amis n'en pouvait être averti. Il dissimulait pour cet effet de savoir les péchés que j'avais commis et me faisait bon visage toute la veille du jour de ma punition ; et moi, ne croyant pas avoir rien sur ma conscience, je me trouvais réveillé le matin à l'improviste. Mais quand mon maître était tant soit peu malade, tout ce qui pouvait préjudicier à sa santé était de telle importance que l'on n'osait me châtier durant le temps, de peur de provoquer ses larmes et par là redoubler son mal. Tellement que ses maladies faisaient augmenter les miennes et me donnaient l'audace de tout entreprendre insolemment. Il advint, une fois, qu'il tomba malade d'une fièvre tierce[1], durant laquelle je n'eus pas seulement le plaisir de n'étudier point, mais encore la liberté de faire tout ce qu'il me plut. J'étais comme l'intendant des divertissements de mon malade ; et j'inventais tous les jours de nouveaux secrets pour le réjouir et le divertir, qui n'étaient pas moins utiles à sa guérison que les potions qu'il prenait. Il n'avait qu'à souhaiter quelque chose de ce qui est en la puissance des hommes pour être aussitôt satisfait, et c'était moi qui selon mes divers sentiments lui donnais envie de toutes choses.

L'argent ne manquait nullement durant cette indisposition, et je lui en fis consommer en un mois plus qu'il n'en avait pour ses menus plaisirs en une année. Comme si ce n'eût pas été assez de lui faire avoir de toute sorte de jouets à se divertir sur son lit, comme des tarots, des jonchets, des trictracs et autres bagatelles du palais, je lui fis encore employer de grandes sommes pour avoir des animaux de différent prix, les uns communs, et les autres rares. Je lui donnai envie d'avoir des cailles nourries à combattre sur une table, comme il se pratique en Angleterre, afin qu'il eût le plaisir de ce spectacle et de voir faire devant lui des gageures par ses serviteurs à qui demeurerait la victoire. Il eut encore un grand nombre de beaux coqs pour le même effet. Ensuite, je lui donnai le désir de me faire acheter des poules de

Barbarie, afin que les donnant pour femmes à ces braves capitaines emplumés, nous pussions voir sortir de leur amour quelque nouvelle espèce de volatile. Après, j'achetai pour son divertissement trois perroquets tous différents pour la grandeur et pour le plumage, deux petits singes, une aigle royale, et deux jeunes ours fort privés [1]. Tellement que l'on disait que j'avais fait de la maison une petite arche de Noé. Ce qu'il y avait de plus fâcheux en cela pour les domestiques, c'est qu'on leur faisait quitter leurs appartements pour y loger tous ces animaux, lesquels m'avaient coûté beaucoup et qui revenaient encore à davantage à mon maître. Car ce même page mal conditionné, qui m'avait enseigné à jouer, m'avait aussi appris à ferrer la mule [2]; et je ne faisais guère de marché d'importance sans y gagner quelque pistole, qui toutefois ne couchait pas souvent avec moi, puisqu'aussitôt que j'avais rencontré des joueurs, ils m'en dégarnissaient avec autant de facilité que je m'en étais accommodé aisément.

## CHAPITRE VIII

*D'une linotte qui avait coûté dix pistoles
au maître du page disgracié,
et qui ne sut jamais siffler.*

Mon maître avait passé de mauvaises nuits et, comme il était d'une fort délicate complexion, on n'osait pas se hasarder à lui faire prendre des potions dormitives. On employa pour cet effet des fontaines artificielles qui, par leur doux bruit et la fraîcheur qu'elles exhalaient dans sa chambre, lui causèrent un salutaire assoupissement; et, pour diversifier le remède, on se servit aussi d'un luth, dont l'harmonie fit le même effet. Je me mêlai là-dessus d'inventer une autre façon de l'endormir les matins agréablement ; je lui proposai d'avoir quelque excellente linotte[1], qu'on mît dès le point du jour à la fenêtre de sa chambre ; et je fus assez effronté pour lui dire que j'en savais une qui était une merveille entre les autres, tant elle sifflait agréablement ; et, sachant que la difficulté accroît souvent le désir des choses, et fait faire de grands efforts et de grandes dépenses pour les posséder, je lui dis que la personne à qui appartenait la linotte en était comme ensorcelée, et qu'on ne la ferait jamais résoudre à la vendre, à moins que de lui en offrir beaucoup d'argent et lui protester qu'elle était nécessaire pour avancer la guérison de Sa Grandeur. Je fis tant en peu de paroles que j'eus dix pistoles pour l'acheter, et je faisais déjà mes diligences[2] pour en découvrir quelqu'une qui fût de réputation, lorsque je rencontrai par malheur trois ou quatre pages de ma connaissance qui jouaient aux dés sur les degrés d'une grande porte. Je fus quelque temps à les considérer sans vouloir jouer ; mais à la fin la tentation que j'en eus fut si forte qu'elle vint à bout de ma résistance. Je m'imaginai que je gagnerais, ou du moins que je me retirerais du jeu quand j'aurais perdu la moitié de mon argent, mais je ne fis ni l'un ni l'autre : je jouai dès le commencement de crainte, et après avoir perdu une partie de mon argent, je voulus combattre mon malheur avec une obstination qui me fit perdre l'autre ; si bien que, de la rançon de la linotte imaginée, je ne me vis plus que deux quarts d'écu que j'empruntai sur mon dernier reste.

Ainsi gros de douleur, rouge de honte, et sans savoir à quoi me résoudre, j'allai courant par la ville sans penser en quel lieu je me conduirais. Enfin, après mille pensers désespérés, je pris une forte résolution de payer d'audace en cette aventure et d'essuyer constamment[3] l'orage qui me menaçait. Je me rendis aussitôt dans une certaine place où l'on vend ordinairement une grande quantité de petits oiseaux ; mais je fus si malheureux que je n'y en trouvai point, pour ce que ce n'était pas un jour où l'on fît trafic de cette marchandise ; à force de m'informer à beaucoup de gens où je pourrais recouvrer quelque linotte, on m'adressa chez un oiseleur qui faisait profession de fournir beaucoup de volières. Il n'était pas alors au logis, et sa femme était si scrupuleuse, ou si craintive, qu'elle n'osait même me faire voir de ses oiseaux en son absence, ce qui faillit à me faire désespérer. Enfin, comme j'étais fort en peine pour avoir un oiseau promptement, à cause qu'il y avait longtemps qu'on m'attendait avec impatience, je vis revenir l'oiseleur qui apportait sur son épaule un filet plein de chardonnerets et de bruyants [1], parmi lesquels nous rencontrâmes par bonheur une assez belle linotte. Je lui demandai à vendre, et je l'eus pour trente sols avec une cage.

Je revins aussitôt au logis, et, prenant un visage plus gai que n'était mon âme, j'exposai hardiment ma linotte sauvage aux yeux de mon maître, qui ne fut pas peu réjoui d'apprendre de moi que j'avais surmonté mille difficultés pour lui faire avoir cet animal incomparable. Il voulut essayer de jouir au même temps du plaisir qu'il devait recevoir par cette chère acquisition, et fit fermer toutes les fenêtres de sa chambre et retirer tout le monde, afin d'assurer [2] ce petit oiseau, qui était moins effrayé de voir des personnes auprès de sa cage que d'avoir senti le bec des bruyants que l'on avait pris au filet, avec lui. Je trouvai facilement des excuses pour son silence le premier jour que je l'apportai, mais quand on l'eut vu muet deux ou trois jours, on ne recevait plus mes défaites [3]. Cependant je faisais mille vœux secrets au Ciel, afin qu'il lui déliât la langue ; car pour peu que ma linotte eût gringoté [4] quelque ramage, j'eusse fait passer cela pour une merveille tout au moins, tant je m'étais préparé d'en dire des louanges extraordinaires. Mais ne pouvant recevoir cette consolation qui devait couvrir aucunement ma friponnerie, et me trouvant un jour ennuyé [5] de ce que mon maître ne faisait autre chose que de me dire en la regardant :

« Que veut dire cela, petit page, votre linotte ne dit mot ? »

Je lui répondis ingénuement :

« Monsieur, je vous réponds que si elle ne dit mot, elle n'en pense pas moins. »

Là-dessus toute la compagnie se prit à rire, et mon maître même qui était le plus intéressé dans cet affaire[1], ne put s'empêcher de faire comme les autres. Il est vrai qu'après être revenu de cette plaisante émotion, il en eut aussitôt une autre qui ne me fut guère agréable, témoignant avoir quelque doute que je ne l'eusse dupé dans mon achat. Je parai cette atteinte avec assez d'adresse, protestant toujours que cette linotte était excellente et que sitôt qu'elle se serait assurée, son petit bec produirait de grandes merveilles ; et par bonne fortune, comme je répondais pour elle, il arriva qu'elle répondit aussi pour moi, dégoisant quelque petit ramage qui fit taire mes accusateurs, et fit que mon maître, ébranlé de croire ma véritable friponnerie, reprit aussitôt le parti de mon innocence imaginaire. Enfin le temps, qui a accoutumé de découvrir la vérité, travaillait tous les jours à me convaincre de mauvaise foi, et j'étais près d'en porter la peine, lorsque les astres qui me regardèrent favorablement me donnèrent le moyen de me détourner de ce coup.

Un gentilhomme de mes parents[2] me vint voir durant ce temps-là, qui, m'ayant trouvé d'un esprit et d'une humeur fort agréables, me donna deux pistoles pour les employer à jouer à la paume ; je les semai incontinent après sur une table si seconde[3] à la faveur de trois dés qui la cultivaient, qu'en moins de rien elles multiplièrent jusqu'à vingt-cinq ou trente, et dès que je me fus retiré du jeu, je me proposai de racheter franchement de dix pistoles vingt coups de verges que j'attendais. Pour cet effet, j'allai chercher un acteur pour servir à ma comédie : ce fut un laquais volontaire que j'instruisis admirablement de tout ce qu'il aurait à dire et à faire pour me mettre l'esprit en repos. De là je vins trouver mon maître avec un visage assuré, et lui dis qu'il ne se mît point en peine pour le silence de sa linotte, et qu'on en rendait de bon cœur l'argent qu'il en avait donné, et que de

plus ce serait faire une grande charité à la personne qui l'avait
vendue que de lui rendre pour le même prix, pour ce qu'elle
avait conçu un si grand regret de la perte de son oiseau
qu'elle en était tombée malade. Là-dessus je lui présentai dix
pistoles que j'avais tirées entre celles de mon nouveau gain ;
mais comme nos espérances sont vaines et comme les
apparences sont trompeuses, ce discours et cette action que
j'avais si bien concertés, pour me délivrer d'une juste
appréhension, ne servirent qu'à m'embarrasser davantage.
Mon maître conçut au discours que je lui fis une estime toute
particulière de ce qu'il venait de mépriser, et crut qu'il avait
acheté à vil prix une marchandise précieuse ; plus je fis
d'efforts d'esprit pour lui persuader de se détromper, et plus
il s'obstina dans la créance que sa linotte était miraculeuse. Je
faillis à enrager de ses refus que je trouvais peu raisonnables,
à cause de la science certaine que j'avais de son erreur, et
pour ce que je m'y connaissais intéressé.

Voici de quelle sorte je crus enfin venir à mon honneur
d'une fusée[1] si fort mêlée ; et c'est possible une invention
assez subtile pour avoir été rencontrée par un enfant qui
n'avait que onze ou douze ans. Après m'être aperçu que je
n'avancerais rien de parler à mon maître de se défaire de la
linotte, j'allai trouver notre précepteur et lui présentai les dix
pistoles qui devaient expier mon crime, lui faisant croire que
ceux de qui j'avais acheté la linotte les avaient renvoyées
pour en demeurer possesseurs, et lui fis du même temps
paraître le visage que j'avais pratiqué pour confirmer mes
paroles. Déjà notre précepteur ne s'arrêtait plus qu'à la
difficulté qu'il y avait d'enlever l'oiseau sans le consentement
du prince, qui était assez ferme à vouloir maintenir les choses
qu'il avait en fantaisie, lorsqu'une femme sanglotante, et qui
avait presque la façon de celles qui sont possédées, se jeta
brusquement parmi nous, demandant justice et miséricorde ;
c'était la femme d'un certain maître d'hôtellerie peu judi-
cieux et grand joueur, à qui j'avais tiré quelque argent,
comme il était en déroute, et comme il achevait de perdre

cinq ou six cents écus ; sa femme, avertie de cette disgrâce, n'avait point délibéré sur sa manière de procéder ; elle avait cru qu'il ne fallait qu'aller crier chez ceux qui avaient gagné l'argent pour le ravoir assurément, que l'on aurait aussitôt égard à son ménage et au peu de prudence de son mari. Cette démoniaque, ayant appris que j'étais un de ceux qui avaient eu part en la somme perdue par son mari, s'en vint faire un tel vacarme en la chambre de notre précepteur, que j'en perdis le sens et la parole ; il me fut impossible de lui répondre un mot à propos, tant je me trouvai confus dans cette aventure. Notre précepteur s'avisa de mon interdiction[1], et soupçonna que les dix pistoles qu'il avait en sa main fussent venues de ce côté ; mais il ne l'eut pas plutôt ouverte pour les montrer à cette endiablée, qu'elle se jeta dessus avec un grand cri, remarquant toutes leurs espèces et faisant des relations de divers écots qu'on avait faits chez elle, pour lui donner le moyen de les assembler. Je fus fouillé tout à même temps, et l'on trouva d'autres médailles dans mes poches qui donnèrent matière à d'autres histoires. Le laquais aposté[2], qui se trouva présent à ce tumulte, fit ce qu'il put pour s'évader ; mais on empêcha sa retraite et dès qu'il se vit pourpoint bas, il fit voir à mon dam la vérité toute nue. L'intrigue[3] que j'avais noué à tant de nœuds fut dissous par cet accident, et je fus fouetté de bonne sorte, tant pour avoir ferré la mule que pour avoir inventé tant de mensonges, et pour avoir joué à trois dés.

## CHAPITRE IX

*La première connaissance que le page disgracié
fit avec un écolier débauché
qui faisait des vers.*

Si cette aventure ne me réforma parfaitement, au moins elle servit beaucoup à m'empêcher de faire habitude de ces vices de larcin et de mensonge. La confusion que j'en reçus me fut plus sensible que les coups de verges, et fit que je demeurai longtemps après sur mon sérieux et sur ma lecture. J'employai de là en avant[1] la subtilité de mon esprit à des choses agréables à tout le monde, et qui n'étaient préjudiciables à personne. Tantôt je m'appliquais à portraire[2], ayant beaucoup d'inclination et de disposition à ce bel art ; d'autres fois, en mes heures de loisir, j'apprenais par cœur quelque pièce entière des plus beaux vers dont on fît estime en ce temps-là ; et j'en savais plus de dix mille, que je récitais avec autant d'action[3] que si j'eusse été tout rempli des passions qu'ils représentaient. Cette gentillesse m'acquit l'amitié de beaucoup de gens et, entre autres, d'une troupe de comédiens qui venaient représenter trois ou quatre fois la semaine[4] devant toute cette cour, où mon maître tenait un des premiers rangs. Il me souvient qu'entre ces acteurs, il y en avait un illustre pour l'expression des mouvements tristes et furieux : c'était le Roscius[5] de cette saison, et tout le monde trouvait qu'il y avait un charme secret en son récit. Il était secondé d'un autre personnage excellent pour sa belle taille, sa bonne mine et sa forte voix, mais un peu moindre que le premier pour la majesté du visage et l'intelligence. J'aimais fort ces comédiens et me sauvais quelquefois chez eux, lorsque j'avais quelque secrète terreur et que notre précepteur m'avait fait quelque mauvais signe. Ils faisaient grande estime de moi à cause de mon esprit et de ma mémoire, qui n'étaient pas des choses communes ; et lorsque je leur allais dire que j'étais en peine et que notre précepteur me faisait chercher, ils trouvaient le moyen de me cacher, et m'amenant avec eux aux palais, lorsqu'ils y allaient représenter, dès que mon maître passait derrière leur théâtre pour leur parler en attendant qu'ils fussent prêts à jouer, ils ne manquaient point de lui venir faire en corps une requête en ma faveur. Mon maître qui ne m'avait vu de deux ou trois jours, et qui savait bien que j'étais sur le papier rouge[1], était aussitôt touché de leur prière et en adressait sur-le-champ une autre à notre précepteur, qui ne se pouvait défendre de promettre mon abolition ; et lorsque j'avais ouï les mots efficaces, je sortais promptement de derrière quelque basse de viole, où je m'étais tenu à refuge, et me venais jeter aux pieds de mon maître pour le remercier de cette nouvelle grâce qu'il avait obtenue pour moi.

Un jour que j'avais eu quelque démangeaison aux poings, et que je les avais frottés un peu rudement contre le nez d'un jeune seigneur de mon âge et de ma force, mais non pas de mon adresse[2], je m'allai sauver parmi le cothurne. C'était un jour que les comédiens ne jouaient point, mais ils ne pouvaient toutefois l'appeler de repos ; il y avait un si grand tumulte entre tous ces débauchés qu'on ne s'y pouvait entendre. Ils étaient huit ou dix sous une treille en leur jardin, qui portaient par la tête et par les pieds un jeune homme enveloppé dans une robe de chambre ; ses pantoufles avaient été semées avec son bonnet de nuit dans tous les carrés du jardin ; et la huée était si grande que l'on faisait autour de lui, que j'en fus tout épouvanté. Le patient n'était pas sans impatience, comme il témoignait par les injures qu'il leur disait d'un ton de voix fort plaisant, sur quoi ses persécuteurs faisaient de grands éclats de rire. Enfin je demandai à un de ceux qui étaient des moins occupés, que voulait dire ce spectacle et qu'avait fait cet homme qu'on traitait ainsi. Il me répondit que c'était un poète qui était à leurs gages et qui ne voulait pas jouer à la boule, à cause qu'il était en sa veine de faire des vers[1] ; enfin qu'ils avaient résolu de l'y contraindre. Là-dessus je m'entremis d'apaiser ce différend, et priai ces messieurs de le laisser en paix pour l'amour de moi ; ainsi je le délivrai du supplice. Et lorsqu'il eut appris qui j'étais, et qu'on lui eut rendu son bonnet et ses mules, il me vint faire des compliments comme à son libérateur et à une personne dont on lui avait fait une grande estime. Tous ses termes étaient extraordinaires ; ce n'étaient qu'hyperboles et traits d'esprit nouvellement sorti des écoles et tout enflé de vanité. Cependant la hardiesse dont il débitait était agréable et marquait quelque chose d'excellent en son naturel.

Dès que nous fûmes entrés en conversation, après avoir gagné une allée[2] où nous pouvions parler plus tranquillement, il me récita quelques vers qu'il avait composés pour le Théâtre, et d'autres ouvrages, où je trouvais plus de force d'imagination que de politesse. Après l'avoir longtemps écouté, je lui en dis de la façon des plus grands écrivains du siècle ; et je les lui fis sonner de sorte que ce poète provincial les admira ; mais il feignit d'admirer beaucoup davantage la gentillesse de mon esprit, et flatta si bien ma vanité que je fis dessein de lui rendre quelque bon office auprès de mon maître, dès que je serais rentré en grâce. Je fus ému à m'employer en sa faveur par deux motifs, l'un par l'estime que je faisais de son humeur, l'autre par une compassion que j'avais de sa fortune, ayant appris d'abord qu'on lui donnait fort peu d'argent de[3] beaucoup de vers.

## CHAPITRE X

*De quelle sorte le page disgracié fut recous[1]
des mains de son précepteur.*

J'avais fait grande chère avec les comédiens, et nous étions encore à table, où les uns continuaient de boire des santés et les autres s'amusaient à faire des contes pour rire, lorsqu'un des domestiques du théâtre les vint avertir qu'on les demandait au palais ; en même temps, ils résolurent[2] la pièce qu'ils devaient jouer et la façon dont ils m'amèneraient ; ce fut au fond d'une portière[3] d'un de leurs carrosses. Et dès que nous mîmes pied à terre, nous rencontrâmes sur l'escalier par où nous montions un des plus grands princes de la terre. Deux ou trois de mes amis, qu'on avertit sur-le-champ de ma désolation, lui parlèrent en ma faveur, et pour donner poids à leurs persuasions, je me jetai soudain à ses pieds, le visage couvert de larmes. Ce grand prince eut pitié de ma douleur et de ma crainte, et se retourna pour voir si mon maître ne se trouverait point à sa suite, afin de commander hautement à notre précepteur qu'il ne me donnât point le fouet pour cette fois. Mais par malheur pour moi mon maître ne se trouva point et ne vint point à la comédie, à cause de quelque petite indisposition. Après qu'elle fut achevée, j'allai solliciter pour mon salut au coucher de ce grand prince qui pour me tenir en sûreté, attendant qu'il obtînt ma grâce, me donna en garde à un de ses pages. C'était un gentilhomme de condition, et d'une race toute vaillante et glorieuse[4] ; ce garçon fier et redouté de tous ses compagnons me prit en sa garde, et moi je pris un coin de son manteau que je n'abandonnai pas un moment, et cela me fut favorable. Le lendemain au matin il me mena déjeuner avec lui, et nous passâmes tout le reste de la journée en beaucoup de divertissements, et c'était sans m'en éloigner d'un seul pas ; sitôt que j'apercevais quelqu'un de notre maison, je me cachais sous ce manteau de défense.

  Le soir mon gardien s'avisa de vouloir masser[1] quelque argent avec deux des officiers du prince dans la salle de ses gardes ; et comme j'étais témoin et juge des coups, je me trouvai saisi inopinément par celui qui était ma partie et mon juge, et qui m'empoigna d'une façon si rude qu'il semblait encore vouloir être mon bourreau. Je n'eus pas la force ou le courage de crier en cette surprise, soit par terreur, ou par respect ; mais il arriva que dans ma crainte je fis comme les gens qui se noient, je ne quittai point ma prise, je serrai de toute ma force le pan du manteau que j'avais toujours dans les mains ; et mon gardien, que l'émotion du jeu empêchait de s'aviser de mon ravissement[2], sentit à la fin qu'on le dépouillait de son manteau. Là-dessus, il se retourna pour discerner les filous qui se donnaient ainsi la licence de voler en maison royale ; mais, comme il me vit en péril, il travailla d'une étrange sorte à ma délivrance. À peine dit-il un mot sans frapper du même temps, et l'impétuosité de son naturel ne lui donnant pas la liberté de s'exprimer autrement, il fit connaître à notre précepteur, en lui donnant un grand coup de poing dans les dents, que j'étais en un sûr asile. Le bras du page était fort, et la mâchoire du bonhomme était débile, tellement qu'il y eut un grand fracas dans sa bouche. Il fut contraint par cet effort de lâcher ma main qu'il tenait, et d'employer les deux siennes à parer les coups de poing qui commençaient à pleuvoir sur son visage. Enfin les gardes du prince firent les holà, et je me retirai avec mon défenseur, laissant là mon précepteur bien outré[3], qui gargarisait sa bouche et se plaignait fort de la douleur d'une dent rompue et de plusieurs autres fort ébranlées.

CHAPITRE XI

*De la paix fourrée*[1] *qui fut faite
entre le page disgracié et son précepteur.*

Le lendemain, notre précepteur vint avec mon maître trouver le prince, pour lui faire des plaintes du mauvais traitement qu'il avait reçu, mais nous l'avions déjà informé de cette affaire ; et l'action du précepteur, passant pour une violence, fit que le prince eut peu d'égard à celle qu'il avait soufferte. Il eut beau déclamer contre moi, il fut contraint d'obéir à cette puissance absolue qui lui commandait de me pardonner. Mais s'il fit semblant de céder à l'autorité de ce pouvoir légitime, il ne laissa pas de contenter effectivement une animosité qu'il tenait pour fort raisonnable. Il était déjà dans l'impatience de trouver quelque nouvelle couleur[2] pour me punir de l'insolence du page, lorsque cette occasion se présenta.

Le poète des comédiens, ayant appris que j'étais retourné en grâce auprès de mon maître, ne manqua pas de me venir voir, afin que je le lui fisse saluer, comme je lui avais promis. Je le présentai de bonne grâce ; il eut l'honneur d'entretenir une demi-heure ce jeune prince, et même il eut la satisfaction d'en recevoir quelque libéralité, ayant fait sur-le-champ ces quatre vers à sa gloire :

> *Ma muse à ce prince si beau
> Consacre un monde de louanges,
> Qui volent au palais des Anges
> Et sont exemptes du tombeau.*

Quoique ces vers eussent des défauts, nous n'étions pas capables de les pouvoir discerner ; et nous trouvions seulement agréables ces termes ampoulés qu'il avait recueillis vers les Pyrénées¹. Je ne sais comment, en prenant congé de mon maître, ce poète débauché dit inopinément quelque mot sale et qu'il avait accoutumé d'entremêler en tous ses discours. Notre précepteur en fut averti, qui prit ce prétexte pour se venger de l'affront qu'il avait reçu pour mon sujet. Il me vint surprendre le lendemain au matin, et me fit une grande remontrance sur la discrétion qu'il fallait garder à faire connaître de nouveaux visages à un jeune prince, et m'aggrava² fort la hardiesse que j'avais prise de présenter à mon maître un homme inconnu et vicieux. Mais il acheva son exhortation par tant de coups de verges que je perdais l'espérance de les voir finir ; et je reconnus aisément que cette punition venait moins de la langue licencieuse qui avait blessé les chastes oreilles de mon maître, que de la témérité du poing qui avait cassé les dents de mon précepteur.

CHAPITRE XII

*Comme le page disgracié
fut prié de donner son jugement
sur une belle ode.*

Cette sévère remontrance me rendit à l'avenir fort retenu, mais elle ne m'ôta point le goût du tout de la poésie, et l'affection que j'avais pour recueillir les plus beaux vers. Nous avions en cette maison un écuyer³ fort galant homme, et qui était considéré pour avoir fait plusieurs combats mémorables et pour être un esprit adroit et sensé ; ce personnage avait quelque estime et quelque bonne volonté pour moi et me donnait quelquefois des avis qui valaient bien les leçons de notre précepteur ; aussi j'étais bien aise de mon côté d'entretenir son amitié, par les marques que je lui donnais de mon estime et du plaisir que je goûtais en sa conversation. Il faisait agréablement un conte ; et comme il savait bien débiter les bonnes choses, il prenait grand plaisir d'en entendre. C'est pourquoi je m'adressais toujours à lui, lorsque l'occasion s'en présentait, pour lui réciter quelque bel ouvrage des muses, sitôt que j'en avais appris de nouveaux par cœur. Un jeune officier de la bouche [1] de mon maître s'approchait souvent pour m'écouter lorsque je récitais des vers et, à force de m'en entendre dire, s'imagina qu'il serait capable d'en faire à la faveur d'une certaine passion qui le tourmentait ; possible avait-il ouï dire qu'Amour est un maître en toutes sciences, qui fait même voler les plus pesants animaux.

Un jour que l'écuyer et moi nous entretenions, et qu'il cherchait dans un recueil de poésie une pièce qu'il estimait, cet officier amoureux me vint doucement tirer par le bras et me dit tout bas à l'oreille qu'il avait une ode à me faire voir, qui n'était point mal faite ; je lui en demandai l'auteur, qu'il refusa de me nommer, me disant seulement que c'était un jeune homme qui avait l'esprit assez joli et qui était amoureux de la fille d'une lingère ; et là-dessus, il me déplia une feuille de papier où je ne pouvais rien comprendre ; c'était une griffonnerie étrange et des caractères disproportionnés et mal joints ensemble et, pour tout dire, l'écriture d'une personne qui ne savait point écrire. Notre écuyer demanda quel était ce secret mystère, et s'il ne pourrait pas en être.

Je lui répondis que c'étaient des vers, qui pouvaient passer pour un énigme, tant ils étaient malaisés à déchiffrer. Mais le jeune officier, qui en était l'auteur et l'écrivain tout ensemble, prit la parole pour assurer notre écuyer qu'il connaissait fort bien cette écriture et lirait ces vers bien distinctement si nous désirions de les entendre. Il fut aussitôt pris au mot et, pâlissant et rougissant auparavant que d'ouvrir la bouche, il lut enfin son ode qui ne contenait que ces quatre vers :

> *Ma Clorie, ma Clorie,*
> *À qui j'ai donné mon cœur,*
> *Je serai toute ma vie*
> *Votre très humble serviteur.*

En achevant de dire le dernier de ses vers, il fit une grande révérence, comme pour accompagner la grâce du bien dire de la bienséance de l'action, et nous demanda notre jugement sur la petite ode qu'il nous avait dite, ajoutant à cela, pour obtenir notre approbation, que l'auteur de cet ouvrage avait bruit[1] d'avoir de l'esprit. Là-dessus, nous nous regardâmes, l'écuyer et moi, et fîmes un si grand éclat de rire que trois ou quatre autres officiers, qui étaient dans une chambre prochaine, vinrent aussitôt à nous pour en apprendre le sujet. Après m'être tenu les côtés durant un quart d'heure, sans pouvoir dire une parole, je leur fis comprendre enfin que c'étaient des vers fort polis qu'un de leurs compagnons nous avait montrés, qui me provoquaient de la sorte à rire. Mais la chose fut bien plus plaisante quand nous apprîmes par un de ceux-ci que l'officier amoureux s'était enfermé deux jours et deux nuits dans une cave et avait brouillé deux mains[2] de papier pour mettre au net ce bel ouvrage.

### CHAPITRE XIII

*Par quelle aventure le page disgracié*
*donna procuration à un autre pour recevoir*
*la discipline au lieu de lui.*

Il n'y a point de bonace sur aucune mer qui ne soit enfin troublée de quelque orage : et je ne me vis guères longtemps en tranquillité, sans que mes propres passions excitassent quelque tempête. J'avais celle du jeu qui me rendait toujours de mauvais offices, car je ne la pouvais quitter ni l'exercer avec sûreté. D'une autre part, la lecture des romans avait rendu mon humeur altière et peu souffrante[1] ; lorsque j'avais quelque légère contention avec mes pareils, je me figurais que je devais tout emporter de haute lutte, et que j'étais quelqu'un des héros d'Homère, ou pour le moins quelque paladin, ou chevalier de la Table ronde. Ce n'étaient tous les jours que plaintes qui venaient aux oreilles de notre précepteur des gourmades que j'avais données ; et ce qui lui donnait le plus de peine, c'est qu'il n'avait guères de liberté de me punir, à cause des puissants suffrages que je faisais employer à mon salut. Un jour il apprit en s'entretenant avec un bon Père cordelier qu'on faisait quelquefois cette charité dans son couvent d'exhorter et de discipliner les jeunes garçons qui se montraient incorrigibles, et que ce remède les avait souvent guéris de leurs mauvaises habitudes. Notre précepteur fut ravi d'avoir trouvé cette commodité de me châtier sans se mettre en colère et sans que mon maître eût le moyen de pouvoir intercéder pour moi.

Après avoir averti ce bon Père qu'il avait un mauvais garnement à lui envoyer, et qui avait bien besoin de pareilles exhortations, il m'attendit sur la première faute capitale et, cachant le plus adroitement qu'il put la connaissance qu'il en avait, il me chargea le lendemain, sur les onze heures du matin, d'un billet cacheté qui s'adressait au révérend Père ; je fus ravi d'avoir reçu cette belle commission pour la liberté qu'elle me donnait de me pouvoir promener où bon me semblerait pendant une heure, et comme je descendais par un grand escalier du palais, je voulus masser en passant quelques testons[2] qui me nuisaient dans ma poche. J'avais si peu d'espérance de gagner avec si peu d'argent que je hasardai tout à la fois, et la Fortune, qui me voulait conserver entre ceux qui la suivent et qu'elle trompe, fit semblant à cette fois qu'elle voulait m'être favorable. Je fis un si grand progrès en un moment que je me vis presque tout l'argent du jeu. Je me souvins à cette heure-là de la commission qu'on m'avait donnée et parlai de faire retraite, montrant la lettre que je m'étais chargé de rendre. Mais un des joueurs, qui était le plus en malheur et qui avait encore quelque argent et quelques bagues à perdre, me conjura de telle sorte de ne lui quitter point jeu que je m'accordai à sa prière, à la charge toutefois que je chercherais quelqu'un qui fît cependant mon message. Un grand garçon qui portait l'épée se vint offrir tout à propos pour ce bel emploi, dont il me promit de s'acquitter avec diligence, à la charge que je lui donnerais un teston ; je le mis aussitôt en main tierce, afin que son salaire ne pût courir aucune fortune.

Ce garçon, conduit par son mauvais génie, fit ses diligences, et fut pris pour moi. Les exécrations et les serments horribles qu'il put faire pour assurer que la discipline[1] était réservée pour un autre ne firent que confirmer son correcteur en la créance qu'il avait que ce fût cet incorrigible garçon qui lui était recommandé de si bonne part. Enfin, comme j'étais en impatience de ce courrier, et comme le jeu s'achevait, je le vis revenir tout pâle. J'eus appréhension qu'il eût perdu ma lettre, et que ce fût cet accident qui l'eût fait changer de visage, mais il ne me laissa pas longtemps en cette erreur, en me montrant à grands coups de poing qu'il n'était troublé que de colère. Ceux qui se trouvèrent là se mirent entre nous deux et m'obligèrent à lui donner une demi-pistole pour le pénible voyage qu'il avait fait à ma considération[2], après qu'il nous eut conté son aventure.

Pour moi qui me trouvai ravi d'en avoir été quitte à si bon marché, je vins retrouver notre précepteur pour lui porter la réponse de sa lettre. Je ne lui dis rien autre chose sinon que le bon Père lui baisait les mains, et lui fis ce rapport tristement et tenant toujours les yeux baissés, de sorte que jugeant par là de l'accomplissement de son dessein, il ne put s'empêcher d'en sourire, et ne fut point détrompé de son imagination, jusqu'à ce qu'il revît le bon Père cordelier qui lui dit sur cette matière que j'étais un grand blasphémateur, ce qu'il ne put croire, n'ayant jamais appris qu'on m'eût ouï jurer. Mais à la confrontation qui fut faite de moi, on apprit toute cette plaisante histoire.

## CHAPITRE XIV

*Comme le page disgracié
fut pris pour un magicien.*

Après ce danger échappé[1], je me rendis fort circonspect en mes actions, et fis une ferme abjuration d'abandonner tous les sujets qui me pouvaient attirer l'ire de mon précepteur et me séparer tant soit peu de la chère présence de mon maître. Je n'eus plus d'autre passion que d'assister diligemment à ses études et à tous ses passe-temps. Son esprit était curieux de toutes les choses agréables, et je me mis à l'entretenir assidûment des histoires et des contes qui étaient le plus selon ses sentiments ; il me donnait même quelquefois des secrètes commissions pour acheter des livres, afin qu'après les avoir lus en mon particulier, je pusse l'en entretenir tous les soirs à son coucher. Un jour, parmi d'autres livres d'histoires, j'ouvris par hasard un livre de Baptiste Porta intitulé *Magie naturelle*[2], et trouvant là-dedans des petits sujets qui me semblaient jolis, je l'achetai pour essayer d'en mettre quelques-uns en pratique. Je fis un grand mystère de ce livre au jeune prince que je servais, et, lorsque notre précepteur n'y était pas, nous en lisions en secret tous les chapitres, pour voir quelle invention plaisante nous en pourrions mettre en exécution avec le moins de coût et de difficulté. Nous y trouvâmes la manière de faire de certaines chandelles à faire voir le soir tous les assistants avec des têtes d'animaux ; mais leur composition nous parut un peu malaisée. Nous aimâmes mieux expérimenter un autre secret de même espèce, qui se pouvait facilement effectuer et à peu de frais. C'est une composition de camphre et de soufre détrempés ensemble avec de l'eau-de-vie, dont le feu devait faire paraître les visages comme sont ceux des trépassés. Il n'y eut que mon camarade qui fut averti de notre délibération pour ce beau spectacle, et je pris fort bien mon temps pour porter en secret sous le lit de mon maître les drogues que j'avais achetées. Le soir, lorsque nous vîmes le temps propre pour mettre notre entreprise à bout, mon maître dit qu'il voulait dormir et fit retirer tout le monde ; lorsque nous ne fûmes plus que nous trois dans sa chambre, je m'allai saisir d'un grand bassin d'argent pour faire un fanal de mes matières combustibles. J'allumai donc ma flamme mortuaire au milieu de la place et j'éteignis tous les flambeaux.

Mon maître sortit incontinent du lit pour observer ce beau trait de magie, mais nous ne pouvions presque rien discerner en nos visages, tant la fumée était obscure ; il fallut nous mettre fort près de cette sombre lumière ; mon maître s'assit d'un côté sur un carreau[1] de velours et nous nous agenouillâmes de l'autre, afin de considérer nos visages pâles et quelquefois violets. Nous n'avions pas été longtemps dans cette belle contemplation, lorsqu'il se fit un petit bruit derrière nous, comme si quelque chose eût pressé la natte sur laquelle nous étions assis. Mon maître tourna le premier la tête, et vit un nouveau visage, qui était plus laid que les nôtres, et qui était habillé d'une étrange façon ; à cette subite vision nous jetâmes tous trois un grand cri, et mon maître s'évanouit de frayeur.

Ce fantôme épouvantable était notre précepteur que la puante odeur de notre lumière artificielle avait fait descendre de sa chambre pour venir voir ce que c'était. Il s'était approché de nous sans faire de bruit pour nous surprendre, ayant une serviette nouée à l'entour du col contre le rhume, sur une camisole rouge, et son bonnet à la tête, qui le faisait voir sans cheveux, parce que le bonhomme portait le jour une perruque ; enfin il était en équipage d'un vieillard qui se met au lit. Tellement que mon maître, ne l'ayant jamais vu fait de la sorte et lui trouvant le visage hâve, à cause de la fausse clarté, courut fortune de mourir de peur ; et pour mon camarade et moi qui étions d'une complexion moins délicate, nous ne laissâmes pas d'en demeurer en terre comme glacés. Notre précepteur fit un si grand bruit que des valets qui étaient dedans une antichambre y accoururent ; on reconnut à la lumière qu'ils apportèrent que le prince était évanoui, et que mon compagnon et moi n'étions guères mieux ; ce fut un tumulte si grand qu'il est malaisé de le pouvoir représenter : ce n'étaient que cris, larmes et plaintes. Il y eut quelqu'un des domestiques qui se ressouvint qu'il avait vu par hasard un de mes livres, sur le dos duquel il y avait écrit *Magie*, et qui dit que j'avais fait en ce lieu quelque conjuration diabolique qui était cause de cet accident : si bien que toute la maison était sur le point de se jeter sur moi pour me mettre en pièces[1]. Mais mon maître ne fut pas longtemps à revenir de sa pâmoison, et par le véritable récit qu'il fit de cette aventure il me délivra de ce danger ; mais quoi qu'il pût dire pour mon excuse, on me tint pour fort criminel, et j'eus plus de vingt coups de fouet pour cette malice innocente.

CHAPITRE XV

*Comme le page disgracié donna six coups d'épée*
*à un cuisinier qui lui fit peur,*
*et quelle fut sa première fuite.*

On fut plus de quinze jours à ne faire autre chose que de parler de mon trait de magie, dont chacun disait ses sentiments selon la portée de son esprit. Les plus sages, considérant plutôt mon intention que l'événement[2] de ma recette, excusaient aucunement ma jeunesse ; mais les ignorants exagéraient ma faute et faisaient sur un si petit sujet mille discours extravagants. Entre les autres il y eut un certain cuisinier d'esprit léger, et qui était en réputation d'avoir quelque pente à la folie, qui s'avisa de me vouloir faire peur en revanche de l'alarme que j'avais donnée à tout le monde. Un soir que mon maître était allé à la campagne pour deux ou trois jours, et que je m'étais couché de bonne heure pour me délasser du grand exercice que j'avais fait à jouer tout le long du jour à la paume, ce maître fol de cuisinier mit une chemise blanche par-dessus son pourpoint et la bigarra toute de tache de sang ; il mit encore sur sa tête un turban fait d'une serviette, accompagné d'une grande quantité de plumes de volailles ; avec cela il prit un tison allumé qu'il mit à sa bouche, et vint tirer le rideau de mon lit et me regarder fixement en cet équipage. Je ne faisais que sommeiller, de sorte qu'il n'eut pas beaucoup de peine à me faire ouvrir les paupières. Sitôt que je vis ce fantôme, je me sentis ému d'un certain transport, que je ne saurais bien dépeindre. Je ne sais quelle audace et quelle colère se mêlèrent à mon épouvante ; mais je sais bien que je sautai promptement à mon épée, et que j'en chargeai furieusement l'image qui m'épouvantait. Je la reconduisis jusqu'à ma porte à grands coups d'épée, sans pouvoir rien comprendre aux paroles qu'elle disait, et je lui eusse encore fait plus d'honneur, n'eût été qu'elle se précipita du haut de l'escalier en bas. Quantité de gens montèrent aussitôt à ma chambre avec des flambeaux et, me trouvant encore tout pâle d'effroi et mon épée nue à la main, me demandèrent ce que je croyais avoir fait ; je répondis que j'avais chassé un esprit qui m'était venu tourmenter dans ma chambre. Là-dessus, on me certifia que c'était un cuisinier du logis que j'avais blessé de six coups d'épée, et qui était en danger de mourir. Vous pouvez penser si je fus étonné[1] de cette nouvelle et si l'image de la punition que j'attendais ne me servit pas d'un second fantôme pour m'épouvanter toute la nuit. Le lendemain, dès qu'il fit jour, je m'habillai pour me sauver, sachant bien qu'on ne ferait aucun effort pour m'arrêter, n'y ayant personne à la maison qui eût l'autorité de mettre la main sur moi, que notre précepteur, qui était allé à la campagne avec mon maître. Je m'imaginai qu'ayant été fouetté cruellement pour des fautes assez légères, je le serais beaucoup davantage pour avoir ainsi tué un homme ; et ce raisonnement me fut une terreur panique. Je pris ma course au sortir du palais, et ne m'arrêtai point que je n'eusse fait dix ou douze lieues. Mais comme j'étais ardent et dispos, je fis cette traite avec tant de violence que je demeurai comme estropié en une maison d'un village, où je m'arrêtai quatre ou cinq jours, sans pouvoir passer plus outre, à cause des ampoules que j'avais aux pieds.

    J'avais délibéré de me conduire en la province où je suis né[1], pour ne revenir plus à la Cour jusqu'à ce que je fusse si grand que l'on ne me parlât plus de verges ; mais comme j'étais sur le point de déloger de cette maison, je fus tout étonné que j'aperçus venir un vieillard qui avait servi autrefois de valet de chambre à mon grand-père ; cet homme extrêmement avisé, après avoir pris la commission de me chercher, avait fait sur le chemin de si diligentes perquisitions[2] de moi qu'il découvrit enfin où j'étais. Il m'ôta d'abord toute l'épouvante que j'avais, me jura qu'elle était mal conçue et que, quand j'aurais tué un plus honnête homme qu'un cuisinier, en pareille rencontre, je ne serais nullement répréhensible. Je crus quelque chose de ce qu'il me disait et fis semblant de croire le tout, mais ce fut pour le décevoir[3] mieux. Le bonhomme chercha partout un cheval pour lui, me voulant accommoder du sien, mais il n'en put jamais trouver, si bien qu'il fut contraint de me suivre à pied durant ce petit voyage. Mais comme il avait près de soixante ans, il ne fit guères plus de deux ou trois lieues sans se lasser, et je découvrais par là le moyen de le quitter quand il m'en prendrait la fantaisie ; je lui dis lors que je serais bien aise de faire quelque quart de lieue à pied, et que la selle de son cheval commençait à m'incommoder ; le bonhomme s'accorda facilement à monter dessus, et depuis je le faisais descendre et remonter quand bon me semblait. Lorsque nous ne fûmes plus qu'à une lieue de la ville et que je vis que mon conducteur était bien las, je demandai d'aller à pied, ce qu'il m'accorda volontiers, et je pris un peu le devant, cependant qu'il rajustait les étriers à son point. Je lui avais laissé mon manteau, qui m'empêchait de courir, et lui avait été long à l'attacher à l'arçon ; tout cela m'avait donné temps de m'éloigner beaucoup de lui, les pieds ne me faisaient plus de mal, et je les crus capables de me rendre un bon office. Je quittai lors le grand chemin et, me jetant à travers champs, je courus de telle vitesse qu'en moins de rien mon homme m'eut perdu de vue, de sorte que je fus comme ces lièvres que les chiens pensent avoir pris, encore qu'ils n'en aient enlevé que de la bourre[1]. Ce vieux domestique croyait bien me ramener au logis, mais il n'y remporta que mon manteau.

## CHAPITRE XVI

*Seconde fuite du page disgracié,*
*pour avoir mis l'épée à la main*
*parmi les gardes du prince.*

Je rentrai le soir dans la ville et fus coucher chez un grand seigneur de mes amis[2], à qui je racontai mon aventure ; il m'en consola charitablement et rassura mon esprit épouvanté, me promettant de faire ma paix, ce qu'il exécuta le lendemain. Mon maître, qui ne m'avait point vu il y avait cinq ou six jours, me fit des caresses extraordinaires à mon retour ; et notre précepteur, considérant quels avaient été les dangereux effets de ma crainte, rabattit quelque chose de son accoutumée sévérité. Ainsi je vis pour quelque temps du calme en ma vie, mais qui ne fut pas perdurable, comme vous allez entendre. L'âge avait un peu mûri ma raison, sur la treizième de mes années, et les conseils de l'honnête honte commençaient à me faire rougir des moindres actions que je ne croyais pas bien séantes ; je me rendais plus attentif que jamais à la lecture et aux préceptes, et ne jouais plus, ni ne voyais plus de joueurs ni de débauchés que rarement. Tout le monde s'étonnait de ce changement et commençait d'oublier mes erreurs passées en faveur de ma probité récente. Lorsque la Fortune, comme indignée de ma révolte et de ce qu'ayant été allaité et nourri sous elle je faisais mine de la quitter pour embrasser la vertu, me fit éprouver à mon dam quelle est sa puissance. Elle m'ôta notre précepteur pour l'élever en une qualité plus éminente et pour avoir plus de moyen, quand je serais privé de son support, de m'abaisser jusqu'aux abîmes[1].

Pour ne vous point faire perdre de temps par des narrations trop longues, et pour ne toucher point à des plaies qui me sont encore sensibles, je vous dirai qu'étant sous un autre gouvernement[2], j'eus des mécontentements étranges et que, par des stratagèmes inouïs, je me vis quelques jours séparé de la présence de mon maître. J'eus opinion qu'on ne me privait de sa vue que pour me priver de ses bonnes grâces ; et cela me plongea dans une si grande mélancolie que l'on ne me reconnaissait plus. Au lieu que j'avais accoutumé de sauter, lutter ou courir avec mes pareils, je ne m'appliquais plus qu'à l'entretien de mes rêveries. Et comme j'étais un jour en l'une des maisons royales[3], il arriva par malheur qu'un homme qui rêvait aussi bien que moi me choqua en passant fort rudement. Je revins aussitôt de mes profondes pensées et lui dis brusquement quelque chose sur son peu de considération. Mais lui, prenant ces paroles pour offensives, tira son épée à moitié du fourreau, comme s'il m'en eût voulu frapper, moi qui n'en avais point et qui étais d'une autre condition que lui ; son action déraisonnable m'émut d'une étrange façon. Il put connaître à mon visage, et à ce que je lui dis de sa lâcheté, que la chose ne bâterait[4] pas trop bien pour lui, et délibéra de s'évader ; mais je courus au premier laquais qui passait et, lui demandant son épée[5], j'eus en moins de rien attrapé cet indiscret. Les gardes du prince étaient en haie dans la basse-cour attendant qu'il revînt de la chasse où il était allé, et mon homme y crut être à refuge, mais l'aveugle désir que j'avais de me venger de cet affront ne me donna pas le loisir de raisonner sur cette affaire. Je ne laissai pas pour[1] les gardes de lui donner deux grands coups d'épée ; et je lui en eusse peut-être donné davantage, si trois ou quatre piques abaissées ne m'en eussent point empêché. Cette insolence que je commis fit élever un grand murmure ; trois ou quatre officiers me saisirent pour me retenir prisonnier, mais un lieutenant du régiment, qui me connaissait, me retira d'entre leurs mains, disant qu'il me tiendrait en sa garde et que je n'étais pas un gentilhomme à maltraiter, et m'amena droit en son logis.

Ma fougue étant passée, la crainte du péril où j'étais vint refroidir le sang qu'avait fait bouillir la colère ; je commençai de me repentir de mon impatience et de faire des vœux pour le salut de celui que je voulais perdre. Cinq ou six soldats de la compagnie de ce lieutenant, qui me fit un tour d'ami, vinrent de temps en temps les uns après les autres m'avertir de l'état où était le malade, qui n'était pas bien ; et le dernier, qui me vint assurer qu'il rendait les derniers abois au logis d'un chirurgien, fit que je me résolus à la fuite. J'avais prié le lieutenant qui m'avait fait un bon office de m'en rendre un autre, en allant découvrir au château ce qui se disait de cette affaire, et surtout de visiter l'appartement de mon maître, pour voir s'il était averti de cet accident et s'il pourrait obtenir ma grâce. Mais cette mauvaise nouvelle m'ôta tout espoir d'en pouvoir apprendre de bonnes. Je crus qu'il y allait de ma vie, et qu'il fallait essayer de la sauver en s'éloignant. Je partis donc secrètement et, gagnant un bois d'assez grande étendue[2], je ne m'arrêtai point que je n'eusse fait neuf ou dix lieues, et je les fis en si peu d'heures que cela ne semblerait pas croyable. Je vous dirai aussi qu'il y avait peu de gens, non pas seulement à la Cour mais encore en toute la France, qui fussent plus dispos que moi ; je sautais souvent à la jarretière[3] à la hauteur des plus grands hommes qui se trouvassent ; je franchissais encore au plein saut des canaux qui ont au moins vingt-deux pieds de large, et pouvais courre[1] trois cents pas contre le plus vite cheval du monde. C'est pourquoi vous ne me tiendrez pas de mauvaise foi si je vous dis qu'en moins de douze ou quatorze heures je fis vingt-sept ou vingt-huit lieues[2].

CHAPITRE XVII

*L'étrange rencontre que fit le page disgracié
dans une méchante hôtellerie.*

Mon dessein, quand je me sauvai du lieu où se tenait la Cour, n'était que de m'éloigner le plus qu'il me serait possible de toute sorte de connaissance et de me déguiser si bien que je ne me connusse pas moi-même. Je vins à bout de ces deux choses ; je me rembuchai[3] dans une grande ville marchande[4], que visite la Seine allant vers la mer, et là je me reposai quelques jours pour prendre langue et me disposer à faire un plus long voyage. Là je m'étudiai à oublier tout à fait mon nom, et à me forger une fausse généalogie et de fausses aventures, afin de n'être pas surpris quand on me ferait quelque interrogation. Je n'avais guères plus de quinze ou seize pistoles sur moi lorsque je partis, dont il ne me restait plus que sept ou huit. Avec si peu d'assistance, je me délibérai de passer la mer pour aller voir cet Albion, où les poètes font chanter tant de cygnes[5]. J'étais parti de cette grande ville assez tard, et comme je n'étais plus pressé d'une crainte si violente, je ne fis pas lors du chemin à la proportion du jour de ma fuite. Je n'arrivai qu'à deux lieues près du premier port où je me devais embarquer. Je me retirai dans une hôtellerie assez écartée, où je soupai peu, soit par lassitude ou par tristesse ; et l'on me mena coucher dans une chambre où il y avait deux assez bons lits.

À peine eus-je reposé une bonne heure, repassant dans mon esprit toutes mes disgrâces, que j'entendis mon hôtesse parlant à ma porte. Celui qui faisait un colloque avec elle demandait une chambre où il couchât seul, mais elle lui protestait qu'elle n'avait plus qu'un lit à donner dans une chambre où dormait un jeune garçon. Sur les difficultés qu'il faisait à cela, l'hôtesse insistait en ses persuasions, répondant pour moi, et disant que je n'avais pas la façon[1] de faire tort à personne, que j'avais seulement la mine de quelque enfant qui avait quitté ses parents pour aller voir le pays ; même que j'étais si lassé du chemin que j'avais fait qu'elle ne croyait pas que je me levasse bien matin. Là-dessus ils entrèrent tous deux, et la maîtresse vint tirer le rideau pour voir si je dormais (ce que je fis semblant de faire) et, montrant mon habit qui était de soie à ce défiant voyageur, l'assura que je n'étais pas une personne dont il dût craindre la compagnie ; lui s'accorda à coucher dans cette chambre et se fit apporter toutes les choses qui lui étaient nécessaires pour souper, et surtout il demanda beaucoup de bois, comme s'il eût voulu veiller à écrire quelques mémoires d'importance ; parmi ces choses, il demanda particulièrement une poêle et quelques œufs qu'on lui mit dans un plat qu'il voulait frire à sa mode.

Lorsqu'il fut pourvu de toutes ces choses et qu'il eut bien fermé sa porte, il vint porter une chandelle sur mon lit pour considérer exactement si je dormais ; j'en fis toujours semblant, et l'observai à mon tour fort soigneusement. Je m'aperçus qu'après avoir allumé un grand feu, il tirait d'un sac qu'il avait apporté beaucoup de divers ustensiles qu'il posait fort doucement auprès du feu, de peur qu'ils ne fissent du bruit ; il tira quantité de charbons du feu, sur lesquels il fit réchauffer quelque chose. Ensuite de cela il mit sa poêle aussi sur le feu, mais cela ne sentait point la façon dont on a accoutumé de fricasser : le beurre n'y faisait point de bruit, il ne s'entendait qu'un petit mouvement qu'il donnait à un soufflet, après qu'il eut bien appuyé sa poêle sur le haut de quelque escabeau. Enfin lorsque ce mystère commençait de m'ennuyer, ce galant homme y mit fin de cette sorte. Il tira d'entre ses hardes une platine de fer ronde, qu'il enchâssa dans un cercle de même matière, et là-dessus il versa sa fricassée. Peu de temps après il mit de l'eau dessus avec une aiguière, et c'était pour refroidir une matière assez solide qu'il tira de cet instrument pour la faire entrer dans une autre machine. Ici mes yeux ne purent pénétrer, mes oreilles seulement succédèrent à l'office d'espion et découvrirent qu'en tournant une manivelle, il faisait faire un bruit sourd à certaines roues, qui faisaient par intervalle un autre bruit comme coupant quelque chose de dur avec violence. Ce fut là que ma curiosité fut bien éveillée ; je me mis à me [1] geindre et m'étendre comme ceux qui sont lassés de dormir sur un côté et qui se veulent mettre sur l'autre, et je faisais cela pour me dresser et voir mieux, par l'ouverture de deux rideaux, ce que c'était que cet ouvrage. Au bruit que je fis en tournant dans mon lit, cet honnête artisan cessa le sien et ne le recommença point qu'il ne m'eût ouï ronfler bien fort. J'avais été nourri trop longtemps à la Cour pour n'entendre pas la complaisance, je lui rendis celle-là fort adroitement et vis par cet artifice qu'il avait fait de l'or monnayé qu'il serra secrètement dans un papier ; et puis, après avoir remis toutes ses hardes dans son sac, il se coucha sans faire bruit. Je n'eus pas une petite joie de voir que j'avais fait cette rencontre, et m'imaginai que c'était un remède envoyé du Ciel pour adoucir ma mauvaise fortune. J'avais lu force livres curieux, sans excepter ceux qui sont remplis de ces énigmes confus, que l'on estime des guides sacrés pour trouver la pierre philosophale. Je savais tous les contes qu'on fait de Jacques Cœur, Raymond Lulle, Arnold de Villeneuve, Nicolas Flamel et autres, jusqu'à Bragardin [2]. Je crus donc que celui-ci en était quelque petite copie, et que cet homme-là seul était capable de me mettre mieux à mon aise que tous les princes et les rois. Je ne pensai plus qu'aux moyens de l'accoster et de le disposer à me recevoir en sa compagnie ; je passai toute la nuit à m'entretenir, tantôt du désir de pénétrer

bien avant dans sa confidence, tantôt de la crainte qu'il ne
s'épouvantât de mon abord, ou qu'il ne s'échappât de mes
mains sans les avoir magnifiquement garnies.


CHAPITRE XVIII
*Comme le page disgracié
fit connaissance avec un homme
qui avait la pierre philosophale.*


Le jour ne commençait qu'à poindre, lorsque importuné
du chant du coq, ou peut-être de quelque terreur secrète, cet
homme dont je faisais déjà mon idole se leva du lit, s'habilla
et mit son sac sur ses épaules, puis descendit en bas pour
compter avec l'hôtesse ; de ce même temps, je portai tous
mes habits vers la fenêtre, que j'ouvris, afin qu'en les mettant
je pusse voir facilement quand il sortirait et le chemin qu'il
viendrait à prendre. Tout cela me succéda fort bien jusques-
là ; ce nouvel Artefius[1] tendait où j'avais dessein d'aller, et je
n'eus rien à faire autre chose qu'à compter avec mon hôtesse
et à le suivre de vue. Comme je le vis dans le grand chemin, je
jugeai qu'il ne serait pas à propos de l'aborder si promptement, de crainte de l'épouvanter, et qu'il valait mieux
attendre que je le visse arrêter en quelque hôtellerie, afin de
pouvoir boire en passant au même lieu et prendre de là sujet
d'aller en sa compagnie. Le faix qu'il portait sur ses épaules
en fit bientôt venir l'occasion ; je le vis arrêté au premier
village, où il demanda chopine, et s'assit dessus une pierre à
la porte de l'hôtellerie ; je m'y rendis, comme il était près
d'achever son vin, et demandai demi-setier, dont je n'avais
besoin que pour prétexte de l'accoster. Je lui demandai lors
en buvant s'il allait vers le port, mais il ne répondit à tout ce
que je lui dis que par monosyllabes, et d'une mine si fort

austère que j'en fus comme au désespoir. J'eus l'opinion qu'il m'avait reconnu pour le garçon qui lui avait été si suspect dans sa chambre, et je fis beaucoup de raisonnements sur la manière dont je le devais faire parler d'un mystère qu'il voulait taire. Mais comme je l'avais toujours devant les yeux, il disparut presque en un instant.

J'eus le cœur tout glacé de crainte, l'ayant si tôt perdu de vue, qu'il ne se fût alors servi de quelque caractère[1] pour s'envoler. Je courus, tout transporté de cette peur, jusqu'au lieu où j'avais cessé de le voir, et, m'apercevant qu'il y avait en cet endroit une descente où le chemin était creux et varié de détours, je repris aussitôt l'haleine avec le courage, et m'accusai de peu de force d'esprit. Mais lorsque je fus descendu si bas que je pouvais découvrir toute l'étendue de la campagne et que je ne vis point mon homme, j'eus un déplaisir que je ne vous puis représenter. Je jetai mon chapeau contre terre, me tirai aux cheveux et lançai des cris si furieux que quiconque m'eût vu de la sorte m'eût pris pour quelque démoniaque. Mon homme, qui ne s'était écarté du chemin que pour aller à quelque nécessité naturelle, entendit sans doute quelque chose de mes clameurs, et prévoyant que je faisais dessein sur lui, fit aussi dessein de se dérober de moi. Il avait déjà remonté le chemin creux par où j'étais descendu, prenant finement des détours, de peur que je ne l'aperçusse, lorsqu'il s'arrêta dessus ce haut pour m'observer et voir si je passerais outre. Il arriva par hasard qu'en pensant à ma perte, je tournai brusquement ma tête vers l'endroit où je l'avais faite et revis mon homme avec son fardeau. À cet objet, les tristes passions dont j'étais rempli quittèrent la place à la joie et à l'espérance, et l'audace se mit du même temps en leur compagnie. Je ne voulus plus biaiser en mon dessein, et sitôt que je pus atteindre cet homme qui fuyait de moi, je lui fis hardiment une déclaration de ce que j'étais et de ce que j'avais reconnu qu'il était. Mais je lui fis cette ouverture de si bonne grâce, et lui exagérai de telle sorte l'état des infortunes où je me trouvais et celui du bonheur qu'il possédait que, si ce n'eût pas été quelque esprit faible, comme il était, il ne se fût pas troublé comme il fit.

D'abord il jeta son sac par terre, comme pour avoir plus de liberté de se servir de son épée, qui était engagée dans une courroie, et moi, qui tenais la mienne à la main, me tins sur mes gardes, pour considérer ce qu'il voudrait faire ; et possible qu'il eût tenté quelque coup de désespéré s'il ne m'eût trouvé si résolu. Mais c'était un homme de mauvaise taille et aucunement cassé de vieillesse et de travaux, à qui ma jeune hardiesse fit peur ; il se contenta de se prendre à sa mauvaise fortune de cette rencontre et de faire des lamentations mêlées de larmes. Quand je vis qu'il n'était plus question que de rassurer son esprit et de consoler sa douleur, je me sentis ravi de joie. Il me semble que je ne parlai jamais si facilement ; je fis sur-le-champ des déclamations consolatoires et persuasives, aussi élégantes que si j'eusse été quelque Démosthène ou quelque nouvel Isocrate. Je fis voir aussi clair que le jour à cet esprit appréhensif que l'aventure qu'il estimait disgrâce était une pure faveur de ses bons destins. Je lui représentai que j'étais gentilhomme d'honneur et que j'avais le cœur si bon que toutes les tortures du monde ne me pourraient jamais obliger à découvrir son secret s'il m'en voulait faire confidence, et que je le suivrais en tous lieux et le servirais toute ma vie avec une fidélité sans exemple ; qu'il ne pouvait faire une rencontre plus avantageuse pour lui que d'une personne faite comme moi, qui étais ensemble intelligent, fidèle et hardi ; que je me mettrais à l'épreuve des services les plus scabreux et les plus difficiles à lui rendre, et qu'il me souffrît seulement. À toutes ces choses, ce visage enfumé, qui avait plutôt la mine d'un chaudronnier que d'un philosophe, demeura fort longtemps muet ; mais, comme il eut repris ses esprits et rêvé quelque temps sur ce qu'il avait à répondre, il me fit une repartie fort soumise, mais fort adroite ; il m'apprit sous quels maîtres il avait étudié, et quelles peines il avait eues pour acquérir cette toison d'or dont j'avais envie. Après cette ingénue confession, qui me rendait déjà possesseur de tant de biens imaginaires, il me représenta comme en tremblant le danger que couraient ceux qui avaient un secret pareil, quand ils étaient découverts par quelque prince ; que le moindre malheur qu'ils en pouvaient attendre était l'entière perte de leur liberté, mais que d'ordinaire on ne se contentait pas de les faire travailler et languir en prison, mais qu'on leur ôtait souvent la vie avec de cruelles tortures pour leur enlever leur secret [1] ; que ce bénéfice si précieux n'était pas produit seulement par le soin des hommes, qu'il y avait une particulière bénédiction dans l'accomplissement de ce grand œuvre [2], et que ce serait mériter une éternelle malédiction si l'on n'usait de cette grâce avec grande considération ; qu'il en fallait secrètement assister les pauvres, et se garder bien de le découvrir aux Grands, qui sont naturellement ambitieux, et qui ne demanderaient que le moyen de porter partout la guerre et s'emparer injustement des États de leurs voisins ; que ce serait un crime irrémissible de mettre de la sorte des armes entre les mains des furieux ; et que c'était pour ces raisons qu'il menait une vie cachée et pénible, appréhendant que la divine Justice le précipitât dans les abîmes éternels après une si rare faveur, s'il l'employait en mauvais usage ; qu'il avait assez reconnu par mes paroles que je n'étais pas un enfant mal né, ni mal élevé, mais qu'il était nécessaire que je montrasse par les effets que je ne voulais pas être ingrat envers la main toute-puissante qui m'avait comblé de tant de faveurs et qui m'avait encore fait trouver l'occasion de le connaître ; que si je voulais m'unir à sa compagnie, comme je disais, il me mènerait avec lui par toute la Terre, dont il me disait savoir presque toutes les langues et les coutumes ; que nous commencerions ces beaux voyages par celui de la Terre Sainte, afin qu'ayant adoré le Sépulcre, où fut renfermé celui qui a fait tout le monde, nous eussions une bénédiction particulière pour le parcourir sans danger ; qu'il ne souhaitait de moi que deux choses, après lesquelles il me tiendrait pour une partie de son âme et ne me cacherait plus rien [3].

Je me trouvai si suspendu de joie à ce discours qu'à peine je lui pus demander quelles étaient les deux choses qu'il désirait que je fisse pour mériter tant de bonheur. Il m'apprit enfin que cela consistait en deux points, dont l'un m'était fort agréable et n'était point du tout difficile. Mais l'autre m'était aussi cruel que s'il m'eût mis le poignard au sein. Le premier était qu'il voulait que je fisse une confession générale, en la ville où nous allions, entre les mains d'un bon Père religieux qu'il me nomma ; et l'autre était que je me fiasse en sa parole et que, passant en Angleterre, je l'attendisse à Londres chez un marchand de ses amis. Je lui promis de faire de bon cœur la confession, mais pour la séparation, je lui protestai que je ne m'y pourrais jamais résoudre. Il insista toujours là-dessus, avec serments graves qu'il me voulait donner pour gages. Durant cette contestation, nous nous acheminâmes ensemble vers le port de mer[1], où je croyais aller tout seul, et qui n'était plus qu'à demi-lieue de nous ; là par son ordre nous allâmes souper et coucher dans un couvent, où l'on nous reçut avec joie.

CHAPITRE XIX

*Comme le page disgracié*
*goûta de ce que le philosophe nommait*
*médecine universelle,*
*et quelle fut leur séparation.*

Il me souvient d'avoir lu dans la fable que l'espérance était renfermée dans la boîte de Pandore, et que lorsqu'elle en sortit avec tous les maux du monde, on ne sut jamais discerner si elle était un mal ou un bien, ou si c'étaient tous les deux ensemble ; et je trouve quelque chose de fort admirable en cette incertaine description.

Quand nous fûmes retirés le soir, ce grand philosophe et moi, il me fit de grandes et saintes exhortations pour bien vivre selon Dieu, et me fit de grandes promesses de me donner le moyen de paraître honorablement selon le monde. Parmi ces choses qu'il me dit avec un grand zèle, il ne put s'empêcher de me découvrir qu'il avait des visions en dormant qui tenaient de la prophétie, et que la plupart des événements d'importance lui étaient toujours annoncés en cette manière. Il m'avoua qu'il avait toute ma représentation dans l'esprit, deux jours auparavant que de me voir, et que je lui étais apparu en songe avant qu'il vînt coucher en l'hôtellerie où nous nous étions trouvés tous deux, qu'il reconnaissait bien dans la forme et les linéaments de mon visage que je n'étais pas né pour lui causer aucun déplaisir, mais que toutefois il avait essayé d'éviter ma compagnie et ma connaissance, pour ce que dans le songe où je lui étais apparu, il avait eu quelque autre vision très épouvantable. À ce discours je répondis ingénument tout ce qui me put venir à la bouche pour rassurer son esprit et lui représenter vivement la fidèle affection que j'avais déjà conçue pour lui ; je ne lui fis pas toutes ces protestations sans larmes, et larmes si fort efficaces qu'elles excitèrent les siennes. Après cette tendre conférence par qui la confiance fut affermie en nos deux cœurs, il m'avertit qu'il était tard et que j'avais besoin de repos. Je m'allai jeter sur mon lit, mais lui ne fit que se jeter à genoux aux pieds du sien, dont je crois qu'il ne se releva qu'au point du jour. Le matin nous fûmes ensemble nous promener dans un jardin de la maison et nous nous entretînmes des choses qui concernaient la manière de me mettre au bon état auquel il me demandait, pour me déclarer plusieurs secrets d'un grand poids, et tout le jour fut employé à ce saint exercice[1]. Le jour d'après, ce grand philosophe, qui s'était levé devant moi, me vint avertir que je m'habillasse promptement, et qu'il avait à me faire voir des plus hautes merveilles de l'art et d'incomparables moyens de maintenir la Nature affaiblie par l'âge, altérée par quelque corruption, ou blessée par quelque violence. Il faisait un beau jour, et je ne pouvais mieux prendre mon temps pour voir avec plaisir les plus belles couleurs du monde.

Ce docte alchimiste[1] tenait entre ses mains un petit pot de grès rempli, comme il semblait, d'une manière d'onguent commun, mais qui ne servait qu'à couvrir d'autres marchandises fort rares. Après qu'avec une spatule il eut enlevé doucement un parchemin sur qui tenait la vilaine drogue, il tira de là-dessous trois petites bouteilles de verre, qui n'étaient point si grosses que le bout du doigt et qui n'étaient qu'à demi remplies. Il les essuya les unes après les autres avec un linge blanc, afin que je discernasse mieux à travers le verre les excellentes beautés qu'il renfermait.

La première bouteille qu'il me montra était d'une couleur de perles, mais qui avait un si bel œil[2] que je n'ai jamais rien vu de si agréable ; l'éclat du vif-argent bien purifié n'est point si beau, et c'était une manière de poudre onctueuse. Je lui demandai quelle était sa propriété. Il me répondit :

« Elle est fort vaine, mais parmi les habitants de la Terre, qui n'aiment que la vanité, cette poudre est du prix des plus solides richesses et peut trouver du crédit où l'or et les diamants n'auraient point de force. C'est ce qu'on appelle huile de talc[3], et ce que les dames qui sont ambitieuses de beauté souhaitent avec tant d'ardeur. »

Et en disant cela, il me montra la seconde bouteille, où était enfermée une poudre de couleur de feu si vive et si lustrée que j'eusse bien passé deux heures à la contempler sans m'en ennuyer ; et selon la façon dont m'en parla ce philosophe, qui n'en faisait guères plus d'état que de l'huile de talc, c'était cette poudre de projection[4] si recherchée par les alchimistes. Mais quand il me montra la troisième fiole, ce fut avec un visage riant et qui ne tenait rien du mépris dont il avait considéré les deux autres. Celle-ci était presque pleine d'un onguent précieux, tirant à la couleur de pourpre, et c'était ce que les philosophes appellent la médecine universelle. Il me fit verser dans un verre trois doigts du vin qui nous était resté le soir ; puis, ayant tiré avec la pointe d'une aiguille d'or une petite quantité de cette drogue, il me la fit mettre dedans et m'obligea d'en boire une partie, m'assurant que je m'en trouverais fort bien, et que j'y trouverais même des délices que je n'avais jamais ressentis. Il m'était monté à l'odorat une certaine vapeur fort douce, comme je remuais l'aiguille dans le vin ; et cela me donnait déjà l'envie d'en goûter. Mais lorsque j'eus mis le verre à ma bouche, ce fut bien une autre merveille : il me sembla que je perdisse tous les autres sens par un ravissement agréable et que mon âme se fût retirée de toutes les parties de mon corps pour être tout entière sur ma langue et dans mon palais. Je n'en avalai qu'une gorgée, et comme je tendais le verre à mon philosophe, qui devait boire tout le reste, l'excès de la joie me fit ouvrir la main, et le breuvage précieux tomba par terre. Le bonhomme, qui s'amusait à resserrer son élixir, et ses baumes précieux, fut épouvanté de cet accident et l'interpréta possible à mauvais augure : il me demanda si j'avais senti quelque contraction de nerfs en buvant, et comme je lui eus dit que non, et que je n'avais laissé tomber le verre que par un transport de joie, il me tança de me laisser trop aller à la pente que j'avais à la sensualité, et me dit qu'il fallait que je me souvinsse que notre âme était créée pour être la maîtresse de nos sens, et non pour être leur servante. De même temps, il me prit les deux mains et, me les ayant renversées, arrêta fixement ses yeux sur une. Puis comme il eut été quelque temps à parcourir de la vue une certaine ligne qui s'étendait en demi-cercle depuis le premier doigt jusqu'au dernier[1], il me dit en branlant la tête :

« Voilà des marques d'une inclination à la volupté qui vous coûtera beaucoup de peines. »

Je voulus l'enquérir curieusement sur ce sujet, mais il me ferma soudain la bouche en me disant que c'étaient des présages d'un malheur que je pourrais éviter si j'étais sage, et qu'il m'en entretiendrait une autre fois plus particulièrement.

## CHAPITRE XX

*La séparation du page disgracié
et du philosophe,
et par quel moyen le page passa la mer.*

Comme nous étions en conversation, un religieux nous vint avertir qu'il y avait un homme à la porte qui demandait un de nous deux. Je pâlis à cette parole, m'imaginant que ce pourrait être quelqu'un que l'on avait envoyé après moi pour m'arrêter : tout à l'instant, l'image de l'homme à qui j'avais donné deux coups d'épée me vint à l'esprit et, bien qu'il n'y eût rien que de franc et de noble en cette action, je ne laissai pas de sentir en moi quelques mouvements d'une conscience épouvantée ; mais, à la description de l'habit et la mine qu'avait celui qui nous demandait, le philosophe pâlit à son tour et me vint dire à l'oreille :

« C'est moi qu'on demande, je vois bien qu'il faudra malgré moi que je vous quitte, mais ce sera pour fort peu de temps, et j'emploierai tout le reste de la journée à vous entretenir des choses que vous aurez à faire durant mon absence. »

Je lui voulus repartir sur ce discours et lui témoigner combien cette séparation me toucherait, mais il ne m'en donna pas le loisir et courut incontinent trouver cet homme qui l'attendait. Je le suivis pour observer de loin quel pouvait être cette personne. C'était un homme fort maigre et fort pâle, qui était à peu près de l'âge de ce grand chimiste que je considérais après Dieu pour l'auteur et la cause de toutes mes félicités à venir. Ils furent une bonne heure ensemble, et, selon ce que je pus juger à leurs gestes, ils parlaient avec contention[1] de quelque chose de grande importance. Enfin les derniers compliments se firent entre eux, et le philosophe, ayant reconduit l'étranger jusqu'à la porte, me vint après prendre par la main pour me dire que c'en était fait, et qu'il fallait nécessairement qu'il se séparât de moi pour trois semaines, qu'il avait fait tous ses efforts pour s'en dédire, mais qu'il n'en avait pu trouver le moyen. Cette résolution m'affligea beaucoup, et je ne me pouvais résoudre à passer la mer sans cet homme, dont je faisais déjà une partie de moi-même.

Enfin, après des serments épouvantables qu'il me fit de se rendre à Londres dans trois semaines au plus tard, et des conjurations ardentes de l'aller attendre en ce lieu chez un marchand de ses amis, auquel il adressa un billet, je m'accordai à ses prières. Il me demanda si j'avais de l'argent, et comme je lui eus dit que je n'avais que huit ou dix pistoles, il en tira quinze de sa poche qu'il me pria de prendre encore, afin que je fisse faire un habit de drap en l'attendant. Il me donna de plus treize ou quatorze grains d'une poudre fort déliée et qui était de couleur citrine, et me dit que si j'étais beaucoup malade sur l'eau, j'en avalasse tant soit peu dans une cuillerée d'eau-de-vie, et que c'était une chose fort cordiale et fort amie de la Nature ; surtout que c'était le glorieux ennemi de tous les plus pernicieux venins, et que le cœur ni le cerveau ne pouvaient pâtir par aucune sorte de poison en sa présence. Je serrai soigneusement ces dons et l'accompagnai jusque hors de la ville et, lorsque nous nous quittâmes, ce fut après de grands embrassements et une grande effusion de larmes de part et d'autre.

Lorsque je retournai dans la ville, je n'étais plus ce que j'étais auparavant, et j'eus beaucoup de peine à me faire reconnaître en la charitable maison où nous avions couché deux nuits. J'en pris congé le lendemain avec beaucoup de remerciements, pour m'aller embarquer avec quelques passagers dans un vaisseau qui faisait voile pour l'Angleterre, où je ne fus pas saisi d'une petite appréhension, lorsque j'appris qu'une bande de violons qui était depuis peu partie de mon ordinaire séjour faisait ce voyage comme moi. Je me tins toujours à fond de cale, de peur que, si j'allais me promener sur le tillac, j'y trouvasse quelque personne de connaissance qui pût traverser mes desseins.

CHAPITRE XXI
*Comme le page disgracié, après une tempête,*
*mit en pratique une poudre*
*que le philosophe lui avait donnée,*
*et quel effet elle produisit.*

Nous avions eu vingt-quatre heures[1] de mauvais temps depuis notre embarquement, après un grain de vent qui nous vint surprendre et qui faillit à nous perdre ; et tout le monde se trouva si mal qu'il y en avait plusieurs sur le tillac qui passaient pour morts. Quant à moi j'étais sous un poste[2], couché de mon long sans faire autre chose qu'ouvrir de temps en temps la bouche sans pouvoir vomir, et je crois que je ne me fusse jamais relevé sans un charitable matelot qui me vint prendre à travers du corps et, m'ayant redressé sur les pieds, me mit à la bouche un peu d'eau-de-vie. Après que je fus revenu par ce remède, je donnai quelque teston à mon médecin, à la charge qu'il m'en redoublerait la dose. J'infusai tout à l'heure[3] deux ou trois grains de ma précieuse poudre en cette eau-de-vie et ne l'eus pas sitôt avalée que je me trouvai tout remis ; elle n'égalait pas en douce odeur celle dont j'avais goûté dans le monastère, mais elle se faisait agréablement sentir au cœur et au nez ; et même il en resta une telle impression dans la coupe du matelot, que tout le monde y voulait boire. Le bruit s'épancha dans le vaisseau que c'était moi qui y avais mis quelque chose ; à cette nouvelle, chacun me venait regarder au nez ; entre les autres, il y eut un certain musicien que j'avais vu dans tous les ballets des princes, qui, m'ayant reconnu, me vint embrasser avec un grand cri :

« Ha ! Monsieur, me dit-il, qui vous a fait venir en ce lieu, et comment avez-vous quitté votre maître ? »

Et continua de me faire mille demandes importunes. À tout cela je répondis froidement, lorsqu'un de ses amis lui dit brusquement :

« Comment, un tel, tu connais donc ce jeune garçon ? Hé ! je te prie de lui demander un peu de ce qu'il a mis dans la tasse du matelot pour faire revenir monsieur le maître qui se meurt là-haut sur le tillac : il t'aura une grande obligation de cette faveur, et tu sais que c'est un homme qui n'est pas ingrat vers ceux qui lui font plaisir. »

Il fallut qu'à la prière du musicien je redéployasse encore mon petit papier, et la presse fut si grande de ceux qui voulaient voir ce que c'était, qu'elle faillit à m'étouffer. Mon remède fit son opération au contentement de monsieur le maître qui, pour me témoigner sa reconnaissance, descendit à quelque temps de là où j'étais, avec un pot de noix confites à sa main, dont il m'en fit avaler trois ou quatre, encore que je l'en remerciasse avec beaucoup d'opiniâtreté.

Depuis, nous fûmes grands amis, et je reçus des marques d'affection de lui que je n'eusse pas osé espérer d'un parent proche.

Lorsque nous fûmes débarqués, je me mis en la compagnie de ce galant homme, pour aller gagner cette grande ville qui porte le nom de sa figure. C'était un maître d'hôtel d'un prince qui était envoyé en ce quartier pour présenter quelques lettres de compliments à Sa Majesté Britannique, et pour ramener quelques guilledines[1] et quelques chiens de chasse en France.

N'eût été que j'avais mon billet d'adresse et mon logis de rendez-vous, je n'eusse point pris d'autre maison que la sienne ; mais j'avais dans l'esprit d'autres intérêts, qui m'étaient plus chers, et je ne me fusse pas détourné de mon dessein pour la meilleure bonne fortune du monde.

## CHAPITRE XXII

*L'arrivée du page disgracié à Londres,
et la mauvaise fortune
qu'il eut chez un marchand.*

Sitôt que je fus au logis du marchand dont mon philosophe m'avait parlé et qu'il eut ouvert le billet que je lui portais de cette part, il me fit beaucoup de caresses et donna ordre qu'on me traitât comme si j'eusse été quelqu'un des enfants de la maison. Cettui-ci était un homme fort riche et qui trafiquait en beaucoup de provinces éloignées. Il avait au moins deux ou trois vaisseaux bien équipés. Tout ce qui me fit peine en sa maison, c'est qu'il n'y avait que lui là-dedans qui sût entendre ma langue, tellement que lorsqu'il en était sorti pour quelque affaire, je ne savais comment demander les choses dont j'avais besoin. Je m'allai plaindre de cette incommodité chez un ordinaire[1] français, où logeait le maître d'hôtel, dont j'avais acquis les bonnes grâces ; il y eut là-dedans un honnête homme qui, par compassion de la peine où j'étais, me fournit d'un petit livret imprimé à Londres, qui m'enseigna la manière de demander tout ce qui me serait nécessaire. En moins de rien je le sus par cœur et même avec sa naturelle prononciation, à la faveur de quelques valets du logis, qui prirent plaisir à me l'apprendre. Mais cette nouvelle connaissance qui me devait apporter de la commodité me fut extrêmement incommode. Ce marchand avait un de ses proches parents chez lui pour lui servir de facteur, dont la femme était assez belle ; au moins elle était blanche, vermeille et en bon point, n'ayant au plus que vingt-deux ou vingt-trois ans. Cette femme, dont le mari n'était nullement bien fait, jeta possible les yeux sur moi pour m'embarquer dans quelque pratique amoureuse ; je m'aperçus qu'elle me regardait avec de grands yeux et me lançait beaucoup de regards à la dérobée, et qu'elle prenait grand plaisir à m'entendre prononcer les mots que je savais de sa langue.

 Un soir qu'il y avait peu de gens au logis qui étaient encore occupés à descendre quelques tonnes[1] de marchandise dans une espèce de cave, elle me vint trouver en ma chambre, et comme si j'eusse été capable de l'entendre, elle me fit un discours avec beaucoup d'émotion, qui dura bien demi-quart d'heure. Je ne sus rien répondre à tout cela ; mais elle fit semblant de croire que je me moquais, et reprit ses discours de plus belle. Enfin, comme elle eut bien lassé ma patience, je lui voulus parler par signes, mais elle se retira soudain, et ne me donna qu'un *good bye*[2]. Cette femme revint plusieurs fois à ma chambre pour me continuer ses beaux discours, auxquels je n'entendais rien, et ne voulait point être interrompue en les faisant, de peur qu'elle avait que j'en perdisse la suite. Après qu'elle m'eut longtemps importuné de ses douces conversations[3], où je ne pouvais comprendre aucune chose, il se présenta une occasion qui finit notre comédie. Ce fut qu'un soir son mari revint de la ville après avoir fait grande chère, le boire avec excès, en ce quartier, n'étant pas tenu pour un vice. C'était un ouvrage de Bacchus auquel il ne restait plus rien que la parole, encore ne lui était-elle pas demeurée bien nette : les continuels hoquets la rendaient mal intelligible, et sa tête était si pesante que ses jambes mal assurées succombaient souvent sous le faix. Comme c'est la coutume de ceux qui ont trop bu de vouloir encore boire, cet homme ne fut pas plutôt entré en son appartement qu'il se fit apporter du vin et commanda qu'on me fît venir pour lui tenir compagnie à souper. J'y vins et fus présent à ce spectacle désagréable. J'appris là qu'il n'y a rien qui puisse mieux donner de l'horreur du vice que la propre image du vice, et que les Grecs étaient bien sensés qui faisaient enivrer leurs esclaves devant leurs enfants pour leur imprimer la tempérance. Ce facteur fit à table beaucoup d'actions indécentes et témoigna par ses paroles et par ses gestes qu'il ne lui restait plus rien de cet avantage que nous avons sur les autres animaux. Cependant, sa femme n'en faisait que sourire et, ne se rendant pas plus sage par cet exemple, prenait le chemin pour arriver au même point. Elle vida plusieurs fois une grande tasse de vermeil doré, faite en navire, et j'eus quelque doute que sa raison ferait naufrage par cette voie. Enfin, son mari tomba de la table, et ce fut tout ce que nous pûmes faire, sa femme, deux de ses serviteurs et moi, que de le porter sur son lit.

Je m'étais retiré dans ma chambre après lui avoir rendu ce bon office, lorsque sa femme me vint tirer par le bras et, sans me donner le loisir de reprendre mon pourpoint, me ramena avec un flambeau dans la ruelle [1] de son lit. Je ne la suivis que par force, et ne savais ce qu'elle voulait de moi, quand elle s'assit sur le bord du lit et, tirant de dessous un grand pot plein de vin, elle m'invita d'en remplir le navire, qui était à terre auprès d'elle. Je lui fis beaucoup de signes du peu d'envie que j'avais de boire ; mais elle ne se contenta pas de cela, elle remplit la tasse et, me montrant qu'elle allait boire à ma santé, elle n'en laissa pas une goutte. Puis elle m'équipa le même vaisseau [2] afin que je le conduisisse de pareille sorte ; la main lui tremblait si fort en me le présentant qu'elle répandit une partie du vin qu'elle me voulait faire boire ; mais j'avais si peu d'amour pour cette liqueur que je ne me pouvais résoudre à boire le reste. Et comme j'étais en cette peine, et que j'avais déjà la tasse à la bouche pour prendre à contre-cœur cette médecine, je m'aperçus d'une belle occasion pour m'en exempter : c'est que l'Anglaise tourna la tête du côté qu'était son mari, pour voir s'il dormait profondément. Je pris ce temps avec adresse pour verser doucement le vin sur mon épaule, aimant mieux que ma chemise en fût tachée que mon estomac en fût offensé. Ma bacchante ne s'aperçut pas de cette ruse et, comme transportée de je ne sais quelle fureur, me mit les deux mains dans les cheveux et, m'approchant la tête de son visage, me fit un hoquet au nez, qui ne me fut point agréable. Je m'efforçai de m'en dépêtrer, mais elle me tenait si fort qu'il ne me fut pas possible, et là-dessus, il lui prit un certain mal de cœur qui déshonora toute ma tête ; tout le vin qu'elle avait bu lui sortit tout à coup de la bouche, et je ne pus faire autre chose que baisser un peu le front pour sauver mon visage de ce déluge. J'eus les cheveux tout trempés de cet orage, et l'horreur que cet accident m'apporta me fit faire un si grand effort pour me sauver des mains de cette insensée qu'elle fut contrainte de quitter prise[1]. Le souvenir de cette vilaine action me fit le lendemain tenir sur mes gardes, pour éviter les occasions de me rencontrer seul avec cette belle impudente ; mais elle-même, mieux avisée, lorsque son vin fut évacué, me donna bientôt conseil de sortir tout à fait de la maison.

CHAPITRE XXIII

*Comme le page disgracié*
*sortit du logis du marchand,*
*et de quelle sorte il fut servi*
*par un maître d'hôtel de ses amis.*

J'avais passé deux ou trois fois devant cette Anglaise, sans l'oser seulement regarder, tant j'étais honteux de son insolence ; et j'étais résolu de ne m'arrêter plus un moment aux lieux où je la verrais paraître ; lorsqu'elle prit son temps pour me suivre, comme j'allais chez l'ordinaire français, et me venant tirer par le manteau, m'obligea d'aller dans la boutique d'un libraire normand, dont la femme était de ses amies, et savait fort bien parler anglais. Cette confidente lui servit de truchement pour m'avertir qu'il y avait eu un grand désordre entre elle et son mari pour mon sujet et que ce brutal, à qui la lumière que nous avions portée en la ruelle de son lit avait fait ouvrir les yeux, s'était fort bien souvenu à son réveil qu'il nous avait vus ensemble durant son ivresse, qu'elle avait fait tout ce qu'elle avait pu pour lui ôter cette imagination et lui faire passer cette vérité pour un songe, mais qu'il était impossible de lui faire perdre cette opinion ; de plus, que sa jalousie était arrivée jusqu'à ce point qu'il avait délibéré de m'assassiner à coups de couteau. La libraire normande ajouta du sien, que je ne m'y devais point fier, que les Anglais de cette condition étaient fort mutins[1] et vindicatifs, et que le mieux que je pourrais faire, ce serait de ne mettre plus le pied dans ce logis. Cette nouvelle ne me fut point agréable, et les avis qu'on me donnait me semblèrent un peu fâcheux à embrasser. Il n'y avait pas quinze jours que j'avais quitté ce philosophe qui m'avait rempli l'esprit de tant de douces espérances, et j'appréhendais que, si je m'éloignais tant soit peu du lieu de notre assignation, il m'y vînt chercher selon ses promesses, et qu'on ne lui dît point de mes nouvelles. D'un autre côté, j'avais sujet de craindre que, s'il m'arrivait quelque scandale par la sotte jalousie du facteur, cela ne dégoûtât le philosophe de me mener avec lui. Après avoir bien balancé toutes ces choses en moi-même, je pris le parti le plus sûr, qui fut d'envoyer faire un compliment de ma part au marchand qui était maître de la maison, et lui dire que quelques-uns de mes amis étaient arrivés à la ville, qui m'avaient obligé de ne les abandonner point de trois ou quatre jours, et que je le[2] suppliais de me faire la faveur, si durant ce temps-là notre homme arrivait, de m'en envoyer avertir chez l'ordinaire français. Cet expédient sembla me réussir, le marchand promit de me donner cet avertissement avec soin, et ne témoigna point à celui qui fit ce message qu'il eût rien appris de tout le désordre.

J'eus l'esprit aucunement en repos de ce côté-là, et ne songeai plus qu'à lire dans des livres de géographie et de divers voyages, pour considérer là-dedans la température[3] des climats et la nature et coutume des peuples que je me proposais d'aller visiter avec mon docte guide, quand il serait venu me reprendre là, selon ses serments. Quelquefois, lorsque j'étais ennuyé de la lecture, je m'allais promener hors de la ville avec ce noble maître d'hôtel, qui m'avait témoigné tant de reconnaissance d'un petit service, et qui me faisait voir tous les jours que son affection s'augmentait pour moi. Il ne se passait point de jour qui fût serein sans que nous allassions causer sur ce beau gazon, qui n'a jamais été renversé par le coutre[1] et qu'on respecte depuis un temps immémorial, en faveur du divertissement des citoyens de cette populeuse ville. Là, je lui racontais bien souvent quelques histoires que j'avais lues, ou quelques contes divertissants, auxquels il prenait un fort grand plaisir, et cet ami généreux et bienfaisant se proposa secrètement de me témoigner sa bienveillance, en cherchant pour moi parmi les seigneurs du pays une condition avantageuse. Un jour que j'étais attaché sur mes livres, il me vint trouver tout transporté de joie, et me dit en m'embrassant étroitement que je me préparasse à le suivre et qu'il avait fait ma fortune, pour peu que je fusse heureux. Je fis semblant de lui en être fort obligé et de recevoir une grande joie de cette bonne nouvelle. Mais l'espérance que j'avais de voyager avec mon philosophe et d'apprendre ses beaux secrets m'avait rendu toutes les autres douceurs insipides. Je ne laissai pas toutefois de mettre l'habit que je m'étais fait faire en Angleterre et de m'ajuster pour voir les maîtres à qui cet ami m'avait donné, sans connaître mes sentiments.

## CHAPITRE XXIV

*De quelle manière le page disgracié
fut fait esclave d'une grande dame.*

Ce généreux maître d'hôtel me mena chez un grand seigneur[1], où je ne vis rien que de magnifique : tous ses gens étaient vêtus de velours, et ses estafiers[2], qui portaient tous son chiffre sur l'estomac en une plaque de vermeil doré, étaient tous de fort bonne mine ; mais je ne faisais que me moquer en mon cœur de cette belle magnificence, croyant être en une meilleure posture que les plus opulents milords. Mon conducteur, assisté d'un de ses amis qui était habitué[3] en Angleterre, me fit faire la révérence à une dame et lui dit tant de bien de moi que le rouge m'en vint au visage ; il lui parla de la gentillesse de mon esprit avec excès, et, l'assurant de ma fidélité, me servit de répondant et pleige[4]. Tout cela ne me plaisait guères ; encore que je fisse bonne mine, je n'avais point de dessein de m'engager que jusqu'au jour que le philosophe dégagerait la parole qu'il m'avait donnée. Cependant, on commença de m'informer de l'emploi que j'aurais dans cette maison, qui me serait fort honorable et ne me serait point malaisé : c'était pour servir à l'instruction d'une jeune dame, fille de celle que j'avais saluée, et la rendre bien capable d'entendre et de parler ma langue. Je ne commençais qu'à m'excuser avec modestie de me charger de ce digne soin et d'alléguer sur cela mon peu de capacité, lorsque j'aperçus venir ma prétendue écolière. C'était une fille de treize ou quatorze ans, mais assez haute pour son âge ; son poil[5] était châtain, son teint assez délicat et beau, ses yeux bien fendus et brillants, mais surtout sa bouche était belle et, sans hyperbole, ses lèvres étaient d'un plus beau rouge que le corail.

Je sentis un grand trouble à son arrivée, et si l'on m'eût à l'heure posé la main sur le côté, on eût bien reconnu aux palpitations de mon cœur combien cet objet l'avait ému. J'allai lui baiser la robe avec cette confusion étrange ; et lorsqu'elle m'assura qu'elle était bien aise d'avoir un précepteur de mon mérite, et qu'il y avait deux jours qu'elle était dans l'impatience de me voir, je me trouvai tout interdit ; mon âme était tellement occupée à recevoir de délicieux objets par mes yeux et par mes oreilles qu'elle n'avait plus de soin de ma langue. Il me semble que je ne répondis qu'en bégayant et qu'avec des expressions d'une timidité honteuse. Incontinent après cet abord, ma belle écolière[1] se tourna vers sa mère, qui nous observait, pour lui dire quelque chose de ce qu'il lui semblait de ma façon ou de la manière qu'elle désirait qu'on me traitât au logis ; puis, lui ayant fait une révérence pour se retirer en son appartement, elle me commanda de la suivre. J'entrai avec elle et deux de ses demoiselles dans un cabinet magnifique ; sa lambrissure était faite avec un merveilleux artifice, et parmi l'or et l'azur dont elle éclatait, on voyait de petites peintures agréables et bien finies. Sur une espèce de cordon[2] qui régnait tout à l'entour de ce cabinet, on apercevait de toutes les plus rares et les plus précieuses gentillesses qui se tirent du sein de la mer : d'un côté, vous voyiez de grandes conques de nacre ; de l'autre côté c'étaient des vases de terre sigillée[3] admirablement bien fabriqués, et mêlés avec des porcelaines transparentes, quelques petites figures d'or ou d'argent doré, posées sur leur piédestal d'ébène, et qui étaient autant de chefs-d'œuvre de quelques célèbres sculpteurs. Il y avait encore en ce beau réduit deux grands miroirs où l'on se pouvait voir tout entier ; et proche de cinq ou six carreaux de velours posés les uns sur les autres, sur qui cette belle s'assit, il y avait une longue tablette d'argent suspendue avec des cordons d'argent et de soie, et où je vis quantité de beaux livres arrangés.

Lorsque ma nouvelle maîtresse se fut mise à son aise sur

ses oreillers, elle se prit à me faire des interrogations de ma naissance, de mon élévation, et de ma fortune; je lui répondis à cela conformément au dessein que j'avais pris de cacher adroitement toutes ces choses. Je lui dis que je me nommais Ariston, que j'étais fils d'un marchand assez honorable que j'avais perdu depuis un certain temps; et que, n'ayant plus que ma mère, qui ne se voulait plus mêler d'aucun négoce, je l'avais priée de me donner congé d'aller voir le monde, puisque je lui étais inutile dans la maison; que mon dessein avait été de visiter les Pays-Bas et la Hollande, mais qu'ayant trouvé compagnie de connaissance qui passait en Angleterre, il m'avait pris envie de la suivre; enfin, que mon bonheur m'ayant fait rencontrer une si digne maîtresse qu'elle, j'avais perdu tout à coup la volonté d'errer par le monde, pour borner mon ambition d'une si glorieuse servitude. La belle Anglaise témoigna qu'elle avait pris plaisir à tout ce discours et, s'adressant aux demoiselles qui étaient auprès d'elle, leur en demanda leur avis, mais d'une façon qui était si fort en ma faveur qu'elles ne lui pouvaient rien répondre là-dessus qui ne fût à ma louange. Cependant, un page entr'ouvrit la porte et, comme on lui eut demandé en anglais ce qu'il voulait et qu'il eut répondu là-dessus, ma belle écolière me dit en me touchant le bras avec la main :

« Allez, c'est vous qu'on demande. »

## CHAPITRE XXV

*Comme le page disgracié*
*et le maître d'hôtel se séparèrent.*

Lorsque je fus descendu avec le page jusqu'au bas de l'escalier, je trouvai que celui qui me demandait était cet officieux maître d'hôtel à qui j'étais si fort redevable, qui me voulait faire quelques leçons sur ma conduite en l'honnête condition où je me voyais placé, et pour me faire aussi ses adieux. Il m'assura qu'il y avait deux jours que toutes ses affaires étaient faites, et qu'il n'avait différé de s'en aller que pour me voir bien installé dans cette maison devant[1] son départ. Nous allâmes boire ensemble en son logis, et de là je le conduisis jusques dans un paravos[2] à six rames, qui le devait mener promptement à Gravesines[3]. Avant que de s'embarquer, il me renouvela les protestations qu'il m'avait faites par le chemin de me servir en toutes les choses où je le voudrais employer, et me força de garder pour l'amour de lui un petit rocher[4] de diamants qu'il avait au doigt, prenant en échange un petit jonc d'or, que j'avais au mien ; et fit toutes ces choses-là de si bonne grâce qu'il en rehaussa de beaucoup le prix. Je ne me séparai point de lui sans quelques larmes et je ne me retirai point de dessus le bord de la Tamise jusqu'à ce que je l'eus perdu de vue. De là je revins tout triste au logis de ma belle écolière, admirant la générosité de cet ami nouveau qui, dans une condition servile, faisait paraître un cœur si franc et si noble.

## CHAPITRE XXVI

*Les premières amours du page disgracié.*

Comme toutes les nouveautés plaisent à l'abord, je n'eus guères le loisir tout ce jour de ratiociner[5] sur mes aventures. Il fallut que je me tinsse toujours préparé pour répondre à toutes les demandes qui m'étaient faites continuellement, soit par la fille, par la mère, ou par les demoiselles du logis ; mais je n'oubliai pas pour cela l'homme que j'attendais avec tant d'impatience, et qui me devait rendre par ses secrets si sain, si riche et si satisfait[6]. Dès qu'il fut jour et que la porte de la maison fut ouverte, je ne manquai pas de m'en aller chez l'ordinaire français pour savoir si le marchand chez qui j'avais logé en arrivant ne m'aurait point envoyé des nouvelles touchant l'homme extraordinaire qui devait venir me chercher en sa maison. Je n'en appris rien du tout et ne pus faire autre chose que de donner de l'argent à un serviteur de là-dedans, qui était un garçon intelligent et adroit, afin que de jour à autre il s'allât enquérir chez le marchand s'il n'y serait point arrivé un étranger fait comme celui que j'attendais. Cependant, je commençai d'exercer la charge qu'on m'avait donnée, et je n'eus pas été trois ou quatre jours dans cet exercice, que ma belle écolière trouva quelque chose d'agréable en ma manière d'enseigner.

Au commencement, je ne faisais rien que l'avertir quand elle mêlait quelque mauvaise prononciation dans ses paroles, ou lui expliquer quelques phrases qu'elle trouvait difficiles. Mais comme elle se fut un peu accoutumée à mon visage et m'eut témoigné qu'elle prenait plaisir à m'entendre, je trouvai de certains biais pour m'insinuer à lui faire de petits contes, puis à lui réciter des aventures de romans. Et tout cela me fit faire quelques progrès dans le dessein de me mettre en ses bonnes grâces. Elle savait quelques événements particuliers arrivés à des amants de cette île, et c'étaient pour moi des histoires toutes nouvelles. Mais elle savait fort peu de la fable, et presque rien de ces romans héroïques dont on fait estime; elle n'avait encore jamais fait de réflexions sur cet industrieux ouvrage qui fut balancé avec l'or et les perles d'une mitre[1]; elle n'avait jamais rien appris de ces ingénieuses nouvelles, par qui l'excellent Arioste empêcha son nom de vieillir; elle n'avait encore rien su de ces glorieux travaux, par qui la sublime plume du Tasse rendit sa réputation immortelle, en conduisant le grand *Godefroy* à la Terre Sainte. Et quand je lui découvris que j'étais capable de l'instruire aucunement de ces agréables matières, elle crut avoir découvert en moi quelque mine fort précieuse; elle se flatta de la vanité de pouvoir bientôt devenir savante sans que cette acquisition lui coûtât beaucoup de peine, puisqu'elle n'aurait qu'à me donner de l'attention pour recevoir toute ma lecture. Elle se proposa pour cet effet de ne laisser passer aucune occasion où elle me pût obliger, sans le faire de bonne grâce ; elle me rendit mille bons offices auprès de sa mère et, bien qu'elle fût chargée d'années et qu'elle fût d'une humeur fort sérieuse, cette adroite fille l'obligea souvent d'entendre des contes frivoles. Elle me fit quantité de petits présents, comme de tableaux sur marbre avec des bordures enrichies de lapis et d'argent doré ; elle me donna encore quelque argenterie, comme des chandeliers d'étude et de petites plaques d'argent pour mettre à la ruelle de mon lit.

Un jour même, après avoir aperçu le diamant que je portais, elle s'avisa de commander secrètement à une de ses filles de me demander à voir mon anneau, pour remarquer la grandeur de mon doigt, afin de m'en donner un autre beaucoup plus riche. Je fus tout étonné de l'adresse dont elle se servit pour me faire ce présent, et du moyen qu'elle trouva pour faire imputer au hasard cette libéralité qu'elle me fit avec dessein. Cette belle, en tirant son gant, laissa tomber la bague à terre, en un temps où il n'y avait que moi auprès d'elle ; et, lorsque je l'eus ramassée et que je lui pensai présenter, elle me dit que cet anneau ne pouvait être en meilleures mains, et qu'elle voulait que je le gardasse pour l'amour d'elle. Toutes ces faveurs qui me venaient d'une excellente beauté furent les allumettes qui produisirent en mon âme un merveilleux embrasement ; et je trouvais déjà tant de charmes en cette agréable écolière, qu'à peine je me fusse résolu de la quitter, quand bien j'eusse vu venir le philosophe qui me promettait de si belles choses. À force de considérer cette belle fille, j'en avais peint l'image en mon âme, et cette agréable peinture errait continuellement dans ma pensée ; il me semblait que je la voyais toujours, encore que je la perdisse de vue à quelques heures du jour et tout le temps qu'elle était au lit ; et ce poison, que j'avais innocemment bu par les yeux, ne fut pas longtemps à manifester sa malice dans mon cœur. Je reconnus qu'insensiblement ce mal avait gagné ma raison et que j'aimais plus tendrement cette personne qu'il m'était nécessaire pour la tranquillité de mon esprit. Elle n'était pas seulement présente à mes veilles, je la voyais encore en mes songes, si bien que je n'étais plus un moment sans inquiétude.

CHAPITRE XXVII

*Quelle fut la première preuve d'affection que le page disgracié reçut de sa maîtresse.*

Ma belle écolière s'aperçut bien que je l'honorais chèrement, et ne fut pas fâchée de voir ma folie ; jugeant possible qu'elle lui serait utile et que cette secrète passion m'obligeait à me rendre plus soigneux de l'entretenir et de l'instruire. Puis l'amour respectueuse et secrète ne peut être désagréable qu'aux femmes qui sont prévenues de quelque puissante aversion.

De moi qui m'en voyais estimé et qui n'avais point perdu le courage par la perte de ma fortune, je me proposai insolemment de lui témoigner ma passion par toutes sortes de soins et de services, attendant que je pusse prendre l'occasion de lui découvrir ma véritable naissance. Un jour qu'une belle fille de ses cousines la vint visiter en la compagnie de sa mère, elle voulut la régaler et, tandis que leurs mères s'entretenaient sur des affaires fort sérieuses, mon écolière fit faire la collation à sa parente et, l'ayant conduite dans son cabinet, me commanda de leur venir conter quelque belle histoire. Pour obéir à ce commandement et ne m'engager pas en une matière qui leur pût être ennuyeuse, j'entrepris de leur raconter les aventures de Psyché, et je ne me trouvai pas alors en mauvaise humeur de débiter ces bagatelles. Entre autres choses, je leur fis une description des beautés d'Amour, qu'elles trouvèrent merveilleuse, pour ce que je pris un style poétique. Je ne me contentai pas de leur représenter tout le corps de Cupidon comme une belle statue d'albâtre qu'on aurait couchée sur un lit, et de faire ses cheveux d'une agréable confusion de filets d'or. Je leur voulus encore dépeindre en ce sujet des choses qu'on ne voyait pas. Je leur voulus faire voir ses yeux, encore qu'ils fussent couverts de leurs paupières ; et j'eus la hardiesse de dire que c'étaient deux brillants saphirs, que cachaient deux feuilles de rose. Je leur représentai sa bouche de la forme et de la proportion la plus accomplie, et leur dis que le vif corail de ses lèvres couvrait encore deux rangs de perles plus blanches et plus précieuses que toutes celles que donne la mer.

En suite de cela je figurai l'indiscrétion de Psyché dans les transports de sa joie, et comme l'amour nuisit à l'Amour lorsque, par une aveugle précipitation, elle répandit sur son aile une goutte d'huile ardente.

Après je vins à l'épouvantable réveil de Cupidon, et lui fis faire des reproches à ma fantaisie, et que ces belles demoiselles approuvèrent, encore qu'elles tinssent l'autre parti.

Mais comme je fis les plaintes de cette amante infortunée, qui n'avait désobéi à ce petit dieu que par surprise et par de noires suggestions, et qui ne l'avait brûlé que par une ardeur innocente, les filles qui m'écoutaient en vinrent aux larmes. Ma maîtresse se mit un éventail de plumes devant les yeux, afin qu'on ne s'aperçût pas qu'ils étaient humides ; mais sa cousine, moins scrupuleuse, ne feignit[1] point de porter son mouchoir sur les siens et de confesser ingénument qu'elle était émue de douleur par des expressions si tendres. Incontinent après cet effet de ma jeune et folle éloquence, et lorsque ces belles filles, revenues de leur émotion, se préparaient pour ouïr le reste de mon histoire, la vieille parente de la maison vint à faire ses compliments pour s'en aller, et l'on en vint avertir sa fille. Si bien que je n'achevai point lors ma fable ; mais ce fut une partie qui fut remise au premier jour que les deux cousines seraient ensemble.

La parente de ma maîtresse me fit à ce départ des compliments fort particuliers, et je pus lire dans ses yeux que si je n'eusse pas été engagé ailleurs, je n'eusse pas manqué de maîtresse. Je répondis à toutes choses avec autant de modestie que de témoignage de ressentiment[1]. Cependant, mon écolière, qui fut présente à ce mystère, interpréta malicieusement une civilité fort innocente. Après que sa cousine fut partie, elle retourna dans son cabinet et me commanda de l'y suivre, feignant qu'elle voulait savoir le reste des aventures de Psyché ; mais comme je fus auprès d'elle, elle ne me parla point sur cette matière, ou si elle m'en dit quelque chose, ce fut comme un simple accessoire et non pas comme le principal de son discours. Elle fut un quart d'heure en silence, me regardant de fois à autre, avec des yeux qui faisaient les cruels et les furieux, et lorsqu'elle ouvrit la bouche, ce fut pour me faire un superbe reproche des louanges que j'avais reçues d'une autre bouche, comme si je les avais mendiées avec empressement, moi qui ne les avais point attendues.

Cette âme altière me demanda fièrement si je n'avais pas été charmé de l'esprit et de la beauté de sa parente, et si ce n'était pas un sujet capable de me débaucher de son service. Elle ajouta encore à ces choses qu'elle ne me voulait pas retenir auprès d'elle avec tyrannie, si j'avais quelque dessein de la quitter, et que je devais agir en ce choix sans nulle contrainte.

À ce discours, j'eus le cœur saisi et devins si pâle que ma belle maîtresse put facilement s'apercevoir de ma douleur, et même eut occasion de se repentir de l'avoir causée. Je lui répondis là-dessus, lorsque je me fus un peu recueilli, que ses soupçons m'étaient outrageux, et qu'il n'y avait point d'apparence qu'elle eût jamais de telles pensées ; que je n'étais plus libre depuis qu'elle m'avait honoré de ses premiers commandements, et que, s'il m'arrivait le malheur d'être éloigné de son service, je n'aurais jamais la lâcheté de servir une autre maîtresse ; qu'elle seule avait le mérite qui était capable de me captiver, et que ses grâces et ses bontés, jointes à sa rare beauté, étaient pour moi des chaînes indissolubles. Notre conférence dura deux heures et me fut tellement agréable qu'elle me passa pour un moment[1] ; je trouvai qu'elle était de la forme de ces pièces de théâtre où la sérénité suit l'orage, et dont le commencement est mêlé de matières de troubles et d'inquiétudes, la plupart du reste plein de péril et de douleur, mais qui finissent toujours en joie[2]. J'avais joué le personnage d'innocent accusé, elle celui de juge prévenu et de partie vindicative ; mais après un long plaidoyer, nous nous retirâmes en bon accord.

CHAPITRE XXVIII

*Comme le page disgracié fut en confidence
avec la favorite de sa maîtresse.*

Notre conversation ne fut troublée de personne, mais il y eut toutefois une demoiselle de la maison qui en voulut faire son profit ; c'était un esprit délié qui pénétra bientôt dans nos secrets, mais qui ne fit jamais rien à mon préjudice. Cette adroite personne, qui était favorite de ma maîtresse et qui nous avait vus parler si longtemps ensemble, vint à ma rencontre sur le degré[3], comme je sortais du cabinet, et, m'ayant considéré de fort près en une grande croisée, où le jour donnait encore beaucoup, elle me dit comme en riant :

« Êtes-vous malade que vous me paraissez si changé ? Vous avez les yeux humides et rouges, on dirait que vous auriez pleuré, et même je vois sur vos joues une manière de trace de larmes que vous n'aviez pas tantôt. »

Je fus tout surpris de ces paroles et, parmi ma confusion, je cherchai de fausses couleurs pour lui donner quelque raison de ce qu'elle voyait en mon visage ; mais cette fille m'assura qu'elle en connaissait bien le vrai sujet et me dit qu'elle me conseillait de vivre en sorte qu'il ne fût point connu de quelque autre, pour ce que cela me serait fort dangereux ; que je n'avais rien à craindre pour elle, qui était discrète et très fidèle à notre commune maîtresse ; mais que toute autre personne qui découvrirait quelque chose de cette téméraire passion serait capable de l'éventer et de me perdre absolument ; surtout que j'eusse pour suspect d'envie et d'inimitié un certain écuyer de la maison, qu'elle soupçonnait aimer en même lieu que moi, et qui ne pouvait jamais espérer de recevoir des traitements si favorables. Elle me dit beaucoup de particularités sur ce sujet, qui seraient trop longues pour être écrites ; il suffira que je die[1] que je fus pleinement instruit de la folie d'un jeune homme qui aimait avec passion et qui n'osait découvrir son mal à celle qui en était la cause ; mais qui le faisait deviner presque à tout le monde par une mélancolie extraordinaire et des soins qu'il rendait avec tant de diligence et d'assiduité qu'ils paraissaient plutôt des marques d'amour que des effets du devoir.

Après ces bonnes instructions et des protestations de part et d'autre de nous servir à jamais avec beaucoup d'affection et de fidélité, sans toutefois que je lui découvrisse rien d'important de ma passion naissante, je me retirai dans ma chambre. Mais ce ne fut pas pour y digérer ces bons avis et pour y tirer fruit de sa prudence. Ce fut pour m'y pouvoir entretenir en liberté des charmes que j'avais trouvés en la beauté de ma maîtresse et pour y goûter à loisir de ce doux poison qu'elle avait naguère versé dans mon cœur par mes yeux et par mes oreilles. Je fis mille agréables réflexions sur cette petite jalousie qu'elle avait témoigné avoir de moi, et j'en tirai des conclusions qui étaient toutes à mon avantage ; surtout je flattais mes espérances naissantes de l'agréable souvenir d'une faveur que je n'ai jamais pu oublier ; ce fut un baiser qui me fut possible donné plutôt par un mouvement de pitié que par un transport d'amour, mais qui m'avait ravi de joie de quelque origine dont il fût venu.

C'est une chose étrange que les sensibilités que donne l'amour, soit pour la joie ou pour la douleur ; et ceux qui ont vécu sans les ressentir peuvent être accusés avec raison d'être morts stupides. Ce feu subtil et vivifiant éveille les âmes les plus assoupies et subtilise[1] facilement les sentiments les plus grossiers ; dès que l'esprit en est embrasé, il prend une certaine activité qui n'est naturelle qu'à la flamme ; mais dans cette délicatesse, que l'âme aquiert pour tout ce qui concerne la chose aimée, si l'on est sensible aux moindres faveurs, on n'est insensible aux moindres injures, et ce commerce est un agréable champ, où les épines sont en plus grand nombre que les roses. Comme un regard favorable, un petit sourire, un mot indulgent ravissent de joie en de certaines occasions, aussi ne faut-il en quelques rencontres qu'un petit refus, qu'un coup d'œil altier, et même qu'une légère froideur pour faire mourir de déplaisir. Amour est un tyran désordonné qui fait connaître sa grandeur sans aucune modération : quand il donne, ce sont des profusions étranges ; mais quand il exige, il n'ôte pas seulement la franchise et le repos à ses sujets ; il les dépouille de toute sorte de bien et ne leur laisse pas même l'espérance de voir diminuer leurs maux.

CHAPITRE XXIX

*Par quelle innocente occasion le page disgracié*
*s'attira la haine d'un écuyer de la maison*
*qui était secrètement amoureux*
*de sa maîtresse.*

Le lendemain, je me levai presque aussi matin que le jour et, m'allant promener en un jardin, j'allai faire repasser en mon esprit toutes les aventures de ma vie ; j'y trouvai dans ma mémoire un merveilleux tableau de l'inconstance des choses ; je m'y vis comme un fruit nouveau que l'on consacrait au bonheur ; je m'y retrouvai tel qu'un fétu qu'avait balayé la Fortune ; j'y tremblai au souvenir des périls passés, j'y soupirai de l'espérance des biens à venir, et ne m'avisai pas que j'y servais de jouet à mes passions. Un page, moins fameux que moi pour les disgrâces ou pour le bonheur, me vint enfin tirer de mes profondes rêveries, en me venant avertir que notre maîtresse me demandait, et je ne différai pas un instant à lui rendre cette obéissance. Je la trouvai dans son cabinet, plus belle mille fois qu'elle ne m'avait jamais paru, et plus soigneusement ajustée ; elle avait un déshabillé de satin de couleur de roses à fonds d'argent, avec lequel elle eût pu représenter une Aurore ; ses beaux cheveux étaient bouclés avec autant d'art que si elle eût été coiffée de la main des Grâces ; et j'aperçus sur son visage un aussi grand éclat de blancheur que si l'on eût étendu dessus de cette huile de talc si recherchée ; et pour mon tourment je ne sais qui avait mis de nouveaux brillants dans ses yeux, qui me firent abaisser la vue.

À l'abord, elle me prit par le bras et, s'étant remise dans sa chaise, elle me demanda comme j'avais passé la nuit, et de quelle sorte je me trouvais à son service ; je ne lui celai pas que j'avais fort peu reposé, mais pour ce qui concernait l'état de ma servitude, je lui protestai que c'étaient les fers les plus agréables du monde et qu'il n'y avait point de couronnes en l'univers pour lesquelles j'eusse voulu donner mes chaînes. En suite de ces compliments poétiques, j'ajoutai le plus adroitement que je pus mille traits d'adoration, mais avec toutes les circonspections imaginables, de crainte qu'on ne s'aperçût de ma téméraire passion. Notre douce conversation fut interrompue trois ou quatre fois par les allées et venues des demoiselles du logis, qui lui venaient dire quelque chose de la part de sa mère ; mais elle ne finit que lorsqu'on la vint quérir pour dîner. Et si la bienséance des choses l'empêcha durant ce temps de continuer de m'entendre et de me parler, son adresse me fut si favorable que j'eus encore l'honneur de continuer de la voir et de la servir. Elle s'avisa de donner sur-le-champ deux ou trois commissions au gentilhomme qui la servait à table et me commanda de me tenir auprès d'elle pour la servir en sa place. Ainsi l'écuyer dont j'avais à me garder fut interdit plusieurs fois de son office, et je fus choisi pour l'exercer par commission[1]. Mais cet homme enragé d'amour, et désespéré de voir que je faisais sa charge, me la voulut faire payer bien chèrement ; et, par une épouvantable jalousie de ce que j'avais donné à boire à notre maîtresse pendant son absence, entreprit depuis de me donner à manger d'une dangereuse viande.

CHAPITRE XXX

*Seconde jalousie
de la maîtresse du page disgracié,
et l'invention qu'il trouva
pour n'être pas soupçonné d'amour,
surpris en pleurant auprès d'elle.*

Deux jours ne se passèrent point que la parente de ma maîtresse ne l'envoyât complimenter. Entre autres choses, elle la fit avertir que sa mère était indisposée et conjurer, en cas qu'elle lui rendît visite, de lui faire la faveur de m'emmener à son logis, afin qu'elle pût apprendre le reste de la fable que j'avais commencé de leur conter. Le page qu'elle avait envoyé était français, et ma maîtresse, après avoir lu le billet qu'elle avait reçu, s'avisa qu'il me parlait à l'oreille, et son esprit en fut alarmé. Les choses que le page me disait n'étaient de nulle conséquence ; il me demandait seulement combien de temps il y avait que j'étais en Angleterre, et si je trouverais bon qu'il me vînt voir à ses heures de loisir, afin de me dire tout ce qu'il savait qui me pourrait être utile, touchant les mœurs et les coutumes des Anglais, avec lesquels il était habitué depuis cinq ou six ans, etc. Mais cette jeune beauté, qui commençait à me regarder de bon œil, eut mauvaise opinion de cet innocent mystère : elle s'imagina que sa cousine pourrait bien avoir envoyé ce messager pour me pratiquer [1] et me débaucher de son service, ayant déjà pris de l'ombrage de ce qu'elle semblait me louer avec affection. Je la vis tout émue, et tout inquiétée, soit à cause du message qu'on lui avait fait, ou de ce qu'elle voyait que je prêtais l'oreille aux discours du page ; elle tint quelque temps les yeux arrêtés sur moi, et dès qu'elle aperçut que je m'en prenais garde, elle fit signe au page qu'il la suivît, et courut à la chambre de sa mère. Je demeurai quelque temps interdit d'avoir vu la mauvaise humeur où se trouvait ma maîtresse, mais je n'en pouvais deviner la cause. Enfin, je la vois revenir avec le page à qui elle achevait de dire en anglais tout ce qu'elle voulait qu'il rapportât à sa cousine et, comme si ce garçon eût été d'intelligence avec mon malheur, pour me mettre mal avec ma maîtresse, il s'arrêta longtemps à la porte du degré, me faisant signe des yeux de fois à autre, comme s'il m'eût encore voulu parler. Ma maîtresse observa curieusement toutes les grimaces et en tira des conclusions qui la piquèrent et qui l'obligèrent à me tenir un discours qui me jeta dans un grand trouble.

Après la retraite de ce compatriote indiscret, ma belle et chère idole demeura quelque temps pensive, puis m'appelant vers une fenêtre de la salle où nous étions, elle me dit avec un souris amer, et comme une personne outrée de quelque grand déplaisir :

« Hé ! bien, mon petit maître, vous allez être bien réjoui ? Vous n'aurez sans doute peu [2] de regret de changer ainsi d'écolière ? N'est-il pas vrai que ma cousine vous oblige fort en vous demandant à ma mère pour lui rendre les mêmes soins que vous me rendez ? Sans mentir, c'est une fort belle fille, et dont l'esprit vous paraîtra fort agréable ; mais elle ne vous aimera pas mieux que moi. »

À ces mots ses beaux yeux devinrent humides ; et pour ne me laisser rien voir sur son visage de son dépit et de sa douleur, elle fit effort pour s'envoler ; mais je la retins par sa robe et, me mettant sur un genou, je lui répondis :

« Comment, Madame, quelle nouvelle est-ce que vous m'apportez ? Croyez-vous que je vous puisse jamais quitter pour servir une autre maîtresse ? Auriez-vous bien si mauvaise opinion de la grandeur de votre mérite ou de la bonté de mes sentiments, pour croire que je voulusse changer de chaînes non pas quand elles me seraient faites de diamants, et quand elles me seraient données pour les gages assurés d'une couronne ? Sachez que j'embrasserai plutôt la mort que ce changement, et que le tombeau me recevra, s'il faut que vous m'abandonniez. »

Lorsque j'achevai de dire ces paroles, j'avais le cœur si soulevé de sanglots et les yeux si fondus en larmes que ma belle maîtresse en eut beaucoup de pitié. Elle m'aida à me relever, me laissa longtemps baiser sa main que j'arrosais toujours de larmes, et me dit des choses si favorables que j'eus sujet de bénir une affliction qui fut si doucement consolée. Il arriva là-dessus que la maîtresse de la maison sortit de sa chambre et, venant à nous, elle faillit à nous surprendre et à voir les pleurs que je répandais ; mais, sitôt que j'entendis un peu de bruit, je m'avisai d'un assez plaisant stratagème, pour donner quelque faux prétexte à mes yeux tout enflés de larmes, et qui devaient être très rouges. C'est qu'en portant mon mouchoir dessus, je fis semblant de pleurer de rire, et j'exécutai ce dessein si naïvement que la bonne femme y fut trompée. Elle me demanda d'abord ce que j'avais à rire ainsi, mais je fus encore longtemps sans lui rien répondre, me pressant contre la tapisserie et faisant comme si, par respect, j'eusse étouffé un immodéré désir de rire. Je lui demandai pardon de cette faiblesse où j'étais tombé à la vue du plus ridicule spectacle du monde ; je fus enquis de ce que c'était, et la mère en demandait déjà l'occasion à sa fille, croyant que je n'aurais pas la force de lui raconter sans retomber dans l'excès du rire, lorsque je lui dis que c'était un fort petit homme, un visage de singe, bossu devant et derrière, et crotesquement[1] habillé, qui, passant devant les fenêtres, était tombé si lourdement sur le col de sa guilledine, comme son animal avait bronché, que son manteau lui était volé par-dessus la tête, et que l'aiguillette[2] de ses chausses s'étant rompue par ce grand effort il avait montré son derrière. J'ajoutai à cela que j'étais honteux de n'avoir pas eu assez de force pour me retenir de rire si fort de cette aventure, mais que tout cela était arrivé si plaisamment que je n'aurais pu m'en empêcher, quand bien j'en eusse dû mourir. La vieille dame rit un peu de cette histoire et donna[3] ces mouvements indiscrets à ma jeunesse, mais sa fille admira mon invention et me sut bon gré de cet artifice.

Après que ce propos fut achevé, l'on en commença un autre qui ne me fut guères agréable : c'est qu'ayant des affaires d'importance qui l'empêchaient de sortir de tout ce jour, la bonne mère fut d'avis que j'allasse faire de sa part quelques compliments à sa sœur, et quoi que mon écolière dît pour faire donner cette commission à quelque autre, ce fut une chose toute résolue ; j'allai donc faire ce message, quoiqu'à contre-cœur, me doutant bien que ce me serait une nouvelle matière de trouble.

CHAPITRE XXXI

*Suite de la jalousie
de la maîtresse du page disgracié,
et quel progrès cela fit faire à son amour.*

Ma maîtresse me faisait tort lorsqu'elle me soupçonnait de pouvoir aimer ailleurs, mais elle ne se trompait guères quand elle avait opinion que sa cousine avait du dessein pour moi.

Je m'en aperçus bien dans le message qu'on me commanda de lui faire. Je fus tout étonné du bon accueil que me firent tous ceux de la maison, et cela ne devait venir que du désir qu'ils avaient de rendre en cela quelque complaisance à leur maîtresse. Dès que le page français m'eut aperçu dans la cour du logis, il courut en avertir sa jeune maîtresse, et je le vis revenir au-devant de moi, avec deux demoiselles. Je demandai d'abord que l'on me fît la faveur de me conduire dans la chambre de la mère, mais on me mena tout droit à l'appartement de la fille, qui me témoigna beaucoup de joie de me voir et me fit beaucoup d'honnêtes caresses. À toutes ces faveurs je demeurai froid comme une pièce de glace et ne fis qu'insister sur ma retraite [1], disant qu'on m'avait ordonné de ne demeurer pas longtemps à revenir, et que l'on avait affaire de moi. Mais ce furent des paroles vaines, je fus toujours retenu par force ; on me fit apporter des confitures et l'on [2] m'obligea d'en manger. Le chagrin que je témoignais avoir ne fut pas expliqué en son vrai sens. La belle cousine le prit pour une honnête crainte de déplaire à la personne que je servais, et crut qu'il y avait quelque chose de sévère en ma servitude. Là-dessus, elle me dit mille choses fort obligeantes, comme souhaitant que l'on me traitât avec plus de douceur, et mêlant adroitement à ce discours quelques offres d'affection qui n'étaient point des offres vulgaires. Tout ce que je pus faire en deux heures, ce fut de me débarrasser de cette conversation ; et ma maîtresse, qui savait bien compter le temps que j'y devais être pour ne lui déplaire point, m'en fit porter la pénitence. Après que j'eus vu la malade et que je me fus chargé de ses remerciements, je vins retrouver ma maîtresse et lui fis un fidèle et naïf rapport de toute cette grande corvée ; mais elle eut bien de la peine à se payer de mes raisons, et tout ce que je pus faire pour l'apaiser, ce fut de lui promettre de ne l'aller jamais plus voir chez elle, et de feindre que j'étais malade pour me dispenser de l'accompagner le lendemain en cette visite, comme sa cousine s'était promis. Pour rendre la chose plus vraisemblable, il fut arrêté que je me ferais tirer du sang[1] le matin suivant et que je ne sortirais point de ma chambre.

La chose fut faite comme elle avait été arrêtée : on me vint saigner, je me tins au lit fort tard, et ma maîtresse, allant avec sa mère rendre une visite à sa tante, fit mes excuses à sa cousine qui ne put s'empêcher de témoigner le déplaisir qu'elle reçut d'apprendre mon mal et de m'en envoyer promptement des marques. Dès que sa tante et sa cousine furent parties de chez elle, elle m'envoya le page français avec d'honnêtes[2] compliments et une fort belle écharpe pour porter le bras dont j'avais été saigné. Je reçus et répondis avec actions de grâces aux compliments, mais je refusai de prendre l'écharpe, m'en excusant sur ce que je savais bien ne mériter pas un si beau présent, et disant que cela était si riche et si fort éclatant que je ne l'oserais porter ; mais le page tenait ce discours pour une petite cérémonie, et, dépliant l'écharpe, me la passa autour du col, quelque honnête résistance que j'y apportasse. Sur ces entrefaites, un carrosse entra dans la cour où nous étions, et ma maîtresse, qui était à la portière, vit fort bien le page de sa cousine et l'écharpe qu'il m'attachait. De vous dire ce que je devins à sa vue, c'est une chose du tout impossible, mais je vous puis bien assurer que je fusse mort alors subitement, si l'on pouvait mourir de douleur et de honte.

Aussitôt, je m'avançai du côté qu'elle devait descendre, afin de lui présenter la main, mais elle ne voulut point se servir de moi ; et lorsque je pensai la suivre en son appartement afin de me justifier, elle commanda qu'on fermât la porte, tellement que, sans avoir fait aucune faute, je me vis puni d'un supplice épouvantable. Je ne perdis point toutefois l'espérance de fléchir cette belle inhumaine et, tirant conseil en ma confusion d'un assez bon proverbe qui porte que *qui quitte la partie la perd*, je me résolus à me tenir tout l'après-dîner jusqu'au soir à la porte du cabinet de ma maîtresse. Sa favorite en sortit quelque temps après et, me voyant sur le degré posé comme un terme[3], elle me dit en passant que je ne m'affligeasse pas et que nous avions à gouverner un esprit assez difficile, et qu'il fallait gagner par adresse et par patience ; et lorsqu'elle vint à rentrer dans ce temple qui m'était clos, elle me promit encore de m'y favoriser de ses suffrages. Environ une heure et demie après, ce bon génie, qui m'avait si généreusement offert ses conseils et son assistance, entr'ouvrit la porte pour passer vers l'appartement de la dame de la maison et, sortant brusquement, me fit signe que j'entrasse dans le cabinet. Ma maîtresse y était demeurée toute seule, et je ne pouvais mieux prendre mon temps pour faire l'effort qui me remît en ses bonnes grâces. Je l'expérimentai à l'abord fort sévère, mais l'âpreté de son cœur fut à la fin adoucie par la force de mes protestations et par la quantité de mes larmes. La première chose qu'elle me dit en me repoussant de la main, comme je me jetais à ses pieds pour lui demander pardon, fut à peu près en ces paroles :

« Quoi, méchant, avez-vous bien la hardiesse de vous présenter devant mes yeux, après la trahison que vous m'avez faite ? Avez-vous quelque autre sorte d'infidélité à commettre qui vous donne ainsi l'impudence de me dénier la dernière ? Pouviez-vous en être mieux convaincu ? Voulez-vous reprocher[1] mes yeux qui l'ont vue, et me faire passer cette vérité pour quelque vaine illusion ? N'êtes-vous pas devenu publiquement l'esclave enchaîné de ma cousine ? Qu'avez-vous fait de l'écharpe qu'elle vous vient d'envoyer ? Ce n'est pas une faveur à vous faire honte, puisque vous faites gloire de la servir en me désobligeant au dernier point ! »

Je laissai passer toute cette impétuosité, puis, quand elle m'eut fait ces reproches, je lui soutins hautement que j'étais innocent de toutes ces choses, et lui fis tant de serments que je ne trempais point dans cette pratique, que cet esprit revint[2] enfin. Le soupçon s'était rendu bien fort en son âme, mais les marques de l'affliction qu'il me donna furent assez fortes pour le détruire. Bien loin que la bonne volonté qu'elle avait pour moi diminuât par cette aventure, elle s'augmenta de beaucoup ; mon amour outragée à tort leva tout à fait le masque et me fit dire à ma belle maîtresse ce que je lui avais celé de ma naissance jusqu'alors ; elle apprit ce jour-là comme j'étais né gentilhomme, et dans quels honneurs j'avais été élevé. De plus, comme la jeunesse est audacieuse et folle, tenant bien souvent pour des biens solides les biens qu'elle ne possède qu'en espérance, j'osai l'assurer qu'avant qu'il fût trois mois je la viendrais demander en mariage à ses parents, avec un équipage et un éclat qui serait égal à ceux des plus grands d'Angleterre. Et j'étais si simple de me promettre toutes ces prospérités sur la parole de l'alchimiste que je ne revis plus jamais. Cependant ma maîtresse fut toute persuadée de mon mérite et de ma fortune à venir, et s'imprima si bien l'opinion que je lui en avais donnée qu'elle ne fit plus aucun scrupule de s'abandonner à m'aimer, ne me regardant pas seulement comme un domestique[1] agréable, mais me considérant même comme quelque seigneur déguisé, qui la devait bientôt épouser. Depuis cette conférence, nous en eûmes beaucoup d'autres agréables et secrètes ; et ce qui faillit à me perdre, c'est qu'à la faveur de nos espérances imaginaires elle fit éclater de là en avant une affection trop visible.

### CHAPITRE XXXII
*Comme le page disgracié*
*fut empoisonné.*

Depuis ce jour qui me fut heureux et malheureux tout ensemble, ma maîtresse s'avisa de mille intentions pour faire que je fusse incessamment en sa présence. Elle ne prit plus la peine de donner des commissions à son écuyer, afin que j'eusse lieu de la servir à table ; elle lui commanda d'autorité absolue de me laisser exercer sa charge, et cet homme si mal traité par cette belle se résolut à s'en venger par ma mort. Un soir que je ne m'étais pas trouvé à l'heure du souper, m'étant arrêté trop longtemps vers le logis où devait arriver le philosophe, et qu'on m'avait apporté à manger en ma chambre, je fus tout étonné qu'après avoir avalé tant soit peu d'une salade qu'on m'avait servie, je sentis une étrange cuisson dans ma gorge et dessus ma langue ; les lèvres me devinrent enflées, et la fièvre me saisit du même temps. Ce prompt et violent effet ne laissa personne en doute que je n'eusse avalé quelque poison, et ceux qui avaient intérêt à ne l'avouer pas si franchement que les autres disaient au moins qu'il s'était fortuitement trouvé quelque araignée parmi les herbes de la salade. Cependant il fallut recourir aux remèdes : on me fit avaler de l'huile tiède, afin de m'exciter à vomir. Mais comme le médecin de la maison me voulut présenter dans une cuillère je ne sais quelle espèce d'antidote, j'allai me ressouvenir qu'il me restait encore de la poudre merveilleuse du philosophe, et je ne voulus point prendre d'autre contrepoison. Sitôt que j'en eus pris trois ou quatre grains, j'en ressentis promptement le miraculeux effet, et le venin quitta la place à cette vertueuse[1] composition. Je demeurai seulement lassé du grand effort que j'avais fait et les lèvres aucunement enflées et noires, ce qui m'obligea de garder la chambre ; car je ne me pouvais résoudre à me produire devant ma maîtresse en un si désagréable état.

Mais elle, ayant appris cette aventure, ne différa guères à me venir voir. Elle fit semblant de se vouloir aller promener avec sa favorite sur une grande terrasse qui était auprès de ma chambre, et de là s'introduisit à me venir voir, pour me consoler de cette disgrâce et me témoigner combien elle y prenait de part. Je ne pus guères lui répondre que des yeux, à cause de l'incommodité qui me restait, et les siens me repartirent souvent avec des larmes. En suite de cette visite, elle voulait faire faire une exacte et rigoureuse recherche de

ce manifeste empoisonnement, fulminant contre les auteurs
de ce malheureux attentat ; mais sa favorite, plus judicieuse
qu'elle ni moi, la détourna de ce dessein, lui faisant connaître
que cette recherche serait vaine et qu'elle ne servirait qu'à
faire découvrir des choses qu'il était besoin de tenir cachées.
Le meilleur pour nous fut de dissimuler ce crime et
d'empêcher même que ce bruit ne vînt jusqu'aux oreilles de
la bonne mère. Durant cette indisposition, ma belle maîtresse m'envoya de son cabinet quantité de confitures, et
commanda toujours à sa favorite de m'apporter à manger
elle-même des plats qu'on lui avait servis ; et, pour me
témoigner davantage la tendresse de son amour, elle me vint
apporter un soir, pour me régaler[1], une quantité de petits
bijoux de pierrerie avec un bracelet de ses cheveux qui avait
pour fermoir une table d'émeraude fort belle, que j'acceptai
plutôt en considération de la main qui me les donnait que
pour l'estime de leur richesse, faisant peu d'état de toutes ces
besognes de prix, lorsque je songeais aux immenses trésors
que j'attendais du philosophe. Aussi, piqué de vanité et
souhaitant de répondre bientôt prodigalement aux libéralités
de ma maîtresse, je ne passais guères de jours sans envoyer
deux ou trois fois chez le marchand où ce merveilleux
homme se faisait attendre, et je commençais d'être en peine
de ce qu'il ne se rendait point à Londres au temps qu'il
m'avait promis, vu qu'il y avait plus de trois semaines que
j'avais marqué[2] le logis.

CHAPITRE XXXIII

*Le partement*[1] *du page disgracié
avec sa maîtresse,
et comme il reçut une lettre de sa cousine.*

La mère de ma maîtresse n'était venue à Londres que pour y voir la décision d'un grand procès et, toutes ses affaires étant faites, elle se délibéra de s'en retourner en une de ses maisons, qui est un superbe château situé sur le bord d'un ruisseau, vers la frontière d'Écosse, et je fus tout surpris un soir que la favorite de ma maîtresse me vint avertir qu'il fallait se tenir tout prêt pour partir le lendemain.

Cette nouvelle me troubla fort; je ne pouvais me séparer de ma maîtresse de la moindre distance du monde sans mourir, et je ne pouvais aussi m'éloigner sans beaucoup de difficulté du lieu où reposait l'espérance de mes richesses imaginaires. Je n'avais pas la force de demander à demeurer, et n'étais point capable de partir sans une extrême mélancolie. Enfin le plus fort l'emporta; je me mis en carrosse avec ma maîtresse, après avoir laissé toutefois des ordres et de l'argent, afin qu'on me vînt avertir quand le philosophe chimique serait venu. Je ne vous ai point dit avec quels empressements la cousine de ma maîtresse s'informa de moi tout le temps que je fus malade, ni combien de fois elle envoya son page à notre logis, sans qu'il pût trouver moyen de me voir, à cause des précautions qu'on y apportait; je vous dirai seulement que, dès que nous fûmes sortis de la ville, un homme à cheval courut après nous, dont le visage n'était connu d'aucune personne de notre train. Ce courrier s'informa tout haut d'un jeune garçon français qui devait être dans cette troupe, disant qu'il avait un paquet de lettres à lui donner qui venaient nouvellement de France. Je l'entendis de la portière où j'étais et lui fis signe que c'était à moi qu'il devait donner le paquet, tirant en même temps de ma poche quelque pièce d'or pour le récompenser de sa peine. Il me donna les lettres et, le carrosse s'étant arrêté par le commandement de ma maîtresse, il me dit que c'étaient des nouvelles de conséquence qu'on lui avait fort recommandées, et qu'il viendrait jusqu'à la dînée[1] pour apprendre si j'aurais rien à lui commander là-dessus. À ces paroles, mon cœur fut tout soulevé de joie ; je crus que c'était absolument mon philosophe qui était venu, et dont on me donnait avis, et je fus sur le point de faire instance à ma belle maîtresse de me faire donner le cheval d'un de ses domestiques qui prît ma place, attendant que j'allasse faire un tour jusqu'à Londres. Ma maîtresse s'aperçut bien de mon inquiétude et, portant avec peine mon impatience, me commanda d'ouvrir mes lettres ; je ne tardai guères à lui obéir et, les ayant dépliées, je les parcourus de la vue en un moment et devins tout pâle à cette lecture. Ma maîtresse s'en aperçut et me demanda quelle mauvaise nouvelle j'avais reçue, qui me changeait ainsi le visage, mais je lui repartis avec beaucoup plus de couleur qui venait d'une jeune honte, que c'étaient des lettres de ma mère, qui était un peu indisposée.

Comme j'eus replié ma lettre pour la serrer diligemment, cette belle en voulut lire le dessus, pour voir la manière du caractère, ou pour connaître quelles qualités on me donnait ; je lui présentai librement, et, dès qu'elle eut vu le dessus, elle se douta aussitôt de ce qu'il pouvait y avoir dedans, et de la part dont elle venait. Cependant elle me la rendit et dissimula adroitement le soupçon qu'elle en avait pris. Pour me surprendre toutefois et vérifier mieux mon infidélité, elle me demanda toujours de fois à autre[2] quelque chose touchant cette lettre, tantôt d'où elle était datée, puis quelle était l'indisposition de ma mère, et quelles autres nouvelles elle me mandait de celles que je pouvais lui dire avec bienséance ; à tout cela je répondais avec trouble et confusion, ma rougeur redoublant toujours, et la peine où ma maîtresse me mettait par ses interrogations fut si grande qu'elle en eut pitié, reconnaissant bien que c'était me mettre à la torture que de parler sur ce sujet. Enfin nous arrivâmes en un certain château où le dîner nous attendait ; et en attendant que l'on mît[1] sur table, je demandai une écritoire et du papier au dépensier[2] pour renvoyer avec réponse le messager qui m'avait suivi. Comme j'écrivais en secret dans une chambre écartée, ma maîtresse m'y vint surprendre et, ne me donnant pas loisir de serrer la lettre qui était ouverte sur la table, elle trouva qu'elle était ainsi :

*J'ai cru vous avoir assez témoigné mon affection pour mériter de vous quelques marques de ressentiment[3]. Cependant j'ai langui huit jours en attendant de vos nouvelles, sans avoir eu le bien d'en apprendre ; j'avais à souhaiter que vous m'eussiez été toujours invisible, comme vous l'êtes à tous mes gens, et que je n'eusse pas connu les espérances qui m'ont trompée. Si votre silence pour moi est affecté, ne le rompez point ; mais s'il est forcé par quelque rigueur étrangère, cherchez les moyens de me faire savoir de vos nouvelles, ou trouvez ceux de me venir voir, puisque je suis avec passion,*
*Votre affectionnée servante,*
*et meilleure amie.*

Ma maîtresse lut cette lettre avec un peu d'émotion, y reconnaissant d'abord l'affection de sa cousine, mais comme elle n'y vit point de marques que j'eusse de grandes intelligences avec elle, elle ne me fut pas difficile à satisfaire ; tout ce dont elle se plaignait, c'est que je ne lui eusse pas découvert la chose, et qu'au contraire je lui eusse déguisé ce mystère avec des mensonges. À ces reproches, j'opposai la révérence que j'étais obligé de porter à toutes celles de son sexe, et cette sage et inviolable discrétion que les honnêtes gens ont accoutumé de conserver pour les dames ; tellement qu'elle reçut cette excuse, et m'ordonna seulement pour pénitence d'écrire ces mots à sa cousine :

*Réponse du Page disgracié à la cousine
de sa Maîtresse.*

*Encore que votre mérite soit rare, et que vos bontés pour moi soient grandes, je vous supplie très humblement de ne vous étonner pas si les ressentiments que j'en témoigne sont médiocres : la maîtresse que je sers est telle qu'elle m'ôte tout moyen comme tout loisir d'y répondre. C'est pourquoi vous me feriez en vain l'honneur de m'obliger par tant de soins, puisqu'à peine je me trouve capable de prendre assez de temps pour vous écrire que je suis*
*Votre très humble serviteur.*

Ainsi l'expédition du courrier fut faite, et ma maîtresse eut la malice de vouloir que je le dépêchasse devant elle, soit pour observer si je l'entretiendrais longtemps, ou pour avoir la satisfaction de voir le mépris que je faisais de ce message.

## CHAPITRE XXXIV

*Les présents que le page disgracié
reçut de la part de sa maîtresse,
ainsi qu'ils faisaient voyage ensemble.*

Nous continuâmes paisiblement notre voyage ; et durant ce temps, j'entrepris de conter à ma maîtresse tout ce que j'avais lu de l'*Astrée*. Personne n'ignore que c'est un des plus savants et des plus agréables romans qui soient en lumière, et que son illustre auteur s'est acquis par là une réputation merveilleuse[1]. J'en entretenais tous les jours cinq ou six heures ma maîtresse sans que ses oreilles en fussent fatiguées, non plus que celles de sa favorite, et c'était un charme dont j'endormais la mère et une de ses confidentes, afin qu'elles ne pussent prendre garde aux œillades que nous nous lancions et aux petits mots que nous nous disions souvent à l'oreille. Cependant, l'écuyer qui m'avait empoisonné et qui poussait souvent son cheval par curiosité devant la portière où j'étais, enrageait de toute sa force d'apercevoir l'état de ma gloire et de la bonne intelligence où j'étais avec cette belle maîtresse qu'il adorait secrètement et dont il n'était point favorisé. Je lui voyais souvent lever les yeux au ciel et faire d'étranges grimaces, et quoique je me doutasse bien que c'étaient autant d'imprécations qu'il faisait pour moi, je ne me pouvais empêcher d'en rire. Un soir que nous étions arrivés au gîte en un certain château qui appartenait à un des parents de la maison, et où nous devions séjourner deux ou trois jours, un garçon irlandais du logis, qu'on m'avait donné pour me servir, me vint avertir qu'on avait fait apporter à ma chambre une malle qui n'était point à moi, me demandant si je voulais permettre qu'il la reçût ; et comme j'étais en peine de ce que ce pouvait être, la favorite de ma maîtresse nous entendit et me dit en riant que je ne trouvasse point cela étrange, et que c'étaient des hardes qui appartenaient à un de ses meilleurs amis. Je lui fis beaucoup de civilités sur cette déclaration et commandai aussitôt à mon valet de prendre le soin de cette valise ; mais, comme je me fus retiré pour m'aller coucher, cette même personne m'en envoya les clefs et me fit dire que tout ce qui était dans ma chambre était à moi. Je me trouvai tout surpris à cette nouvelle et voulus voir quelles étaient ces hardes dont je ne me souvenais point ; j'ouvris aussitôt le coffre et trouvai dedans deux habits fort beaux et pliés bien proprement avec leur petite oie[1] fort éclatante ; je défis encore plusieurs paquets, où il y avait une quantité de beau linge, et dans une boîte carrée qui était de celles qu'on fait en la Chine[2], couverte de laque luisante et d'or, je trouvai des bouteilles magnifiques d'essence et de poudre de senteur ; parmi ces choses, je découvris une boîte de portrait couverte de diamants, dans laquelle était représentée la divinité que j'adorais, et le portrait était couvert d'un petit papier fin, plié en quatre, dans lequel je trouvai ces mots :

> *Si vous considérez ce présent par sa seule valeur, vous n'en ferez guères d'état ; mais si vous prenez garde en le recevant à l'affection de celle qui vous l'envoie, vous ne le mépriserez pas ; portez ces choses pour l'amour de moi, qui veux toujours porter votre image dans mon âme.*

Ce billet n'était point signé, mais il était accompagné d'un certain chiffre[1] que je connaissais et que ma maîtresse avait gravé cent fois devant moi sur les vitres de la fenêtre avec la pointe d'un diamant. Je baisai longtemps et l'écriture et le portrait, et fus tout ému du ressentiment d'une amour que je reconnaissais si soigneuse et si tendre. Cependant, comme on ne trouve pas les roses sans épines, je ne pus goûter entièrement cette joie sans quelque espèce de déplaisir, m'inquiétant pour lors plus que jamais du retardement du philosophe dont je souhaitais l'arrivée avec passion, afin de l'obliger à me faire part de ses excellents secrets pour avoir après le moyen de me ressentir des générosités de ma maîtresse et faire aussi de grandes libéralités à sa favorite.

CHAPITRE XXXV

*D'une favorable nuit,
où le page disgracié reçut d'autres gages
de l'affection de sa maîtresse.*

Dès que ma maîtresse me put être visible, je ne manquai pas de m'en approcher pour lui rendre de très humbles grâces de ses présents, mais elle me ferma la bouche dès que je commençai d'en parler, de peur que je fisse souffrir sa modestie, ou que cela ne me donnât quelque espèce de confusion. J'admirai dans cette généreuse discrétion ces sentiments d'âme bien née, et depuis j'ai fait là-dessus des réflexions qui ne sont point à la gloire de ces grands qui ne considèrent qu'eux-mêmes et leur vanité, lorsqu'ils font quelques libéralités, et qui départent souvent des bienfaits sans obliger parfaitement ceux qui les reçoivent[1]. Après avoir reçu beaucoup d'importunités, ils donnent une espèce de pain mêlé de pierres, et qui seraient bien fâchés de ne point affliger par leur insolence ceux qu'ils prétendent gratifier par vanité.

Ma maîtresse passa presque tout le jour sans vouloir prêter l'oreille aux choses que je pensais lui dire tout bas, et me fit toujours connaître que je ne lui pouvais rien dire sur cette matière sans lui donner trop de confusion ; enfin je vainquis sa résistance en lui faisant signe que je lui voulais parler de son portrait, qui était d'une miniature excellente, et où le peintre avait employé tout son art à faire connaître que sa beauté ne pouvait être jamais flattée. Nous eûmes de grands discours sur ce sujet, qui fut toujours un combat entre mon amour et sa modestie, mais son honnête retenue fut contrainte de se rendre et de laisser triompher mon zèle, et ne me pouvant alors faire une faveur plus grande, elle me donna sa main à baiser, faisant semblant de la vouloir mettre contre ma bouche pour me faire taire.

Cependant tous ceux de la maison, excepté l'écuyer qui me haïssait secrètement[2], venaient considérer l'habit neuf que j'avais pris ce jour-là et, me trouvant si bien vêtu, me demandaient le nom de mon tailleur, et s'il était anglais ou français ; ce que m'avait coûté ma petite oie, et beaucoup d'autres choses, à quoi j'avais grand'peine à répondre. Ma maîtresse et sa favorite même se mêlaient aussi de m'en dire quelque chose pour faire croire aux autres qu'elles n'en étaient pas mieux informées ; mais elles ne m'en disaient qu'un mot en passant.

Le soir de devant le jour de notre départ de ce beau château, où nous avions été traités avec beaucoup de magnificence, ma maîtresse se retira de fort bonne heure, se trouvant fatiguée des compliments qu'elle avait reçus de tous les nobles du voisinage ; et possible qu'elle faisait scrupule en ma faveur d'écouter plus longtemps quelques seigneurs qui la cajolaient. Dès qu'elle fut dans son lit, elle m'envoya quérir par sa favorite, qui me dit tout haut en présence de sa mère, qui s'appuyait sur mon bras, que sa maîtresse ne pouvait dormir, et que je lui vinsse dire quelque histoire qui pût servir à cet effet. La bonne mère, à qui la santé de sa fille était précieuse, m'en donna tout aussitôt la permission, sans y trouver rien à redire, et je fus conduit par la main vers le comble de mes délices. Je ne vous dirai point ici des choses qu'on peut mieux ressentir que dire, et que l'on n'est pas digne de ressentir lorsqu'on est capable d'en parler. Je fus six ou sept heures sur un genou dans une ruelle de lit, recevant toutes les honnêtes faveurs qu'on peut donner pour gages d'une honnête amour. Il y eut de part et d'autre cent protestations réitérées d'une fidèle passion, mille objections faites par la crainte, et dissoutes par l'amour ; et toutes ces inquiétudes eurent leur repos sur la fermeté d'une foi donnée et reçue. Je ne me retirai point d'auprès de ma maîtresse qu'après en avoir obtenu beaucoup de solides preuves d'une inviolable affection ; je lui dis quantité d'adieux par qui notre conversation ne fut point rompue, pour ce qu'elle me retenait encore après, ayant toujours quelque chose à me dire ; et si sa favorite, qui mourait d'envie de dormir, ne fût point venue nous avertir qu'il était bien tard, le jour nous aurait pris ensemble.

## CHAPITRE XXXVI

*Le séjour que fit le page disgracié
en la maison de sa maîtresse,
et quelle était l'habileté de sa favorite.*

En suite de cette heureuse nuit, j'en eus beaucoup d'autres agréables, sans avoir aucune inquiétude, fors celles que me donnait la grandeur de ma félicité et l'impatience où j'étais d'apprendre des nouvelles de mon philosophe, qui me semblait si nécessaire à faire réussir mes amoureuses entreprises. Lorsque nous fûmes arrivés en cette belle demeure où nous devions séjourner trois ou quatre mois, nous eûmes plus de liberté de nous voir et de nous parler que lorsque nous étions à la ville. Ma maîtresse disait à sa mère qu'elle avait peur de devenir trop grasse, et pour ne tomber point dans cette incommodité dont elle feignait être menacée, elle faisait habitude de s'aller promener dès le matin dans un grand verger qui s'étendait en terrasse sur les bords d'une petite rivière. J'étais toujours appelé pour l'accompagner en cet exercice, tant pour l'aider à marcher que pour la divertir tandis qu'elle se promenait. Sa favorite savait fort bien les sentiments que sa maîtresse avait pour moi, et je n'avais point feint de lui dire confidemment que j'étais de fort bonne naissance, que j'avais été nourri parmi des princes, et que ma fortune n'était point si mauvaise que je ne lui pusse bien donner dix mille écus avant qu'il fût cinq ou six mois, sans que cela m'incommodât ou que je fisse un grand effort, et je croyais ces choses-là si véritables que je ne l'en assurais pas faiblement.

Ces fausses images qu'elle reçut, comme je me les étais imprimées, la rendirent fort facile à m'obliger à me servir. Cela fut cause en partie qu'elle se dispensait souvent de venir servir de tiers, où elle voyait que nous serions bien aises de n'être que deux. Et lorsque nous nous étions égarés bien avant dans ce grand jardin, où il y avait du bois fort touffu, cette adroite fille tournait quelquefois la tête vers quelque grand arbre, dont elle était un assez long temps à considérer la beauté, pour me donner la hardiesse et le loisir de recevoir quelque faveur de ma maîtresse.

Une autre fois que nous étions assis sur l'herbe auprès d'une fontaine fort solitaire et qui était au centre d'un petit dédale, elle faisait semblant de s'endormir au bruit de l'eau, et c'était pour n'être point suspecte à deux personnes bien éveillées. S'il arrivait quelquefois que ma maîtresse voulût jouer à une élection[1] de serviteurs, qui se fait par sort avec des brins d'herbe, elle faisait toujours que j'étais pris pour le mieux aimé, et quand ma maîtresse rougissait et faisait semblant qu'elle trouvait mauvais qu'elle m'eût proposé entre ses galants, cette spirituelle confidente ne s'en excusait que mollement, et disait pour raison que j'étais un étranger dont on ignorait la naissance, et qu'elle avait un certain soupçon que je valais bien des seigneurs dont on faisait beaucoup d'estime. Ainsi mon amour en voguant avait le vent et la marée, et je voyais déjà le port, lorsqu'il s'éleva des vents contraires, qui me firent perdre ma route et me portèrent sur des écueils où je faillis à faire naufrage.

CHAPITRE XXXVII

*Le procédé qu'eut le page disgracié
avec l'écuyer de la maison.*

Il y avait déjà huit jours que nous nous étions établis dans cette maison enchantée, sans que j'eusse reçu aucunes nouvelles de Londres, et rien ne troublait la douceur de mes veilles ni de mes songes que l'importun désir que j'avais de revoir mon philosophe chimique qui, ce me semble, était tel en effet que ces chimériques esprits qu'on a surnommés Rose-Croix[1] se sont insolemment vantés d'être. La favorite de ma maîtresse m'était venue voir un matin, comme je m'habillais en ma chambre, et, faisant semblant qu'elle voulait voir quelque chose dans un de mes coffres, elle y mit une bourse de peau d'Espagne, où il y avait cent jacobus[2] qu'elle m'apportait de cette façon par le commandement de sa maîtresse. Je crus qu'il ne serait point mal à propos d'employer une partie de cet argent à m'assurer parfaitement de la prompte arrivée de mon homme. Je fis perquisition pour cet effet d'un messager qui fût propre[3], et j'en trouvai bientôt un assez intelligent et bien fidèle : c'était un homme marié, mais qui avait voyagé toute sa vie, et qui n'eut pas de peine à quitter sa femme et ses enfants pour me servir, voyant que je lui donnais d'abord vingt livres sterling, et que je le défrayais encore durant son voyage et le séjour qu'il ferait à Londres. Il me promit qu'il se logerait auprès du marchand chez qui le philosophe devait prendre son logis et qu'il en userait si bien, faisant connaissance avec quelqu'un de ses domestiques, qu'il serait averti des premiers de l'arrivée de cet étranger. Le temps qu'il devait attendre à Londres était l'espace de huit jours, mais je m'avisai de lui mander, par un autre messager qui s'en allait au même lieu, qu'il fût plutôt là quinze jours que de revenir sans m'apporter des nouvelles assurées de l'homme que je demandais.

L'espérance que j'avais de ce côté-là m'avait tellement enflé de vanité que je ne me connaissais plus moi-même, et je m'étais mis si avant dans l'esprit que j'allais devenir grand seigneur que je ne vivais plus comme un page disgracié. J'étais devenu beaucoup plus long à m'habiller qu'à l'ordinaire, affectant ridiculement une propreté[4] qui ne m'était point naturelle. Je portais tant de plumes autour de mon chapeau qu'il semblait que ce fût une capeline. Je marchais d'un pas aussi grave que si j'eusse été quelque sénateur et tirais souvent ma main de mon gant, comme pour toucher à mes cheveux, et c'était seulement pour faire voir qu'elle était belle, ou pour faire montre d'un beau diamant que m'avait donné ma maîtresse. Cette sotte vanité m'eût rendu tout à fait insupportable à tous ceux de notre maison, n'eût été qu'elle était accompagnée d'une humeur assez franche et libérale ; il n'y avait pas un domestique qui m'eût fait quelque plaisir en vain, et je servais avec chaleur, dans les occasions qui se présentaient, ceux qui m'avaient traité seulement avec quelque civilité. Vous allez entendre comme il est quelquefois avantageux d'avoir de bonnes qualités parmi de mauvaises, et que ce n'est pas un art inutile que celui de se faire aimer.

Un matin que ma maîtresse dormait encore et que sa confidente n'était point sortie de sa chambre, j'allai me promener en rêvant dans une prairie que l'on voit au pied du château, et d'aventure les serviteurs du logis avec l'écuyer jaloux y jouaient au ballon en partie ; je crois que leur jeu n'était pas de grande conséquence, mais l'écuyer prit au criminel une action que je fis sans y penser ; c'est que le ballon venant à moi, qui pensais profondément à autre chose, je le repoussai d'un coup de pied, et lui fis par là perdre une chasse[1] ; il vint à moi pâle de colère et, me regardant avec des yeux pleins de furie, me fit un grand discours où je n'entendais que fort peu de mots ; je lui répondis à tout cela que je ne pensais pas à lui nuire, ni à le servir, encore que j'eusse plus de sujet de faire l'un que de me porter à l'autre, et là-dessus je le laissai faire ses imprécations et ses murmures. J'avais déjà perdu le souvenir de cette mauvaise humeur et, me promenant derrière une saussaie qui était assez éloignée des joueurs de ballon, je m'étais remis dans le train de mes premières rêveries, lorsque j'entendis la voix d'un homme qui m'appelait de toute sa force. Je me retournais pour le voir et reconnus que c'était un jeune officier de ma maîtresse, qui me venait avertir d'une partie[2] qui était faite pour me tuer ; l'Irlandais qui me servait arriva aussitôt auprès de moi, qui me confirma le même avis et me pressa de remonter dans le château, de peur qu'il ne m'arrivât quelque disgrâce. Mais, comme la jeunesse a le sang bouillant et donne ordinairement à l'espérance plus qu'à la crainte, je ne voulus point me retirer, de peur que l'écuyer ne prît avantage de ma retraite, encore qu'il vînt à moi le plus fort. Et je fis paraître une résolution si ferme à ceux qui me conseillaient la fuite, qu'ils se résolurent à même temps à mourir avec moi, plutôt que de souffrir qu'on m'assassinât.

Sur ce temps, l'écuyer parut accompagné de quatre domestiques de sa cabale et, leur criant en sa langue « main basse au Français », vint à moi l'épée à la main ; les deux garçons qui me voulaient servir, me voyant aller à lui avec assez de hardiesse, s'opposèrent aux autres, en faisant grand bruit ; pour moi qui ne manquais pas de disposition et d'adresse, et qui me sentais le cœur enflé de je ne sais quelle envie de bien faire en cette occasion, afin que cette action répondît à la bonne estime que l'on avait conçue de moi, je serrai mon homme de près. Le lâche dessein qu'il avait fait de me prendre avec avantage me rendra moins suspect de vanité, si je dis qu'il lâcha le pied devant moi, ne se voyant pas assisté de ses compagnons au point qu'il se l'était promis. Par malheur pour lui, il reculait toujours vers le bord de la rivière qui était proche, et je le pressai si fort qu'il y tomba de son haut ; à l'instant de sa chute, je tournai tête vers les autres qui étaient aux mains ensemble, mais qui se battaient de sorte qu'il n'y avait guères d'apparence qu'ils se voulussent faire beaucoup de mal. Ils se touchaient à peine la pointe de leurs épées, parlant sans cesse de part et d'autre, comme s'ils n'eussent voulu combattre que de raisons, et lorsqu'ils me virent tout seul revenir à eux, les quatre satellites de l'écuyer avaient refroidi leur chaleur. J'appelai mon Irlandais et lui commandai d'avertir promptement ces méchants-là que l'homme qui les avait employés courait fortune de sa vie, s'il n'était bientôt secouru, et qu'il s'était laissé choir dans l'eau.

À cette nouvelle, tous coururent vers l'endroit où l'écuyer était tombé pour l'aider à se sauver, et moi je remontai au château pour me faire panser d'un doigt où je m'étais un peu blessé, en allant à la parade de son épée de la main gauche. Tout le château était déjà averti qu'il y avait des épées tirées dans la prairie, et que j'y étais mêlé, quelqu'un nous ayant aperçus par les fenêtres, si bien qu'en entrant dans la cour je rencontrai la plus grande part des domestiques qui couraient voir ce que c'était. Parmi cette foule, la favorite de ma maîtresse s'avançait aussi, coiffée de nuit, avec deux autres demoiselles, pour empêcher ce grand désordre ; et lorsqu'elle vit que je n'étais blessé qu'à la main, et qu'elle se fut un peu remise de ce trouble, elle m'obligea de venir dans l'antichambre de ma maîtresse, afin que je fusse en lieu de respect, jusqu'à ce que cette émotion de gens mutins fût apaisée, me disant toutefois pour prétexte qu'elle avait d'un baume excellent, qu'il fallait mettre sur mon doigt blessé.

Je ne fus pas sitôt arrivé en ce doux asile que ma maîtresse, avertie de cet accident, sortit en peignoir pour me voir et pour apprendre comme la chose s'était passée ; ce que je lui contai en peu de mots, et comme l'action de l'écuyer lui sembla mauvaise, la mienne lui parut toute héroïque. Elle me dit des choses en particulier, sur l'effroi qui l'avait saisie à ma considération, qui ne m'étaient pas peu favorables, pour montrer combien mon salut lui était cher. Elle fit depuis venir en sa chambre l'officier qui m'avait servi, et lui donna vingt jacobus de fort bonne grâce avec des marques de son estime, qui le devaient encore plus obliger ; mon Irlandais même vit sa fidélité récompensée d'un autre présent qu'on lui apporta de cette part, et quoique l'on prît quelque soin pour rendre cela secret, toute la maison en fut avertie. Cependant il vint des nouvelles de l'écuyer, à une demi-heure de là, et ma maîtresse sut qu'étant tombé à la renverse dans la rivière, il avait laissé aller son épée et s'était sauvé à la nage à l'autre bord ; que ceux qui l'étaient allé quérir avec le bateau, et qui l'avaient observé en le repassant, ne l'avaient trouvé blessé que d'un coup de pointe au visage, mais qu'il était tellement stupéfié de la confusion de son lâche procédé qu'il en avait quasi perdu la parole. Les mauvaises actions portent leur dégoût dès qu'elles sont exécutées, comme les vins gâtés ont leur déboire [1] ; et pour les âmes que la quantité des crimes n'a point encore endurcies, et qui sont capables de quelque raisonnement, il n'y a guères de plus grands supplices des fautes qu'elles commettent que leurs remords propres.

    Après que ma maîtresse se fut habillée, elle me donna la main pour descendre en l'appartement de sa mère, à qui elle me présenta comme une personne qui lui était fort nécessaire et dont elle faisait estime, exagérant fort la malicieuse envie que son écuyer avait conçue contre un jeune garçon étranger, qui n'avait point d'autre support que le leur, et qui n'était ainsi mal voulu qu'à cause de son trop de mérite et de l'honnête lieu qu'il avait en leurs communes bonnes grâces. La bonne dame, à ce discours, entra bien avant dans les sentiments de sa fille. Surtout, elle trouva fort mauvais que des gens d'une nation si superbe et qui paraît naturellement brave, eussent fait une supercherie honteuse à un étranger vivant avec eux. Et lorsqu'elle se mit à table, elle fit appeler l'écuyer et ceux de sa cabale pour les en blâmer en présence de toute sa maison ; et comme l'écuyer, après avoir essayé de s'excuser devant la mère, me donnant le tort de cette querelle, et qu'il en voulut aussi dire quelque chose à ma maîtresse, elle ne lui permit pas de parler et lui dit en le regardant d'une façon méprisante : « Il vous a bien servi de savoir nager », ce qui lui fut une atteinte plus dangereuse que la blessure que je lui avais faite, et qu'il ne me pardonna jamais.

CHAPITRE XXXVIII
*Des félicités nouvelles du page disgracié,
et du sage avis qu'on lui donna.*

C'était au temps que le Soleil entre au Lion[1], et que l'ardente canicule qui l'accompagne produit une brûlante chaleur. Il est naturel à tout le monde en cette saison d'aimer la fraîcheur, mais il est ordinaire aux femmes de condition, et qui sont d'une complexion délicate, de la rechercher curieusement[2]. Ma maîtresse qui était de celles-là, et qui n'était jamais contredite en rien par sa mère, s'avisa de passer alors les nuits délicieusement. Il y avait dans son jardin une grotte assez spacieuse, qu'elle choisit pour en faire un appartement. Elle y fit dresser un beau lit, dont le tour agréable et léger était de gaze rehaussée d'or, avec son chiffre couronné de myrte et de roses ; on y porta encore le reste de cet ameublement, excepté la tapisserie, qui ne se pouvait ajuster à des parois faites de coquilles en figures de personnages, qui répandaient toujours de l'eau dans de larges coquilles de marbre.

Ce fut en ce lieu délicieux que cette belle s'établit pour passer agréablement les nuits, et la plus grande partie des jours. Sa favorite et deux autres demoiselles y eurent aussi pour elles un grand lit caché dans un refondrement de la grotte, et je reçus le commandement de faire la charge d'huissier du jardin et de n'y laisser entrer personne, ce qui m'attira de plus en plus l'envie et la haine de l'écuyer et de tous ceux qui étaient joints d'amitié avec lui. Ma maîtresse avait fait apporter en ce beau lieu quantité de livres divertissants, qu'on voyait autour de son lit sur des tablettes suspendues, mais ils ne lui servaient guères que de prétexte pour se pouvoir entretenir particulièrement avec moi. Si ce n'était que sa mère, qui venait parfois la visiter dans cette fraîche demeure, me commandât de la désennuyer en lisant quelque bel endroit de l'Histoire.

Mais cela n'arrivait que rarement et, tous les jours, dès que ma maîtresse était visible, jusqu'à ce qu'elle eût envie de dormir, nous nous entretenions de notre amour ou nous divertissions à mille petits jeux de son invention ou de la mienne. Elle donnait presque toujours des commissions pour aller au château à ses deux autres demoiselles ; mais, pour sa favorite, elle ne partait guères d'auprès d'elle. Si parfois elle sortait de la grotte, c'était pour travailler à des ouvrages à l'entrée, où le jour était plus grand ; et ma maîtresse avait quelquefois la malice de pousser une porte de fer à jour qui fermait la grotte, et de tourner à même temps un robinet qui faisait jouer un parterre d'eau sur cette entrée, si bien que la favorite, ne pouvant rentrer, était contrainte de s'enfuir dans le jardin, jusqu'à ce que ce petit orage fût cessé. Elle s'avisa bien de ces petits stratagèmes, mais comme elle avait l'esprit fort adroit et qu'elle craignait extrêmement de choquer les sentiments de sa maîtresse, elle feignait de les ignorer. Les grands ne veulent pas bien souvent qu'on fasse l'habile auprès d'eux, lorsqu'une trop grande pénétration dans leurs secrets leur est incommode, et c'est quelquefois une grande adresse que de leur témoigner une stupide ignorance. Cependant, étant une fois rentrée dans la grotte, et trouvant ma maîtresse couchée sur son lit, la main étendue sur son visage et en l'action d'une personne qui s'abandonne au sommeil, elle soupçonna que ce fût un artifice pour lui cacher quelque émotion, qui pouvait paraître sur son teint. Et, craignant de nous quelque chose qu'elle ne me déclara point, elle me dit seulement à l'oreille en passant auprès de moi : « Ariston, il faut être sage. » Ces mots me furent dits d'un air capable de leur donner du poids ; mais je n'étais pas d'une humeur ni d'un âge à balancer aucune chose, mon propre désir me dictait les conseils que je voulais suivre, et j'étais arrivé dans une si grande erreur que je tenais toutes les choses agréables pour être permises.

## CHAPITRE XXXIX
*Les générosités amoureuses*
*de la maîtresse du page.*

Ainsi je vivais plus heureux dans ma servitude que les plus grands potentats ne font dans leur souveraine autorité ; je contemplais douze ou quatorze heures par jour une des charmantes personnes du monde dans une demeure enchantée, et je me voyais beaucoup aimé de ce que je voyais ici-bas de plus aimable. Dans cette molle volupté, où je n'avais presque rien à désirer, sinon qu'elle fût de longue durée, j'étais quelquefois réveillé de ce paresseux sommeil par le soin piquant et vif de racoster[1] mon philosophe ; c'était le solide pleige et le sûr garant des promesses que j'avais faites à ma maîtresse par amour ou par vanité ; et je voyais fort bien que si cet homme me manquait, je lui passerais pour un imposteur détestable. Les amants ne se cèlent rien, car la même passion qui leur ouvre le cœur leur délie ordinairement la langue. J'avais toujours espéré que mon Artéfius me viendrait trouver à Londres, comme il s'y était engagé en me quittant avec des serments inviolables ; et sur cette espérance j'avais promis à ma maîtresse des tonneaux de perles et de toutes sortes de meubles d'or. Elle avait un jour voulu approfondir davantage dans ce secret et, pour me rendre plus considérable auprès d'elle, je lui avais dit que cet excellent personnage qui savait opérer ces petits miracles, était un vieux précepteur, mon serviteur domestique, qui m'aimait extrêmement, et qui ne manquerait pas de me venir bientôt trouver et de me faire tenir de quoi me mettre en un superbe équipage.

De plus, qu'il m'apporterait assurément une petite boîte pleine de bouteilles d'eaux et de poudres si précieuses que je ne les donnerais pas pour toute l'île. Surtout, je lui avais parlé de la vertu de l'huile de talc, qu'elle attendait avec une étrange impatience, et pour laquelle ce bel objet se serait possible donné lui-même. Une après-dînée que ma maîtresse revenait avec sa favorite de l'appartement de sa mère, elle me surprit comme j'étais appuyé contre un arbre du jardin, dans une profonde rêverie ; elle m'en retira doucement et ne laissa pas de faire plusieurs réflexions sur cette humeur mélancolique. À quelques heures de là, elle prit son temps comme sa favorite travaillait à quelque lacis[1] à l'ouverture de la grotte, et me demanda ce qui me pouvait faire entrer dans le chagrin, auquel elle m'avait naguère surpris ; je ne lui celai pas que c'était l'appréhension que j'avais qu'il fût arrivé quelque accident à mon précepteur, qui ne devait pas tarder si longtemps à me venir chercher à Londres. Et j'ajoutai à cela que s'il fallait que ce personnage fût mort par quelque malheur, je ne serais pas consolable de cette perte, quand on me donnerait un million d'or. Cette généreuse fille me répondit là-dessus que je savais fort bien quelle était la fragilité des choses du monde, et le peu d'assurance qu'on devait établir sur la vie des hommes ; qu'elle participerait à mon déplaisir si mon précepteur s'était perdu, mais que ce serait pour ma seule considération que ce malheur lui serait sensible, et non pas pour son intérêt ; qu'elle était née assez grande dame, et se trouvait assez riche des biens paternels pour vivre toujours en personne de qualité ; et que, ne m'ayant jamais considéré pour mon bien, elle ne changerait pas de sentiments pour moi, quand je n'aurais aucune richesse ; qu'au contraire, elle aurait le contentement, dans mes disgrâces, de me faire mieux connaître sa franchise et la pureté de son affection désintéressée, ayant lieu de me pouvoir partager sa fortune, après m'avoir donné son cœur ; que ce à quoi elle aurait le plus de regret, si mes précieuses essences étaient perdues, ce serait à cette huile de talc si merveilleuse, qui devait embellir son teint, mais qu'il me serait facile de l'en consoler, pourvu que je la trouvasse assez aimable.

Si ces tendres et généreuses expressions d'une véritable amour me touchèrent, vous pourrez aisément vous l'imaginer, cher Thirinte[1], et si j'eus lors quelque moyen de pouvoir retenir mes larmes. Je tombai à l'instant aux pieds de ma belle maîtresse et les arrosai de mes pleurs en les embrassant ; mais elle me força bientôt de me relever en m'embrassant étroitement elle-même, et nous demeurâmes après longtemps nos visages collés ensemble avec l'eau de nos larmes. La favorite, rentrant dans la grotte, nous vint séparer ; et pour n'être pas vus en cet état, nous nous retirâmes dans l'obscurité près d'une fontaine où ma maîtresse feignit de se jouer à me jeter de l'eau au visage, et c'était pour empêcher que sa confidente ne s'aperçût pas que j'eusse pleuré.

CHAPITRE XL

*De l'ordre que le page disgracié
donna pour avoir
des nouvelles du philosophe,
et comme il fut empoisonné
dans une omelette sucrée.*

À quelques jours de là, je reçus un paquet[2] de Londres, et celui à qui j'avais donné charge de me venir avertir, quand l'étranger que je lui avais dépeint viendrait descendre chez le marchand, fit par cette voie le premier acte de ses diligences. Il me manda que le principal maître de la maison s'en était allé à Plymouth[3], pour y faire voile sur un de ses vaisseaux et tirer vers la Nouvelle-France, où il y avait des habitations[4] anglaises ; mais que son parent était demeuré à Londres pour prendre garde à son commerce, et qu'il avait trouvé des personnes de sa connaissance qui lui rendraient bientôt de bons offices selon mon souhait, tellement qu'il espérait dès le lendemain que le facteur leur donnerait à dîner chez lui ; tellement que ce serait un moyen pour ne manquer pas notre homme, en cas qu'il y vînt loger ; de plus que s'étant trouvé en la compagnie de quelques domestiques de la tante de ma maîtresse, il y avait eu un page qui l'avait fort prié de me faire tenir une lettre enfermée avec la sienne dans le paquet qu'il m'envoyait. Tout cela ne me plut guères, j'eus appréhension que mon messager ne parlât de moi à ce facteur, et qu'il ne ruinât toute l'affaire, quand il apprendrait à ce jaloux violent quelque sujet de se venger d'un tort qu'il n'avait point reçu. Cependant j'ouvris la lettre qu'on m'envoyait de la part de la cousine de ma maîtresse, et trouvai dedans ce qui suit :

*Ingrat Étranger,*

*Je vous ai déclaré trop clairement ma bienveillance, pour ne recevoir de vous que des énigmes au lieu de réponses. Si je vous avais aimé pour votre visage, vous auriez pu mépriser mon affection et la soupçonner d'être brutale ; mais, puisque ce fut votre esprit qui fit naître ma bonne volonté, vous la pouviez considérer comme une flamme toute pure. Et quelque imagination que vous en eussiez, vous en deviez user avec la civilité que tous les honnêtes gens rendent à mon sexe. Essayez d'oublier mon erreur, de même que j'oublie la vôtre, et vous assurez que si vous me perdez le respect qui m'est dû, vous me donnerez occasion de vous faire perdre la vie.*

Cette lettre me piqua sensiblement, et je reconnus à la honte qu'elle me fit que je devais être moins complaisant aux sentiments de ma maîtresse de ce côté-là, puisque je n'en pouvais user de cette façon sans m'attirer de justes reproches. Je supprimai soudain cet authentique témoignage de ma procédure incivile, et ne dis rien qu'une partie de ce qu'il y avait dans la lettre du messager à ma maîtresse, lui faisant accroire que je l'avais déchirée en cent morceaux, de dépit que j'avais eu de n'y trouver point de bonnes nouvelles. Cependant je fus toute l'après-dînée mélancolique, et ma maîtresse, donnant ordre qu'on lui apportât la collation, commanda qu'il y eût entre autres choses une omelette au sucre, sachant que je les aimais ; et sans doute la demoiselle qui eut cette charge fit trop paraître que ce plat était pour moi seul. Et les demoiselles de ma maîtresse furent les officiers qui mirent le couvert sur une table de marbre posée au milieu de la grotte, où nous eûmes huit ou dix plats de fruits ou de pâtisserie, sans oublier cette omelette au sucre qui méritait bien d'être oubliée. Ma maîtresse dit tout haut, en riant de la meilleure grâce du monde, qu'il fallait faire une petite débauche et qu'elle était en trop belle humeur pour vouloir souffrir que ma mélancolie me durât ; que j'étais suspect d'être sujet au mal de rate[1], et qu'elle voulait que je noyasse ma rate dans de l'excellente bière en buvant à sa santé. Sa favorite, qui était véritablement sujette à ce mal, et qui buvait par l'avis de son médecin dans un petit baril de bois de tamarin[2], s'offrit à me donner à boire dans cette machine. Ainsi notre secrète débauche commença avec joie, mais elle ne finit pas de même façon.

À peine eus-je mangé tant soit peu du mets qu'on avait apprêté pour moi, que je trouvai sa douceur cuisante ; il s'alluma par cet aliment un grand feu dans ma gorge et dans mon estomac, que je ne sus jamais éteindre en buvant, et je me trouvai fort mal, quoique je me chargeasse[3] à tous coups de la santé de ma maîtresse. Cependant rien ne m'était suspect en ce banquet, et je ne pouvais m'imaginer qu'on voulût rien produire de mauvais en une si bonne compagnie ; mais il y eut un petit accident qui fit connaître mieux la chose. Ma maîtresse avait sur sa jupe une petite chienne fort jolie et qu'elle appelait sa mignonne, à qui elle donna de mon omelette, et cette sorte de viande[4] fut un peu rude à cette mignonne, car elle en mourut incontinent après dans le giron de sa maîtresse. Cet accident nous alarma tous, et moi tout particulièrement qui dis tout bas à la favorite ma confidente que j'en tenais absolument et que c'était une nouvelle procédure de mes ennemis : mais elle, sans songer à la conséquence de ce secret, le dit tout à l'heure à ma maîtresse, et ce fut une seconde émotion, qui lui fit oublier la première. La plus pressante chose à quoi il fallut penser, ce fut à recourir aux remèdes, qui n'étaient pas trop éloignés, puisque je les portais sur moi, ayant encore environ trois ou quatre grains de cette poudre qui m'avait garanti du premier empoisonnement. Lorsque j'eus assuré ma vie avec ce souverain antidote, dont il ne me resta plus rien, ma maîtresse tint conseil avec sa favorite pour prendre les résolutions nécessaires pour découvrir et faire punir exemplairement un si détestable attentat, dont elle s'imaginait bien connaître l'auteur et les complices. Il y avait un certain cuisinier au logis qui leur était suspect, pour ce qu'il était de la même province de l'écuyer et s'était déclaré de ses amis au désordre qui était arrivé dans la prairie. Il fut résolu de l'accuser et de le faire saisir du même temps que l'écuyer, si la mère de ma maîtresse le trouvait bon ; mais pour ce que cet éclat était un peu chatouilleux, il fut besoin de concerter en quels termes l'on ferait la plainte à la mère, qui était une femme grave et judicieuse, et qu'on aurait de la peine à faire agir avec violence.

## CHAPITRE XLI

*Comme le page disgracié
faillit d'être assassiné dans sa chambre,
et de la prison où il fut enfermé.*

Ma belle maîtresse, toute troublée de cet accident, me commanda de me retirer en ma chambre en attendant de ses nouvelles, et toute en larmes s'en alla trouver sa mère accompagnée de sa favorite, portant dans son mouchoir sa mignonne morte. Je ne sais pas quelle fut leur harangue, mais je sais bien qu'elle produisit un grand tumulte dans la maison. À quelque temps de là, mon Irlandais me vint trouver dans ma chambre, tout ému, et, fermant la porte sur lui, m'avertit que je prisse garde à moi, et que l'on parlait en bas de me perdre sur-le-champ, et me dit ces paroles en bandant et amorçant un pistolet qu'il mit sur la table pour ma défense. Je me trouvai fort étonné de cette nouvelle à laquelle je ne m'attendais pas, et beaucoup plus de n'en recevoir point de ma maîtresse, qui m'en avait fait espérer ; et comme je m'informai particulièrement à l'Irlandais de ce qu'il avait ouï dire de moi, j'appris que, sur le bruit de la mort de la petite chienne empoisonnée, l'écuyer et ceux de son intelligence faisaient une émeute dans le logis, disant qu'il n'y avait point de doute que c'était moi qui, voulant empoisonner leur maîtresse, avait fait mourir sa mignonne, et qu'il n'y avait point d'apparence que cela pût venir d'un autre ; que tous les autres domestiques étaient sujets fidèles et affectionnés à la maison, qui n'auraient jamais eu la méchanceté d'en vouloir faire périr l'unique héritière, et que je pourrais bien avoir été pratiqué par quelques personnes qui avaient intérêt à cette mort. Ces particularités me troublèrent fort, je les trouvai fondées en prétexte, si elles ne l'étaient en raison, et comme je méditais sur ce que j'avais à faire, il s'éleva un certain bruit de la cour qui me fit mettre la tête à la fenêtre, et je vis dix ou douze domestiques en bas armés d'épées et de broches, qui s'encourageaient les uns les autres pour venir enfoncer ma porte. Je ne perdis point le jugement en cette occasion, et, faisant entendre à mon valet qu'il en fallait avertir promptement ma maîtresse ou sa favorite, je le mis aussitôt hors de ma chambre et, fermant la porte sur moi, je me barricadai le mieux qu'il me fut possible.

Ceux que j'avais aperçus en bas ne tardèrent guères à monter l'escalier, mais ils avaient pris conseil en marchant d'essayer à me prendre sans faire bruit, tellement qu'étant venus à ma porte, ils y frappèrent tout doucement, et moi, qui connus leur artifice et qui ne demandais qu'à gagner du temps, je demeurai dans le silence. Ils tinrent de nouveaux conseils là-dessus, qu'il ne me fut pas possible d'entendre, pour ce qu'ils parlaient assez bas et que c'était toujours en anglais. Enfin un certain domestique, qui écorchait un peu le français, frappa plus fort à la porte que l'on n'avait encore fait, et, m'appelant par mon nom, me dit que j'ouvrisse de la part de Madame et de sa fille, et que si je n'ouvrais promptement ils allaient enfoncer la porte. La colère dont je fus saisi à ce discours faillit à être cause de ma perte, et je fus sur le point de retirer un coffre que j'avais traîné contre la porte pour l'ouvrir, et me jeter l'épée à la main sur cette canaille ; mais je pris un meilleur avis, et qui me fut sans doute plus salutaire : j'ouvris ma fenêtre en menaçant hautement ces coquins, et tirai le pistolet que je tenais sur les regards[1] d'un vestibule, où ils s'étaient tous assemblés. Le coup ne blessa personne, mais il fit assez de bruit pour alarmer toute la maison et rendre chacun averti du mauvais tour qu'on me voulait faire. Cette audace anima mes ennemis et, si la porte de ma chambre n'eût été bonne, elle eût été bientôt enfoncée tant ils y donnèrent de coups de pied, et je rechargeais mon pistolet pour en attendre l'ouverture avec quelque sorte de satisfaction, lorsque tout à coup je les entendis descendre les degrés de toute leur force, et bientôt après j'ouïs la voix de ma maîtresse, qui parlait à sa mère sur ce désordre. Je ne m'étais point barricadé si promptement que j'essayai d'ouvrir ma porte dès que cet agréable bruit eut passé jusqu'à mon oreille. Sitôt que ma maîtresse m'appela, j'ouvris en lui répondant, et me jetai aux pieds de sa mère pour lui demander justice. La bonne dame me répondit, sans s'émouvoir beaucoup, qu'il la fallait faire à tout le monde et, s'étant assise dans un fauteuil, me demanda quelle était la cause de ce tumulte ; je lui dis là-dessus tout ce que mon Irlandais m'en avait appris, qu'elle interrogea elle-même, et ma maîtresse voulait toujours parler sur ce sujet ; mais sa mère, qui tenait ce qu'elle disait pour suspect dans cette grande émotion, lui imposait toujours le silence. Après ces interrogations, la bonne femme me fit passer en son appartement avec elle, et commanda qu'on me fît dresser un lit dans un cabinet de son antichambre, afin que j'y pusse être en sûreté, en attendant qu'elle eût donné ordre à cette sédition tumultueuse. Mon Irlandais fit porter mes coffres dans ce cabinet, et je reçus un commandement de la part de ma maîtresse de n'en sortir pour aucune occasion que ce fût, tellement que si je ne fus assassiné dans cette aventure, j'y fus au moins fait prisonnier, et dans un lieu assez étroit.

CHAPITRE XLII

*Comme la mère
de la maîtresse du page disgracié
agit contre lui, au lieu de travailler
à faire punir ses assassins.*

Il était onze heures du soir que je veillais encore, rêvant sur la fortune que j'avais courue, lorsque mon Irlandais vint gratter tout doucement à ma porte ; je l'entr'ouvris aussitôt et pris de sa main un billet où je vis qu'il y avait ainsi :

*On tient un conseil secret, où ma maîtresse et moi sommes suspectes de vouloir vous favoriser. C'est pourquoi l'on nous en cache une grande partie ; cependant vos amis vous serviront, quand il irait de leur vie, assurez-vous-en, et vous défaites promptement et adroitement de toutes les choses qui vous pourraient nuire, si l'on venait à vous visiter.*

Je reconnus d'abord ce billet pour venir de la part de la favorite de ma maîtresse et, bien que l'orthographe en fût tout à fait étrange, j'eus bientôt déchiffré ce qu'il y avait de plus essentiel dedans ; je devinai incontinent que ce qu'il fallait ôter avec adresse et qui causerait du scandale, s'il arrivait que j'en fusse saisi, c'était la boîte de portrait, le bracelet de cheveux et les bijoux que m'avait donnés ma maîtresse. J'ôtai aussitôt le portrait que j'avais sur moi, et, prenant un petit coffre d'acier où étaient quelques jacobus et le reste de ces bagatelles, je mis le portrait avec cela, et enveloppai le petit coffre d'une chemise de mon valet, qui fut bien liée tout alentour, puis donnai l'ordre à mon Irlandais dont la fidélité m'était connue qu'il allât porter ce paquet au bout d'une certaine galerie qui répondait sur le fossé, et qu'il jetât par là le paquet, se prenant garde auparavant qu'il ne fût entendu de personne ; et qu'il ne dormît guères de cette nuit, afin qu'à la pointe du jour il trouvât moyen de sortir et d'aller enterrer ce dépôt en quelque lieu bien écarté. Ce fidèle serviteur comprit fort bien toutes ces choses, et de quelle importance elles étaient, et me donnant le bonsoir en pleurant, m'assura qu'il en ferait bien son devoir ; il me dit aussi devant que de se séparer de moi, qu'il y avait beaucoup d'étrangers au logis qui étaient assemblés dans la chambre de la mère de ma maîtresse, et que l'écuyer, le cuisinier et deux autres de leur cabale y étaient aussi. Ce qui me mit fort en inquiétude, puisque je ne pouvais trouver d'apparence à cette sorte de procédure, vu que j'étais l'innocent persécuté que l'on tenait comme en prison, lorsque l'on tenait conseil avec mes assassins et mes ennemis mortels.

Je me vis bientôt dans une autre peine, car environ demi-heure après, on me vint appeler de la part de Madame, et je fus conduit en sa présence dans une chambre où il y avait douze ou quatorze visages que je ne connaissais point du tout. La demoiselle qui m'avait conduit en ce lieu me fit signe que je me misse sur un genou devant la maîtresse de la maison, pour lui répondre en cette occasion avec bienséance, et lors elle commença de me demander qui j'étais, et quel était mon nom, comme si jamais elle ne m'eût vu. Après que j'eus répondu à ses interrogations, elle m'en fit encore d'autres assez inutiles, puis elle vint à s'enquérir de moi si je n'avais aucunes intelligences à Londres à qui j'écrivisse et de qui je reçusse des lettres ; je repartis à cela que je n'y connaissais qu'un marchand chez lequel j'avais logé, à qui je n'écrivais point, et qui ne me mandait point de nouvelles ; qu'il était vrai que j'avais envoyé un homme exprès pour attendre chez lui un certain étranger de mes amis, afin de lui donner avis du lieu de ma résidence, pour ce que nous avions quelques affaires d'importance ensemble. À cette réponse, la dame regarda un vieil Anglais assis auprès d'elle, et qui était un de ses proches parents, ainsi que je sus depuis ; et lui, s'approchant de son oreille, lui dit quelques mots assez bas ; là-dessus, elle réitéra sa dernière enquête [1], et me commanda de jurer si ma réponse était véritable ; je le protestai avec émotion ; mais elle, souriant de cette assurance, fit signe qu'on fît avancer une femme qui tenait une lettre à sa main que le vieux seigneur anglais prit, déplia et lut tout haut. À la fin de cette lecture, tout le monde me regarda au visage avec apparence de colère, faisant une espèce de murmure qui me fit imaginer qu'on me tenait pour suspect de mensonge et d'effronterie, et moi qui m'assurais sur mon innocence, et qui tenais que cette lettre qu'on avait lue était quelque nouveau stratagème de mes ennemis, je protestai de mon côté contre cette méchante imposture. En suite de ces choses, la dame, qui faisait office de juge, me commanda de me lever et, s'étant levée de sa chaise presque en même temps, elle tint un nouveau conseil avec le vieillard et deux autres ; puis elle commanda à deux de ses demoiselles de prendre des flambeaux d'argent, qui étaient dessus son buffet, et de lui éclairer vers l'antichambre. Ainsi elle se conduisit avec quatre de ces étrangers dans le cabinet où je croyais faussement devoir reposer cette nuit, mais où je ne fermai pas les yeux.

CHAPITRE XLIII

*De quelle sorte on travaillait
au procès du page disgracié,
et comment la favorite de sa maîtresse
le vint visiter.*

Je ne me troublai guères de cette visite dont j'avais déjà reçu l'avis, croyant avoir donné l'ordre nécessaire pour n'être pas surpris avec rien qui me pût faire tort, mais je me trouvai bien loin de mon compte. J'ouvris mes coffres librement à ces messieurs, qui faisaient office de commissaires, et je ne m'imaginais pas qu'ils y pussent rien trouver qui me dût porter préjudice. Toutefois, après avoir visité partout, il y en eut un qui s'avisa de fouiller dans les pochettes de mes habits, et qui, parmi d'autres papiers qui n'étaient de nulle conséquence, trouva la première lettre que j'avais reçue de la part de la cousine de ma maîtresse. Elle n'était pas signée, mais elle était écrite d'un caractère[1] qui n'était pas inconnu à la dame qui présidait à mon procès. Après qu'elle eut arrêté quelque temps ses yeux sur cette écriture, elle me demanda qui m'avait écrit cette lettre ; je m'approchai pour la reconnaître et, voyant que c'était une lettre de sa nièce, je devins tout rouge et puis tout pâle de honte et de regret que ce papier fût ainsi tombé malheureusement entre ses mains. Cependant il fallait répondre ; je n'avais pas le temps d'inventer quelque défaite et n'avais guères d'envie d'en déclarer la vérité. Enfin j'avouai que c'était une lettre de sa parente, et l'on ne me demanda rien davantage. La dame du logis se retira avec la lettre, s'appuyant sur le bras de son cousin, à qui elle parlait tout bas, et tous les autres les suivirent ; pour moi, qui eusse bien voulu aussi les suivre en esprit et entendre bien leur langage, afin de savoir particulièrement ce que j'avais à deviner, comme j'étais dans ces inquiétudes, ayant l'esprit combattu de mille différentes pensées, j'entendis un petit bruit à ma porte ; j'allai l'ouvrir incontinent, croyant que c'était mon Irlandais qui me venait donner quelque avis, mais je reconnus que c'était la favorite de ma maîtresse qui, s'étant conduite jusqu'à mon cabinet à la faveur d'une petite bougie qu'elle couvrait d'une main de peur d'être aperçue, me venait apprendre de grandes choses dont je n'étais point informé.

L'on avait fait coucher un homme devant ma porte, pour me garder, qui s'était endormi profondément, à qui l'officieuse fille qui me venait visiter ne prenait pas garde, tellement que, rencontrant ce corps avec le pied, comme elle voulut passer en ma chambre, elle faillit à tomber le nez devant ; je soutins sa chute, et nous fûmes tous deux bien alarmés, quand nous eûmes aperçu cette pierre d'achoppement qu'on avait nouvellement posée en ce lieu. Après que Lidame[1] (c'est ainsi que j'appelais la favorite) eut un peu repris ses esprits, elle me conta tout le particulier du changement que j'avais vu dans l'état de ma fortune. Elle m'apprit que la mère de ma maîtresse avait envoyé quérir un de ses parents, qui était son voisin de deux lieues, et quelques autres de ses amis pour lui prêter main-forte à faire arrêter les coupables du désordre qu'on avait fait ; que tous ces gentilshommes étant arrivés, elle avait procédé à faire tenir en lieu sûr l'écuyer et tous ses complices, en attendant qu'elle pût voir s'ils devraient être livrés entre les mains de la justice ; en suite de cela, qu'un de ces gentilshommes, qui était allié de l'écuyer et que l'on ne soupçonnait pas d'être si fort son ami, l'avait servi merveilleusement. C'était un confident du cousin de la maison qui, s'étant abouché avec l'écuyer, s'était proposé de le tirer hautement de cette affaire et de me plonger, s'il était possible, dans un extrême malheur ; cettui-ci, sur les fausses relations qu'on lui avait faites, s'était introduit à donner secrètement d'étranges impressions à son ami ; il lui avait protesté de lui faire voir clairement que j'étais un homme aposté pour faire mourir sa parente, et qu'il en rendrait témoignage par des lettres qu'il lui fournirait dans peu de temps. Ainsi tous deux s'étaient employés à jeter des soupçons de moi dans l'esprit de la vieille dame du château, et l'avaient instruite du subtil moyen de me surprendre et de me faire trouver menteur, m'interrogeant sur les connaissances que je pouvais avoir à Londres ; l'assurant que j'avais des intelligences secrètes avec quelqu'un de la maison de sa belle-sœur, qui possible m'auraient[1] pratiqué pour faire retourner de grands biens en leur maison par la mort de cette héritière, l'intérêt faisant faire tous les jours des projets fort abominables. Ils avaient su de l'écuyer ou de quelqu'un de ses complices comme j'avais envoyé un homme à Londres pour des affaires de grande importance, ne lui plaignant[2] point l'argent pour ce voyage, et que ce messager avait écrit à sa femme qu'il m'envoyait des lettres de quelqu'un de cette maison ; de sorte qu'estimant ces conjectures assez fortes pour me faire tenir pour suspect, ils avaient fait venir promptement la femme avec sa lettre, et c'était la cause de toutes les grimaces que j'avais vues faire durant mon interrogation, et ce qui avait porté la mère à faire visiter mes hardes pour voir si l'on rencontrerait quelques pièces convaincantes dans mes papiers.

J'écoutai toute cette relation avec un étonnement merveilleux, mais j'étais toujours en impatience de savoir ce qu'elles étaient devenues, elle et ma maîtresse, durant toute cette procédure. Lidame en vint bientôt là, m'apprenant que le confident de son parent, instruit par mes ennemis de l'affection qu'elles avaient pour moi, s'était servi de tout son esprit et de toute sa faveur pour me rendre leurs soins inutiles ; qu'il avait travaillé d'abord à rendre suspecte à la mère la tendresse du naturel de sa fille qui, par une molle pitié fort coutumière à celles de son sexe et de son âge, pourrait indiscrètement[3] s'opposer à la vérification d'un crime de cette importance ; de sorte que, par ces raisons, ils avaient porté cette bonne dame à leur faire un commandement absolu de ne bouger d'un cabinet où elle les avait renfermées, pendant que l'on travaillait à mon procès ; que tout ce qu'elle avait pu faire pour mon service dans cette cruelle conjoncture, c'était de m'avoir fait tenir par mon Irlandais le billet d'avertissement que j'avais reçu, qu'elle lui avait jeté dans la cour par une fenêtre, après lui avoir fait signe qu'il me l'apportât. Elle me fit encore des protestations de l'ennui qu'en avait eu sa maîtresse, et du hasard qu'elle courait en contrevenant par cette visite aux commandements sévères qu'on lui avait faits de n'avoir plus aucune communication avec moi, et me pria sur son départ[1] d'attendre avec patience de ses nouvelles.

## CHAPITRE XLIV
### *Les consolations que le page disgracié reçut durant sa captivité.*

Après cette secrète conférence, la fidèle Lidame se retira, et je demeurai tout confus et tout outré de douleur dans mon honnête cachot. Je m'y promenai jusqu'au jour, parlant en moi-même et faisant quelquefois de si hautes exclamations que le valet qu'on avait commis à ma garde s'en réveilla parfois en sursaut. Enfin les fatigues de la nuit et la faiblesse de ma complexion me firent assoupir une heure ou deux, et j'étais dans quelques visions épouvantables qui devaient tirer leur origine de mes craintes, lorsque, me débattant sur mon lit, j'ouvris les yeux et vis devant moi mon Irlandais ardent et fidèle. Je lui demandai aussitôt de quelle sorte il s'était acquitté de sa commission secrète ; il me répondit que le tout était en lieu de sûreté, mais qu'il n'en avait pas usé de la sorte que je lui avais dit, pour ce qu'il avait appréhendé qu'on n'ouvrît pas la porte du château si matin et que quelqu'un passant d'aventure sur le fossé, ne s'avisât de découvrir ce que je voulais tenir caché. Je sus de lui qu'il avait été mettre ce dépôt dans la basse-cour, parmi un grand monceau de briques et de pierres du reste de la démolition d'une vieille tour, et que je ne devais point m'en mettre en peine ; de plus, que Lidame et ma maîtresse avaient gagné depuis longtemps une des femmes de Madame qui l'avait introduit dans l'antichambre, et qui me ferait savoir bientôt de leurs nouvelles. Cela me consola tant soit peu, mais ne remit pas mon esprit tout à fait, car il fallait de plus grands remèdes pour adoucir un mal si cuisant et que je croyais presque incurable. Lidame avait témoigné tant de crainte d'être surprise en me parlant, et s'était retirée si vite, que je n'avais pu lui demander les particularités de mon affaire, et quel ordre ma maîtresse voulait tenir pour me retirer de ce péril où mon innocence était grande, mais où la calomnie était si puissante à me nuire que j'avais besoin d'un bon support. Cela me donna sujet d'écrire cette lettre à la favorite qui me venait de quitter, après avoir témoigné à mon Irlandais que je n'appréhendais nullement l'artifice de mes ennemis, et l'avoir fortifié par de grandes espérances en la résolution qu'il avait de me servir fidèlement.

*À Lidame.*

*Vous avez passé devant mes yeux comme un éclair, et m'avez dit si peu de chose en cet instant que je doute si vous ne m'êtes point apparue en songe. S'il est vrai que ce trait de ma mauvaise fortune vous touche, écrivez-moi bien amplement par ce garçon des nouvelles de notre maîtresse, ce qu'elle dit du traitement que l'on me fait et de quelle sorte elle a résolu d'agir pour mon salut, j'aurais dit pour ma liberté, mais j'aurais craint que vous eussiez mal expliqué le terme d'un homme qui veut toute sa vie être son esclave, et votre très affectionné serviteur.*

CHAPITRE XLV
*Suite du procès du page disgracié
et comme sa prison fut changée.*

Ce fidèle messager était à peine sorti de mon cabinet, quand une demoiselle anglaise me vint appeler, et comme je la suivais, j'aperçus dans l'antichambre deux gentilshommes des voisins de la maison qui s'y promenaient et parlaient assez haut de ma trahison prétendue, et qui m'accompagnèrent dans une chambre, où la vieille dame de la maison était assise dans un fauteuil, et son vénérable parent assis auprès d'elle. Derrière eux étaient tout debout, et nu-tête, les principaux du logis, et je pénétrai d'un regard partout pour voir si je n'y découvrirais point ma maîtresse ou sa favorite ; et ne les apercevant ni l'une ni l'autre, je sentis une espèce de glaçon qui me pénétra jusqu'au cœur. Toutefois je me recueillis un peu en moi-même et, m'étant mis sur un genou devant ce petit tribunal, j'écoutai d'une façon modeste, mais assurée, ce qu'on avait à me dire.

La bonne dame qui tenait la lettre de la cousine de ma maîtresse et qui était nièce de feu son mari, me proposa d'abord de confesser ingénument de qui j'avais reçu cette lettre ; et comme je l'eus reconnue pour être venue de la part de son alliée, elle me pressa d'avouer quelle somme on m'avait donnée et quelles promesses on m'avait faites pour m'obliger au détestable dessein que j'avais entrepris d'exécuter. Je lui demandai quel dessein, et comme elle m'eut dit que c'était d'empoisonner malheureusement sa fille, en faveur de ceux qui prétendaient d'en hériter, je lui protestai que cela était faux, et que c'était une calomnie que mes ennemis avaient inventée afin de me perdre. Mais elle continua ses interrogations en branlant la tête, et me dit ensuite que la lettre qu'elle tenait était écrite d'un style fort affectionné, et de la main d'une personne de condition, qui témoignait désirer d'apprendre de mes nouvelles avec un grand empressement, et qu'il était facile de juger que je n'avais pas une si grande intelligence avec elle pour quelque affaire de peu d'importance. Comme je me vis pressé de ce côté, je ne balançai plus l'honnête honte de déclarer l'affection de sa cousine ; avec la crainte du mauvais traitement dont je me voyais menacé, j'avouai franchement que cette parente m'avait témoigné quelque affection, et qu'elle m'avait fait présent d'une écharpe un jour que j'avais été saigné, qui étaient tous les présents que j'avais reçus d'elle ; et qu'elle ne m'avait point témoigné cette bonne volonté pour me faire entreprendre rien de mauvais contre sa cousine, comme mes ennemis avaient avancé faussement, mais bien possible pour m'attirer à son service, afin que je l'instruisisse en la pureté de ma langue, dont elle se montrait amatrice, et que c'était le seul sujet qui l'avait portée à m'écrire cette lettre, à qui l'on voulait donner des explications qui m'étaient si fort désavantageuses. Là-dessus, j'appelai Dieu à témoin de mon innocence et de l'innocence de la parente de la maison que l'on voulait noircir par une supposition si détestable, et qui méritait qu'on en fît punir sévèrement les auteurs.

La dame du logis se leva lors de sa chaise et, prenant son vieux parent par la main, s'en alla tenir conseil avec lui près d'une fenêtre ; à la fin de leur conférence secrète, le concierge de la maison fut appelé pour me conduire dans une vieille tour qui était séparée de tout le reste du bâtiment. Là, je me trouvai beaucoup plus au large que dans le cabinet où j'étais ; j'eus de vastes chambres à me promener et l'escalier libre jusqu'à la porte d'en bas, qui fut fermée sur moi à plusieurs tours ; ce fut en ce lieu que j'expérimentai combien les heures sont longues à la mesure de l'impatience, et quelles inquiétudes apporte une captivité dont on ne connaît pas la fin. Après m'être bien lamenté, et m'être pris cent fois à mes cheveux de ma mauvaise fortune, j'entendis ouvrir, et peu après, je vis monter un officier et mon Irlandais qui vinrent m'apporter à dîner. La vue de mon valet me donna quelque consolation, mais la viande qu'on m'apporta ne me donna point de nourriture, car je n'en voulus jamais manger tant soit peu, tant j'appréhendais le poison. Je ne témoignai pourtant point ma défiance à l'officier, qui n'était point de ceux qui m'étaient suspects, et, me servant en cette occasion de mon Irlandais pour truchement, je lui fis entendre que je lui étais beaucoup obligé de la peine qu'il avait prise, et que j'espérais de me voir encore en état de reconnaître ce bon office. J'accompagnai ce compliment d'une embrassade, et de deux ou trois pièces d'or qu'il fit un peu de difficulté à prendre. Après l'avoir ainsi gagné, je tirai mon Irlandais à l'écart pour lui demander des nouvelles de ma maîtresse. Ce fidèle serviteur m'apprit qu'on m'avait apporté à dîner, par le soin qu'en avait pris Lidame, qui, donnant les ordres dans la cuisine, l'avait subtilement chargé d'un papier qu'il me mit à la main. Je louai sa fidélité et lui commandai de se fournir d'un peu de pain dans le bourg et de me l'apporter dans sa poche quand il reviendrait me voir, pour ce que j'avais grand sujet d'être en défiance des autres viandes qu'on me préparait au logis, comme il en avait vu les preuves. Sitôt que l'on m'eut laissé tout seul, j'ouvris la lettre que l'on m'envoyait, qui contenait à peu près ces paroles :

*Je ne connais rien de plus épouvantable que la malice de vos ennemis ; il n'y a pas eu moyen que la force de la raison ait pu résister jusqu'ici à celle de la calomnie ; ma maîtresse et moi faisons mille efforts pour maintenir votre innocence, que l'injustice veut opprimer ; et nous nous trouvons presque épuisées, dans cet emploi, et de larmes et de paroles. Tout ce que nous avons pu faire pour votre salut, c'est qu'on différât encore de vous mettre entre les mains de la justice, comme on était près d'en prendre la résolution. Voyez quelle est votre misère et la nôtre, et quel danger vous pourriez courir si vous n'étiez point protégé. Ne vous désespérez point toutefois de sortir de ce dédale ; notre maîtresse est résolue d'y mettre le tout pour le tout, et je n'appréhende rien tant pour vous que l'excès de son affection, qui a déjà failli deux ou trois fois de faire un éclat à tout perdre.*

Ô que je trouvai cette lettre touchante ! et qu'elle me donna tour à tour de différentes passions ! J'y découvris la malice de mes ennemis qui me fit grincer les dents de colère, j'y reconnus la constante foi de ma maîtresse qui me fit soupirer d'amour, j'y trouvai des matières qui me glacèrent tout le sang d'effroi et, parmi tout cela, quelques sujets d'espérance qui rétablissaient en moi les désordres de la crainte et de la douleur.

### CHAPITRE XLVI

*De quelle sorte Lidame vint retirer
le page disgracié de prison.*

Je passai toute la journée à relire la lettre que j'avais reçue, et donnant des gloses à ce texte qui m'en rendaient le sens plus rigoureux ou plus favorable, et ne m'occupai qu'à jeter une partie des viandes qu'on m'avait apportées par une fenêtre, d'où je voyais battre après les poissons et les plongeons qui se nourrissaient dans l'eau du fossé. Sur le soir mon valet revint avec l'officier qui retourna chargé de ma nourriture, et je le fis venir parler à moi sur l'escalier, tandis que l'autre mettait sur table ; il tira d'abord de ses poches un pain qu'il avait pris hors du logis et de la viande enveloppée dans un linge blanc, que m'envoyait la favorite de ma maîtresse, avec un papier où je trouvai ces mots :

*Notre maîtresse a fait un dessein, que vous n'approuverez non plus que moi, encore qu'il soit fort généreux. L'événement en pourrait être bon, mais j'en trouve l'exécution très difficile ; j'espère de vous voir cette nuit pour vous en dire davantage ; essayez de ne vous affliger point, nos espérances sont fort affaiblies, mais elles ne sont pas encore mortes.*

Lorsque les deux garçons se furent retirés, et que j'eus relu ce billet, je repris un peu de courage ; j'espérai que Lidame, en me venant voir, m'apporterait de bonnes nouvelles, ou du moins que nous trouverions ensemble quelque expédient pour me faire sortir de cette tour, et me donner les moyens de me conduire en quelque lieu de sûreté. Je mangeai d'un grand appétit, durant ces agréables pensées, des mets dont je n'avais point de soupçon, et puis, après avoir fait quelques promenades durant lesquelles mon esprit repassait sur beaucoup de choses, je m'allai jeter sur un lit que l'on m'avait là préparé. Je n'y dormis pas d'un somme si profond que je n'eusse été capable d'être réveillé par le moindre bruit, et cependant je ne fus retiré de mon assoupissement que par l'approche de Lidame, qui me vint tirer par le bras. Cette généreuse et fidèle amie m'apparut alors de la façon qu'apparaissent les bons anges ; elle m'effraya par son arrivée, mais elle ne me laissa pas sans consolation. Elle tenait une petite lanterne sourde à sa main, dont elle entr'ouvrit tout à fait le regard, afin que je la reconnusse et que je ne m'épouvantasse point ; puis elle me dit tout bas, tant elle avait peur d'être entendue durant la tranquillité de la nuit :

« Hé ! bien, Ariston, vous voyez comme je vous ai tenu ma promesse ; ce n'a pas été sans courir un grand danger d'être aperçue, et si je l'avais été de la moindre personne du logis, je serais absolument perdue. »

Je pris sa main pour la baiser, en lui témoignant le tendre ressentiment que j'avais de ses bontés, mais ne me le voulant pas permettre, elle continua de cette sorte :

« Vous n'aviez eu garde de deviner les choses que vous avez lues dans le billet que je vous ai fait tenir ; savez-vous bien que notre maîtresse a voulu prendre en votre faveur le parti le plus téméraire du monde ? Si je ne l'eusse détournée par mes conseils, elle était sur le point de s'aller jeter aux pieds de sa mère, comme une personne folle d'amour, et lui protester hautement qu'elle vous avait donné la foi, et qu'elle avait reçu la vôtre, pour n'être à jamais tous deux qu'une même chose. Si bien qu'elle aurait fait paraître par par cette action que vous auriez contracté avec elle un mariage clandestin, et vous pouvez juger en quel désordre elle eût mis l'esprit de sa mère. C'est une dame sortie d'une des plus illustres maisons de cette île, et qui prétend un grand parti pour sa fille, méprisant même l'alliance de beaucoup de comtes. Jugez ce qu'elle serait devenue, quand elle aurait appris que sa fille aurait fait choix d'un mari sans elle[1] et d'un étranger inconnu comme vous. »

De quelques hautes espérances dont je me fusse flatté jusqu'alors, je me trouvai fort interdit à ces paroles, et plus encore quand elle continua son discours, en me protestant que, quand même je serais né prince, on ne s'arrêterait point pour ma qualité dans cette première colère, et que, me tenant pour un imposteur, on me ferait périr sur-le-champ. J'avouai ces vérités en pleurant, blâmai l'inconsidérée affection de ma maîtresse, et louai la prudence de sa favorite. Cependant Lidame me dit qu'il y avait encore une autre grande résolution à prendre ou à quitter : c'était d'essayer à me sauver tout seul ou d'enlever encore ma maîtresse, qui voulait prendre un de mes habits pour cela, et me charger d'une cassette où il y avait une grande quantité de pierreries. Lidame en disant cela me regarda comme en souriant, et me faisant assez juger que cette dernière proposition était ridicule ; je fus d'accord avec elle de ce sentiment et la suppliai les mains jointes, par l'affection qu'elle portait à notre commune maîtresse, de la détourner de ce désir, qui nous serait à tous si funeste. Car quelle apparence y aurait-il eu qu'un étranger eût fait un coup de cette importance avec impunité, sans amis, sans intelligence, et dans une île où les ordres[2] sont si bons et tous les ports si bien éclairés ?

Après avoir consulté longtemps ensemble, il fut arrêté que

je m'évaderais tout seul, n'emmenant que mon Irlandais avec moi pour me conduire par l'Écosse et me faire sauver en son pays. Que cependant[1] elle ferait entendre à ma maîtresse que je serais allé m'assurer d'un vaisseau dans quelque port pour la venir enlever après, travestie en homme, quand on serait prêt à faire voile. Je demandai lors à Lidame ce qui pressait si fort mon départ, et je sus d'elle qu'une espèce de prévôt de la province devait le lendemain s'emparer de moi. De sorte que nous n'avions pas beaucoup de temps à nous entretenir ; de plus, que ma maîtresse me serait venue voir aussi bien qu'elle, n'eût été que, par je ne sais quelle humeur, sa mère l'avait fait coucher en son lit. Au reste, qu'elle avait corrompu le portier et que, moyennant une certaine somme qu'il avait reçue, je pourrais sortir quand il me plairait ; et que, pour couvrir son infidélité et donner une autre apparence à ma fuite, il avait été résolu entre eux que j'attacherais les draps de mon lit à la fenêtre de ma chambre, qui regardait sur le fossé. Je trouvai cet expédient le meilleur du monde, j'attachai promptement les linceuls[2] à une croisée et sortis de la tour avec Lidame. Nous trouvâmes mon Irlandais dans la cour, qui avait été averti par elle d'y demeurer toute la nuit, et ce fidèle garçon ne manqua pas de retrouver le coffre d'acier qui m'appartenait et qu'il avait adroitement caché dans une masure. Lidame me mit hors du château, le visage baigné de larmes, me priant de chercher un moyen pour me mettre en sauveté[3] et pour lui faire savoir de mes nouvelles. Après y avoir un peu pensé, je lui demandai s'il y avait moyen d'avoir du pain et une bouteille, et que cela serait fort nécessaire à l'expédient que j'avais pris ; elle retourna avec mon Irlandais dans la chambre du portier, et revint avec toutes ces choses. Je lui dis lors adieu, lui promettant qu'elle apprendrait sûrement de mes nouvelles, et que je lui donnerais lieu de me pouvoir avertir le lendemain de tout ce qui se passerait. Je la priai de faire en sorte que le portier ne fermât point la porte que mon Irlandais ne fût rentré, que je devais renvoyer dans deux heures au plus tard.

*Deuxième partie*

CHAPITRE I

*Comme le page disgracié
coucha deux nuits
sur un arbre d'une forêt.*

Après ces tristes adieux, qui furent accompagnés de beaucoup de larmes, je m'en allai gagner la rivière qui court au pied du château ; m'étant promptement déshabillé, je la passai en un certain gué que me montra mon Irlandais. La lune nous favorisa beaucoup en ce dessein ; et si pourtant[1] mon guide, pour avoir pris un peu trop haut, faillit à nous faire perdre tout notre équipage. Cela m'eût été bien fâcheux, n'ayant plus d'autre ressource pour me faire sortir de l'île que l'argent qui était dans mon petit coffre d'acier. Enfin nous arrivâmes à bord heureusement, et nous étant rhabillés avec diligence, nous allâmes prendre un chemin qui nous conduisit dans une grande forêt. Dès que nous y fûmes entrés, j'entrai au conseil avec mes propres pensées, pour donner à mon Irlandais les ordres qu'il devait garder pour ne donner point de soupçon aux domestiques qu'il eût aucune connaissance de ma fuite, et lui dire avec quelle adresse il devait accoster Lidame pour apprendre d'elle en quel état étaient mes affaires, et quelle route on prendrait pour m'attraper. Lorsque j'eus bien ratiociné sur toutes ces choses, je pris le coffre où étaient les reliques de ma fortune et le fondement de tout ce qui me restait d'espérance ; avec ce petit fardeau que je passai par la fente de ma chemise et fis aller derrière mon dos, je montai sur un fort grand arbre à la faveur de[1] mon fidèle valet, après l'avoir instruit de tout ce qu'il avait à faire et lui avoir fait de grandes promesses de l'en récompenser dignement. Ce garçon zélé pour mon service me quitta en pleurant pour aller repasser la rivière et se rendre dans le château, selon mes ordres secrets, et moi je m'enchâssai le mieux que je pus entre deux branches de l'arbre, après y avoir lié mon manteau avec mes jarretières, afin qu'il me servît de dossier. Mon lit n'était ni mol ni commode, mais je n'eusse pas laissé d'y dormir d'un assez bon somme, n'eût été les images effroyables de ma crainte qui m'en empêchaient et le bruit continuel que faisaient certains animaux qu'on me dit depuis être des bœufs sauvages.

Aussitôt que le jour commença de poindre, je descendis de cet arbre qui m'avait servi de lit et comme de fort inaccessible, et j'en allai choisir un autre plus commode et en un lieu plus élevé ; mais avant que de l'aller reconnaître en montant dessus, je m'avisai d'aller enterrer le coffre d'acier où était le portrait de ma maîtresse, après avoir tiré les jacobus qui étaient dedans ; je pensai qu'il n'y avait point d'apparence d'emporter ainsi des choses sur moi, si soupçonneuses[2] et si remarquables, pouvant être fouillé aux lieux où je passerais par les officiers de la justice. Après avoir consigné ce dépôt en un endroit qui me sembla sûr, et dont je considérai fort longtemps les particularités et les distances des arbres dont il était environné, j'allai m'établir chez le nouvel hôte que j'avais choisi dans la forêt ; de là je découvrais le chemin par où mon Irlandais pouvait venir, et si je l'eusse aperçu fort accompagné à son retour, je pouvais avoir le loisir de dévaler et de me perdre bien avant dans la forêt. Ce malheur ne m'arriva point, et j'étais chargé de tant d'autres que je n'eusse pas eu la force de le supporter. Je passai tout le jour dans des inquiétudes étranges et ne mangeai guères du pain que mon Irlandais m'avait apporté sans qu'il fût détrempé de mes larmes. La nuit vint pour moi avecque des pieds de laine[1], et je la trouvai si paresseuse, en cette triste conjoncture, que j'eusse alors écrit une satire contre elle, si j'eusse été capable de faire des vers. Enfin, lorsque le silence régnait partout, et qu'il n'y avait plus que le mugissement de quelques bœufs sauvages qui troublassent la tranquillité de ma solitude, j'entendis le cri de mon Irlandais, qui avait un certain signal pour se faire connaître à moi ; je fus ravi de la joie de son retour, espérant de recevoir par son moyen quelque nouvelle favorable. Je descendis aussitôt de l'arbre sur lequel j'étais pour l'aller embrasser et lui demander en quel état étaient mes affaires ; et quand ce fidèle garçon me sentit approcher de lui, il me vint embrasser les genoux avec tant de pleurs et de plaintes qu'il me transit presque d'effroi ; je lui pensai demander les particularités de son voyage, mais il me dit qu'il ne voulait point perdre de temps, qu'il fallait que nous eussions fait trois ou quatre lieues avant que le soleil fût levé, qu'il avait des lettres et de l'argent pour moi, que je verrais à la lumière. Je ne résistai point à partir, jugeant bien que l'espoir de mon salut consistait à une extrême diligence ; et ce me fut un grand avantage d'avoir un bon guide pour me mener parmi ces bois où il y avait de rudes montées et de dangereuses descentes.

CHAPITRE II

*Des nouvelles que reçut le page,
et comment il alla trouver la tante de Lidame
qui demeurait à Édimbourg.*

Le jour commençait à naître, et les premiers rayons du soleil pénétraient déjà la forêt dans les endroits où les feuilles étaient le moins pressées, lorsque nous découvrîmes une grande esplanade qui nous fit voir avec un peu de joie que nous sortions de la forêt. Ce fut lors que je demandai à mon Irlandais les lettres qu'il avait pour moi et que, m'étant assis sur l'herbe pour reprendre haleine, je l'obligeai de me dire ce qu'on avait fait dans le château depuis mon départ. J'appris de lui qu'on l'était venu réveiller dans son lit dès le matin, lorsqu'il ne faisait encore que commencer son premier somme, et qu'on lui avait demandé s'il ne savait point où j'étais, et qu'il avait répondu à cela que tous ceux de la maison le savaient aussi bien que lui, qu'il m'avait laissé dans la tour où j'étais enfermé, et pourquoi l'on lui demandait ces choses ; que là-dessus, ceux qui l'étaient venus trouver l'avaient jugé innocent de la rupture de ma prison, disant des choses entre eux qui lui firent juger que, lorsqu'ils étaient venus dans sa chambre, ils n'avaient pas espéré de l'y trouver, croyant qu'il pourrait avoir été complice de ma fuite, mais que son sommeil et ses paroles étaient des marques qu'il en était fort innocent ; qu'après cela, il avait fait fort l'empêché avec ceux qui allaient regarder les draps pendant à la fenêtre de la tour, et qui disaient leurs sentiments sur la manière dont j'avais pu sortir du fossé et sur les chemins que j'avais pu prendre. Tout le monde fut enfin d'accord à s'imaginer que j'avais pris celui de Londres, vu que j'étais un étranger qui ne savais presque point la langue du pays et qui n'avais aucune connaissance que de ce lieu où l'on tenait qu'étaient les principaux auteurs de mon crime prétendu ; que sur cette pensée il y avait eu plus de vingt hommes à cheval, qui étaient allés après moi battant l'estrade[1] sur toutes les ailes de ce chemin et faisant avertir les majeurs[2] des bourgades, afin que l'on arrêtât un étranger de l'âge, de la mine et vêtu de la sorte que j'étais décrit. J'eus ce bonheur qu'il n'y eut personne qui s'avisât jamais de la route que j'avais prise. Aussi n'y avait-il guères d'apparence de soupçonner qu'un homme qui s'était précipité par une fenêtre, durant l'obscurité de la nuit, se fût avisé d'aller passer une rivière à nage, et qui était assez dangereuse ; nul aussi n'aurait pensé que j'eusse connu le gué que j'avais passé.

Il me dit encore que Lidame, qui se promenait par toute la maison pour voir et pour entendre ce qui s'y faisait, lui avait dit, en passant auprès de lui, qu'il ne jetât nullement les yeux sur elle et qu'il se gardât bien de faire soupçonner à ceux du logis qu'il eût quelque chose à lui dire, et que, lorsque tout le monde serait couché, il se vînt rendre à la porte de la chambre de sa maîtresse. Il avait observé ponctuellement tout cet ordre ; il avait été introduit par Lidame dans la chambre de ma maîtresse qui, tout outrée de déplaisir pour mon infortune et toute transie de la crainte qu'elle avait pour moi, ne put s'empêcher d'en faire de grandes expressions en sa présence. Elle pesta contre l'aveuglement de sa mère et contre la malice de ses parents et de ses amis, et, l'ayant bien exhorté de me servir fidèlement en cette occasion, elle lui donna trente jacobus par avance du bien qu'elle promettait de lui faire et le chargea de deux paquets pour moi, tous deux cachetés soigneusement, l'un plein d'or et l'autre de trois lettres, dont il y en avait deux qui s'adressaient à moi, et l'autre à la tante de Lidame.

## Lettre de Lidame au page disgracié

*Votre malheur est dans l'excès, puisque les méchants qui vous persécutent vous font ainsi quitter les personnes qui vous aiment et que vous aimez. Mais c'est quelque sorte de consolation qu'ils n'aient fait que troubler votre félicité, sans attenter plus avant sur votre vie ; gagnez promptement Édimbourg et portez la lettre que je vous envoie à la personne à qui je l'adresse ; c'est le plus sûr expédient que vous puissiez prendre pour votre salut, et vous connaîtrez s'il y a de la générosité et de la fidélité dans la race de Lidame ; mais ne manquez pas de chercher des moyens pour me faire savoir de vos nouvelles, quand vous seriez[1] hors de danger.*

## Lettre de la maîtresse de Lidame au page disgracié

*Prenez soin de vous conserver, si vous avez soin de ma vie ; nos malheurs se peuvent adoucir avec le temps, mais rien ne me consolerait de votre mort ; j'ai fait tous mes efforts pour dissiper l'orage qui vous menaçait, et je me suis trouvée impuissante ; ma mère a tenu le parti de la calomnie contre l'innocence et n'a pas voulu écouter sa fille. Ainsi, pour vous faire périr, on a corrompu la source d'un sang assez clair et qui ne s'est jamais souillé d'injustice ni de lâcheté, et dont la plus saine partie est à vous. Mais il n'y a rien de perdu, puisque vous vous êtes sauvé ; Lidame écrit à sa tante pour votre salut ; et, pourvu que vous la trouviez, vos ennemis ne vous trouveront point ; mais attendez là mes avis ou, si vous êtes obligé de vous en éloigner, faites qu'on sache toujours de vos nouvelles, si vous ne voulez bientôt apprendre celles de ma mort.*

Je ne pus lire toute cette lettre sans l'arroser de beaucoup de larmes et sans m'abandonner aux mouvements de la douleur. Puis, quand j'eus allégé mon cœur par cette sorte de remède, je ne me proposai plus que d'entrer dans cette superbe ville d'Édimbourg[1], dont on m'avait dit autrefois tant de merveilles, et qui devait pour lors être mon asile. Je ne vous dirai point quelles montagnes je franchis ni quels ruisseaux je passai avant que de voir cette ville capitale de l'Écosse ; il suffira que je vous die que je l'aperçus enfin sur un haut et que je vis aussi sur un rocher cet inexpugnable château des Pucelles[2], dont il est tant parlé dans les romans.

CHAPITRE III

*Comme la tante de Lidame*
*dépêcha un messager à sa nièce*
*pour aviser avec elle*
*comment on ferait sauver*
*le page disgracié.*

Nous ne fûmes pas plutôt entrés dans Édimbourg que nous allâmes chercher le logis de la tante de Lidame, et nous trouvâmes qu'elle y était nouvellement revenue d'une sienne maison des champs où elle avait passé plus d'un mois. Lorsque j'eus présenté la lettre que j'avais à cette vénérable damoiselle, elle fit fermer les portes de sa maison et commanda à ses domestiques de ne laisser entrer personne ; puis, après avoir relu deux ou trois fois la lettre, elle se mit à m'interroger sur le sujet de l'empoisonnement que l'on m'avait supposé. J'essayai de la contenter là-dessus, et lui fis entendre clairement, à la faveur de mon Irlandais, dont elle savait fort bien la langue, comme j'avais été envié par l'écuyer, quels procédés j'avais eus avec lui, et de quels stratagèmes il s'était servi pour me perdre.

« Eh bien, me dit-elle, vous n'êtes pas le premier qu'on a persécuté sans raison, et vous n'en êtes pas moins digne d'être servi, puisque ce n'est qu'une marque de votre vertu. Nous donnerons l'ordre qu'il faut pour vous sauver, quelques puissants ennemis qui vous veuillent nuire ; et bien que le soin soit grand que l'on apporte en cette île, lorsqu'il s'agit de quelque affaire comme la vôtre, j'espère, avec la grâce de Dieu, de vous tirer de ce péril. Vous n'avez rien qu'à vous confier à sa paternelle providence et me laisser faire le surplus. »

Puis elle ajouta à ces paroles que la crainte que j'avais eue et les deux mauvais gîtes que j'avais pris sur l'arbre de la forêt, comme la fatigue du chemin, demandaient bien que je prisse un peu de repos, lorsque j'aurais mangé quelque chose. Et là-dessus, elle donna les ordres pour me faire apporter à manger et pour me faire apprêter un lit. Je reconnus aisément, au premier abord de cette femme, que c'était une personne de grand sens et de grand courage ; et cela me donna beaucoup plus d'assurance que je n'en avais eu depuis quatre ou cinq jours. Toutefois j'y goûtai peu les viandes, encore qu'elles fussent bonnes, et ne dormis profondément que pour ce que je ne pouvais plus veiller. Le lendemain, mon hôtesse me vint voir au lit [1], accompagnée de mon Irlandais qu'elle avait fait régaler le mieux qu'elle avait pu ; elle me dit qu'elle était d'avis d'envoyer un de ses gens à sa nièce, avec une lettre de compliment à l'ordinaire, qui pourrait être vue de tout le monde dans la maison de ma maîtresse, et qu'avec cela le messager se chargerait de quelque billet secret pour faire savoir mon arrivée en son logis et pour demander à sa nièce une plus ample instruction des moyens qu'il faudrait tenir pour me faire sortir de l'île. Je trouvai cela fort à propos et lui demandai la permission d'écrire à sa nièce et à sa maîtresse, si elle était bien assurée de la fidélité du messager. Voici ce que j'écrivis à ma chère maîtresse, et à sa généreuse confidente :

### Lettre du page disgracié à sa maîtresse

*Je suis beaucoup moins sensible aux traits du malheur qu'à ceux de votre bonté, et je pleure beaucoup davantage du ressentiment des générosités de ma maîtresse que de l'injuste persécution de mes ennemis. Je puis satisfaire à leur cruelle animosité en perdant la vie, mais je n'ai rien qui puisse dignement satisfaire aux faveurs que vous m'avez faites. Quand je pense aux ennuis que vous n'avez eus que pour l'amour de moi, je m'en hais moi-même, et je courrais à la mort pour m'en punir, si vous ne me commandiez de vivre ; mais je ne suis plus maître de ma volonté, depuis que je vous ai reconnue pour ma souveraine maîtresse, et je n'ai plus rien à souhaiter, si ce n'est de vous obéir parfaitement. Commandez donc tout ce qu'il vous plaira à votre très humble et très obéissant serviteur.*

Voici celle que j'écrivis à Lidame :

*À Lidame*

*Ma fortune est entre vos mains, vous en pouvez disposer comme il vous plaira, et je m'assure que ce sera toujours fort favorablement pour moi. Vous avez été déjà l'Ariane qui m'a retiré d'un fâcheux dédale, et vous serez encore le phare qui me conduira dans le port. Achevez donc, s'il vous plaît, l'ouvrage que vous avez si heureusement commencé, et vous assurez que j'en aurai toujours le ressentiment qu'une âme noble peut avoir d'un si merveilleux bon office. Vous m'avez recommandé si puissamment à votre tante qu'elle m'a reçu comme son enfant ; mandez-lui qu'elle achève de prendre soin de ma vie, si vous le trouvez à propos.*

Après que ces deux billets furent écrits et pliés assez proprement, j'en fis un petit paquet que je cachetai d'un cachet que connaissait ma maîtresse, puis je le fis coudre devant moi dans le busc[1] du pourpoint du messager, qui partit aussitôt après. Ma sage hôtesse, après cette expédition, prit le soin de me consoler souvent de mes disgrâces et, pour ce qu'il n'était pas à propos pour ma sûreté que je sortisse de sa maison, ni même que j'y fusse vu de ses voisines, elle me fit tenir dans une chambre fort haute et fort éloignée de son appartement, et me donna pour conversation quantité de bons livres français, italiens et espagnols, ayant su de mon Irlandais que j'entendais aucunement ces langues.

CHAPITRE IV

*Comme le page s'embarqua
dans un navire marchand,
qui s'allait charger de poisson
aux côtes de Norvège.*

Je fus deux jours en inquiétude du messager de mon hôtesse, qui tardait plus à revenir que nous ne nous étions proposé et qu'il ne nous avait promis, et je commençais à tenir cela pour un très mauvais augure, lorsque notre homme nous vint trouver. Il dit, pour raison de son retardement, que ma maîtresse était malade et que Lidame, occupée à la servir, n'avait pu lui donner plus tôt ses dépêches. Mon hôtesse se mit à lire les lettres de sa nièce, et moi je dépliai celles de ma maîtresse et de cette digne favorite, qui étaient telles :

Réponse de la maîtresse du page

*Comme si nous n'étions vous et moi qu'une même chose, je suis malade de vos maux, et ne ressens pas seulement ceux que l'on vous fait, mais encore ceux que l'on prétend de vous faire. Éloignez-vous promptement d'un pays où l'on vous cherche pour vous perdre, mais ne vous séparez pas de moi. Il n'y a point de tyrannie qui puisse forcer les volontés, et la distance des lieux n'a point de pouvoir sur les âmes. Lidame écrit à sa tante tout ce qu'il faut que vous fassiez pour votre salut ; je ne vous conjure que de m'aimer pour mon repos*[1].

### Lettre de Lidame

*Vous êtes l'innocente cause de tant de maux qu'il n'y aurait point d'assez grands supplices pour vous, si vous en étiez tant soit peu coupable. L'empoisonnement qu'on vous suppose va mettre en trouble une partie des plus grandes maisons d'Angleterre ; et de la façon que le feu s'allume ici, l'on peut juger que sa violence ira bien loin*[1]. *Suivez soigneusement les ordres que j'envoie à ma tante et vous gardez bien d'être pris, car aucun effort humain ne serait capable de vous sauver.*

Ces deux lettres étaient bien succinctes, mais elles n'en étaient pas moins touchantes ; l'une était toute pleine de tendresse et d'amour, et l'autre de douleur et d'épouvante. J'eus le loisir de les relire trois ou quatre fois avant que mon hôtesse eût lu la sienne, car elle était de plus de deux feuilles de grand papier. Et quand elle eut bien considéré les choses qui étaient là-dedans, elle secoua quelque peu la tête et, prenant mon Irlandais par le bras, afin qu'il lui servît de truchement, elle me dit que la maîtresse de sa nièce était une folle, et qu'il n'y avait guères d'apparence que l'on appliquât son esprit à ses indiscrètes propositions ; qu'elle demandait si l'on pourrait acheter un vaisseau en quelque port pour me faire promptement sortir de l'île, comme s'il n'y avait point d'autres moyens plus commodes et plus présents que celui-là ; de plus, que sa nièce avait eu beaucoup de peine à l'empêcher de se vouloir travestir en homme pour venir avec elle à Édimbourg. Ces extravagances m'étonnèrent fort et me firent beaucoup de pitié, pour ce que j'en aimais l'auteur qui était l'Amour, mais elles ne firent que redoubler mes justes appréhensions. À la fin de notre conférence, mon hôtesse me dit que le retardement me serait dangereux et qu'il fallait promptement travailler à ma retraite. Elle envoya promptement un de ses domestiques au port prochain ; et, après l'avoir instruit fort longtemps de la façon dont il devait agir en cette affaire, et m'ayant fait porter toutes les choses qui m'étaient nécessaires pour me déguiser en ma chambre, elle m'y fit aussi apporter à souper, m'avertissant de me bien recommander à la garde de Celui qui a un soin paternel de toutes choses. Je m'accommodai selon son ordre d'un gros habit à l'écossaise et, dès que le messager qu'elle avait envoyé fut revenu, on alla quérir un chirurgien[1] qui me coupa les cheveux fort près, afin qu'on ne me reconnût pas à la chevelure qu'on pourrait avoir dépeinte assez belle.

En cet équipage, je pris congé de mon hôtesse, pour aller faire un voyage auquel je ne m'attendais nullement, pour ce que celui qu'on avait envoyé au premier port pour découvrir si quelques vaisseaux n'étaient point prêts à mettre à la voile, avait retenu place pour moi dans un certain vaisseau marchand, qui s'allait charger de poisson sec à la côte de Norvège. Il avait dit au maître du navire que c'était un étranger qui était malade, et qui devait aller sur mer par ordonnance des médecins ; au reste que je payerais bien ma nourriture, et que je le gratifierais encore d'un honnête présent pour cette faveur. Le patron fut content de cette proposition, et lui promit de ne faire point appareiller jusqu'à ce que je fusse venu ; si bien que je n'eus pas le temps de délibérer sur mon départ ; il fallut sortir d'Édimbourg et s'aller embarquer promptement. Mon Irlandais ne me voulut point abandonner en cette occasion, quoiqu'il eût grand dessein de retourner en Irlande ; il voulut courre ma fortune et, pour cet effet, il changea ses jacobus aussi bien que moi en quelque marchandise, qui nous était propre en ce voyage, et en d'autre monnaie qui ne nous était pas défendue d'emporter ; nous prîmes aussi quelque peu de rafraîchissements[2], selon le conseil qu'on nous en donna et à la proportion du loisir que nous en eûmes, et nous embarquâmes en louant et bénissant notre Seigneur, résolus de nous résigner parfaitement à sa divine Providence.

## CHAPITRE V

*Le voyage que fit le page disgracié en la Norvège.*

Je ne m'amuserai point à vous dire ici comme nous fîmes le matelotage[1], le lendemain que nous eûmes mis à la voile, ni sur quels rhumbs[2] nous courûmes pendant notre navigation, à quelle hauteur nous avions le pôle, lorsque nous appareillâmes à la rade ; ni de quels dangers nous échappâmes en doublant les Orcades[3] par un vent fâcheux qui nous portait sur des bancs de sable et sur des rochers. Il semblerait en cela que j'affectasse de vous témoigner que je sais quelque chose de la sphère et de l'art du pilotage[4]. Je passerai sur toutes ces matières peu nécessaires, pour vous dire qu'après cinq ou six jours assez favorables, une tourmente de trois jours et trois nuits assez rude, et quelque peu de temps moins rigoureux, nous saluâmes cet endroit de la côte de Norvège que tous ceux du navire hormis moi souhaitaient avec tant de vœux. Pour moi, que le mauvais temps avait si fort maltraité et qui l'étais encore plus rigoureusement par mes propres pensées, je ne demandais plus à voir la terre que pour y être enseveli. Mon Irlandais, me voyant malade, me fit mettre des premiers dans l'esquif et prit soin de me faire ajuster une cabane à la mode du pays. Là, j'eus tout loisir de comparer mes félicités passées avec mes infortunes présentes. Là, je continuai longtemps à pleurer les pertes que j'avais faites, que j'estimais d'un plus grand prix que toutes les autres richesses du monde. Tantôt l'image de mon premier maître me revenait en l'esprit, cet aimable prince que j'avais toujours reconnu si généreux et si bon, à qui les astres du Ciel et de la terre m'avaient donné, et qui méritait bien que je le servisse toute ma vie. Tantôt je m'entretenais, en ces lieux sauvages et froids, de l'apparition de ce fantôme de richesses qui m'avait été si prodigue d'espérances, de cet austère philosophe qui, par une grandeur d'esprit surnaturelle, usait de tant de biens, comme les avares qui ne se donnent pas la licence de toucher aux richesses qu'ils possèdent, qui avait en sa disposition la source de tant de délices, et qui n'en voulait pas seulement approcher les lèvres.

De là je me cherchais encore dans le palais enchanté de cette jeune Armide[1], qui m'avait donné tant d'amour en un âge où je ne devais pas être capable d'en prendre ; et, me voyant précipité du faîte du bonheur dans un si profond abîme de douleurs, de confusions et de misères, je ne regardais plus ma vie que comme le châtiment de mes imprudences passées. Cependant on chargeait le vaisseau sur lequel j'étais venu de poisson sec et de fourrures et d'autres marchandises du pays, et mon Irlandais vaquait avec beaucoup de diligence à faire que ce voyage nous profitât et qu'après avoir essuyé tant de périls nous pussions revenir avec quelque gain de ce grand voyage. Il échangea des ustensiles[2] que nous avions apportées avec des martres zibelines, des hermines et d'autres belles fourrures dont on lui conseilla de se charger. Et de seigneur et de prince imaginaire que j'avais été, je me vis effectivement marchand, sans jamais avoir pensé l'être. Mon valet avait trouvé en cette plage beaucoup de matelots et de marchands de son pays, entre lesquels il s'en était rencontré de fort charitables qui, le voyant jeune et sans appui avec un étranger abandonné, s'étaient employés de bonne sorte à l'instruire de ce commerce, et même à le servir fort utilement, en lui donnant lieu de prendre des marchandises avec eux.

CHAPITRE VI

*De la rencontre que le page
fit d'un jeune seigneur d'Écosse.*

Un jour que j'étais couché sur un loudier[1] près du rivage, enveloppé d'une longue robe fourrée, et mon bonnet à la matelote abattu de sorte qu'il n'y avait d'ouvert qu'un petit passage à mes regards, qui se perdaient tantôt dans la vaste étendue des flots et tantôt revenaient à contempler la diverse forme et situation de plusieurs navires, dont les uns étaient à l'ancre, les autres à sec et sur le côté, que l'on chargeait ceux-ci de marchandise, et que l'on déchargeait ceux-là, je vis sur la grève un jeune garçon bien fait, mais en fort mauvais équipage, accompagné de quatre ou cinq soldats de sa suite et de plusieurs matelots qui l'environnaient, comme pour apprendre des nouvelles. Ce survenant était d'Écosse, ainsi que mon Irlandais m'apprit, et s'était sauvé d'une route[2] qui s'était faite en Danemark. Il aborda quelques capitaines et quelques marchands pour savoir s'il n'y en aurait point qui le connussent à son nom et qui lui fissent quelque faveur dans cette petite disgrâce ; mais il trouva ces âmes insulaires un peu barbares. Je me levai d'où j'étais pour l'aborder, et lui demandai des nouvelles par l'entremise de mon Irlandais, et je m'aperçus d'abord qu'il devait être quelque personne de qualité, à la façon dont il satisfit à mes demandes ; mais ceux qu'il avait à sa suite, et qui s'étaient sauvés hasardeusement avec lui, en informèrent bien mieux mon valet. J'appris que c'était un seigneur des principaux de sa province, et qui méritait bien d'être secouru dans ce malheur. J'en usai assez noblement, et lui fis voir que j'avais été mieux nourri[3] que ces avares gens de mer, qui firent semblant de ne connaître pas sa maison, de peur d'être obligés à lui faire quelque

courtoisie. Mais si je lui fis quelque faveur par bonté de cœur
ou par vanité, elle n'a pas été perdue ; et bien que j'aie été
treize ou quatorze ans sans le revoir, il n'a point oublié ce
bon office et s'en est voulu revancher[1] prodigalement. Il
passa une nuit dans ma cabane, lui et tous ceux qui
l'accompagnaient, et bien que je ne le régalasse que de biscuit
blanc, de quelques légumes et chairs salées, avec de l'eau-de-
vie et du tabac pour dessert, il me protesta qu'il n'avait
jamais fait si bonne chère.

CHAPITRE VII

*Histoire[2] tragique*
*de deux illustres amants.*

Pendant le peu de jours que nous fûmes ensemble, ce
jeune seigneur disgracié[3] me conta beaucoup d'aventures de
guerre, et parmi cela quelques histoires d'amour dont la fin
était déplorable, et c'étaient des matières qui répondaient à
ma fortune ; entre les autres, il m'en conta une où il était un
peu intéressé. Il me semble qu'elle contenait les secrètes
affections d'un gentilhomme et d'une fille de qualité, qui,
s'étant rencontrés plusieurs fois tout seuls sur les bords
d'une rivière dont leurs maisons étaient séparées, se prirent
d'amour l'un pour l'autre et établirent entre eux un agréable
commerce qui ne fut jamais découvert par leurs parents,
entre lesquels il y avait une querelle immortelle. Cette
pratique amoureuse ayant duré quelque temps, et ces deux
amants brûlant d'envie de se pouvoir parler de plus près, la
jeune demoiselle prit un soir la hardiesse d'entrer dans une
nacelle[4] qui était attachée de son côté, et, s'étant mise en
devoir de pousser une perche au fond de l'eau pour aller à
l'autre bord, le cours de ce petit fleuve, qui est assez roide, fit
engager la perche qu'elle tenait sous le bateau, si bien que par

cet effort elle tomba la tête devant dans la rivière. Son serviteur, troublé de cet accident, ne balança point à se jeter dans l'eau pour la sauver, encore qu'il ne sût pas nager ; et la force que lui donna son amour fut si grande qu'il atteignit au fond de l'eau cette chère personne qu'il aimait ; mais l'art manqua malheureusement où la force de la Nature abonda si fort. Ils furent noyés de compagnie, et l'on trouva leurs corps embrassés dans un filet de pêcheur qui était à un quart de lieue de là. On remarqua qu'étant morts le visage l'un contre l'autre, leur amour avait imposé du respect aux violences de la mort et qu'ils ne s'étaient point offensés dans leur dernière rage. Leurs communs parents, avertis de cet accident, furent également attendris à ce triste récit, et, d'un même consentement, s'envoyèrent consoler les uns les autres sur cette nouvelle, prenant sujet de là de quitter leurs vieilles haines pour se réconcilier ensemble et pleurer en corps l'accident de ces deux illustres amants, qui devaient n'avoir qu'un même lit, et pour lesquels on n'ouvrit qu'une sépulture. Depuis ces deux grandes maisons, qui avaient été longtemps divisées, se réunirent parfaitement, et l'on bâtit de leur consentement un pont commun pour passer à jamais de l'une en l'autre, au même lieu où les deux amants s'étaient abouchés.

Ce seigneur me voulut conter cette histoire en français, et ne savait pas si bien cette langue qu'il n'y fît de grands solécismes et assez fréquents ; et toutefois il accompagna ses paroles d'une façon si passionnée que j'y trouvai de la tendresse et ne pus m'empêcher d'en répandre quelques larmes. Il est vrai que ce fut possible autant du ressouvenir de mes dernières infortunes que de celles qu'il m'avait contées. Les cœurs blessés en même endroit sont comme les luths qui sont accordés à même ton : l'on ne saurait toucher une corde en l'un qu'on ne fasse branler celle qui lui répond en l'autre ; l'on voit ainsi les affligés compatir facilement au malheur d'autrui, et cette émotion vient de ce ressort qu'on appelle amour de nous-mêmes.

## CHAPITRE VIII
### *Autre histoire écossaise.*

En suite de cette histoire et de quelque fumée de tabac, qu'il prenait autant par coutume que par délices, il m'obligea du[1] récit d'une autre aventure lamentable qui, me semble, était arrivée ainsi.

Une fille de grande maison prit de l'amour pour un simple gentilhomme qui venait quelquefois visiter son père. C'était un cavalier bien fait, de bon esprit, et fort adroit en tous exercices ; mais il y avait autant de disproportion entre leurs naissances et leur fortune qu'il se rencontrait de conformité en leurs sentiments. La fille trouva une occasion de le faire parler un jour à sa louange, et le conduisit avec adresse jusqu'à la hardiesse de lui découvrir en quelque sorte sa passion, mais ce fut avec des respects et des soumissions étranges. Cependant, cette offre de service fut acceptée de la part de la damoiselle avec beaucoup de franchise et d'affection. Depuis ils eurent tant de secrètes conversations ensemble que le père de cette fille en eut quelque ombrage et, comme c'était un personnage d'autorité, qui pouvait tout sur ce gentilhomme son voisin, il lui donna quelque commission pour aller à Londres, se défaisant ainsi de lui pour trois ou quatre mois, sous prétexte de confiance en sa fidélité. La nouvelle de cet emploi ne fut pas sitôt arrivée aux oreilles de l'amante qu'elle se fondit toute en larmes ; et lorsque son serviteur vint recevoir ses commandements pour partir, elle faillit à mourir en l'embrassant. Après beaucoup de protestations de constance de part et d'autre, il fut arrêté que le cavalier emmènerait avec lui un jeune garçon, frère de lait de sa maîtresse, afin qu'il fût témoin de la manière dont il vivrait en son absence et qu'il pût le faire ressouvenir de ses amoureux serments.

L'amant favorisé de tant de caresses et de tant de soins ne fut pas longtemps à Londres sans y faire des connaissances et sans y être beaucoup aimé, pour ce qu'il avait reçu de grands avantages de la Nature, que l'art avait assez soigneusement polis. Entre ceux qui se piquèrent d'amitié pour lui, il y eut un jeune gentilhomme anglais, d'humeur agréable et assez accommodé des biens de fortune, qui s'empara parfaitement de son esprit. Celui-ci lui fit oublier les choses dont il avait juré tant de fois de se souvenir et lui fit manquer de foi à la personne du monde qui la savait le mieux garder. Un soir qu'ils étaient en débauche, au plus fort de la bonne chère, l'Anglais fit venir sa sœur dans la chambre, mais ajustée et parée, de sorte qu'il était facile à juger qu'il y avait quelque dessein. Tous ses cheveux, qu'elle avait fort beaux, étaient frisés à grosses boucles et liés agréablement en plusieurs endroits en moustaches[1], avec des rubans de diverses couleurs ; sa gorge était toute ouverte, à cause qu'elle l'avait parfaitement belle, et rien ne manquait à faire paraître sa taille. À l'arrivée de cette merveille, le cavalier écossais fut tout surpris, mais il le fut encore davantage quand il apprit que cette ravissante personne était la sœur de son ami. Elle se mit à table avec eux, à la prière de son frère, et joua fort adroitement son personnage. Elle aimait et respectait extrêmement son parent et ne haïssait pas son ami. Enfin, l'Anglais, venant embrasser son camarade, lui demanda s'il pourrait l'honorer assez pour vouloir épouser sa sœur, afin qu'ils vécussent désormais ensemble. L'Écossais, troublé du vin qu'il avait bu ou de l'objet de cette beauté présente, ne se souvint plus de sa première maîtresse et, mettant sa main dans celle de son ami, jura qu'il acceptait son alliance avec beaucoup de contentement. Ainsi ce mariage fut conclu, ou plutôt ce sacrilège, et le frère de lait de la demoiselle écossaise se retira pour aller avertir sa maîtresse de cette infidèle action. Au récit de cette mauvaise nouvelle, l'amante abandonnée, et qui méritait un serviteur plus constant, se laissa tomber de faiblesse, et s'étant après renfermée en un cabinet, y mourut en deux ou trois heures d'un saisissement de douleur. On trouva sur sa table un papier où elle avait écrit ces lignes, qui s'adressaient à son perfide serviteur :

*Puisque j'ai semé si prodigalement mes faveurs en une terre si fort ingrate et que j'ai perdu tout espoir de recueillir rien de mes soins, il faut que le tombeau me reçoive. Cœur lâche et méconnaissant, demeure comblé de délices, encore qu'il ne soit pas juste que tu vives avec joie, après m'avoir fait mourir de regret par ta perfidie.*

Cette lettre si pitoyable fit deux étranges effets : elle causa la mort du père de la demoiselle, et désespéra son serviteur, qui ne sut jamais plus se réjouir après l'avoir vue, et qui, par un aveugle transport de rage, dans le remords de ce crime, se tua quelque temps après d'un coup de poignard, et rendit ainsi sa mort aussi détestable que son inconstance [1].

CHAPITRE IX

*Comme le page change de vaisseau.*

Quelques jours s'écoulèrent en cet entretien, et le vaisseau sur lequel j'étais venu était sur le point de faire voile pour retourner en Écosse, lorsque, par l'entremise de mon Irlandais, qui avait fait beaucoup de connaissance parmi les gens de marine entre lesquels il avait rencontré quantité de personnes de son pays, je fus reçu dans un autre bord, après avoir contenté le patron écossais qui m'avait amené. Je m'excusai [2] de retourner avec lui, disant que je ne me portais pas assez bien pour m'exposer encore si tôt aux fatigues de la mer ; mais la véritable raison qui m'en empêchait était que j'avais peur d'être reconnu à mon retour et sacrifié à la calomnie de mes ennemis. Peu de temps après, je fus averti que trois vaisseaux allaient appareiller ensemble pour faire voile, l'un en Angleterre, et les deux autres en Irlande. Mon fidèle valet fit alors tout ce qu'il put pour me persuader d'aller en son pays, plutôt qu'en cette île cruelle, où l'on m'avait si mal traité et où je pourrais courir danger; toutefois, je ne pus être de cet avis. L'Irlande me semblait encore plus sauvage que l'Angleterre, et je voulais à quelque prix que ce fût regagner Londres, pour essayer d'apprendre quelques nouvelles de ce philosophe errant qui ne partait point de mon esprit. Puis j'espérais de trouver bientôt en ce lieu quelque navire de trajet qui me repasserait en France, d'où je gagnerais l'Italie avec le peu de bien que j'avais. Je demeurai donc dans mon bord, où l'on appareillait pour s'aller rendre à Plymouth[1] et, donnant presque toutes mes marchandises à mon Irlandais, avec beaucoup de remerciements de ses services, je me séparai de lui : ce ne fut pas toutefois sans que ce pauvre garçon fît mille cris de douleur qui m'affligèrent, et sans que je lui eusse donné mon nom et mes armes, afin qu'il pût dire chez lui quel était le maître qu'il avait si fidèlement servi. Il était né près de Limerick[2], fils d'un assez honnête fermier ; son nom était Jacob Cerston.

CHAPITRE X

*L'arrivée du page à Plymouth,
et le peu de séjour qu'il fit à Londres.*

Après avoir essuyé une assez grande tempête et couru beaucoup de périls, notre vaisseau vint heureusement au port à Plymouth ; mais je ne m'y rendis que fort malade ; j'y fus huit jours sans pouvoir presque parler, et ceux entre les mains de qui j'avais laissé quelques fourrures se servirent du prétexte de mon indisposition pour les vendre à leur fantaisie, me disant après que ç'avait été par mon ordre et que je leur avais fait signe que je voulais bien qu'ils les donnassent à ce prix. Enfin je sortis de Plymouth en assez bonne santé et pris le chemin qui conduit à Londres ; mais à l'entrée de cette ville j'aperçus un des domestiques de la cousine de ma maîtresse, qui me remit la frayeur dans l'âme ; à la rencontre de cet officier, je me mis promptement une main sur le visage, afin qu'il ne me reconnût point et, m'en allant sur le premier regard par où l'on descend sur la Tamise, je me jetai dans un paravos. Je donnai à deux bateliers tout ce qu'ils me demandèrent pour les faire ramer diligemment jusqu'à Gravesine[1], et là, je pris des chevaux pour aller à Douvres avec un certain maquignon que je rencontrai par bonheur, qui faisait passer quelques guilledines en France. Il n'est point nécessaire de vous dire ici la fortune que nous courûmes, en ce petit trajet de Douvres à Calais. Vous savez bien que ce passage est assez périlleux en de certains temps, et combien les vagues s'élèvent sous un grain de vent dans cette marche. Il est question de vous conter des choses plus particulières et plus plaisantes. Dès que je me fus reposé deux ou trois jours à Calais, je montai sur un bidet que mon hôte me vendit, et pris le chemin de Dieppe pour m'aller enquérir en ce lieu de mon vénérable Artefius, mais je n'en appris aucunes nouvelles. Le père qui le connaissait en cette sainte maison, s'en était allé en une autre province fort éloignée, et les autres ne savaient point du tout qui était l'homme que je demandais. Cela me fit sortir de Dieppe avec d'étranges transports de rage et de désespoir, voyant que je ne pouvais retrouver les traces d'un homme qui pouvait tout pour moi et qui, sans se faire aucun effort, eût fait hautement ma fortune en France et fait encore avantageusement ma paix en Angleterre.

Mais je n'étais pas né sous une planète assez heureuse, pour avoir des prospérités en effet[2] : il me devait suffire d'en avoir eu comme en songe, et si l'espérance de pouvoir trouver cet homme ne m'eût point longtemps abusé, je me fusse trouvé trop riche du bien de mon patrimoine et des talents qu'il avait plu à Dieu de me donner.

CHAPITRE XI

*Comme le page disgracié
fut pris pour dupe.*

Je pris le chemin de Paris, et rien ne m'arriva de remarquable dans ce dessein, que l'aventure que je vais écrire. Après avoir passé quelques jours en cette fameuse ville, qui fut autrefois la capitale d'un petit royaume[1], et qui est aussi florissante pour les lettres et pour les arts qu'opulente pour la marchandise qu'on y voit arriver de tant de lieux, je passai par le Pont-de-l'Arche et, n'en étant éloigné que de deux lieues, j'aperçus deux hommes à cheval qui m'attendirent et me demandèrent, après m'avoir salué, si je n'allais pas devers Paris et si j'aurais agréable qu'ils se missent en ma compagnie. Ces gens-là n'avaient pas la mine fort mauvaise ; l'un était fait comme un marchand, ayant une vieille gibecière à l'arçon, l'autre paraissait être quelque espèce de sergent[2] à cheval, ayant son écritoire pendue à la ceinture de ses chausses, et sa plume qu'il semblait avoir oubliée derrière son oreille. Je leur rendis leur salut et leur dis que ce me serait du bonheur que nous allassions ensemble. Ainsi nous fîmes quelque lieue, parlant de choses fort indifférentes. Les deux voyageurs me faisaient quelques tentatives de fois à autre, pour essayer d'apprendre qui j'étais et quelles étaient mes affaires, mais je me tenais sur mes gardes et ne me voulais point découvrir à ces inconnus sur des secrets qui ne devaient être déclarés qu'à des confidents plus illustres.

Comme je ne leur répondais plus rien et que je me remettais à converser mélancoliquement avec mes propres pensées, je fus réveillé de cet assoupissement par les cris effroyables d'un homme bien monté qui poussait son cheval à toute bride à travers champs et semblait venir droit à nous. Nous nous arrêtâmes, mes nouveaux associés et moi, pour l'attendre, et ce personnage, vêtu de drap gris, couvert d'agrafes d'argent, ayant sur la tête un bonnet de fourrures fort fantasque, nous fit des demandes, aussitôt qu'il nous eut joints, en un étrange baragouin. Pour moi je n'y comprenais rien et ne me souciais guères d'y rien entendre ; mais les deux hommes qui étaient avec moi firent fort les empêchés pour expliquer ses énigmes et trouvèrent enfin que c'était qu'il demandait si nous n'avions pas vu passer son valet, qui s'enfuyait par ce chemin, après lui avoir volé mille pistoles. L'espèce de Polonais fit mine d'être ravi de leur bonne intelligence, et leur savoir bon gré de ce qu'ils témoignaient être émus de son infortune ; et sitôt que son cheval eut un peu repris haleine, il se mit à piquer de tous côtés comme auparavant. Mes nouveaux compagnons de voyage parlèrent fort de l'aventure de cet étranger, moralisant ensemble sur cette matière et feignant avoir compassion de son infortune. J'en disais aussi mes sentiments comme les autres, bien que j'eusse tant de mes propres disgrâces dans l'esprit que celle-là ne me touchât guère. Enfin nous revîmes venir cet homme qui faisait l'enragé, et qui retirait[1] pour l'habit et pour la mine à ces aventuriers turcs qu'on voit dépeints en Chalcondyle[2], et qu'on appelle fols hardis.

Nous étions à peu[3] près du lieu où nous devions nous arrêter pour dîner ; et cet extravagant affligé, qui avait trouvé des consolateurs en notre troupe, voulut venir dîner avec nous. La première chose qu'il fit, après que nos chevaux eurent été mis en l'écurie, ce fut de prendre le sergent de notre compagnie pour son truchement, afin de faire entendre à l'hôte qu'il voulait qu'on nous fît grande chère. En suite de ces ordres, le sergent nous vint conter la magnificence des plats qu'on nous allait servir par le commandement de ce seigneur polonais et nous exagéra fort la franchise et la libéralité de ceux de cette nation, comme en ayant pratiqué d'autres dont il avait reçu beaucoup d'honnêtes gratifications, et nous montra dix ou douze pièces d'or que cet étranger lui avait déjà données pour l'obliger à l'assister dans la recherche de son valet et lui servir d'interprète jusqu'à Paris. Le marchand fit l'étonné sur ce sujet et nomma le sergent heureux d'avoir l'intelligence comme il avait du baragouin de cet étranger, louant les personnes d'esprit. Cependant le Polacre[1] vint faire le démoniaque dans la chambre, jurant qu'il voudrait qu'il lui eût encore coûté cinq cents pistoles, et qu'il eût rencontré son voleur pour avoir le plaisir de lui faire voler la tête d'un coup de sabre. Là-dessus il tirait le cimeterre qu'il portait en écharpe et en coupait les chenets avec une furie étrange. Tandis qu'il faisait toutes ces extravagances, on servit sur table, et je vis une manière de festin ; il paraissait que l'on nous traitait beaucoup mieux qu'à table d'hôte ; l'étranger toutefois demanda s'il n'y avait rien de meilleur et dit qu'il voulait que nous fussions mieux traités. Nous fîmes bonne chère avec lui ; il but pour le moins vingt santés de princes ou de princesses de son pays, mais ce fut à mes camarades à lui faire raison là-dessus ; je m'excusai de boire du vin, sur ce que je n'y étais pas accoutumé et que je me trouvais aucunement indisposé. Je crois[2] que le dessein de cet écorcheur de français était d'essayer à m'enivrer ; mais, bien qu'il s'aperçût qu'il n'avait pas bien pris ses mesures de ce côté, si ne laissa-t-il pas de continuer à boire.

Sur la fin du repas, le voilà dans sa belle humeur ; il dit en son jargon accoutumé qu'il pardonnait à son valet le vol des mille pistoles et que, s'il le trouvait jamais, au lieu de le faire punir, il lui ferait encore du bien, puisqu'il en avait assez, par la grâce de Dieu, pour en faire à beaucoup de monde et pour n'être pas incommodé de ces petites pertes. Il disait ces choses d'un air d'ivrogne, en bégayant et entrecoupant de hoquets toutes ses paroles. Et dès que l'on eut desservi, il demanda de petits papiers, montrant avec les mains des signes qui firent dire à son interprète que c'étaient des cartes. On en apporta deux ou trois paires[1] de fines, qui furent aussitôt démêlées, dont il en prit une pour nous montrer, nous dit-il, un jeu qui se pratique en Moscovie. Après avoir cherché le neuf et le sept de pique, il les mit ensemble et, nous les ayant fait remarquer, il nous fit mêler les cartes et nous fit entendre qu'il gagerait de larder[2] un as de cœur, qu'il avait retenu, entre les deux cartes que nous avions vues, ce qui me sembla fort hasardeux et encore plus à mes nouvelles connaissances. Celui qui avait mine de marchand disait à l'autre devant moi :

« S'il y avait ici des personnes qui voulussent gager contre cet étranger, on lui gagnerait bien de l'argent au jeu qu'il a proposé. Je m'assure qu'il ne mettrait pas cet as qu'il tient entre les deux autres cartes en cinquante coups, si ce n'était pas un miracle de la Fortune. »

Cependant le Polonais tira de ses deux poches une grande quantité de carlins[3], de jacobus et de nobles à la rose[4], demandant toujours qui veut gager. Le sergent à cheval, qui servait d'interprète à l'autre, me pinça lors la cuisse et, pardessous la table, me mit dix pistoles à la main, me faisant signe que je les gageasse pour lui. Je n'avais pas tellement perdu l'habitude du jeu que je ne fusse capable de m'y remettre facilement, si peu que j'en fusse sollicité. C'est pourquoi je ne fis guère de résistance à cette sorte de tentation. J'étalai les dix pistoles du marchand et mis encore la valeur de dix autres dans ce hasard, afin d'en être de moitié. L'étranger prétendu mit au jeu, et moi je mêlai subtilement les cartes et les lui présentai hardiment, m'assurant qu'il ne serait pas assez heureux pour larder son as de cœur entre deux cartes désignées en tout un jeu complet. Je ne me trompai pas pour cette fois : le Polacre tourna les

cartes et le neuf de pique vint sans être suivi de son as de
cœur, si bien que les vingt pistoles que j'avais devant moi
grossirent leur compagnie de vingt autres. Le perdant ne
s'émut pas beaucoup de cela ; il renversa toutes les cartes
pour reprendre celle qu'il avait manqué de placer où il
prétendait, et mit à part quarante pistoles pour tenter encore
la fortune ; je ne trouvai point que ce fût trop, dans la haute
espérance où j'étais de faire contre lui quelque gain honnête,
et cette seconde épreuve me réussit. Je me vis conducteur de
quatre-vingts pistoles, qu'il me proposa de hasarder encore
toutes à la fois. Le sergent, qui était de moitié avec moi et qui
faisait voir sur son visage une apparente joie de son bonheur,
me poussa pour m'encourager, lorsque je n'avais que trop
d'ardeur à suivre ma pointe[1]. Mais je ne sais pas bien par
quel malheur, au coup où il y allait de nos quatre-vingts
pistoles, et lorsque le sergent eut mêlé les cartes pour son
argent, un assez long temps après moi, le Moscovite fut si
heureux qu'il larda sa carte entre le neuf et le sept de pique.
Après avoir tiré avec des tremblements simulés, et avoir
demandé composition, le traître amena les cartes fatales qui
me troublèrent tout le sang.

Ayant ainsi perdu ce grand coup, je ne perdis point le
courage et m'imaginai que cet accident était un trait de
caprice de la Fortune, qui m'avait voulu montrer que
l'avantage que j'avais dans cet inégal parti pouvait être
aucunement balancé par ses faveurs extraordinaires. Je crus
que ces petites merveilles, qui pouvaient quelquefois arriver,
ne pouvaient avoir de durée ; et ce raisonnement n'eût pas
été mauvais, si ce que je croyais être un caprice de la Fortune
n'eût point été un pur ouvrage de l'artifice. Je décousis la
ceinture de mes chausses pour en tirer quelque ressource ; et
je ne feignis point[2] de risquer encore quarante pistoles de
mon fond pour tenter la bonne fortune. Elle engloutit ce
sacrifice en un moment, et le sergent, qui avait mis six
pistoles du sien, fit semblant de s'arracher les cheveux de
regret de cette perte. Mais me sentant piqué vivement de ce

prodige de bonheur, je ne m'arrêtai point en si beau chemin ; j'étalai sur le tapis trois ou quatre rouleaux où les pistoles étaient comme les momies, enveloppées de cent bandelettes de papier. Le sergent et le marchand tinrent lors un conseil ensemble, et, s'approchant tous deux de moi, me mirent en main vingt pistoles, disant qu'il fallait bien mieux mêler les cartes que je n'avais fait. Cette nouvelle tentative me coûta soixante pistoles, et les deux associés ne manquèrent pas de battre les cartes après moi, pour leur intérêt, et le soin qu'ils en prirent ne me fut pas heureux ; nous perdîmes encore une autre fois, qui était de grande conséquence ; et je me vis à six pistoles près de tout mon argent. Ce malheur m'étonna d'autant plus que je m'y attendais moins. Aussi c'était un effet dont je ne connaissais pas la cause ; et j'ai fort bien reconnu depuis, à force de ratiociner, qu'il y avait entre ceux qui feignaient être d'avec moi, des jeux de cartes tout ajustés, qu'ils mettaient entre les mains du faux Polonais, escamotant adroitement les autres, lorsqu'ils faisaient semblant de les mêler. Quoi qu'il en soit, je perdis quatre cents écus en cette rencontre, et j'eusse encore perdu le reste de mon argent, mon cheval et mon habit, si j'eusse voulu les croire. À la fin de cette comédie, le Polonais paya le dîner, et les deux compagnons de mon voyage et de ma perte me laissèrent dans l'hôtellerie, faisant semblant de s'affliger de ce malheur et de maudire la connaissance de l'étranger, à qui quelque valet aposté vint dire quelque chose à l'oreille, et qui, sur cette nouvelle, monta promptement à cheval. Pour moi, je n'eus pas la constance de porter cette disgrâce sans me jeter sur un lit, où je fis hautement mille imprécations contre la mauvaise fortune, pour un accident dont je ne devais accuser que mon imprudence.

CHAPITRE XII

*Quelle rencontre fit le page
en une fameuse hôtellerie d'un avare libéral.*

Accablé de cette infortune qui me coupa de si près les ailes, lorsque je m'apprêtais à prendre mon vol vers l'Italie, je m'en retournai tout mélancolique vers la ville dont j'étais parti le matin; et deux jours après j'y vendis mon cheval pour entreprendre quelque autre voyage à pied. J'avais logé dans une grande hôtellerie avant mon départ, et je n'en voulus point prendre d'autre à mon retour pour le peu de temps que j'avais à demeurer en ce lieu. Là-dedans il y avait quelques étrangers qui faisaient le tour du royaume et qui devaient y séjourner trois ou quatre jours pour considérer à loisir les singularités de la ville. Je me mis avec eux à table d'hôte, et ne trouvai point que ces Allemands fussent joueurs ni qu'ils fissent les extravagants comme le Polacre qui m'avait gagné mon argent. C'étaient de jeunes gentilshommes fort sages et conduits par un assez galant homme et de bonne compagnie.

Un soir l'hôtesse introduisit à notre table un certain petit homme, bossu devant et derrière, comme un autre Ésope, et qui n'avait pas l'esprit mauvais. Lorsqu'il se fut un peu apprivoisé, il nous fit voir qu'il était d'une humeur assez plaisante, mais violente extrêmement. Nous fûmes bientôt dans une assez grande familiarité, lorsqu'il eut reconnu que j'avais plus d'esprit que n'en avaient les enfants vulgaires à mon âge. J'appris incontinent de lui que c'était un gentilhomme provincial, de cinq ou six cents écus de rente, et qui était venu en cette ville pour partager avec son frère et sa sœur les biens d'un oncle fort riche qui les avait laissés ses héritiers. Il me conta que c'était un vieux médecin qui, dès

son enfance, avait travaillé sans repos pour faire un grand
amas de richesses, qui ne lui servirent jamais de rien. Il avait
trafiqué vingt-deux ou vingt-trois ans dans le Sein Persique
avec des marchands arabes, faisant ordinairement sa demeure
à Ormus[1], où il s'était rendu plus arabe[2] que les naturels du
pays. Après être revenu de ces lointains voyages et s'être
habitué dans sa province, où il ne cessa jamais de dépouiller
les pauvres par ses usures sans en être jamais mieux vêtu, cet
homme affamé des biens de la terre était allé dans la terre ; et
ses proches parents, portant le deuil au-dehors de sa mort et
n'en pouvant contenir la joie au-dedans, avaient fait cacheter
ses coffres par la justice, afin de pouvoir sûrement, légitime-
ment et avec ordre, diviser entre eux le bien qu'il leur avait
laissé. Le petit Ésope me fit une ample et ridicule représentation de la sale avarice de son oncle et, pour confirmer ce qu'il
en disait, me fit voir un morceau de pain fort noir, enveloppé
dans un papier, qu'il conservait comme une relique de la
vilaine humeur du défunt qui, de peur de dépenser trop, n'en
mangeait jamais de plus blanc. Cettui-ci, en détestation de ce
vice honteux et qui ne s'attache qu'aux âmes basses, s'avisa
de donner des ordres à notre hôtesse, afin que tout ce que
nous étions de gens qui mangions avec lui fussions traités
magnifiquement pendant les jours qui seraient employés à
faire le partage de son oncle.

CHAPITRE XIII

*Extravagance de l'avare libéral.*

Nous ne fûmes jamais plus étonnés, les seigneurs allemands et moi, que lorsqu'on nous servit le premier festin
que nous donna ce petit Ésope. Nous vîmes des nappes et
des serviettes tabisées[3], et des plus fines qui viennent de

Flandres, et tout cela jonché des plus belles fleurs qui se trouvaient en cette saison ; en suite de cela, l'on mit sur table beaucoup plus de plats que l'on n'avait accoutumé, où toutes les viandes les plus rares étaient agréablement étalées. Le gouverneur des étrangers s'alarma de voir cet extraordinaire, craignant que, comme on augmentait la bonne chère, on en augmentât aussi le prix ; mais l'hôtesse l'avertit aussi bien que moi que nous en payerions beaucoup moins, et que c'était notre petit Ésope qui nous régalait de la sorte. Chacun de nous se voulut excuser de lui faire faire cette dépense, vu que c'était un homme que nous n'avions jamais servi ; mais ce petit monstre, qui était colère comme un dragon, se mit à pester furieusement contre notre modestie ; il jeta de dépit son mouchoir, ses gants, son manteau, son chapeau et sa petite épée contre terre, et nous jura sur sa damnation que, si nous n'acceptions de bon cœur la petite bonne chère qu'il nous voulait faire, ce peu de jours que nous avions à vivre ensemble, nous le ferions enrager tout vif. La chose fut quelque temps balancée, mais la grande passion du petit homme l'emporta sur notre discrète retenue. Nous fîmes tous les jours festin, où ce personnage ne manqua jamais de nous donner la comédie. Tantôt il nous venait trouver tout transporté de joie et le cœur tout enflé des hautes espérances qu'il avait conçues pour l'état des trésors laissés ; d'autres fois, il se présentait avec un visage si chagrin que cela n'est pas imaginable, lorsque la part qu'il avait tirée de ces héritages ne répondait pas à son attente. Cependant, il partagea de si grandes richesses que cela ne semble pas croyable.

Je sais bien qu'au commencement de l'ouverture des coffres de son oncle, il faisait le petit enragé, grinçant les dents, regardant le Ciel de travers et pestant contre ceux qui avaient gouverné le défunt, pour ce que dans l'argenterie qu'on avait trouvée, il n'avait eu pour sa part qu'un buffet de vaisselle valent cinq ou six mille francs, une cuvette pesant deux cents marcs [1], et deux grands vases qui n'étaient guères plus légers.

Il se consolait après de ce déplaisir et faisait honte aux Allemands en la vertu de bien boire, s'assurant qu'il ne serait pas si maltraité à l'ouverture des coffres où étaient l'or et l'argent monnayé. Le lendemain, c'étaient de nouvelles plaintes sur de nouvelles bonnes fortunes ; il déchirait son pourpoint de colère de n'avoir hérité avec son frère et sa sœur que dix ou douze mille pistoles d'Espagne, trois ou quatre mille d'Italie, quinze ou seize cents jacobus et quelque treize ou quatorze sacs de mille francs. Après ces regrets superflus sur une misère que je trouvais si digne d'envie, il nous avertissait des boîtes de pierreries que l'on devait ouvrir le lendemain et se réjouissait dans l'espérance qu'il avait d'y trouver beaucoup mieux son compte.

Le lendemain il nous vint jeter un bordereau à demi déchiré des perles qu'il avait eues en sa part et qu'il trouvait être peu de chose, encore qu'il y eût parmi cela deux tours de perles, prisées vingt-quatre mille francs.

Ainsi fit-il pour des diamants, pour des rubis, des saphirs et des hyacinthes. Surtout il fut excellent[1], un matin qu'on avait fait le partage des émeraudes, dont il avait eu tout un assortiment fort beau, prisé sept ou huit mille francs, et une boîte toute pleine, qui était grosse comme mes deux poings joints ensemble. Il ne se contenta pas d'en manger le couvercle en notre présence, il se transporta si fort de colère sur cette matière qu'il en jeta de dépit toutes les émeraudes parmi la place, et les pila[2] demi-heure avec ses pieds sans vouloir permettre qu'on les recueillît. Cependant elles furent toutes ramassées, lorsque cette fougue fut apaisée ; et comme on lui présenta sa boîte remplie comme elle était auparavant, il nous en mit à chacun une demi-douzaine sur notre serviette des plus belles qu'il rencontra ; mais elles étaient à si petit prix en ce temps-là que je ne retirai qu'environ soixante écus de cinq des miennes.

CHAPITRE XIV

*Faste de l'avare libéral,
et quelle atteinte on lui donna.*

Après cette incartade, qui me fut si favorable en cette saison, j'eusse souhaité de bon cœur que notre petit fantasque eût encore tiré sa part de toutes les pierres précieuses de l'Orient, mais son partage finit plus tôt que je ne l'eusse désiré. Il vint un matin prendre congé de nous, disant que tout était partagé, hormis les immeubles, et qu'il allait monter à cheval pour mener un homme de conseil en sa maison, afin qu'il l'accompagnât ensuite à la visitation de ce qui restait, tant il avait de peur d'être surpris en cette décision. Comme je l'accompagnais jusqu'à la porte, ayant mon manteau sur les épaules, il s'avisa de me tirer par le bras et me dire que, puisque j'étais en état de pouvoir sortir, il me priait d'aller ouïr la messe avec lui dans un dévot monastère, et que nous boirions après le vin de l'étrier : je ne lui voulus pas refuser cette faveur, après en avoir reçu d'autres de lui, et nous fûmes ensemble dans une église où l'on allait dire messe pour lui. Son homme de conseil s'y trouva, et sitôt que le dernier évangile fut dit, ce Myrmidon tout contrefait alla dans la sacristie et revint avec deux religieux de ce couvent. Il y avait à l'entrée du chœur un tronc pour la manufacture[1] de l'église, et notre Ésope, aussi enflé de vanité que gros d'épaules et de poitrine, prit une poignée de pièces d'or en sa poche et les jeta dans le tronc, en notre présence. Les Pères en détournèrent modestement les yeux, mais comme un jeune garçon que j'étais, je pris garde à son aumône fort honnête et mal concertée. Après cette charité peu profitable, puisqu'elle était si peu secrète, ce fastueux ridicule se tourna vers le plus vieux des deux religieux, qui était le supérieur de la maison, et lui dit :

« Mon Père, je vous prie de vous ressouvenir de moi en vos prières. »

Mais le Père, grave et sensé, lui répondit à même temps :

« Monsieur, je vous prie de vous ressouvenir de Dieu dans vos œuvres. »

Ce que je trouvai bien raisonnable et bien digne d'un bon religieux. Les hérétiques savent bien multiplier en leurs histoires scandaleuses les Judas qui se découvrent en la compagnie de Jésus-Christ, mais ils n'ont garde de parler des véritables apôtres qui s'y rencontrent. Aussi leur intérêt y serait un peu lésé, et c'est l'intérêt qui anime et qui fait mouvoir la plus grande partie des hommes, qui ne sont point inspirés de l'esprit de Dieu[1].

CHAPITRE XV

*Comme le page disgracié
fit des vers dans une abbaye.*

Quand notre fastueux eut fait cette bonne œuvre en apparence, qui n'avait guères de mérite en effet, nous sortîmes de cette église, et nous entrâmes dans un assez fameux cabaret. Là, le petit hypocondriaque parut plus sensé, pour ce qu'il n'avait plus dans l'esprit que des choses humaines, et cette bouillante ardeur qu'il avait témoignée en recevant sa part des biens de son oncle se rassit en l'attente des biens à venir, à cause que l'objet qui n'était pas alors présent n'émouvait pas assez la puissance. Nous nous séparâmes après le déjeuner, et je m'en retournai dans notre hôtellerie. De là je délogeai bientôt pour reprendre le chemin de Paris, que j'avais quitté par trop de faiblesse et que je croyais pouvoir reprendre assurément avec l'argent et les pierreries que j'avais.

Un bon prêtre séculier, que je rencontrai presque au sortir

de la ville, me fit retarder mon voyage, m'obligeant d'aller avec lui dans une abbaye assez riche où il avait de bons amis. Nous ne fûmes pas sitôt arrivés en ce lieu que nous fûmes recueillis avec joie par de bons pères, qui vivaient dans une grande austérité, mais qui ne laissaient pas de faire bonne chère aux survenants. Nous y fûmes festoyés huit jours entiers, durant lesquels on nous fit prendre tous les honnêtes divertissements qui se peuvent imaginer. Mon conducteur aimait un peu la chasse, et l'on prit soin de lui donner des chevaux et des chiens pour le satisfaire ; et pour moi, qui leur témoignai aimer mieux des livres, on me donna la clef d'une grande bibliothèque où je passai fort bien mon temps. Les principaux de la maison m'interrogèrent sur plusieurs choses, tant de celles qui sont utiles que de celles qui sont agréables, et pour donner un prétexte à tout le chapitre de me faire quelque honnête présent, ils s'avisèrent de me demander si je ne serais pas capable de leur faire un sonnet sur un sujet de dévotion. Moi qui parlais avec chaleur de l'excellence des poètes anciens et modernes, je m'offris à faire un effort pour leur donner quelque satisfaction, et ces bons religieux [1], qui prirent dès lors envie de m'associer en leur compagnie, voulurent, auparavant que de me déclarer leur dessein, observer soigneusement quel était mon faible et à quels vices je pouvais être sujet.

Pour m'éprouver, ils employèrent une espèce de démon, qui me vint tenter dans leur cloître, comme j'étais dans une profonde rêverie pour composer le sonnet sur le sujet qu'ils m'avaient donné. C'était un garçon fort subtil pour un enfant nourri dans un village ; il est vrai qu'il avait rôdé deux ou trois ans en de bonnes villes. À l'abord il me vint représenter que je me rompais trop le cerveau pour donner de la satisfaction à ces bons pères, et qu'il fallait prendre quelque intervalle dans ce travail. Il me parla d'aller boire pinte avec lui dans un cabaret du bourg où le vin était excellent ; mais je ne donnai point à cette amorce ; il reprit qu'il y avait une belle servante au logis, dont il me moyennerait la connaissance ; à tout cela je fis la sourde oreille comme un garçon qui ne buvais point du tout de vin, et qui ne pouvais avoir d'amour pour des servantes, en ayant trop pris pour une illustre maîtresse. À ces instigations, il ajouta trois dés qu'il fit rouler sur la pierre où j'écrivais, et je me sentis tout ému à la vue de ces maudits petits cubes qui m'avaient rendu par le passé tant et tant de mauvais offices. Cette tentative fut fortifiée de la présence de cinq ou six pistoles qu'il fit sortir de son gousset, en me demandant si je savais la chance et la rafle [1] ; je fus tout prêt à lui répondre et mettre en effet mes paroles, mais, comme le lieu était suspect et que j'appréhendais d'être vu dans cette action, je tournai subitement la tête pour découvrir de tous côtés, et j'aperçus un père qui se cachait derrière un pilier du cloître ; cela me fit remettre à un autre temps ce que j'aurais bien voulu exécuter sur l'heure, et l'espion qu'on m'avait envoyé ne manqua pas de faire un fidèle rapport de tout ce qui s'était passé. Tellement que les religieux appréhendèrent mon naturel enclin au jeu et se contentèrent de me faire une sainte exhortation sur ce sujet, me donnant une bourse d'environ cent francs, auxquels ils se cotisèrent tous.

## CHAPITRE XVI

*Comme le page disgracié
logea chez un de ses parents.*

Avec cette libéralité de ces nobles religieux, j'entrepris de m'en retourner à Paris et d'y voir quelques-uns de mes parents (qui sont tous gens d'honneur et qui ne manquent pas de crédit), afin de savoir d'eux s'il y aurait assurance pour moi, ayant tué un homme à la vue et au su de toute la Cour, et s'il n'y aurait pas de moyen, en accommodant cette affaire, de rhabiller aussi ma fortune qui se trouvait en grand désordre. Le hasard, à qui je me laissais conduire en me promenant, me mena dans un bourg dont un de mes parents, du côté de ma mère[1], était seigneur, et c'était un gentilhomme qui possédait vingt-cinq ou trente mille livres de rente, mais un homme si fort avare qu'il ne tira jamais de son bien que des matières de chagrin et d'inquiétude, employant toute sa vie en procès et chicaneries. Il me prit envie, en voyant le château où il habitait et dont j'avais souvent ouï parler, de voir le maître de cette maison. Pour ce dessein, je me proposai de lui faire des relations de ma fortune à ma fantaisie et de choses qui n'approchaient point de celles qui m'étaient arrivées. Mais cet homme[2], plein de défiances et de soupçon, qui ne s'assurait pas en lui-même, me fit tant de questions les unes sur les autres et me retourna de tant de côtés qu'il n'y eut pas moyen que je lui pusse répondre sans me couper ; si bien qu'il reconnut mes déguisements et ne fit pas pour moi les choses qu'il eût été obligé de faire. Il m'accommoda toutefois d'un cheval et de quelque argent, qui ne fut pas en grande quantité et que je n'acceptai qu'à contre-cœur et avec beaucoup de confusion ; et j'éprouvai bien en cette rencontre qu'on souffre quelquefois beaucoup en acceptant une faveur, et que s'il y a du contentement à faire du bien à tout le monde, il n'y en a guères d'en recevoir de certaines gens.

CHAPITRE XVII

*Comme le page disgracié
fit connaissance avec la fille de son hôte.*

Lorsque j'eus pris congé de cet hôte mélancolique[3] chez qui je m'étais ennuyé deux ou trois jours, je m'en vins droit à Paris et m'allai loger dans l'Université, pour y être moins découvert à tous ceux de ma connaissance. L'hôte chez qui je descendis avait deux pensionnaires et fut bien aise d'en avoir encore un, pour se sauver mieux sur notre dépense. Il avait une fille agréable, mais beaucoup plus adroite et fine. Elle étudia mon humeur cinq ou six jours et, me trouvant incessamment mélancolique, elle s'imagina que ma tristesse pouvait venir de quelque passion d'amour. Cet esprit inventif employa, pour en découvrir la vérité, un des pensionnaires, garçon riche et assez bien fait, qu'elle avait piqué de son amour. Cettui-ci couchait en la même chambre où l'on m'avait mis, et me rendait de grandes civilités ; il ne lui fut pas difficile à m'acquérir pour son ami, avec les soins qu'il s'en donna. La complaisance est un charme universel qui est à l'usage de toutes sortes d'humeurs ; mais les jeunes gens sont particulièrement susceptibles de cette douceur. Je lui découvris enfin toutes mes pensées et lui fis un véritable récit de toutes mes infortunes, et même de mes amours d'Angleterre, excepté que je ne lui dis pas le nom ni la qualité de ma maîtresse, m'étant résolu de ne découvrir jamais à personne un secret si fort important, de peur qu'il ne m'en arrivât encore quelques mauvaises aventures.

La fille de notre logis fut incontinent informée de toutes ces choses par ce jeune écolier qui l'adorait, et cette instruction ne lui rendit pas de bons offices. Vu que dès l'heure cette personne m'eut en grande considération, ne faisant autre chose qu'admirer mon esprit et mon courage qui m'avaient fait traverser tant de pays, et retirer de tant de dangers effroyables. Sa curiosité ne fut pas sitôt satisfaite qu'elle lui fit naître des désirs de m'engager, et plus j'opposai de résistance aux effets de sa passion, plus elle rechercha d'artifices pour obtenir cette conquête. Tous les jours elle recherchait les occasions de me voir et de me parler, sans qu'il fût beaucoup nécessaire ; tantôt elle faisait semblant de venir chercher quelque chose dans un buffet, lorsqu'elle savait que j'étais tout seul dans ma chambre ; d'autres fois, c'était pour y parler à mon camarade, quand il n'était pas dans le logis. Enfin je n'étais pas un quart d'heure seul sans que cette agréable personne se vînt offrir devant mes yeux, et si peu que je tournais la vue sur elle, je trouvais que nos regards se rencontraient toujours par intervalles et qu'elle rougissait en abaissant les siens. Cela me fit beaucoup de peine, car une matière sèche n'est pas plus capable de s'embraser à l'approche d'un miroir ardent que mon cœur l'était à la rencontre d'une beauté ; et je ne me voulais pas embarquer d'amour avec cette fille que mon nouveau camarade aimait, et dont il m'avait fait confidence. Je voulais garder ma foi à qui je l'avais donnée, et ne savais comment conserver ma franchise des mains de celle qui me la voulait ôter. Après de longues contestations qui se firent entre mes pensées, l'amour l'emporta sur l'amitié, et je me résolus enfin de cajoler ma jeune hôtesse.

Je n'y perdis pas beaucoup de temps, et les progrès que firent mes soins dans son esprit furent si grands qu'ils se rendirent bientôt visibles à mon camarade. Ce qui le confirma davantage dans la créance que je l'aimais et que j'en étais aimé, c'est qu'ayant un jour pris une petite bourse qu'elle portait à sa ceinture, comme il se jouait avec elle, il aperçut dedans une émeraude de celles que je lui avais montrées, que j'avais fait enchâsser délicatement pour lui donner, sous couleur d'une discrétion[1] qu'elle m'avait gagnée. La fille lui tira brusquement la bourse des mains, de peur qu'il remarquât ce petit présent qui venait de moi ; et lui, par une adresse que lui donna sa jalousie, témoigna n'en avoir rien vu ; mais, pour s'assurer mieux de la vérité de la chose, il me vint trouver à ma chambre, où j'écrivais quelques fantaisies sur ce sujet, et me dit qu'il savait un homme qui avait grand désir de voir mes six émeraudes, et qui était capable de les acheter tout ce qu'elles valaient. Je lui répondis à cela qu'il me ferait plaisir de m'amener ce marchand, mais qu'il ne m'en restait plus que cinq, ce qui l'assura de son doute. Le voilà plus outré cent fois de jalousie que je n'avais été piqué d'amour ; car la condition et les vertus de cette nouvelle maîtresse étaient de trop mauvais fondements pour asseoir un grand édifice. Depuis ce temps-là mon jaloux rival prit l'habitude de ce dragon qui faisait garde autour de la toison d'or ; il ne ferma plus les paupières, et se donna plus de tourments que la cause de ses soucis n'avait de mérite.

## CHAPITRE XVIII
### *Nouvelles disgrâces du page.*

La vigilance de cet Argus était si grande que ma jeune hôtesse et moi ne pouvions plus avoir le moindre loisir pour pouvoir converser ensemble ; il était toujours avec l'un ou avec l'autre de nous deux et ne sortait plus de la maison, si ce n'était en ma compagnie.

Un jour que j'étais ennuyé de cette sorte d'oppression et que je m'allais promener pour me divertir, je rencontrai par malheur un certain joueur de ma connaissance, qui ne savait point du tout mes disgrâces, et qui me demanda si je voulais aller avec lui dans une fameuse académie, où il ne hantait que d'honnêtes gens, et qui avaient beaucoup à perdre [1]. Je me laissai aller à cette tentation, et me trouvai dans un tel malheur que je perdis tout mon argent avec tout ce que j'avais tiré de mes émeraudes. De sorte qu'il ne me restait plus pour tout bien que mon cheval, que j'allai vendre sur-le-champ, et que j'eusse perdu dans l'ardeur du jeu, s'il n'eût point été en pension dans un logis fort éloigné de l'académie. Le soir que je fus de retour, ma maîtresse parut tout alarmée de me voir si mélancolique, le profond regret de ma perte paraissant écrit sur mon front, et voulut prendre son temps pour s'enquérir à moi du sujet de cette tristesse ; mais notre jaloux fut auprès de nous avant que j'eusse le loisir de lui repartir ; tout ce que je pus faire en cette occasion fut d'aller écrire en ma chambre un petit billet que je lui revins donner adroitement. Je l'avertissais par là, que j'étais dans un désespoir bien étrange, et qu'il n'y avait qu'elle alors qui fût capable de m'en pouvoir consoler ; que notre jaloux serait sans doute assoupi cette nuit, à cause des veilles passées, et que si elle avait autant d'amour pour moi qu'elle m'avait voulu faire croire, elle se lèverait doucement sur la minuit et me ferait la faveur de me venir parler sur la montée[1]. Ma jeune hôtesse prit son temps pour lire ma lettre et, un peu après, pour m'assurer qu'elle ne ferait point de défaut à cette amoureuse assignation. Elle ne manqua pas de satisfaire à sa promesse à l'heure prise entre nous ; mais l'écolier ne dormit pas comme je me l'étais promis ; il se donna la patience de veiller toute la nuit avec nous, souffrant beaucoup plus de peine que nous ne goûtions de plaisir ; il prêta l'oreille à tout ce qui se dit sur ce degré, s'appuyant contre la porte de la chambre, et crut entendre beaucoup de choses qu'il n'entendait pas, dont il composa la matière d'un manifeste à me faire courir un grand danger.

Cependant nous nous retirâmes, ma maîtresse et moi, au chant du coq, et ne crûmes pas avoir été découverts, et mon rival ne manqua pas le lendemain d'informer notre hôte de tout ce mystère. Comme je pensais revenir sur le midi pour dîner, j'entendis un grand tumulte dans la maison ; notre hôte parlait fort rudement à sa fille sur la lettre et l'émeraude dont il l'avait trouvée chargée, et, me tenant quelque temps près de la porte, j'ouïs qu'il disait en jurant que j'épouserais sur-le-champ sa fille, ou qu'il me ferait souffler dans un pistolet qu'il tenait en sa main. Mon rival disait là-dessus que c'était une chose fort raisonnable et qu'il s'emploierait avec tous ses amis pour l'exécution de ce dessein ; j'entendis encore trois ou quatre autres personnes étrangères, qui disaient être de ce même avis. Cela me donna de grandes alarmes, et me fit prendre le dessein d'aller dîner bien loin de là.

## CHAPITRE XIX

*Désespoirs et misères du page.*

Je me vis réduit à de grandes extrémités par ce nouvel accablement, et faisant lors une longue réflexion sur toutes les aventures de ma vie, je faillis à mourir de déplaisir. Quand je me représentais la bonté de ma naissance, la curiosité de mon élévation[1], l'honneur que j'avais eu de servir un grand prince, le bonheur d'avoir rencontré ce grand philosophe qui me pouvait tenir lieu de toutes les félicités terriennes, et qui ne m'eût pas été une faible escorte à m'acheminer aux célestes ; de plus, les faveurs d'une maîtresse digne des passions d'un grand seigneur ; et me voyais à l'heure si malheureux qu'il ne s'en fallait presque rien qu'on ne me forçât d'épouser la fille d'un teneur de pensionnaires, cela me mettait presque au désespoir. J'en arrachai mes cheveux avec assez de violence et, m'abandonnant aux transports de cet excès de mélancolie, je sortis de la ville sans autre dessein que d'aller où mes pas me conduiraient. Par hasard, ce fut sur le chemin d'Orléans que me fit aller ce transport ; et comme je tournais les yeux vers le Ciel lorsque la nuit fut venue, pour lui demander raison de tant de disgrâces ou pour le supplier de les adoucir, j'y vis paraître cette vaste blancheur qui procède d'une nombreuse confusion de petites étoiles, et qu'on nomme la voie de lait. Je pris cet objet à bon augure ; je me ressouvins qu'on appelait aussi cela le chemin d'un saint[2], et je me proposai de me conduire jusqu'en ce petit royaume où son corps glorieux est honoré.

Je fis ainsi deux ou trois journées, sans parler à personne qu'aux hôtes chez qui je logeais. Tandis que j'eus un peu d'argent, j'allai toujours en relais, mais quand je m'aperçus que j'étais fort près de ce qui me restait, je me mis à pied, et ce ne fut qu'à cinq ou six lieues de cette célèbre ville[1] qui fut autrefois fondée par ces Danois qu'on surnomma Pictes à cause de la couleur dont ils se peignaient le corps. Quelque temps après que je fus réduit en cet état, je fus atteint par un messager qui prit compassion de ma misère, me voyant fait de sorte que je méritais bien d'aller plus commodément ; il me fit monter sur un de ses chevaux qui allait en main[2], et, m'ayant demandé quel était mon dessein, me promit de m'assister de sa faveur pour me faire entrer en quelque honnête condition dans cette grande cité que nous voyions déjà d'assez près. Je le remerciai de cette courtoisie et trouvai[3] depuis que les plus petits amis sont parfois beaucoup utiles. Il me donna la connaissance d'une fille qui gouvernait tout dans une grande maison, et cette personne-là, qui avait des amourettes et qui ne savait pas écrire, fut ravie d'avoir un secrétaire fait comme moi, qui ne connaissais personne du pays et qui n'aurais aucune raison d'éventer ce secret mystère. J'écrivis quelques lettres pour cet amour qui m'étaient dictées si plaisamment que je n'ai guères eu de plus agréable divertissement ; car elle se conseillait à moi sur ses véritables pensées, pour mieux colorer les fausses et tromper un vieux penard[4] à qui cette petite rusée vidait la bourse d'une merveilleuse façon. Lorsqu'ils étaient en conversation ensemble, elle l'obligeait à lui faire quelque offre, ou trouvait le biais de lui faire perdre quelque discrétion à quelque jeu où le bonhomme perdait toujours ; et quand elle faisait réponse aux lettres qu'il lui écrivait, elle ne manquait pas à lui donner des atteintes sur ces promesses et le piquer d'honneur pour l'obliger à s'en acquitter noblement. Tantôt ce n'était qu'une foire, dont il était question ; une autre fois, c'était une jupe promise, que le personnage prenait à crédit à haut prix et que la dame donnait à bon marché argent comptant.

La fille me faisait secrètement coucher en sa chambre, qui était toute joignant celle de sa maîtresse ; et tous les soirs, lorsque mes inquiétudes m'empêchaient de dormir, j'avais le plaisir d'entendre le tripotage[1] de la maîtresse et de la fille de chambre. La dame était encore assez belle et vivait en mauvais ménage avec son mari, qui était vieux et jaloux et de fort mauvaise humeur. Ils étaient séparés de biens et de lit, et s'ils[2] ne l'étaient pas pourtant. Ce n'étaient que rapports continuels qui se faisaient de part et d'autre, et l'intérêt du tiers et du quart composait toutes les nouvelles qui couraient, sans qu'il y eût souvent un seul mot de vérité. C'est une chose étrange que le fondement des haines et des amours du monde ; tel croit être fort maltraité de son ami, dont il est aimé cordialement ; tel croit être aimé de certaines gens auxquels il ne sert que de sujet de raillerie ; et ce sont des personnes adroites et malintentionnées qui, pour leur seul intérêt, font tout ce désordre, quand elles ont pris quelque empire sur les principaux ressorts de ces grandes machines animées.

CHAPITRE XX

*Comme le page servit un maître
chez lequel il tomba malade.*

Je ne fus pas longtemps caché dans cette grande maison sans être aperçu de quelqu'un des domestiques et sans que celle qui me protégeait et qui m'avait pris pour son confident, fût en peine pour me mettre ailleurs. Cette fille de chambre avait fait quelque connaissance avec une demoiselle[3] de ses voisines, à qui elle m'alla recommander de si bonne sorte que la demoiselle eut grande curiosité de me voir et dès l'heure se proposa de chercher une bonne condition pour moi. C'était une femme mariée et très honnête, et qui ne laissait pas pour cela d'avoir un galant homme pour serviteur, qui lui rendait tous les jours de grands soins et de grandes marques d'une secrète amour, mais avec de si grands respects que la plus scrupuleuse chasteté n'en pouvait pas être offensée. Cettui-ci n'eut pas plutôt ouï parler de moi qu'il s'offrit à me recevoir chez lui et me traiter favorablement, ne pouvant trouver une meilleure occasion pour pouvoir faire savoir souvent de ses nouvelles à cette maîtresse que de prendre un garçon qui en était connu et qui avait beaucoup d'entrée chez elle. Si bien que je me vis domestique de cet honnête gentilhomme[1], que je veux honorer toute ma vie, tant à cause de son mérite, qui me parut grand, que pour les faveurs que j'en reçus, qui ne furent pas petites. Sitôt que je fus chez lui et qu'il se fut aperçu que j'avais quelques brillants d'esprit et quelque inclination à la poésie, il me fit faire une clef pour entrer quand bon me semblerait dans un cabinet plein de beaux livres ; il me donnait presque tous les jours quelque épigramme latine à traduire ou quelque sonnet de Pétrarque à tourner, et lui-même me montrait parfois quelqu'une de ses compositions, qui n'étaient pas à mon avis bien écrites et d'un génie qui fût heureux, encore qu'il fût d'une race toute pleine de beaux esprits et de grands poètes.

Je passai quelques mois en cette maison, si chéri de mon maître et de ses proches que ceux du logis portaient envie à mon apparent bonheur ; mais s'ils eussent connu mes secrets mécontentements, ils eussent sans doute eu pitié de mes infortunes. Les objets qui se présentaient à mes yeux durant le jour me divertissaient en quelque sorte ; mais lorsque je me trouvais seul, et quand j'étais le soir au lit, je ne faisais autre chose que verser des larmes. Cette noire mélancolie eut bientôt altéré ma santé, et je fus saisi d'une fièvre quarte[2] qui me dura presque une année. Je fus rendu par cet accident comme inutile à tout service ; mais mon maître, qui semblait aimer particulièrement mon esprit, ne me trouvait point du tout à charge. Il avait une bonne femme de mère qui n'était pas de même humeur ; c'était une sage personne et fort dévote, mais grande ménagère et vigilante, qui ne voulait point de bouches inutiles chez elle. Mon maître, importuné du bruit qu'elle lui faisait quelquefois à mon occasion, me proposa (lorsque la fièvre m'eut quitté et qu'il ne m'en était resté qu'une enflure de corps) de me donner à l'un des plus grands hommes de ce siècle, qui était son oncle, et pour cet effet il écrivit une lettre de sa main fort affectionnée, et qui montrait qu'il faisait une très particulière estime de moi. Je pris cette lettre et quelque argent qu'il me donna, non sans beaucoup de regret de le quitter, voyant bien qu'il en avait aussi de notre séparation.

## CHAPITRE XXI

*Du second maître du page,
qui était un des grands personnages
de son temps.*

Le lieu où séjournait le bon vieillard[1] à qui l'on m'adressait n'était pas beaucoup éloigné de la ville où j'avais servi son parent ; et quand j'eus trouvé sa maison et dit que j'avais des lettres pour lui donner, ce vénérable personnage me fit entrer dans sa chambre et lut sans lunettes ma lettre, encore qu'il eût plus de cent ans. On n'a point vu de notre siècle un homme si bien composé, et c'était un corps à durer encore quinze ou vingt ans, sans le malheureux accident qui le précipita deux ou trois ans après dans le tombeau. Il avait les cheveux et la barbe aussi blancs que de la neige, mais les yeux vifs et clairs, et la bouche belle et vermeille, le corps droit, et les jambes assez bonnes pour faire tous les jours durant le beau temps d'assez longues promenades dans son jardin ; au reste, il avait bon sens et bonne mémoire pour les choses de longtemps passées.

Cet excellent homme arrêta quelque temps ses yeux sur

mon visage pour connaître ma physionomie et me dit après en souriant, ce qu'on écrit que Socrate dit autrefois à quelque enfant qu'on lui présenta :

« Mon petit mignon, parle afin que je te connaisse ; mon neveu me conjure par ses lettres de te recevoir auprès de moi, et m'assure que tu as quelque gentillesse qui ne me sera pas désagréable ; mais dis-moi qui tu es, et ce qui t'oblige à souhaiter d'être à moi. »

Je lui répondis à cela que j'étais né d'assez bon lieu et que j'avais des sentiments qui ne démentiraient point ma naissance ; que son parent que j'avais servi lui pouvait rendre un meilleur témoignage de mes mœurs que celui qu'il recevrait de ma bouche, et que la réputation de son esprit, qui s'étendait par toute l'Europe, m'avait donné le désir de trouver place auprès de lui, me faisant espérer que je pourrais obtenir quelque faveur des Muses, servant fidèlement un de leurs plus célèbres nourrissons. À cette ingénue déclaration, le bon vieillard me pressa le visage de ses mains pour me caresser et fit paraître qu'il me recevait avec joie. Il donna sur-le-champ ordre à tous ses autres serviteurs de me bien traiter, leur disant qu'il faisait une particulière estime de moi, qu'il voulait que je couchasse en sa chambre et que personne n'eût la hardiesse de me commander quoi que ce fût. Ainsi je me vis installé chez ce célèbre personnage, à qui je ne rendais autre service que celui de lire devant lui deux ou trois heures tous les jours. Tantôt c'était quelque chose de l'Histoire, ou de la poésie des Anciens ; tantôt nous revisitions ses propres ouvrages latins et français, où l'on voit de fort belles choses, mais qui semblent avoir gagné plus de bruit en la première langue qu'en l'autre. J'eus le soin de sa bibliothèque, et sans mentir, cela servit beaucoup à mon avancement aux lettres.

Je passais les jours et les nuits sur ses livres, que je ne croyais jamais pouvoir posséder assez longtemps pour en faire des collections à ma fantaisie. Ce bon sage et maître était bien aise que je me donnasse de la sorte à cette honnête occupation ; mais une vertueuse demoiselle qui était de la parenté et qui, hantant dans la maison, m'avait pris en affection, me portait beaucoup plus à l'étude. C'était un esprit fort curieux, et cela me rendit fort diligent. Elle était quelquefois en humeur de vouloir apprendre quelque chose de la physique ; lorsqu'elle m'avait témoigné ce désir, je ne faisais plus autre chose que lire de cette matière, afin de l'en pouvoir instruire après et d'essayer par ce travail de pouvoir mériter ses bonnes grâces. Quelquefois elle me demandait quelque chose de l'Histoire et me commandait le soir de l'en venir entretenir le matin, et je passais toute la nuit à me fortifier l'esprit sur cette sorte de connaissance. Il me souvient qu'un jour elle me témoigna quelque désir d'apprendre l'anatomie et que je travaillai de telle sorte, en trois ou quatre jours, à faire des observations sur du Laurens, Ambroise Paré[1] et d'autres auteurs qui ont écrit sur cette partie de la médecine, que j'eusse pu passer en beaucoup de lieux pour un docte chirurgien. Il y avait dans la maison deux des enfants de mon maître qui faisaient assez connaître par leur éminente vertu qu'ils étaient sortis d'un illustre sang. L'un portait la robe longue, étant pourvu d'un honorable bénéfice[2] ; et celui-ci était un esprit fort délicat, qui raffinait sur les belles-lettres et faisait le censeur de toutes choses, mais adroitement et joliment. Il était en émulation pour l'éloquence avec un de ses frères, gentilhomme aussi accompli que nous en ayons en ce siècle, et dont la vertu méritait une fortune plus avantageuse. Je trouvai dans un grand livre manuscrit beaucoup de lettres et de poésies de leur façon, et cela me fit naître l'envie de les pouvoir égaler en quelque sorte, et dès lors je m'attachai sur cette montagne sacrée dont les fleurs sont si fort aimables, mais qui rapportent si peu de fruit[3].

Il m'advint un jour d'écrire quelques vers à la gloire de ce gentil cavalier, et mon travail fut fort bien reçu ; voici la réponse qu'il prit la peine d'y faire en même temps :

*Jeune Astre, qu'en naissant les Astres ont voué*
*À ce Dieu qui du temps notre mémoire venge,*
*Je voudrais être autant digne de ta louange*
*Que je vois ton esprit digne d'être loué.*

*Mais pour m'en revancher, par mes vœux je convie*
*Le Ciel de regarder la course de ta vie*
*D'un œil qui soit toujours favorable et riant,*

*Afin qu'en ton midi nous te voyions reluire,*
*Et par les beaux effets de ton esprit produire*
*Les miracles promis par ton jeune orient.*

Ces vers ne sont pas à la mode et polis comme on les fait aujourd'hui, mais avec ce qu'ils sont de bon sens, ils ont quelque chose de bien digne que je m'en souvienne, étant de la composition d'un si galant homme et faits encore en ma faveur.

CHAPITRE XXII

*Par quelle adresse*
*le page fut fait secrétaire*
*d'un grand seigneur*[1].

Je vécus environ quinze ou seize mois dans un assez tranquille repos, aimé de mon maître et de ses enfants, qui me faisaient ordinairement quelques faveurs et m'obligeaient toujours de quelque nouvelle gratification, et je crois que j'eusse passé dans cette maison la plus grande partie de ma vie, sans un certain petit dépit qui n'était pas autrement raisonnable, mais qui, comme un dépit amoureux, fut prompt et violent ; il me fit sortir de moi-même et m'obligea tout sur-le-champ de sortir de cette maison. La dame que j'honorais si fort, et qui semblait m'avoir donné une grande part en ses bonnes grâces, m'obligea de m'éloigner d'elle, en témoignant quelque indifférence pour moi[1]. Je fis écrire de fausses lettres, par où deux de mes amis m'avertissaient que ma mère était en grand hasard de sa vie, étant abandonnée des médecins, et moi en danger de perdre le peu de bien qu'elle m'avait amassé, si je ne me rendais promptement auprès d'elle, pour ce que la plupart de son bien consistait en argent comptant sur lequel on pourrait bien mettre la main durant mon absence. Avec ces lettres je vins trouver mon bon maître et, parlant de cette nouvelle comme si j'eusse eu le cœur serré de douleur, je lui demandai la permission d'aller fermer les yeux à ma mère. J'eus de la peine à l'obtenir, mais la considération de mes intérêts l'emporta sur l'envie que ce bon vieillard avait de me retenir. J'allai prendre congé de ses enfants, qui témoignèrent tous avoir regret à mon départ et me firent tous à l'envi quelque présent, m'obligeant encore de quelques lettres de faveur pour un illustre magistrat qui faisait son séjour alors auprès d'un grand prince, dans une ville où je me proposais de passer. C'était un des plus galants hommes de notre âge, que ce personnage à qui l'on écrivit en ma faveur ; jamais je ne vis un homme mieux fait ni mieux né ; c'était le véritable ami des Muses et de tous ceux qui font profession de l'excellence des arts. Il me reçut avec grande joie, reconnut libéralement quelques vers que je fis pour lui, me donna d'abord son estime avec sa table et prit le soin de me trouver une condition fort avantageuse, qui fut une place de secrétaire d'un grand seigneur de ses particuliers amis. Ce nouveau maître était un homme de qualité, qui était riche de cinquante ou soixante mille livres de rente, et qui n'avait ni n'espérait point d'avoir d'enfants. Il m'amena dans son carrosse en une de ses maisons de campagne, la plus agréable pour l'assiette et la structure que l'on se puisse imaginer.

## CHAPITRE XXIII

*Quel était un nain*[1] *qui servait d'espion
à la dame du château.*

Lorsque nous fûmes arrivés, mon nouveau maître me fit l'honneur de me présenter à sa femme[2] et de lui faire grand état de la gentillesse de mon esprit. La bonne dame me voulut faire quelques demandes sur ce qui était de ma naissance, et comme je tardai quelque temps à satisfaire à sa curiosité, son mari me retira de cette peine, lui disant comme en secret ce qu'il avait appris par conjecture du magistrat, qui était que je pouvais bien être quelque enfant illégitime de l'illustre et savant vieillard que j'avais servi le dernier. Cela passa pour constant dans la maison, et je n'en voulus détromper personne, de peur que ce déni ne me réduisît à la nécessité d'avouer ce que j'étais véritablement.

Je ne me vis pas avec peu de gens dans cette honorable servitude ; on nourrissait soixante et dix ou quatre-vingts bouches dans ce château, et parmi ces différents visages, il y en avait qui sont bien dignes d'être remarqués. Nous avions un nain, qui n'était pas une petite pièce[3] pour le ridicule ; il avait la tête à peu près aussi grosse que celles que nous voyons aux peintures où l'on nous représente Holopherne[4], et tout le buste, excepté les bras, était de la même proportion, n'ayant qu'environ demi-pied de hauteur en tout le reste, tellement que c'était plutôt un monstre qu'un nain. Au reste, c'était la plus méchante et la plus malicieuse créature qu'on pût rencontrer. Il était Italien de nation, subtil d'esprit, et dépravé de mœurs : on l'appelait seigneur Anselme, et c'était l'espion major de la maîtresse de la maison, comme l'on m'en avertit d'abord ; et on ne vit jamais un plus vigilant petit homme. Durant les grands jours, il se levait règlement[1] dès les quatre heures du matin pour réveiller tous ceux qui avaient quelque emploi dans le château, et depuis cette heure-là jusqu'à ce que Madame fût éveillée, il ne faisait autre chose que d'aller de quartier en quartier et visiter toutes les chambres et tous les appartements, pour voir si le peintre travaillait, si le brodeur ne quittait point son ouvrage, à quoi s'occupait le fontainier, ce qu'on faisait dans la cuisine, et qui déjeunait dans les offices. Et tous les jours, il faisait une relation de toutes ces choses à notre maîtresse, qui l'aimait et le favorisait à cette occasion plus que tout le reste des serviteurs.

CHAPITRE XXIV

*Rapport du nain, qui déplut au page.*

Les continuels rapports du nain, qui causaient bien souvent du bruit et de rudes admonitions, lui firent beaucoup d'ennemis dans la maison, dont il ne se mettait guères en peine ; mais il en avait un dans la basse-cour qui lui faisait presque tous les jours des niches. C'était un certain coq d'Inde[2] qui s'était imprimé une particulière haine contre le nain ; sitôt qu'il l'apercevait dans la cour, il venait l'investir avec ses ailes et lui donnait tant de coups de bec à la tête que seigneur Anselme était contraint de se mettre tout plat sur le ventre de peur d'avoir les yeux crevés. Ceux qui le retiraient d'entre les ergots du coq d'Inde étaient en faveur auprès de lui, mais cela ne les assurait pas contre ses ordinaires rapports, et j'en fis l'épreuve à ma confusion dans cette rencontre.

Il y avait entre nos pages deux bons et agréables garçons dont l'un était grand chasseur et l'autre était de bonne conversation et savait assez bien chanter et jouer du luth.

Nous fîmes connaissance et amitié ensemble, et ceux-ci firent entrer dans notre cabale un jeune cuisinier, qui se disait être de bon lieu et me semblait bon compagnon, et un jeune garçon d'office qui ne refusait jamais pain ni vin à ses amis. Un grand matin, nous nous étions mis tous cinq à table pour y faire un grand déjeuner ; notre chasseur avait fourni deux levrauts et trois perdrix, le cuisinier une bonne paire de poulets avec un salmigondis [1], et le sommelier un grand broc d'excellent vin blanc ; pour l'autre personnage et pour moi, nous n'y apportâmes que notre bonne humeur, qui valait autant que tous les mets de ce repas. Nous étions prêts à nous en aller et nous avions causé longtemps de plusieurs choses, dont nous n'avions guères à faire, lorsqu'un petit bruit nous fit tourner la tête, et nous vîmes que c'était le seigneur Anselme qui, sortant d'entre un petit amas de bûches qui étaient posées debout à côté de la cheminée, en avait fait remuer quelqu'une.

À cet objet épouvantable, chacun de nous eut le sang glacé, prévoyant bien que la fête ne finirait pas si joyeusement qu'elle avait été commencée. Cependant que le nain se retirait, s'appuyant sur un petit bâton d'ébène qui l'assistait à se conduire, je fus député pour aller vers lui, afin de lui demander s'il aurait agréable de manger d'une aile de perdrix et d'une carcasse de poulet, qui nous étaient restées entières, avec trois doigts de genetin [2] que nous savions qu'il ne haïssait pas ; mais il me répondit qu'il ne déjeunait pas si matin. Me voyant éconduit de cette requête, j'entrepris de lui en faire une autre, qui était de ne rien dire à Madame du déjeuner qu'il avait vu. Le bon chelme [3] me répondit à cela qu'il avait promis à confesse de ne celer jamais la vérité, et que si notre maîtresse lui demandait ce qu'il aurait vu la matinée, il ne lui serait pas loisible de mentir. Cette réponse fut de mauvais augure, et le malheur suivit son présage. Notre maîtresse fut avertie ponctuellement de cette débauche et nous fit bien payer notre écot, nous blâmant avec de grosses paroles de ce que, vivant en une maison où rien ne nous était refusé, nous étions si fort déréglés que de faire des repas secrets. Comme j'étais le plus apparent de cette troupe et passais pour le plus spirituel, ce fut à moi qu'elle s'adressa principalement, si bien que je me retirai de devant elle, outré des paroles qu'elle m'avait dites et tout enflammé de colère contre le nain.

## CHAPITRE XXV
### *Duel du nain et du coq d'Inde.*

Depuis ce jour, il n'y eut pas un de nous cinq qui allât défendre le seigneur Anselme quand le coq d'Inde l'avait terrassé ; et lorsque nous le voyions gouspillé[1] par son ennemi, nous eussions souhaité que le coq d'Inde eût eu le bec et les ongles de fer, ou que le nain eût eu la tête de beurre. Cet abandonnement mit notre rapporteur en grande peine, et comme l'extrême crainte fait faire quelquefois des coups de désespoir, le péril où ce petit monstre se voyait exposé tous les jours, sans espérance d'être secouru, lui fit prendre un dessein qui lui semblait très formidable : ce fut d'assassiner l'animal dont il était persécuté. Mais comme il voulait que la chose fût secrète, il ne prit aucun complice pour exécuter ce dessein. Après avoir fait affiler un petit coutelas par le fourbisseur même qui avait accoutumé de tenir en bon état le coutelas du bourreau, et s'être muni d'une vieille rondache[2] de comédie, ce petit traître se tint caché dans la basse-cour, à l'heure que les poulets revenaient des champs pour se retirer en leur maisonnette. J'étais lors dans une galerie dont la terrasse avait vue sur cette cour et, comme j'y étais d'une partie qui se jouait au billard, j'allai par hasard faire de l'eau[3] sur la terrasse. En ce même temps je vis le seigneur Anselme qui déchargeait un grand coup de son coutelas sur le col de son ennemi, qu'il avait surpris par derrière ; cela se fit presque au pied de la muraille où j'étais, et j'entendis le seigneur Anselme qui disait au coq d'Inde en achevant de lui scier la tête : *Ah traditore ! sapeva ben che tu saray ammazzato* [1]. J'eus un grand plaisir à voir ce spectacle, et l'on avait beau m'appeler pour achever la partie, car je me trouvais à l'achèvement d'une autre beaucoup plus agréable.

Après ce bel exploit, le seigneur Anselme traîna comme sur la claie son ennemi mort et lui fit prendre le chemin d'une petite montée par où l'on allait à sa chambre. Je quittai la partie du billard pour l'aller suivre et voir si je ne le pourrais point surprendre en cette action. Par les chemins, je rencontrai le vieux secrétaire de mon maître, qui me demanda si j'avais écrit quelques expéditions qui étaient à faire, et cet obstacle me fit perdre beaucoup de temps. Quand j'arrivai à la porte de la chambre du nain, qui fut avec le moindre bruit qui me fut possible, je le vis avec une petite écuelle pleine d'eau à la main et un petit torchon en l'autre, dont il essayait d'effacer les traces de sang que le coq d'Inde avait laissées. Je lui demandai à quoi il s'occupait ainsi ; mais comme il était plein d'inventions, il feignit que c'était qu'il avait saigné du nez en ce lieu et qu'il n'était pas bien aise que ces taches demeurassent ainsi devant sa porte. Je fis semblant de le croire et, poursuivant ma pointe, encore qu'il s'efforçât de m'en empêcher, je poussai de la main la porte de sa chambre, qu'il avait laissée entr'ouverte, et vis au milieu le coq d'Inde mort et sanglant. Là-dessus je me mis à rire de toute ma force, et le nain de blasphémer de bon courage. Après qu'il eut bien forcené de rage et bien trépigné des pieds sur mon insolence et sur la raillerie que j'en faisais, il eut recours à ses artifices pour guérir mon esprit blessé et m'obliger au silence. Il me protesta que le rapport qu'il avait fait du déjeuner particulier où j'avais été compris n'avait été qu'une action d'un aveugle désir de vengeance contre deux ou trois personnages qui s'étaient trouvés en ce repas et qui l'avaient offensé ; que pour ce qui était de moi, qui n'avais jamais témoigné le vouloir fâcher, il avait toujours été mon serviteur, qu'il me priait de n'éventer point ce petit mystère, et me conviait à manger ma part de la chair de son ennemi, qui se trouverait accompagné le lendemain de quatre perdrix chez une menuisière du bourg, qui était de ses bonnes amies et qui nourrissait chez elle une nièce qui n'était pas trop désagréable. Mon cœur s'amollit aux ardentes prières du seigneur Anselme, et la partie fut liée pour aller le lendemain dîner[1] ensemble.

CHAPITRE XXVI
*Comme trois perdrix furent reprises
dans les chausses du nain.*

Je gardai tout le soir fidèlement le secret, et j'avais bien intention de ne le découvrir jamais, lorsqu'un accident arriva qui mit mon esprit en désordre. Notre maître allait à la chasse au renard le lendemain de cette aventure et, pour cette raison, dînait de meilleure heure qu'à l'ordinaire. Au point qu'il se mettait à table, je rencontrai le nain dans une salle, à qui je demandai si notre festin était prêt ; il me répondit qu'il allait envoyer les quatre perdrix, et qu'en suite de cela il se ferait porter dans une hotte au lieu de notre assignation. Car c'était ainsi qu'il faisait ses petits voyages. Je voulus savoir qui lui avait donné ce gibier ; et j'appris de lui qu'il allait insolemment prendre quatre perdrix que nourrissaient deux jeunes demoiselles de la maison, proches parentes de notre maître, et qu'elles tenaient en leur chambre dans une grande cage de poulailler. Son entreprise me parut hardie, et je lui en voulus dire mon avis, ne croyant pas qu'il fût à propos de toucher aux délices de ces enfants, pour accroître notre repas ; mais le nain me repartit brusquement qu'elles en auraient assez d'autres. Ainsi nous nous séparâmes, bien délibérés d'exécuter notre dessein, et je ne le revis plus que lorsqu'on desservit le fruit de devant le seigneur à qui nous étions.

Il se trouva bien empêché, quand il fallut traverser la salle avec ces perdrix qu'il venait de prendre en la chambre des deux demoiselles. Cette chambre avait deux portes, l'une qui répondait sur une terrasse qui conduisait en cette salle, et l'autre sur un petit degré dérobé au bas duquel était la cuisine. Je ne sais quel bruit il entendit sur ce petit degré, après qu'il eut mis le gibier à demi mort dans ses chausses, qui le fit résoudre à passer par la salle où presque tous ceux du logis étaient. Ce qui fut le plus important pour lui, c'est que notre maître l'appela près d'une fenêtre, où le bon seigneur lavait sa bouche, et fut longtemps à lui demander quel avancement faisaient ses parentes en l'écriture; car le seigneur Anselme, qui écrivait parfaitement bien, leur servait de pédagogue. Le petit fourbe répondait à toutes ces questions et trépignait incessamment, comme s'il eût été pressé de quelque nécessité naturelle, regardant de fois à autre la porte qu'il eût bien désiré gagner. Tandis[1], les jeunes demoiselles revinrent de leur chambre, fondantes en larmes, pour conter à leur parent avec de grandes lamentations comme leurs perdrix étaient perdues. Le bon seigneur se moqua de leurs plaintes, croyant que cela était arrivé par un cas fortuit, et, leur ayant promis de faire chasser à la tonnelle[2] afin qu'elles en eussent d'autres, il continua d'entretenir encore le seigneur Anselme. La plus grande de ces deux filles me vint faire ses complaintes sur ce malheur, avec des paroles de tendresse pour ses perdrix, qui me semblèrent ridicules. Je lui dis que ces sentiments d'enfant étaient excusables de sa sœur qui n'avait que sept ou huit ans, mais que d'elle, qui avait presque deux fois son âge, il m'était impossible de les souffrir. Elle me repartit là-dessus qu'elle confessait sa faiblesse, et, m'en faisant paraître une autre, me jura qu'elle n'aurait aucun regret en ses perdrix, pourvu qu'elle sût au vrai ce qu'elles étaient devenues ; cela me tenta de la prendre au mot et d'éprouver quelle était sa sagesse. Je la fis toucher dans ma main et jurer sa foi qu'elle tiendrait cette déclaration secrète ; et cependant que je recevais son serment, sa sœur, qui était une petite espiègle et qui avait entendu quelque chose de cette proposition, poussa doucement un tabouret derrière nous et monta tout bellement dessus pour apprendre tout le reste de ce mystère.

Je disais à son aînée qu'elle portât les yeux sur le seigneur Anselme et qu'elle prît garde à ses chausses qu'on voyait quelquefois mouvoir, par un effort que faisaient les quatre perdrix tant regrettées, à qui ce nain n'avait pas bien tordu le col. Et comme elle eut bien remarqué ce nouveau mouvement de trépidation, dès que je lui eus dit : « Ce sont vos perdrix », cette petite cadette, qui était aux aguets derrière nous, se jeta brusquement à terre et courut vers le petit homme en criant : « Voici nos perdrix, voici nos perdrix. » L'autre fille, émue et troublée par cette action, ne marchanda[1] pas à violer le serment qu'elle ne faisait que d'achever de prononcer et, comme je la voulus retenir, partit avec tant de violence qu'elle me laissa une de ses manchettes entre les mains. Ces deux jeunes demoiselles abordèrent le nain à même temps et le portèrent par terre avec une impétuosité merveilleuse ; jamais deux bons lévriers d'attache lâchés à propos ne colletèrent un sanglier avec plus d'ardeur. Le seigneur Anselme eut beau jurer et blasphémer, son aiguillette[2] de devant fut rompue, et quatre mains tout à la fois visitèrent le fond de ses chausses. Le seigneur du château, qui était d'humeur à prendre plaisir à toutes les choses divertissantes, faillit à mourir de rire de ce spectacle ; mais lorsqu'il y eut une perdrix mise en vue, il n'y eut personne de tous ceux qui étaient autour du camp des combattants, qui ne se pâmât de rire et ne s'en tînt les côtés contre la tapisserie. Il y avait déjà deux perdrix grises et une rouge de retirées, et la quatrième appartenait à la plus jeune des demoiselles, qui n'était pas résolue de se retirer sans avoir son bien. Or, comme elle était assez étourdie et bouillante naturellement, cet empressement la troubla de sorte que, pensant avoir trouvé sa perdrix rouge enveloppée dans la chemise du seigneur Anselme, elle tira tout autre chose que cela, et ce fut avec tant de violence que le nain perdit alors toute sorte de respect et des filles de condition qui le gouspillaient et du seigneur qui les voyait faire : il sangla brusquement le visage de celle-ci avec son petit bâton d'ébène, afin de lui faire quitter prise et, n'ayant plus affaire qu'à elle, se remit sur pied, recacha sa chemise dans ses chausses, et s'en alla avec la quatrième perdrix. La petite fille le suivit jusque sur le degré pour essayer d'obtenir par humbles prières ce qu'elle n'avait pu emporter par force ; mais elle ne reçut du nain que des injures et des maudissons[1]. Pour nous, qui demeurâmes dans la salle, ce fut avec une si grande suspension de nos sens, qu'on nous eût bien pu fouiller partout sans que nous eussions eu le moyen de nous en apercevoir ni la force de nous défendre, tant notre rate s'était épanouie sur ce ridicule accident.

CHAPITRE XXVII

*Comme la dame du château
maltraitait le secrétaire de son mari
pour venger la honte du nain.*

Tout le monde ne cessa de rire le reste du jour, excepté la dame du château, qui était un esprit sévère et chagrin, lequel s'aigrit contre sa petite cousine jusqu'à lui vouloir faire donner le fouet, si son mari ne l'en eût point empêchée. Elle avait le nain en grande estime et, passant légèrement sur son audace et sur sa friponnerie, elle ne s'arrêtait que sur la hardiesse de ses cousines. Il y eut un procès-verbal tout formé de cette malversation commune, qui ne fut jamais bien décidé. Je blâmai la plus grande des demoiselles d'avoir violé le serment qu'elle m'avait fait de ne rien dire du secret que je lui avais confié ; elle disait pour raison qu'elle n'en avait aussi rien dit à personne, et qu'elle n'eût pas fait semblant de savoir où étaient ses perdrix si elle ne l'eût point appris d'un autre, mais que, voyant courir sa cousine vers seigneur Anselme, elle avait été brusquement inspirée d'en faire autant. Voilà comment cette belle fille se purgea de cette accusation ; mais pour moi je ne pus jamais me laver de la pièce que j'avais jouée au nain, encore que ce n'eût pas été mon intention de lui nuire en façon quelconque. Il ne tarda guères longtemps sans me rendre de mauvais offices auprès de la dame de la maison, qui prit à tâche de me malmener autant qu'il lui fut possible.

Cette femme rude et fâcheuse, ne me pouvant commander autre chose que d'écrire, donnait souvent d'importuns emplois à ma plume. Elle me faisait quelquefois copier de vieux contrats, comme s'il n'y eût point eu de clercs chez les notaires ; d'autres fois, pour prendre plaisir à me faire enrager, elle m'envoyait quérir afin de me dicter de longues lettres qu'elle écrivait à quelqu'une de ses fermières, où elle ne parlait que du chanvre qu'on devait donner à filer, des pourceaux qu'il fallait tuer, avec la distribution qu'il fallait faire après de leurs boudins et de leurs fressures[1], qui faisaient des articles à remplir deux ou trois feuilles de papier d'une écriture bien menue. Après ces pénibles corvées, elle ne passait pas un demi-jour sans chercher quelque sujet pour me gronder. Tantôt je m'étais levé trop tard, tantôt je n'étais point venu dans sa chambre pour voir si elle ne voulait rien faire écrire ; une autre fois mon collet n'était pas bien, ou mes cheveux me venaient trop avant sur le front, tellement qu'elle me trouvait fait comme les voleurs qui vivent dans les bois. Le lendemain je faisais le propre[2] et tranchais du suffisant. Enfin, il y avait toujours quelque chose à reprendre en mon habit, en ma façon, ou bien en mes mœurs. Je m'aperçus bien que ces petites riotes[1] tiraient leur origine des mauvais offices que me rendait le petit homme, et je l'avertis de ne continuer pas à me désobliger, s'il ne voulait que je lui rendisse la pareille. Mais ce petit traître, qui était encore outré de dépit d'avoir été surpris en flagrant délit à la vue de tant de personnes, ne voulut point parler de paix avec moi. Je me servis lors pour me conserver d'une contrebatterie[2] merveilleuse.

CHAPITRE XXVIII

*Comme le nouveau secrétaire secoua
le joug de la tyrannie de sa maîtresse.*

Un jour que le seigneur du château eut pris quelque plaisir à m'entretenir sur les bons livres que j'avais lus et sur le fruit que j'en avais retiré, me demandant beaucoup de choses curieuses, soit de la fable ou de l'Histoire, qu'il n'ignorait point, ayant été fort bien instruit aux lettres humaines et autres plus hautes sciences, il s'avisa de s'enquérir si je ne vivais pas content dans sa maison et s'il y avait quelque chose qui me manquât, afin de donner ordre à me satisfaire. Je lui répondis que je m'estimerais heureux à son service et ne voudrais pas changer ma condition avec celle de personne du monde, n'était que j'avais dans son logis un ennemi qui me persécutait beaucoup, encore qu'il fût si petit que j'avais honte de m'en plaindre. Il me demanda qui c'était ; je lui répondis que c'était le seigneur Anselme et, lui racontant tous mes griefs, je lui fis une naïve et fidèle relation de la querelle du coq d'Inde et de sa cruelle mort, sans oublier que le nain en avait usé comme les Topinamboux et les Margajats[3], qui font bonne chère de leurs ennemis quand ils les peuvent avoir morts ou vifs. Le bon seigneur ne put entendre ce plaisant récit sans que les larmes lui vinssent aux yeux à force de rire, et m'aima depuis toute sa vie. Il donna des ordres sur-le-champ pour faire qu'une autre personne écrivît pour Madame, et la pria devant moi de ne m'employer plus à ces choses, lui disant que j'avais assez à faire d'écrire et lire pour son propre fait ; car je lisais tous les jours quatre heures devant ce bon maître, deux heures le matin pour le divertir, et deux heures le soir pour l'endormir[1].

CHAPITRE XXIX

*D'une farce dont un jardinier voulut être.*

Ce témoignage de l'affection de mon maître ne fit qu'augmenter l'aversion que sa femme avait pour moi ; mais je n'en ressentis pas sitôt les effets, et pour m'affirmer du côté de ce bon seigneur, il n'y eut rien que je n'inventasse. Bien souvent, je lui contais quelque aventure nouvelle que j'avais apprise ; d'autre fois, c'était une vieille histoire renouvelée que j'avais prise ou dans le *Décaméron* de Boccace, ou dans Straparole, Pogge Florentin, le Fuggilozio, les *Serées* de Bouchet[2], et autres auteurs qui se sont voulu charitablement appliquer à guérir la mélancolie. J'employais quelquefois deux ou trois pages et autant de jeunes officiers de sa maison, pour représenter les soirs devant lui quelque espèce de comédie dont j'avais ajusté les paroles selon la force de mon esprit. Je sais bien que nous lui donnâmes beaucoup de plaisir en introduisant un nouvel acteur en cette troupe. Ce fut un gros garçon jardinier qui nous avait à demi refusé des raves et des artichauts à déjeuner, par un mécontentement qu'il avait de n'être pas employé dans les jeux dont nous divertissions notre maître. Nous fîmes semblant de l'associer avec nous, et représentâmes le soir la farce d'une accouchée, dont ce personnage joua l'enfant ; ce ne fut pas un petit divertissement à notre maître de voir ce gros coquin emmailloté et ayant les bras serrés étroitement contre le corps, quand on le tira de dessous la jupe qu'avait prise un jeune page que la concierge du logis avait coiffé de nuit fort plaisamment. Surtout quand l'enfant vint à crier d'une façon qu'il avait étudiée et que la nourrice, qui tenait un poêlon de bouillie, lui en eut flanqué deux ou trois poignées dans le visage. Le maraud d'enfant voulut jurer sur ce qu'il en avait eu dans les yeux, mais, à mesure qu'il ouvrait la bouche, on la lui remplissait de tant de bouillie qu'elle étouffait ses violentes imprécations. Notre maître rit extrêmement de cette ridicule comédie, et tout le monde en approuva l'invention, fors la maîtresse du château qui ne s'y trouva point disposée à cause de la haine secrète qu'elle avait pour moi ; de plus, elle témoigna se scandaliser fort de ce que le jeune cuisinier, qui faisait le mari de l'accouchée, avait dit, sans penser qu'elle fût présente à la naissance de son enfant : « Voilà un fort beau garçon, il a déjà du poil au derrière. » Cette parole n'était pas respectueuse ; mais une dame de condition, et de son âge, eût mieux fait de faire semblant qu'elle ne l'avait pas entendue que d'en gronder trois ou quatre heures et de feindre d'en être malade, comme elle fit avec des grimaces ridicules.

## CHAPITRE XXX

*D'une meute de mâtins qui fut laissée en gage dans une hôtellerie.*

En exécutant avec mes associés ces plaisants spectacles, je m'insinuais tous les jours de plus en plus aux bonnes grâces de mon maître, mais cela ne faisait qu'irriter la mauvaise humeur de ma maîtresse. J'étais un Mome[1], qui divertissais agréablement mon Jupiter, mais qui ne pouvais agréer à ma Junon. Cependant ce fâcheux obstacle qui s'opposait à ma félicité ne me mettait pas beaucoup en peine ; cela n'empêchait pas que je ne jouasse tous les jours à la paume, au billard, et quelquefois aux cartes et aux dés, quand il s'en présentait occasion. Bien souvent je prenais un fusil et m'en allais dans le bois prochain pour y tirer quelque lièvre, et par hasard quelque sanglier. L'ardeur que j'avais pour la chasse, et je ne sais quelle conformité d'humeurs, me firent faire une grande société avec un petit chasseur, qui était des habitants du bourg, homme facétieux et plaisant s'il en fut jamais au monde, et qui n'avait point mal étudié. C'était un homme qui avait deux ou trois mille livres de rente, et qui ne prêtait point à usure. Il faisait boire libéralement à ses amis douze ou quinze pipes[2] de vin qu'il recueillait tous les ans, et ne demandait rien qu'à rire et faire bonne chère.

Cettui-ci me vint inviter un jour d'aller avec lui faire un tour jusqu'à une certaine ville[3] qui n'était éloignée du château que de sept ou huit lieues au plus. J'obtins facilement de mon maître la permission de faire ce petit voyage, et nous montâmes tous deux à cheval, portant chacun un fusil et menant avec nous une excellente chienne couchante. Après avoir tué quelques perdrix l'un après l'autre et perdu l'espérance d'en trouver plus sur notre chemin, nous nous mîmes à nous entretenir sur quelque matière de philosophie, où nous avions l'esprit si fort attaché que nous ne prîmes pas garde que notre chienne, qui était en chaleur, se faisait des amants dans tous les villages par où elle passait et, les faisant courir après elle, grossissait sa cour incessamment. Si bien que lorsque nous arrivâmes dans la ville où mon chasseur avait affaire, nous avions plus de vingt-cinq chiens après nous. La maîtresse de l'hôtellerie où nous allâmes descendre crut que tous ces animaux étaient à nous et nous demanda d'abord si nous n'avions point de valets de chiens et de quelle sorte nous désirions qu'elle traitât notre meute. À ce mot de meute, nous tournâmes la tête et, voyant ce qui la trompait, nous fîmes de même temps[1] dessein de la laisser en cette créance. Mon camarade lui dit qu'il fallait les enfermer dans l'écurie, mais l'hôtesse trouva plus à propos de les faire coucher sur quelques bottes de paille qu'elle épancha dans une petite salle où il n'y avait que les quatre murailles. Cependant, nous donnâmes ordre qu'on ajoutât toutes les perdrix que nous avions apportées à la bonne chère qu'on nous voulait faire, et laissâmes notre chienne couchante en la compagnie de ces mâtins de toute taille dont elle avait été suivie.

Le lendemain, lorsque toutes nos affaires furent faites, nous allâmes faire sortir notre animal de la prison où nous l'avions fait renfermer, et laissâmes là tous les autres pour les gages. Après avoir fait compter l'hôtesse, qui nous demandait plus d'un écu pour la couchée et la nourriture des chiens, nous lui dîmes qu'il viendrait bientôt un valet avec un cor de chasse fait d'une telle façon, qui paierait tout en venant quérir la meute. Ainsi nous partîmes sans bourse délier, après avoir fait bonne chère, et notre hôtesse ne manqua point à faire faire règlement deux fois le jour de grands potages pour la meute. Cependant, tous ces chiens qui ne se connaissaient point les uns les autres, et qui n'avaient plus rien qui les attachât, commencèrent à s'ennuyer de se voir ainsi renfermés et le témoignèrent toute la nuit par des hurlements horribles. On envoya de toutes les maisons du voisinage à l'hôtellerie pour savoir s'il n'y aurait pas moyen de faire cesser ce bruit ; mais l'hôtesse, importunée de ces messages autant que de l'aboi des chiens, répondait brusquement qu'il fallait avoir patience et que c'était la meute d'un grand seigneur, qu'on viendrait quérir le lendemain. Il se passa pourtant trois ou quatre jours sans qu'on lui en demandât aucune nouvelle, et les chiens demi-enragés continuaient toujours à faire un si grand tintamarre que tout le monde en était épouvanté. De bonne fortune pour l'hôtesse, il y eut, en un jour de marché, quelques paysans curieux de voir les animaux qui se faisaient si bien entendre, qui montèrent dessus une pierre et, regardant par la fenêtre dans cette salle, y reconnurent à même temps leurs chiens qu'ils avaient perdus et ceux encore de leurs voisins. Ils se voulurent adresser à l'hôtesse pour les ravoir, jurant que c'étaient des chiens qu'ils avaient nourris en leur maison, mais l'hôtesse se moqua bien de leurs serments, croyant toujours que c'était la meute d'un grand seigneur. Tellement qu'il fallut plaider ; et l'hôtesse, qui fut condamnée à mettre en liberté des chiens qui ne lui donnaient point de repos et ne lui avaient apporté aucun profit, eut son recours contre le petit chasseur. Lorsque je récitai cette aventure à mon maître, il se pâma presque de rire ; sa rate s'épanouit encore davantage quand je lui fis voir la copie de la sentence qui avait été donnée contre l'hôtesse, sauf son recours contre nous ; le bon seigneur envoya vingt écus à l'hôtesse, qu'elle demandait pour tous frais, et me donna libéralement quatre des plus beaux habits de sa garde-robe, et quelques pistoles pour passer mon temps.

CHAPITRE XXXI

*De quelle sorte Gélase*[1]
*fit rompre une jambe à Maigrelin.*

Il me souvient que, peu de temps après, ce petit chasseur de qui j'ai parlé, et que je nommerai Gélase, fit un trait de raillerie peu agréable à un autre beaucoup plus petit homme qui, pour la légèreté de sa taille mince, était surnommé Maigrelin. Ces deux personnages se promenant une après-dînée ensemble le long d'une muraille d'un jardin, Gélase aperçut de belles cerises à un arbre dont quelque branche pendait du côté du chemin, et fit envie à Maigrelin d'en manger ; tous deux, à la faveur de la branche pendante, firent plier le cerisier de leur côté, et lors Gélase, qui était fort et robuste et qui avait toute la peine de cet ouvrage, fit mettre à cheval Maigrelin sur le haut de l'arbre, comme pour le tenir mieux en état, afin qu'ils pussent manger des cerises plus commodément ; puis, le voyant engagé comme il désirait, le méchant lâcha l'arbre tout à coup, qui, se dressant avec violence, jeta Maigrelin dans le jardin sur une table de pierre où l'on allait faire collation. Ceux de la maison et les conviés, qui virent ainsi tomber un homme dans le milieu de leur jardin, crurent d'abord que cela n'était arrivé que par le ministère de quelque démon. Et cherchant promptement le couvert[1], dans cette soudaine terreur, barricadèrent leur porte sur eux. Cependant Maigrelin, qui s'était rompu une jambe et tout écaché[2] le nez en tombant, ne cessait de crier à l'aide et miséricorde ; enfin, Gélase, après avoir ri tout son saoul en secret, vint frapper à cette maison et les rassurer de leur effroi, leur disant à peu près comme cet accident était arrivé, hormis que, pour déguiser sa malice, il essaya de faire croire qu'une branche qu'il tenait lui était fortuitement échappée des mains et avait été cause de cette disgrâce ; il en voulut faire les compliments à Maigrelin, qui ne les reçut en façon du monde, et lui porta toujours depuis une extrême haine.

CHAPITRE XXXII

*D'une boulangère qui crut devoir être pendue pour avoir brûlé des cerises.*

Maigrelin fut trois mois au lit de cette aventure, et lorsqu'il en put sortir, ce ne fut que pour aller de tous côtés faire des ennemis à Gélase : il fit ligue avec le seigneur

Anselme contre toute la cabale des rieurs que notre maître maintenait, mais qui ne plaisaient guères à notre maîtresse, laquelle se nourrissait dans une fort fâcheuse humeur, ne faisant tous les jours que gronder et se mettre en colère contre le tiers et le quart. Gélase, qui ne craignait rien, étant appuyé comme il était du seigneur du lieu, s'avisa de faire une pièce[1] assez plaisante à cette bonne et sage dame. Il revenait une après-dînée du château, et rêvait fort profondément à quelque chose, lorsque la boulangère, qui était une pauvre femme fort simple, le retira de ses pensées en l'appelant par son nom et lui demandant ce qui le rendait si mélancolique, lui qui avait accoutumé d'être si joyeux.

« Hélas ! ma mie, lui répondit Gélase, c'est pour l'amour de vous que je parais ainsi triste : n'avez-vous pas laissé brûler une claie des cerises de Madame dans votre four ? C'étaient des plus belles griottes du jardin. Madame en est tellement outrée de déplaisir qu'elle a juré de ne boire ni ne manger que vous n'en ayez été châtiée exemplairement, vous et votre mari.

— Est-il possible ? reprit la fournière[2].

— Je vous réponds que cela est trop vrai, pour le bien que je vous veux, repartit Gélase, car vous me faites si grande pitié que j'en ai le cœur tout transi. Monsieur dispute encore contre Madame à donner les mains[3] pour vous faire punir ; mais vous savez quelle puissance ont les femmes à persuader leurs maris ; elle fera tant qu'il accordera sa prière, et vous serez pris prisonniers à même temps pour être pendus deux heures après.

— Comment, pendus ? dit la pauvre femme ; nous pendrait-on bien pour si peu de chose ? Que Madame nous fasse plutôt payer dix francs.

— Ho, ho, ma mie, reprit Gélase, vous montrez bien que vous ne savez guères ce que c'est du monde, de dire que ce soit peu de chose de fâcher les grands ; tous les jours, ils font pendre quand il leur plaît des gens bien plus haut huppés que vous, pour la valeur de cinq ou six sols ; cela n'est-il pas moulé[1] dans les édits ? Au reste, d'espérer d'en pouvoir sortir, en payant une grosse amende, cela n'est pas trop assuré ; le meilleur pour vous et pour votre mari, ce serait d'essayer à vous sauver en quelque lieu de la forêt, en attendant que nos amis s'emploient à moyenner votre paix. »

Voilà cette pauvre boulangère tellement épouvantée qu'elle faillit à tomber de son haut de l'effroi qui la saisit à ces paroles, qui lui furent prononcées avec une façon sérieuse et d'un air qui semblait compatir à son[2] malheur. Le mari vint là-dessus, qui ne fut pas moins facile à persuader que sa femme ; tous deux, après avoir embrassé étroitement les genoux de Gélase et l'avoir supplié bien humblement avec larmes de parler pour eux durant leur absence, se résolurent à charger trois petits enfants, avec deux pains bis sur leur âne, et s'enfuir ainsi dans les bois, avant que d'être appréhendés par la justice. Gélase leur promit toute assistance, et cependant me vint avertir de la façon dont il avait joué cette pièce, me disant le reste de son dessein, que je trouvai presque aussi hardi que risible. Je ne pus voir passer sans pitié ces pauvres idiots[3] avec leur chétif bagage, et fus tout près de rompre tout en les détrompant. Enfin, je fus d'avis qu'un valet de Gélase les suivrait de loin et les ferait revenir du bois lorsque la nuit serait venue, les assurant de leur grâce. Ils eurent grande peine à consentir de retourner à leur maison, et n'eût été la considération de leurs petits enfants, je crois qu'ils eussent mieux aimé coucher dans les bois que de se venir exposer à la potence qu'ils croyaient être préparée pour eux. Ils passèrent toute la nuit chez eux en de grandes alarmes ; leur maisonnette était située sur le chemin par où l'on monte au château, et chaque bruit qu'ils entendaient des passants leur faisait prêter l'oreille avec crainte.

Le matin, Gélase les alla voir, rassura aucunement[4] leur esprit troublé et leur dit qu'il était question qu'ils fissent un coup de partie[5] ; qu'il avait tant fait avec ses amis auprès de Madame qu'elle était aucunement ébranlée, mais qu'il fallait achever le reste de l'ouvrage en s'efforçant de lui faire pitié ;

que pour cet effet il les accompagnerait à la porte de sa chambre, afin qu'ils se jetassent avec leurs enfants à ses pieds, pour lui demander humblement pardon ; mais qu'il fallait en cette occasion crier et pleurer de bonne sorte. La pauvre fournière et son mari se résolurent à faire tous leurs efforts pour se tirer de cette peine et ne manquèrent pas de venir en corps attendre notre maîtresse au passage, à l'heure qu'elle devait aller de son appartement à celui de son mari. La moitié des gens du château, qui ne savaient rien de l'intrigue, se tinrent avec les affligés, par curiosité d'apprendre ce qu'ils demandaient ainsi éplorés, n'en ayant jamais pu rien tirer de leur bouche. Si bien que lorsque notre maîtresse sortit de sa chambre, elle fut surprise de voir le vestibule si plein de personnes, n'en pouvant imaginer l'occasion. Mais lorsque le fournier, sa femme et ses enfants se vinrent jeter à ses pieds en lui criant miséricorde, elle s'épouvanta tout à fait. Les cris avaient été concertés à un si haut ton, et la fournière fit si bien jouer tous les instruments de sa grâce, marchant de toute sa force sur le pied d'un de ses enfants, et pinçant les bras d'un autre qu'elle portait, afin de lui faire garder la mesure, qu'on n'entendit jamais rien de tel. Notre maîtresse voulut deux ou trois fois parler pour demander ce que c'était ; mais les timides complaignants étaient en trop bonne humeur d'essayer à lui faire pitié pour s'arrêter en si beau chemin ; les clameurs redoublèrent toujours, avec des tons aigres et discordants tout ce qui se put[1] ; et la bonne dame à qui s'adressaient tous ces cris en eut des tremblements d'effroi, qui ne la quittèrent de plus de trois heures. Enfin, tout ce qu'on put discerner de mots intelligibles parmi cette grande confusion fut : « Grâce, Madame, miséricorde, que nous ne soyons point pendus. » Ce qui ne fit qu'accroître l'émotion de notre maîtresse. Après une grande heure de désordre et de bruit, où personne ne s'entendait, la dame du logis reprit ses sens et demanda tout de nouveau quel sujet on avait de recourir à elle avec tant de larmes ; et la fournière lui dit ingénument que c'était pour le crime de la claie des griottes brûlées au four. Ce qui la rendit comme interdite au commencement, et la mit après en une si grande colère que si les lois eussent été aussi rigoureuses que Gélase l'avait fait accroire à ses pauvres hébétés, il eût été pendu lui même dans deux heures. Toutes les personnes qu'elle aimait approuvèrent son ressentiment et ne firent autre chose que de mettre de l'huile au feu. Cependant, notre cabale agit en faveur de Gélase et fit excuser près de notre maître cet indiscret effet de son humeur plaisante et gaie.

CHAPITRE XXXIII

*Du chat qui avait mangé le moineau
d'une demoiselle de la maison.*

Durant ces pièces que faisait Gélase, j'étais occupé à écrire quantité d'expéditions[1] pour mon maître, qui s'était embarqué dans l'entreprise d'une guerre aussi chimérique en effet qu'elle était glorieuse en apparence. Le temps que je pouvais dérober à ces continuelles occupations était ordinairement employé à rendre des soins à une demoiselle[2] de Madame, grande fille honnête et douce, qui semblait n'avoir pas la hardiesse de pouvoir dire oui ni non. J'avais acquis quelque place en ses bonnes grâces, et la franchise dont elle répondait à mon affection m'avait donné quelque tendresse pour elle. Une après-dînée que je l'allai trouver en un certain petit cabinet où elle était demeurée seule, je la surpris tout éplorée et regardant avec de grandes marques de regret la queue d'un moineau qu'elle tenait éparpillée en sa main. Je lui demandai quel était le sujet de ses larmes, et sus que c'était qu'un chat d'Espagne là présent, à qui elle avait montré son oiseau comme en le bravant, l'avait happé si subtilement, durant ce moment, qu'il ne lui en était resté que la queue. Me voilà aussitôt dans la compassion de cette disgrâce et dans les protestations de la venger de cet affront, si elle le jugeait à propos. Cette fille, qui était trop craintive pour donner les mains à la mort du chat, me dit qu'elle serait satisfaite pourvu que, sans le faire mourir, nous trouvassions quelque moyen de lui rendre quelque déplaisir.

Voici l'invention que je trouvai pour le tourmenter et m'acquérir par ce moyen les bonnes grâces de la demoiselle : je pris un soufflet qui pendait au coin de la cheminée ; j'entai[1] fort adroitement dans le bout du soufflet un tuyau de plume et fis prendre le chat à ma nouvelle maîtresse, qui l'enveloppa dans son devantier[2] de peur d'en être égratignée ; là-dessus j'insinuai le tuyau de plume en son derrière et jouai si longtemps du soufflet que le chat devint aussi gros qu'un mouton ; la demoiselle le mit par terre pour voir quelle serait sa posture, qui fut fort affreuse, ne se pouvant tenir sur ses pattes et les yeux lui sortant presque de la tête à cause de cet effort. Sur ces entrefaites, la dame du château entra brusquement dans le cabinet et, soupçonnant quelque chose de mauvais à voir nos visages troublés, jeta enfin les yeux sur son chat, qui semblait marcher sur des échasses. À cet objet, elle fit un cri capable d'alarmer toute la maison et tomba comme évanouie sur un lit prochain. Lorsqu'elle fut revenue de cette faiblesse, elle fit de grandes et violentes perquisitions de la cause de cette prodigieuse enflure qu'elle apercevait en son chat et, voyant que la demoiselle vacillait en ses réponses, elle la pressa de sorte que la pauvre innocente, qui n'était pas accoutumée à mentir, lui déclara naïvement comme la chose était advenue. À ce récit, Madame se mit dans le lit, criant justice contre moi. Monsieur son mari, qui n'était pas encore informé de la chose, fut deux ou trois heures à la supplier de lui dire le sujet de son maltalent[3], mais elle ne faisait rien que dire : « Ce, ce, ce, ce, méchant », et puis, entrecoupant ces mots de quelques sanglots, était un quart d'heure après à dire : « Ah ! que je suis misérable et infortunée. » Enfin quelque femme de chambre, à qui la demoiselle que j'aimais avait conté toute l'histoire, tira doucement mon maître par le bras pour l'informer de cet accident, qu'il trouva tellement ridicule et si peu digne de ces grandes lamentations, qu'il en tança fort Madame sa femme. Cela ne fit rien qu'aigrir encore sa mauvaise humeur et la faire pleurer tout le soir.

CHAPITRE XXXIV

*Quelle punition
reçurent le page et la demoiselle.*

Mon maître, importuné de ses plaintes, lui voulut enfin donner quelque satisfaction ; mais ce ne fut pas en la manière qu'elle souhaitait, car elle eût bien désiré qu'on nous eût mis hors de la maison, sa demoiselle et moi. Ce bon seigneur voulut rendre le châtiment conforme à l'offense et s'imagina sur-le-champ un plaisant artifice pour cet effet. Il envoya quérir un peintre assez habile en son art, qui travaillait à l'embellissement d'une galerie du château, et lui communiqua son secret dessein, avec expresse défense de le découvrir à personne. Et cet Apelle[1] de campagne, bien instruit de ce qu'il avait à faire, vint le lendemain dans la chambre des filles et pria une soubrette du logis de s'asseoir dans une chaise en une certaine posture, disant qu'il voulait tirer une esquisse pour asseoir de la même sorte une Diane qu'il voulait peindre en la galerie. Sitôt qu'il eut commencé son dessin, l'on vint appeler la soubrette, comme pour aller parler à Madame ; et le peintre prit de là occasion de supplier la demoiselle que j'aimais de se vouloir mettre en sa place pour un quart d'heure seulement. La fille fut si fort innocente qu'elle y consentit, et de cette façon se laissa peindre au naturel. Je fus surpris presque de la même sorte ; et sans savoir que je consentais paisiblement à mon supplice, je laissai tirer mon portrait en profil à côté de cette nymphe. Quelque temps après, le même artisan me pria de lui prêter un de mes habits sans dire pourquoi c'était faire, et deux ou trois heures après, il mit en vue les portraits de la demoiselle et de moi, elle tenant le chat d'Espagne isabelle[1] et noir enveloppé dans son tablier, et moi en une posture ridicule, soufflant au derrière du chat. À ce spectacle, ceux de la maison ne furent pas seulement appelés, mais encore tous ceux du bourg. On nous fit venir, la demoiselle et moi, en la présence du seigneur et de sa femme, pour nous faire contempler cette peinture, dont nous eûmes autant de honte que si l'on nous eût fait voir pendus en effigie. La jeune innocente en pleura soudain de dépit, et pour moi j'en grinçai les dents de colère, et ne le gardai[2] pas longtemps au peintre, ne pouvant m'en prendre qu'à lui.

CHAPITRE XXXV

*Petite vengeance du page.*

Je ne fus pas longtemps à trouver l'invention d'effacer nos ridicules portraits de dessus cette toile infâme, encore qu'on fît la sentinelle alentour. Je trempai une petite éponge dans une composition brûlante et la donnai à la plus grande des cousines, qui semblait avoir quelque honnête compassion de la honte que l'on me faisait ; et cette fille prit son temps pour la passer sur les deux visages qu'on avait ainsi exposés à mon infamie ; mais pour me venger du peintre dont j'avais reçu cet affront, je me souvins de mes tours de page. C'était un homme glorieux et vain, qui ne vivait que de fumée et des fausses louanges qu'on lui donnait. Il avait copié cinq ou six ans sous de bons peintres et croyait être aussi savant que ses maîtres ; il faisait grand cas d'un certain livret, où quelques illustres [1] de la cour de Henri III étaient tirés à la sanguine dans des ovales, et pour montrer qu'il savait quelque chose de l'histoire et de la souche des maisons, il avait écrit au-dessus, en un cartouche, le nom de celui qui était représenté avec le nom de celui dont il descendait. En suite de ces personnages de naissance et de haute vertu, il avait été si sot que de placer quelques-uns de ses parents, et toute sa petite famille, jusqu'à un enfant de neuf ou dix ans qui lui était mort en cet âge-là, et dont il parlait comme de quelque personne illustre. Un jour qu'il avait laissé son livre en la chambre de mon maître, qui voulait en faire tirer quelque portrait, je feuilletai l'endroit où était celui du peintre et ensuite celui de son fils ; je m'avisai qu'il avait eu honte de mettre son nom tout au long dans ce cartouche, et n'avait rien écrit, sinon *Cretofle fils de*. Je pris incontinent une plume et, changeant le dernier *e* en *u*, j'écrivis : *du plus grand sot qui soit en France*. Après ce trait je quittai le livre et, comme je le vis prendre à un jeune comte de gentil esprit [2], neveu de mon maître, je lui fis adroitement voir cet endroit, et par ce moyen toute la maison rit ensuite de ses sottises, après avoir ri de ma complaisance enfantine [3].

## CHAPITRE XXXVI

*Ambassade du page
vers un vieux cavalier crotesque,
et quelle réception on lui fit.*

Le livre du peintre apostillé [4] et son tableau d'ignominie effacé causèrent de grandes rumeurs dans le château ; mais mon maître, qui me protégeait, me garantit de toutes sortes de menaces ; ce furent des abois importuns qui ne me firent point de mal. Ce seigneur eut soin non pas seulement de me sauver de cet orage, mais encore de m'envoyer en un lieu d'où je n'en pouvais ouïr le bruit. Il m'avait souvent fait raconter ce que j'avais vu de la vie de ce grand poète que j'avais servi ; après m'avoir remis sur ce propos, il lui prit envie de me faire connaître un gentilhomme de qualité, qui n'était guères moins vieux que celui-là, était encore plus sain de corps, mais était bien éloigné d'être si sage. C'était un homme de bonne naissance, riche de quatorze ou quinze mille livres de rente, qui avait servi Charles IX, Henri III, et celui qu'avec toute sorte de justice on appelle Grand[1]. Mon maître prit la peine de lui écrire un mot, afin de me donner occasion de voir un personnage si ridicule ; et ce fut à la charge que je ne perdrais rien de ses paroles et de ses actions qui lui pussent donner sujet de rire à mon retour. Avec sa dépêche, j'allai voir le petit homme, qui recevait de l'argent de ses fermiers et leur disait tant de folies que je ne m'ennuyais point de la longueur de ses comptes. Après qu'il eut congédié ses gens et qu'il eut serré son argent dans un buffet, on lui dit qu'il y avait un jeune homme qui demandait à lui parler et qui était chargé de lettres de ce grand seigneur son voisin. À cet avertissement, il fit tourner sur sa tête une petite barrette de tripe[2] de velours noir qu'il portait il y avait plus de trente-cinq ans, et, jurant cent vertugoy[3], demanda brusquement : « Où est-il ? » Je m'avançai pour lui faire la révérence, et lui présentai mes lettres qu'il lut sans lunettes. Je ne sais ce qu'il y avait dedans en ma faveur, mais je sais bien qu'il vint m'embrasser avec une pareille violence que s'il eût voulu m'étouffer. Les boutons d'argent doré, qui étaient attachés à son grand busc fait à l'antique, m'entrèrent fort avant dans le ventre, et j'étais sur le point de le frapper, s'il ne m'eût lâché, comme il fit. Après des caresses extraordinaires, il se mit à me regarder fixement, puis il s'écria d'une façon riante et gaie :

« Ah ! cher ami, je ne vous reconnaissais pas, cent vertugoy ; je me ressouviens fort bien comme nous bûmes ensemble dans le chapeau d'un soldat à la bataille de Moncontour[1], quand ce tonneau fut défoncé, que croyions qui fût de vin et qui n'était que de cidre ; cent vertugoy vous n'étiez pas au service de l'amiral[2], et je gagerais bien sur ma vie que vous n'êtes pas huguenot. » À tout cela je ne répondais que par signes, outre qu'il ne me donnait pas le loisir de parler, ce qui le confirmait d'autant plus fort en sa créance. Comme nous étions en conversation, il entendit quelque bruit, et lors, comme s'il eût appréhendé quelque ennemi, il courut vers sa cheminée pour se saisir d'un vieux épieu. Je ne voulus point l'abandonner en ce transport, quoique personne de ses gens ne s'en émût ; et je vis qu'il courait dans son jardin. Comme nous fûmes près d'une muraille, il se mit à faire des moulinets de son épieu, criant toujours : « Qui vive ? qui vive ? » Pour moi, j'ouvrais les yeux fort grands pour voir à qui il en voulait, mais je n'apercevais rien que des arbres. Enfin, le bon petit personnage revint à moi tout remis, et me dit que nous pouvions nous en retourner, et que cette alarme était fausse. Je lui demandai quels étaient ces ennemis qu'il voulait recevoir avec tant de hardiesse. Il me répondit, en jurant son cent vertugoy, que c'étaient de certains larrons de ses voisins qui, sachant qu'il avait d'excellentes poires, tant de bergamote que de bon chrétien, passaient secrètement par-dessus les murailles de son jardin pour les venir dérober, et que depuis peu on lui avait appris un secret qui les mettait en grande peine et le tenait fort éveillé : c'est d'attacher, comme il me montra, des filières[3] à toutes les branches des arbres, avec quantité de sonnettes, si bien qu'ils ne pouvaient plus toucher à ses fruits sans qu'ils fissent branler les sonnettes. Et lui, dès que quelque oiseau s'allait percher sur les arbres de son jardin, courait aux armes pour surprendre et punir les voleurs de poires.

Après ce discours, il commanda qu'on apportât la collation, et le cavalier antique[4] but deux ou trois bons coups à la santé des bons serviteurs du Roi. Parmi cela, il lui venait toujours de fausses réminiscences de l'équipage qu'il m'avait vu, disait-il, à la bataille de Coutras, ou à la reprise de Saint-Denis [1]. Tantôt il me demandait ce que j'avais fait de ce grand cheval gris pommelé dont le beau Givry [2] témoignait avoir si grande envie ; d'autres fois il me demandait si je n'avais pas eu grand'peur aux barricades de la Saint-Barthélemy [3]. Après toutes ces remarques, qui n'étaient nullement à mon usage, il s'avisa de prendre garde à mon manteau, que je repris en sortant de table. Il me dit en le maniant qu'il n'était pas assez beau pour moi, et jura qu'il m'en voulait donner un autre qui me siérait beaucoup mieux que celui-là. En effet, il fit apporter un trousseau de vieilles clefs, par la plus apparente de ses servantes, et monta dans un galetas où étaient ses coffres. Il en fit ouvrir un qui devait lui avoir été légué en testament par ses aïeux, tant il était vieux et pourri. Du creux de cette vieille bière, il fut tiré douze ou quinze paires d'habits, avec lesquels on aurait pu aller en masque et faire peur aux petits enfants, tant ils étaient de mode bizarre, déteints et défigurés ; la plupart étaient en broderie ou couverts de clinquant d'argent, mais le mauvais air et la vieillesse l'avaient tellement noirci qu'il n'y avait plus aucune apparence de richesse ni de beauté. Entre ces antiques haillons, ce cavalier choisit un manteau doublé de peluche longue comme le doigt, si vermoulue et pleine de teignes que j'avais horreur de la voir ; le dessus possible avait été de velours, mais j'aurais donné aux plus raffinés connaisseux à deviner de quelle couleur. Ce fut de ce beau manteau qu'il m'affubla, quelque résistance que j'apportasse au contraire. « Cent vertugoy, mon cher ami, disait-il après, vous êtes tout un autre personnage que vous n'étiez auparavant. N'est-il pas vrai ? » poursuivait-il en s'adressant à sa gouvernante. La bonne femme disait voire [4] par complaisance et me faisait après entendre par les grimaces qu'elle me faisait que son maître était fol achevé. Ainsi nous descendîmes dans la salle, où nous ne fûmes pas sitôt arrivés qu'il me remit sur le discours du cheval gris pommelé qu'il m'avait vu monter à la bataille de Coutras. Il lui prit une imagination que je pourrais bien l'avoir encore, voyant que je souriais à ce propos ; là-dessus il vint m'embrasser et me pria de lui faire voir mes chevaux. Nous allâmes à l'écurie et l'on en fit sortir mon cheval, qui n'était point un cheval de bataille. Le cavalier ne laissa pas de le trouver bien joli, mais il trouva à redire à sa selle, qui était à l'anglaise[1], et témoigna se scandaliser extrêmement de cela.

« Quoi, cent vertugoy, mon cher ami, me dit-il, êtes-vous quelque espion de cette maudite engeance, de cette cruelle Elizabeth[2], qui est si digne de la haine des bons Français ? Défaites-vous de cette selle, et promptement ; je suis d'avis qu'on l'aille jeter dans quelque bois ou qu'on l'enterre en quelque lieu, de peur que vous n'en soyez en peine ; je veux vous accommoder d'un autre harnois. »

Il était extrêmement dispos en cet âge et, dans le zèle qu'il témoignait avoir pour moi, il se transporta presque en un instant au galetas dont nous étions descendus, pour y chercher de quoi m'accommoder mieux. Il fit remuer quantité de bâts de mulet entassés pêle-mêle avec de vieilles selles de guerre, et trouva bientôt mon fait. Ce fut une vieille selle à piquer[3], couverte d'un velours aussi usé que son manteau et toute semée de clous qui avaient été autrefois dorés, mais qui étaient devenus aussi noirs que si on avait pris plaisir à les vernir. La selle fut apportée en bas avec diligence et, par le commandement de ce cavalier, elle fut mise sur mon cheval.

Les tourettes que portent les éléphants ne paraissent pas plus élevées sur leur dos que cette machine paraissait sur celui de mon bidet ; c'était pour lui tout au moins une demi-charge. Cependant le libéral seigneur, qui s'empressait si fort pour me la donner, trouvait qu'elle lui était fort propre et m'obligea de l'essayer. J'eus beaucoup de peine à m'enchâsser dans cette grande selle à piquer, et lorsque j'y fus posé, je donnais presque du menton contre le pommeau. Je voulus faire avancer mon cheval ; mais, au premier pas qu'il fit, la selle lui tourna sous le ventre, et je faillis à tomber. Le seigneur crotesque[1] prit de là prétexte de faire reporter son présent en son galetas, disant qu'il voulait donner ordre qu'on me raccommodât la selle, et le manteau qui ne m'allait pas assez bien à sa fantaisie. Après avoir eu le plaisir des extravagances de ce vieux fol, je revins trouver mon bon maître, que je fis rire jusques aux larmes par la relation de ces aventures.

CHAPITRE XXXVII

*Départ du page,
et la société qu'il eut
avec d'illustres écoliers.*

Cependant qu'à la faveur de tous ces objets divertissants, j'essayais de pallier un mal qui me tenait en la mémoire, une dépêche survint à mon maître, qui nous obligea de dire adieu à tous les plaisirs de la campagne. Un grand prince, duquel il avait l'honneur d'être allié[2], le conjura de le venir trouver promptement dans une superbe ville où l'on ne traitait pas de petites affaires. Mon maître, comme je vous ai déjà dit, était un seigneur habile et savant, dont le conseil était estimé. C'est pourquoi le prince, auquel il touchait de parentelle[3], était bien aise de l'attirer auprès de lui, pour lui communiquer ses secrets les plus importants et lui faire prendre en partie le gouvernail de sa conduite[4]. Son équipage fut aussitôt prêt, et nous allâmes à grandes journées trouver le prince qui l'attendait. Aussitôt que nous fûmes arrivés en cette fameuse cité[5], où le flux et reflux de la mer et le courant d'un fleuve orgueilleux enrichissent un si beau port qu'il est avoué d'un des plus beaux astres, mon maître ne fit autre chose que s'enfermer en un cabinet, et son secrétaire n'eut autre soin que celui de se promener. Je vis en cet agréable séjour beaucoup de singularités merveilleuses ; on m'y fit observer un marais desséché par de grands travaux et non sans une prodigieuse dépense, où la boue et les voiries, par l'artifice des humains, avaient été transformés en gazons fleuris et, bref, où l'on avait tiré tout ce qu'on s'imagine de plus délicieux pour la vue et pour l'odorat, de tout ce qu'il y a de plus sale et de plus infect.

J'y vis un tombeau de pierre [1], soutenu de quatre piliers de même étoffe [2], qui se remplissait d'eau, durant le croissant, en regorgeait en pleine lune, et se trouvait sec en son défaut. Mille superbes édifices s'y présentèrent à mes yeux pour me faire admirer leur belle structure ; mais je n'y trouvai rien qui me charmât tant que la douce conversation de la fille de notre hôtesse. C'était une personne de dix-sept à dix-huit ans, claire brune, de belle taille et de fort agréable esprit. Jusqu'à cette heure-là, je n'avais vu que des ignorantes, qui faisaient gloire, quand on leur parlait d'amour, de paraître aussitôt confuses ou de s'offenser de tout ce qu'elles n'entendaient pas bien. C'étaient des caméléons, qui changeaient de couleur au gré de tous les objets qui leur étaient représentés. Mais cette demoiselle dont je parle n'avait pas la même faiblesse ; elle discourait de toutes choses avec une extrême liberté, et toutefois avec une honnêteté qui ne faisait point de déshonneur à son sexe. Elle connaissait les beautés de l'éloquence, elle aimait fort la poésie et faisait beaucoup plus d'estime d'un homme d'esprit que d'un homme riche. Toute la jeunesse de la ville en faisait état, et les enfants des plus illustres familles s'estimaient heureux lorsqu'ils pouvaient trouver l'occasion de causer une heure avec elle. Sa conversation me sembla fort agréable et me donna lieu de faire mille connaissances qui ne me furent point désavantageuses.

Cette grande ville était alors florissante en lettres aussi bien qu'en armes, et j'y gagnai en fort peu de temps l'amitié de beaucoup d'illustres écoliers [3], qui faisaient en ce lieu leurs études. C'étaient toutes personnes de qualité, aimant les belles-lettres et n'étant point ennemies de la volupté ; les plaisirs allaient à leur suite et ne les abandonnaient guères. Les jeux les plus divertissants, la bonne chère et les dames leur faisaient passer toutes les heures de leur loisir ; et sitôt que je fus connu de ces messieurs, je passai presque tous les jours en leur compagnie.

CHAPITRE XXXVIII

*Comme un écolier de bon lieu
fut tué par des paysans*

Comme il n'y a point de si grande douceur qui ne soit mêlée de quelque amertume, il arriva qu'un grand désastre nous réveilla, lorsque nous étions comme assoupis dans les délices. Ce fut un certain jour de fête que nous sortîmes de la ville pour nous aller promener, quatorze ou quinze bons garçons, entre lesquels il y avait quelques philosophes, quelques poètes et quelques orateurs, mais parmi cela beaucoup de jeunes débauchés d'assez bon naturel pour aimer les belles connaissances, mais trop paresseux pour les pouvoir posséder. Nous étions quatre ou cinq qui nous étions chargés chacun d'un livre pour nous divertir, en attendant l'heure de la collation que nous devions faire en un village qui n'est qu'à un petit quart de lieue de la ville ; les autres avaient seulement pris des épées, soit pour ce qu'ils avaient quelques querelles particulières, soit qu'ils appréhendassent ce qui leur advint, qui fut de recevoir un affront par les paysans, qui sont rudes et hauts à la main [1] en ce quartier. Nous trouvâmes un agréable endroit pour lire à l'ombre, couchés sur le ventre au bord d'un ruisseau, où le gazon était mol et frais. Nous y fîmes des déclamations en vers et en prose, et nous entretînmes avec plaisir en ce beau lieu, tandis que deux de notre troupe allèrent donner ordre à la collation que nous devions faire au village prochain, qui n'était pas alors dépourvu de bon vin et d'excellents fruits qui, mêlés avec des fricassées de poulets, pouvaient satisfaire à la compagnie. Au retour de ces messieurs, qui devaient payer le repas qu'ils avaient perdu[1] auparavant, chacun se leva pour se conduire à la table; mais un astre ardent et malin, qui n'éclairait lors que pour nous nuire, faillit à nous conduire dans le tombeau.

Un malheur inévitable voulut que nous fussions détournés de notre dessein par le son d'une cornemuse qui nous attira vers un endroit du village où plusieurs jeunes rustiques, filles et garçons, dansaient un branle[2]. Tout le reste des habitants du lieu présidait à cet innocent spectacle, assis sur des arbres couchés par terre de part et d'autre. Un grand garçon de notre troupe, qui était d'amoureuse complexion et d'humeur fière et hautaine, nous fit prendre garde en passant à la gentillesse d'une villageoise dont la taille était assez belle, le tour du visage fort joli et les yeux bien fendus, noirs et brillants. Cettui-ci ne se contenta pas de nous faire admirer la pastourelle; il nous pria encore de nous arrêter tant soit peu, tandis qu'il danserait un tour avec elle; nous lui rendîmes cette complaisance, et lui, mettant aussitôt son épée et son manteau entre les mains d'un de ses compagnons, vint brusquement saisir la main de la fille. La Fortune voulut qu'il la prît du côté que la tenait un gros coquin[3], qui en était féru et qui ne prit point de plaisir à s'en voir ainsi séparer. Il n'en put dissimuler son maltalent à notre écolier, auquel il serra la main d'une étrange sorte. Le jeune garçon en rit au commencement et nous cria en latin que la jalousie avait transformé la main de ce lourdaud en tenailles; en suite de cela, il s'en plaignit à ce rustique, et l'avertit qu'il le frapperait s'il ne tenait sa main plus doucement; mais le paysan ne l'entendit pas ou fit semblant de ne le pas entendre. Notre camarade, après ces souffrances, quitta tout à coup la main de la fille et donna de toute sa force un soufflet à son serviteur, pour lui apprendre par démonstration la civilité qu'il lui devait[1]. Le paysan ne dit mot en façon quelconque, après cette vive remontrance, et quitta la danse pour s'aller asseoir sur les arbres, où étaient tous ceux du village.

Je ne puis m'imaginer quelle harangue il leur fit pour les émouvoir, mais je vous dirai qu'en fort peu de temps nous vîmes venir à nous deux cents paysans armés de perches, de fourches, et de cailloux. À leur arrivée, Lanchastre (c'est ainsi que se nommait l'auteur de la sédition) n'eut que le loisir de se jeter à son épée, et tous les autres de dégainer ; mais la partie était si faible de notre côté que nous ne pouvions rien faire de mieux que de combattre en retraite. Lanchastre coucha d'abord trois paysans sur le carreau, ce qui fut cause de sa perte ; car sans cette effusion de sang, possible que cette grosse troupe se serait contentée de nous repousser sans assommer aucun des nôtres. Nous trouvâmes le moyen de gagner un chemin étroit et creux, qui nous était assez favorable au commencement, pour ce que par ce moyen nous avions tous nos ennemis devant nous ; mais ils s'avisèrent bientôt de l'invention de nous combattre plus avantageusement, et montant de côté et d'autre dans des vignes dont il était bordé, nous couvrirent d'une telle grêle de cailloux que nous en fûmes mis en désordre. Nous n'étions plus qu'à une portée de pistolet de la ville lorsque, par un furieux malheur, Lanchastre, voulant frapper un paysan qui l'assaillait du haut d'un fossé de vigne, se laissa tomber dans le fossé. Nous nous retirions si vite que nous ne nous aperçûmes de ce désastre que longtemps après, et quand nous eûmes gagné une petite éminence, d'où nous vînmes à le découvrir qui se défendait encore ; mais il ne dura pas longtemps, car il fut en peu de temps assommé par ces brutaux à coups de perches et de pierres, sans qu'il nous fût possible d'en approcher pour le secourir, tant nous avions de gens sur les bras, qui nous couvraient de cailloux, dont ils nous cassèrent deux ou trois épées, et nous eussent enfin massacrés si nous ne fussions entrés dans la ville, quoique nos manteaux entortillés autour de notre bras nous servissent aucunement de rondache.

CHAPITRE XXXIX
*La revanche des écoliers.*

Après cette effroyable violence et que les paysans se furent retirés, nous allâmes enlever notre ami, que nous trouvâmes si cruellement massacré que nous ne pûmes le considérer sans larmes et sans concevoir en nos cœurs un furieux désir de vengeance.

Nous tînmes conseil sur les moyens de l'exécuter, et l'on fut d'avis d'aller leur dresser une embûche sur ce chemin, dès que le jour viendrait à poindre, et que l'on couperait les oreilles à tous les paysans qui viendraient de ce côté et qui seraient reconnus pour avoir été de cette cruelle émotion[1], les renvoyant de la sorte en leur village ; et qu'il ne paraîtrait que vingt écoliers à ceux-ci, afin que, faisant le rapport de leur disgrâce, ce petit nombre d'ennemis les obligeât encore à faire leur assemblée et venir en un endroit assez près de la ville, où il y avait cinq ou six cents écoliers couchés sur le ventre, qui se lèveraient pour les recevoir, tandis qu'un autre corps leur irait couper le chemin, pour les empêcher de faire retraite. Les prieurs des nations[2] firent le choix des combattants, qu'ils firent armer d'espadons, de pistolets, d'épées et de quelques rondaches, pour se couvrir contre les cailloux que les ennemis lançaient d'une merveilleuse violence. Il y eut aussi dix hottes pleines de cailloux choisis, portées par des crocheteurs pour la munition des frondeurs qui se trouvèrent entre les écoliers. Tous ces ordres furent exécutés et causèrent de grands désordres. Les paysans, échauffés, donnèrent dans la fausse amorce et n'en furent pas bons marchands[1] ; il leur en coûta vingt ou vingt-cinq hommes, sans les estropiés et les blessés, qui furent en grand nombre ; et le magistrat de la ville, averti de cette bataille, y envoya vainement ses archers : deux compagnies de chevau-légers y purent à peine faire les holà, tant la chaleur des étudiants était grande. Enfin cette émeute fut apaisée, et chacun se retira chez soi ; il n'y eut aucune information faite de côté ni d'autre ; les paysans avaient commencé la violence pour une trop légère occasion ; mais ils en avaient été bien punis. Quatre ou cinq jours après, le père affligé de Lanchastre vint faire faire les funérailles de son fils, dont le corps avait été soigneusement embaumé. Cet homme nous témoigna combien il était noble et généreux ; il fit un grand festin à tous les prieurs des nations, et des présents à tous ceux qui se trouvèrent blessés en vengeant le mort[2].

## CHAPITRE XL

*Comme le page devint secrétaire d'un grand prince*[3].

Ce fut quelques jours après ces tristes obsèques que mon maître prit l'occasion de parler de mon esprit à ce grand prince, duquel il était proche parent ; et ce fut sur une conjoncture assez sérieuse. Un seigneur de la Cour écrivait à ce héros qu'il devait se fier à la parole d'un grand, qui pouvait beaucoup, et qui l'avait abusé déjà par de pareilles promesses[4] ; mon maître assura le prince qu'il avait un jeune secrétaire capable d'écrire quelque chose de joli sur cette matière, et qui répondrait à ses sentiments. Je reçus un soir ce commandement et, sur-le-champ, je m'en acquittai de cette sorte :

> *Celui n'est guère bon nocher*
> *Qui contre le même rocher*
> *Vient à faire un second naufrage,*
> *Et des mains d'Euphorbe échappé*
> *Je ne pourrais passer pour sage,*
> *S'il m'avait par deux fois trompé.*

Le prince trouva ces vers les meilleurs du monde et me voulut voir tout à l'instant, me trouva fort à sa fantaisie et me témoigna la satisfaction qu'il avait reçue de mes vers, en commandant sur-le-champ à son argentier qu'il me donnât cinquante pistoles. Depuis, ayant appris de son parent que je faisais un conte assez agréablement, il me fit souvent venir en son cabinet, lorsqu'il y était seulement avec mon maître et peu d'autres gens, pour délasser son esprit par quelque récit de mes aventures. Mais lorsque j'eus débité devant lui celle du coq d'Inde et du nain, j'achevai de m'acquérir ses bonnes grâces : il me demanda hautement à son allié, qui sentit quelque regret de me voir séparer de lui, mais qui ne put me refuser à son instante prière.

Ainsi, je me vis fait en peu de temps secrétaire d'un grand prince, et ne me trouvai pas peu avant dans l'estime de ce nouveau maître. C'était un prince d'un grand cœur, et qui n'avait pas mauvais sens ; mais on ne pouvait pas dire que ce fût un fort grand esprit ; et, bien que la guerre fût son élément et qu'il n'aimât rien tant que les armes, il passait plutôt pour un soldat déterminé que pour un grand capitaine. Dès lors que je fus à son service, j'étudiai fort soigneusement son humeur, pour voir par quel biais je me pourrais prendre à lui plaire ; mais après de longues méditations sur ce sujet, je doutai si je pourrais avoir des talents qui lui fussent considérables. Auparavant que de me voir en sa maison, j'avais appris beaucoup de choses de la géographie, et ç'avait été moins pour tirer de l'utilité de cette connaissance que pour faire vanité des grands effets de ma mémoire.

Je pouvais dire sans hésiter sept ou huit mille noms de provinces, de royaumes et de principautés, de villes, de fleuves, de côtes et de montagnes. Je fis adroitement avertir le prince mon maître que je savais ces choses-là et que, s'il lui plaisait que j'étudiasse la description des lieux, je serais bientôt capable de l'informer, quand il me le commanderait, de l'assiette de tout un pays, et de tous les gués et de tous les passages. Il me fit faire lors preuve de la fidélité de ma mémoire, et commanda qu'on m'achetât les livres les plus curieux qui traitent de cette matière. Toutefois il aimait mieux mes lettres et mes vers, dont il se servait à toute heure, que cette autre sorte de talent dont il aurait rarement besoin. Surtout, il faisait état de ce qu'en une si grand jeunesse, je savais assez bien l'Histoire, et tenait mon étude[1] pour un prodige, à cause qu'il avait employé peu de loisir à la lecture.

CHAPITRE XLI

*D'un singe qui donna aux passants
tout l'argent,
dont on devait payer
la cavalerie d'un prince.*

Il ne m'arriva rien au service de ce prince, qui soit digne d'être écrit ; je m'acquittais soigneusement de l'emploi qu'il me donnait, et déchiffrais les lettres d'importance qu'il recevait, ayant presque tous les alphabets des chiffres d'intelligence. J'écrivais quelquefois des poulets en son nom à quelques dames, et d'autres galanteries que je dois celer pour ne déroger point à la qualité de secrétaire ; je passerai sur ces mystères, pour venir à une aventure aussi publique que ridicule. On nourrissait en notre maison un grand singe, qui n'avait pas plus de douze ou quatorze ans, mais qui était assez malicieux pour son âge. Il ne se passait guères de jours qu'on ne découvrît en ce maudit animal quelque nouvelle méchanceté. Il courait souvent après les filles pour essayer de les prendre à force, il faisait semblant de vouloir mordre les petits garçons pâtissiers, afin de les épouvanter et manger tout la marchandise qu'ils portaient. Il avait appris à ruer[1] des pierres, à[2] voir combattre les enfants ; et tous les jours il se rendait hors la ville pour prendre parti dans leurs combats, et l'on voyait presque toujours que le côté où s'était rangé le singe avait l'avantage. Je l'ai vu souvent aller quérir du vin au cabaret pour un valet de pied qui le gouvernait, et poser en chemin sa bouteille en quelque lieu sûr, pour jeter des pierres aux petits enfants qui le suivaient, et lorsqu'il les avait repoussés il continuait son voyage. Tous les fameux cabaretiers connaissaient le singe, et leurs garçons étaient faits[3] en prenant sa bouteille à lui faire tirer l'argent qu'il avait dans ses bouges[4], et selon la valeur de la pièce qu'il leur portait ils lui remplissaient sa bouteille du meilleur vin et lui rendaient son reste ; le singe aussi, que l'on appelait maître Robert, était accoutumé à remporter quelque monnaie, quand ce n'eût été qu'un double[5] ou deux ; et si l'on pensait le renvoyer sans lui donner quelque chose à mettre dans ses gifles[6], il apprenait à coups de dent au cabaretier à faire exactement son devoir. Souvent il allait se mettre au guet dans la salle des gardes du prince, lorsqu'il y voyait jouer aux dés, pour ramasser subtilement l'argent qui tombait quelquefois à terre et s'enfuir au cabaret, car il était fort grand ivrogne. Et comme cela ne lui réussissait pas souvent, il cherchait partout d'autres moyens pour avoir de quoi boire.

Il s'offrit un jour une belle occasion pour cet effet : le prince était allé en une certaine expédition, accompagné de beaucoup de gens de guerre ; il s'arrêta dans une petite ville pour faire faire montre[7] à son armée, et maître Robert, qui suivait partout, monté sur un des chariots de bagage, descendit où l'on avait marqué les offices[8] du général, et, par malheur, ce fut fort près de la maison que prit le payeur des gendarmes. Ce méchant animal, qui ne cherchait que le moyen de pouvoir aller s'enivrer, entendit bientôt que l'on comptait de l'argent chez ce trésorier, et se présenta deux ou trois fois à la porte pour essayer d'y faire quelque rafle et s'enfuir ; mais on lui ferma toujours l'huis au nez ; enfin le payeur et son commis étant sortis pour quelque affaire après avoir bien fermé les portes de leur logis, maître Robert prit fort bien son temps et, montant par un degré qui était aux offices jusques sur les tuiles de la maison, trouva l'invention de descendre dans la chambre du payeur, dont les fenêtres avaient été laissées ouvertes. La première chose qu'il fit, ce fut de remplir ses bouges de pistoles qu'il trouva étalées sur la table, comme cela parut après, et, s'étant muni de ce dont il s'imaginait avoir besoin pour trafiquer au cabaret, il prit un sac de pièces d'or et, montant sur la couverture de la maison, se mit à les jeter à poignées. Au commencement ce n'était que pour avoir le plaisir de les voir tomber et faire bruit sur le pavé ; mais ensuite ce fut pour avoir le divertissement de voir tout le monde se battre à qui en aurait. Cela le fit rentrer dans la chambre pour aller quérir d'autres sacs quand celui-là fut vidé, et le nombre fut si grand des personnes qui se pressèrent pour arriver à l'endroit où maître Robert faisait largesse qu'on ne pouvait plus entrer dans la rue, tellement que le payeur tout transi de douleur et son commis fondant en larmes ne purent approcher de leur maison et furent de loin spectateurs du désastre, sans pouvoir jamais y donner ordre. Les gardes du prince y vinrent pour faire retirer le peuple ; mais ils eurent beau crier et commander au nom du prince que cette populace se retirât, cette foule de gens ne connaissait plus rien que maître Robert et n'avait plus d'yeux que pour le regarder ni de mains que pour essayer de prendre ce qu'il jetait. La gendarmerie fut mal payée pour ce jour-là ; mais en revanche, il y eut tel simple soldat qui reçut par les mains de maître Robert trente-cinq et quarante pistoles. On dit que ses libéralités montèrent à près de quarante mille livres. Il se peut faire toutefois que le payeur voulut, en exagérant la chose, profiter même de sa perte ; car le prince, noble et généreux, voulut porter tout seul cette disgrâce. Cependant maître Robert mourut peu de temps après, non sans soupçon d'avoir pris de la mort aux rats de la main du commis du payeur de gendarmes, qui était un petit garçon fort vindicatif.

CHAPITRE XLII

*Gentillesse d'un cavalier,
qui fit connaissance avec le page.*

En suite de cette levée de bouclier, qui ne fut pas de longue durée, je fis connaissance avec un jeune cavalier de bonne mine, d'assez grand cœur, extrêmement adroit en tous exercices et de fort bonne compagnie. Il avait vu toutes les dernières guerres du Nord, et se vantait avec quelque apparence de vérité qu'il avait eu l'honneur de boire à la santé du roi de Danemark dans le gobelet de ce prince, qui ne commandait jamais cette sorte de hardiesse qu'aux plus hardis de ses soldats, et dont la valeur s'était hautement signalée. Il avait fort bien appris le langage de ces pays froids et n'en avait pas oublié les exercices. Il ne passait guères de jours sans prendre du tabac ; ni de semaines sans faire trois ou quatre débauches d'importance, où il défaisait à coups de verre tous ceux qui demeuraient à table. Nous contractâmes grande amitié ensemble, et ce fut le premier homme qui me fit boire le vin un peu fort, car jusques là je n'avais bu que de la tisane, de la bière ou de l'eau rougie. Je crois que ce fut par sa familiarité que je me remis à jouer, après avoir presque quitté cette pernicieuse habitude. Il entendait fort bien toutes sortes de jeux de hasard et n'en ignorait pas les avantages, et n'avait point son pareil pour les jeux d'adresse ; il eût mis un teston, de deux coups l'un, dans une fente de porte de[1] six ou sept pas, pourvu que le teston y eût pu passer ; il en faisait tenir par gageure dans les poutres entr'ouvertes d'un plancher et mettait une balle en deux fois dans le trou du service, avec la main, du bout du jeu de paume à l'autre.

Il y eut une manière de matois[2] qui, lui voyant faire de ses tours d'adresse dans un jeu de paume couvert, lui proposa de faire tenir une balle sur une grande poutre dont le jeu était traversé, et voulut gager vingt pistoles contre la Montagne (c'est ainsi que j'appellerai le jeune cavalier) qu'il ne l'y ferait point tenir en six coups. La Montagne voulut essayer cela, mais il n'y put arriver de plus de trente. Nous allâmes souper ensemble après ce défi, et je le trouvais tout rêveur : c'était qu'il cherchait en son esprit l'invention de gagner l'argent qu'on proposait de parier. Il arriva qu'en tirant deux douzaines de bennaris[3] de la broche que nous avions pour notre souper, on versa ce qui était coulé de ce suif délicat dans la lèchefrite en un gros pot plein de graisse douce. À cet objet, la Montagne fit un grand cri de joie, acheta le pot de graisse de notre hôte et se mit à table en fort bonne humeur. Sitôt qu'il fut jour, il alla donner une demi-pistole au garçon du jeu de paume, pour l'obliger au secret, et se fit donner une échelle pour travailler à son dessein. Il fit un certain lit de graisse épais de quatre doigts, et qui tenait un pied en carré sur la bûche, mais cela si bien ajusté qu'il ne pouvait faillir d'y faire tenir la balle, comme il l'expérimenta plusieurs fois. Lorsque l'heure fut venue où le jeu de paume était ordinairement fréquenté, la Montagne ne manqua pas de s'y rencontrer et d'essayer de faire tenir la balle sur la poutre, ce qui ne lui succédait[4] pas du côté qu'il s'y prenait et tenait toujours en haleine les parieurs, qui se trouvèrent en grand nombre, avec celui qui avait fait la première proposition de ce parti. La Montagne prit lors son temps, et faisant mettre argent sous corde[5], entreprit la chose de trois coups l'un, ce qui ne paraissait point possible ; mais, à son contentement, et à l'étonnement des autres, il y réussit et remporta cent ou six-vingts pistoles de gain. Depuis, les perdants furent informés de la tricherie et faillirent à se désespérer d'avoir été dupés de la sorte.

CHAPITRE XLIII

*Par quelle invention
la Montagne fut pris pour dupe.*

Un éveillé d'entre ceux-là le rendit assez adroitement à la Montagne, car l'ayant vu parier de faire tenir un teston de [1] trois pas sur un petit bord de cheminée, sur lequel on ne pouvait voir sans monter sur quelque siège, il fit clouer dessus une petite latte qui allait tout du long de la cheminée, en façon de talus, si bien que le teston n'eût pu tenir dessus, quand même on l'y eût mis avec la main. La Montagne paria brusquement et perdit ce qu'il mit au jeu, non sans enrager de bon cœur et sans vouloir démolir la cheminée ; mais il fut bien confus, lorsque, montant sur un escabeau pour voir à quoi tenait qu'il ne pouvait plus réussir en ce tour d'adresse, il vit la traîtresse de latte qui l'avait fait tromper si lourdement. Je le menai souper avec moi, pour le divertir de cette mauvaise humeur et lui faire oublier sa perte, qu'il savait bientôt recouvrer et renouveler, car sa bourse imitait le flux et reflux de la mer, en vingt-quatre heures elle était toujours pleine et vide.

CHAPITRE XLIV

*D'une malice que fit la Montagne.*

La Montagne était fort bien fait et, sachant parler agréablement, jouer du luth, chanter et danser, était bien venu dans toutes les bonnes compagnies, et m'y donnait entrée avec assez de facilité, me faisant passer pour un bel esprit. Il m'avait souvent parlé d'une belle fille qui ne manquait pas de sens et que l'on tenait pour être fort riche; mais elle ne trouvait point de parti, à cause d'un mauvais bruit qui courait d'elle : c'est qu'étant fille d'une ladresse[1], on crut qu'elle pouvait tenir de cette vilaine infirmité. La Montagne me la mena voir, un jour qu'il se faisait assemblée en son voisinage, et nous la trouvâmes qui s'habillait avantageusement. Après les premiers compliments et comme elle achevait de se coiffer, la Montagne, faisant semblant de se jouer alentour d'elle, lui fit entrer malicieusement une grande épingle dans l'épaule, et me fit signe qu'elle n'avait rien senti de cela et que je vinsse voir cette épreuve de sa ladrerie. Je me levai pour savoir ce qu'il voulait dire, et vis cette grosse épingle enfoncée jusqu'à la tête dans ce beau cuir qui semblait du lait; mais comme je souriais de cette aventure, la fille de chambre s'en aperçut et ne manqua pas d'en avertir sa maîtresse, qui prit la chose en fort mauvaise part, comme vous pouvez bien penser, et nous bannit pour jamais de sa maison. Cette fille se vengea depuis de la Montagne, car, ayant appris qu'il était devenu amoureux d'une belle fille qui se gouvernait entièrement par le conseil d'une de ses tantes, elle pratiqua si bien cette tante que jamais la Montagne n'eut contentement de cette amour et même reçut beaucoup de traits signalés de mépris, qui avaient été concertés au gré de la demoiselle ladresse[2].

## CHAPITRE XLV

*Comme le page disgracié
courut fortune d'être noyé.*

Cependant mon maître me dépêcha vers un gouverneur d'une place qui est située sur cette orgueilleuse rivière qui passe au long de la ville [1], et je courus un merveilleux péril en allant exécuter ce commandement. Il régnait alors un petit vent assez frais et qui se renforçait par intervalles, et le bateau où je me mis pour dévaler jusqu'à cette place de guerre n'était qu'un bateau de pêcheur, auquel on avait ajusté un petit mât afin de le pouvoir faire remonter plus aisément, quand le vent serait favorable. Nous l'avions alors de côté et les bateliers, pour avoir lieu de se reposer, avaient haussé une espèce de linceul, attaché de deux cordes, qui servait de voile. Leur négligence, ou le malheur qu'en un certain endroit, où ce fleuve en reçoit un autre assez grand, une bourrasque de vent se mit dans la voile, fit en un instant renverser le petit bateau. Dieu me fit la grâce de me conserver le jugement en cette aventure et de me donner l'adresse de tourner la tête contre le fil de l'eau, qui était assez rapide, et de repousser avec les pieds les personnes qui se pouvaient attacher à moi, dans l'effroi que leur apporta ce péril. Après avoir été quelque temps à lutter des pieds et des mains contre le cours impétueux du fleuve, afin de donner temps aux personnes qui avaient fait naufrage de s'éloigner un peu de moi, je m'élevai bien fort sur l'eau pour me défaire de mon baudrier et de mon épée qui ne m'étaient point nécessaires dans ce danger, et me proposai de gagner le bord le plus proche de moi, qui était éloigné pour le moins de cinquante pas. Mes habits devinrent fort empêchants, sitôt qu'ils furent abreuvés, mais ils ne m'importaient guères plus que mes bottes et mes éperons, qui s'accrochèrent deux ou trois fois dans les efforts que je faisais pour surmonter les vagues qui se présentaient. Je pensai nager sur le dos pour me reposer, après avoir fait une partie de cette traverse, et je faillis par là de me noyer ; mes habits étaient devenus si pesants qu'ils m'entraînaient au fond de l'eau. Enfin, après une fatigue étrange, je touchai la terre et tombai en faiblesse, à cause des efforts que j'avais faits pour arriver au bord. Les bateliers qui savent nager en ce quartier comme des poissons, et qui avaient gagné la même rive, me vinrent secourir en cette extrémité, non sans se payer fort bien de leur peine ; car en faisant semblant de vider l'eau de mes poches, ils en ôtèrent subtilement l'or et l'argent, excepté quelque pistole, qui me servit à faire sécher mes habits et mes lettres qui furent bien maltraitées par ce naufrage.

Le bruit courut à la ville que je m'étais perdu par cette fortune d'eau [1], et cependant je fis ma commission avec autant de diligence que si rien ne me fût arrivé. Le prince à qui j'avais l'honneur d'être fut tout étonné quand il me revit, et me sut si bon gré de ce que je m'étais ainsi sauvé et de ce que je n'avais pas différé pour cet accident de porter ses lettres qu'il me donna cent pistoles de sa main, qui n'était pas une petite gratification pour être faite à un adolescent comme j'étais.

Depuis cela, je fus en plus grande considération auprès de mon maître que je n'avais jamais été ; il ne se contentait pas de parler de la gentillesse de mon esprit, ainsi qu'il avait accoutumé. Il fit plusieurs fois estime aux seigneurs qui le venaient voir de la bonté de mon sens, de ma fidélité et diligence. Ce qui me donna tant de vanité que je croyais être déjà regardé comme un excellent personnage et m'imaginais faire une fortune auprès de ce prince, qui ne serait pas moins élevée que celles de tous mes ancêtres ; mais le soleil n'accomplit pas son cours naturel, que je me vis sans maître et sans bien, et même presque sans espérance de bonne fortune.

CHAPITRE XLVI

*Querelle du page
pour avoir soutenu l'honneur du Tasse,
qu'un jeune écolier rabaissait.*

La plaisante conversation de la Montagne, celle de deux ou trois enfants de présidents, garçons généreux et fort agréables pour l'humeur, ni l'entretien de ma jeune hôtesse que je continuais toujours de voir, ni les emplois divers que le prince me donnait, ne me firent point perdre l'habitude que j'avais à lire. C'était une occupation où j'employais cinq ou six heures le jour pour le moins, sans que cela pût attiédir la passion que j'avais d'apprendre ; mais il m'en arrivait comme à ceux qui se nourrissent de mauvais aliments, ils en acquièrent plutôt de l'enflure que de l'embonpoint[1] ; aussi, ne lisant guères de bons livres, cela ne servait qu'à me donner une enflure de vanité qui avait quelque apparence d'excellence, mais qui n'était pas grand'chose en effet. Partout où l'on parlait de la cosmographie, de l'histoire et des poètes tant anciens que modernes, je disais avec hardiesse mes sentiments ; et sans qu'il fût besoin d'avoir des livres, ma mémoire me servait de bibliothèque portative. Il s'émut[2] un soir un certain différend en la présence de ma belle et savante hôtesse, chez qui tous les beaux esprits tenaient comme une espèce d'académie ; ce fut à juger lequel l'emportait, pour la magnificence et la beauté du style héroïque, de Virgile ou du Torquato Tasso[3]. Il y eut en la compagnie un grand garçon, fort bien fait, qui dit avec un souris dédaigneux qu'il n'y avait nulle comparaison à faire de ces deux génies, assurant que le Mantouan[4] surpassait l'autre infiniment. L'audace dont il soutint cette opinion me piqua, je me rangeai soudain de l'autre parti et, bien que je n'ignorasse pas que *L'Énéide* est un parfait modèle du poème héroïque, je mis la *Jérusalem* beaucoup au-dessus de Troie et de Carthage. Pour prouver ce que je disais, je débitai sur-le-champ sept ou huit des plus beaux endroits de l'un et de l'autre auteur et, les comparant l'un à l'autre, fis voir que ceux qui donnaient l'avantage à Virgile n'en jugeaient pas trop judicieusement, et donnaient possible à la pompeuse richesse de sa langue ce qu'ils pourraient accorder avec raison à la sublimité de l'esprit du Tasse. Ce jeune philosophe voulut répondre, mais ce fut avec tant de marques du désordre où je l'avais mis que les rieurs ne furent pas de son côté. Le dépit qu'il conçut alors d'avoir été rendu muet devant cette belle fille, dont il était possible amoureux, le piqua si fort contre moi qu'il m'envoya le lendemain, dès qu'il fut jour, un billet écrit en ces termes :

*Vous m'avez fait paraître la force de votre éloquence sophistique, en soutenant de mauvaises opinions contre des vérités apparentes*[1], *et cela me donne sujet de vous demander la faveur de vous pouvoir prouver par les armes ce que vous avez démenti par des paroles. Je n'ai pris qu'une épée ordinaire.*

Sitôt que son laquais m'eut apporté ce cartel[2], je m'habillai le plus diligemment qu'il me fut possible et le suivis hors la ville vers de certaines ruines antiques, où son maître m'attendait.

Cette manière, cher Thirinte, me défend la prolixité ; il n'y a jamais de bienséance à faire vanité de bravoure ; je vous dirai seulement que je ne fus blessé qu'à la main, et que je passai mon épée jusqu'aux gardes dans le bras de mon ennemi. Cependant nous en vînmes **aux prises**, et nous étant portés par terre, cet écolier, qui était puissant et vigoureux, fit en sorte qu'il me désarma. Il usa toutefois de cet avantage en gentilhomme, comme il était, et me rendit généreusement mon épée aussitôt qu'il me l'eut ôtée, et me fit protestation en m'embrassant qu'il voulait à jamais être mon ami, et que je connaîtrais la bonté de son courage à la discrétion qu'il témoignerait, en ne disant jamais qu'il eût eu quelque avantage dans ce combat. Ainsi nous nous en revînmes à la ville, pour nous faire panser chez le premier chirurgien, et nous rencontrâmes en chemin sept ou huit gendarmes de la compagnie du prince, qui venaient pour nous empêcher de nous battre et qui s'imaginèrent, me voyant le visage et la chemise sanglants, que je fusse fort blessé ; mais c'était du sang de ce généreux écolier, qui, lorsque nous étions venus aux prises, m'en avait ainsi tout couvert. Le prince sut cette aventure et me fit appeler pour m'en tancer, encore qu'il ne m'en sût pas mauvais gré ; mais il ne voulait pas qu'ayant embrassé avec un assez grand succès la profession d'écrire, je me mêlasse de faire le métier de duelliste.

CHAPITRE XLVII

*Retour du page à la Cour.*

Le monarque le plus glorieux qui ait jamais porté couronne venait en ce temps-là de rendre une justice signalée à quelques-uns de ses sujets, et d'abolir en une frontière de son royaume une injuste prescription pour des biens sacrés et qui ne devaient jamais passer en des mains profanes[1]. Il passait en la ville où le prince mon maître commandait sous son autorité, et nous fûmes cinq ou six lieues au-devant de lui[2]. Parmi les acclamations générales dont on honorait les hautes vertus d'un si grand prince, il me prit une envie d'écrire quelque chose à sa gloire. Je crois que la grandeur de mon sujet ouvrit extraordinairement ma veine et me fit surpasser moi-même. Mon maître vit les vers que j'avais composés sur cette éclatante matière, et les trouva si beaux qu'il se voulut charger de les présenter lui-même. Toute la cour étant dans une place de conséquence que ce monarque glorieux allait visiter¹, je fus commandé par le prince que je servais de l'accompagner le soir, comme il allait au petit coucher, afin qu'ayant présenté mes vers il en pût présenter l'auteur, s'il s'en offrait occasion. Il n'y avait pas plus d'une demi-heure que j'attendais dans la chambre royale mon maître qui était entré dans le cabinet, lorsqu'un jeune seigneur, aussi accompli qu'il y en eût en France, vint demander tout haut le petit secrétaire d'un tel² prince. Les gentilshommes de notre maison l'entendirent et m'y présentèrent, et cet illustre cavalier me vint embrasser et me fit des compliments sur mon esprit qu'il faisait mine d'estimer beaucoup. À son abord, je m'étais tourné le dos contre les flambeaux qui étaient posés sur la table, afin que l'ombre que j'aurais sur le visage empêchât que je ne fusse reconnu de ce seigneur, avec qui j'avais passé les premières années de ma jeunesse et qui avait été de mes plus particuliers amis ; mais comme il m'eut pris par la main, je ne pus faire si bien qu'il ne me regardât en face et qu'il ne me reconnût facilement. Je ne pus soutenir ses regards sans baisser la vue et rougir, et ce jeune seigneur, s'apercevant de cette honnête honte, me tira en un lieu à l'écart, et me nommant par mon nom, me pria de m'assurer en son amitié, qui ne me manquerait pas en cette occasion, ni en toute autre. Là-dessus, il rentra dans le cabinet, pour m'y servir comme il fit avec grande grâce.

On ouvrit le cabinet bientôt après, et j'y fus mené par Hermire³ (c'est ainsi que l'on appelait ce jeune Seigneur) qui me faisait l'honneur de m'aimer. Ô que cette aventure me fut glorieuse ! Je reçus alors des faveurs que je n'aurais jamais pu espérer, j'eus l'honneur de me jeter aux pieds d'un des plus grands princes de la terre⁴, et d'en être fort bien reçu. Ce jeune et glorieux héros que le ciel destinait à de si grandes choses, et qui devait opérer tant de miracles, daigna bien me commander de lui réciter les choses qui m'étaient arrivées depuis qu'on me croyait perdu. Il s'assit, pour me donner audience, sur une honnête table, qui était posée contre une fenêtre de son cabinet, et, bien qu'une honnête honte m'empêchât de lui conter les plus particulières de mes disgrâces, il témoigna toutefois prendre plaisir à m'entendre, me fit l'honneur de me prendre par le bras et de me mener vers un seigneur qu'il honorait de sa bienveillance, et qui s'entretenait alors avec le prince que j'avais suivi. Ces deux grands se trouvèrent tout surpris à cet abord ; l'un qui me connaissait fort bien mais qui croyait que j'étais mort, n'ayant point ouï parler de moi depuis trois ou quatre ans ; et l'autre, de voir que j'avais ainsi l'honneur d'être connu d'un soleil auprès duquel toute sa splendeur était éclipsée. Il fut dit alors toutes les postiqueries de ma jeunesse ; on y parla de mes écoles buissonnières, de mes fuites chez les comédiens, lorsque je craignais d'être fouetté, et parmi cela de l'espérance que j'avais donnée de réussir un jour aux belles-lettres. Le jeune monarque rassura mon esprit craintif avec des paroles dignes de sa rare bonté, me promit de me remettre auprès de mon premier maître ou de me recevoir à son service, et donna sur l'heure un commandement pour me faire recevoir un effet de sa libéralité. Mon dernier maître vit toutes ces choses et, lorsque l'heure fut venue de se retirer, se conduisit jusqu'à son appartement, le bras appuyé sur mon épaule qui pliait parfois sous le faix. Il se plaignit un peu de ce que je lui avais celé ma naissance, et se satisfit par après des excuses que lui donna mon honnête honte. Le lendemain, ce digne maître me fit donner un cheval de son écurie, et quelque argent pour suivre le prince, qui s'en allait vers la ville capitale de son royaume.

## CHAPITRE XLVIII
*Comme un grand
traversa la fortune du page.*

Ce fut ainsi qu'après tant de courses vagabondes, je revins au lieu où j'avais été nourri ; mes parents furent ravis de me voir et d'apprendre qu'avec quelque réputation, je m'étais remis à la Cour. Un grand prélat, qui était mon oncle[1] et qui ne manquait pas de faveur, entreprit de parler pour moi et d'essayer de me procurer quelque honnête établissement ; d'autre côté, j'eus pour support et pour intercesseur l'illustre Hermire, dont je ne saurais assez louer les vertus. Ce noble courage avait pris à tâche de me servir, par une pure générosité, car je ne l'avais jamais servi, si ce n'avait été possible de second en quelques petits combats que nous avions faits autrefois à coups de poing ; et cependant il se donnait des soins pour moi, qu'il n'eût dû prendre que pour une personne qui lui aurait été bien chère ; je crois que ce furent mes seuls malheurs qui piquèrent ce cœur généreux à me rendre tant de bons offices. Mais voyez combien peuvent sur nos courses celles des astres, et le peu qu'avancent les grands d'ici-bas en leurs desseins, s'il n'est ordonné de là-haut : Hermire et mon parent firent mille pas et dirent mille choses en ma considération, qui me furent presque inutiles ; ce furent des coups bien portés, qui ne firent rien que blanchir[2] contre mon malheur. Le dernier maître que j'avais servi n'était pas en bonne intelligence avec un des principaux ministres de l'État[3], et celui-ci eut opinion que, s'il me laissait approcher du prince, je pourrais servir d'espion à l'autre, étant comme sa créature. Ce fut la raison qui le fit opposer à mon avancement, étant d'ailleurs d'un naturel assez facile. Hermire, après mille peines qu'il prit pour moi, fut informé de cet accroc qui m'empêchait de m'avancer et m'en avertit avec une tendresse de frère. Nonobstant ce fâcheux obstacle, le prince ne laissa pas en ma faveur de donner cours à sa naturelle bonté et de me faire quelques gratifications, n'ayant pas trouvé lieu de me remettre avec mon premier maître.

CHAPITRE XLIX

*Le page suit un grand monarque à la guerre,
et voit mourir un seigneur de ses alliés.*

Le jeune Alcide à qui j'avais voué ma vie entreprit quelque temps après d'aller couper les têtes d'un hydre[1] qui s'élevait contre sa puissance, et marcha contre ce monstre furieux avec une orgueilleuse armée[2]. J'eus l'honneur de le suivre en ce beau voyage et d'être témoin en cent lieux de sa vigilance et de sa valeur. Je ne crois point qu'il y ait jamais eu de roi si connaissant au métier de la guerre que celui-ci ; sa prévoyance et les expédients qu'il trouvait pour affaiblir ou pour forcer ses sujets mutins étaient si grands que les plus sages capitaines ne pouvaient point assez l'admirer. Il n'y avait de place en toute l'Europe dont il ignorât l'assiette et les fortifications ; il n'y avait point de soldat en ses vieilles bandes[3] qu'il ne pût nommer par son nom ; il n'y avait point de pièces en son artillerie dont il ne sût et la grosseur et la portée. Tous les ordres qu'il donnait en son camp étaient bons merveilleusement, et tant de bonheur accompagnait ses justes desseins que son nom fit ouvrir beaucoup de villes qui pouvaient tenir contre de plus grandes armées. Il y en eut une qui l'arrêta quelques jours[4], et qui fut justement punie d'une telle témérité ; il s'y perdit beaucoup de braves gens, et j'y perdis un jeune marquis de qui j'étais allié, qui fut tué malheureusement dans une tranchée, s'étant élevé sur une barrique pour voir les défenses du rempart[1]. Celui-ci nous avait laissé son image en un jeune seigneur bien fait et qui donnait de grandes espérances de son courage ; mais comme il y a de certaines fatalités dans les maisons, ce jeune aiglon ne fut pas plus heureux que son père et se vit atterré[2] d'un coup d'artillerie, la première fois qu'il déploya ses tendres ailes dans le champ de Mars. Il avait déjà fait preuve de la générosité de son courage, qui ne craignait rien, dans une rencontre extraordinaire. Comme il allait un jour à la campagne avec son gouverneur, il aperçut qu'on volait un coche sur le chemin et, bien que la partie des voleurs fût de douze ou quinze, il ne balança point pour aller à eux et, leur ayant tiré ses deux pistolets, mit encore l'épée à la main pour se mêler dans cette troupe. Son gouverneur, effrayé du danger où se trouvait son jeune maître, conjura les voleurs de ne vouloir point tuer un jeune enfant ; et, parmi ces sortes de gens, il s'en trouva qui furent touchés de cette héroïque vertu, lesquels empêchèrent leurs compagnons de se venger des blessures qu'ils avaient reçues.

CHAPITRE L

*Aventure du page
dans une surprise de maison.*

Cette ville, qui avait réputation d'être forte, ne fut pas sitôt rendue que beaucoup d'autres à son exemple embrassèrent l'obéissance, de crainte de se voir démanteler comme celle-ci, et perdre tous leurs privilèges. L'armée fit bien quarante lieues sans rencontrer de résistance : toutes les villes de ce parti ouvraient leurs portes à la première sommation, et même sans être sommées. Enfin, nous arrivâmes devant une qui fit la sourde oreille aux hérauts, et l'on n'en fit pas les approches sans grande effusion de sang de part et d'autre[1]. Les sorties y furent assez fréquentes, et nous eûmes beaucoup de peine à forcer des barricades que les ennemis avaient faites dans des vignes d'où ils défendaient les avenues. Il me souvient qu'un certain seigneur, que j'avais connu de longtemps, m'invita de le mener vers ces vignes pour voir quelque occasion, et que cette curiosité lui fut extrêmement funeste ; car, ainsi qu'il descendait de cheval, une malheureuse balle, qui passa sur la tête de beaucoup de gens qui étaient devant nous, lui donna dans le haut du front et l'étendit tout roide mort. Je pensai l'assister en cet accident et lui faire souvenir de son âme, mais il me fut impossible d'exécuter ce bon dessein. Je ne sais combien de soldats qui l'avaient vu tomber auprès d'eux se jetèrent en foule sur lui pour fouiller ses poches et le dépouiller ; ce qui fut fait en si peu de temps que les chefs qui accoururent en cet endroit n'y purent mettre d'ordre. Ce pauvre gentilhomme avait une perruque qui se perdit dans cette foule, de sorte qu'il demeura nu et la tête toute rase, qui était un objet très épouvantable à voir.

J'avais un cadet[2] dans le régiment des gardes du prince, à qui l'on avait donné un mousquet pour lui faire faire son apprentissage en ce métier honorable. Je le trouvai dans notre camp et, depuis notre entrevue, il ne m'abandonna guères, sinon lorsqu'il était obligé d'entrer en garde ou de faire faction. C'était un assez gentil garçon, qui ne donnait pas peu d'espérance de sa réussite dans les armes, mais ce jeune nourrisson de Mars n'avait aussi guères reçu de faveur des Muses. À peine était-il sensible aux belles choses qui se rencontrent dans la poésie et dans l'éloquence ; et quand je lui parlais de mes aventures, il ne savait comment croire que ce ne fût point une fable que la rencontre de ce philosophe, qui pouvait augmenter ou produire l'or et qui mettait ce secret au-dessous de beaucoup d'autres plus excellents. Mais lorsqu'il m'en avait fait jurer, il me secondait à plaindre ma perte. Mon cadet avait pris un matin congé de moi pour aller en garde, et je l'attendais le soir à souper en ma hutte, lorsque je le vis entrer tout ému, accompagné de quatre de ses camarades. Il me dit qu'ils avaient reçu un bon avis d'un homme du pays ; c'était qu'il y avait une maison à demi-lieue d'un habitant de la ville rebelle, que quelques paysans gardaient, et qu'il était question d'aller la forcer. L'espérance d'y faire fortune avait inspiré cette petite brigade à vouloir tenter ce hasard, et le désir d'empêcher mon frère d'entreprendre rien à l'étourdi m'obligea d'être de cette partie.

Nous fûmes attaquer cette maison et commençâmes cette exécution en faisant brûler quelques paux[1] secs, qui faisaient une palissade devant la porte. Il y eut quelques mousquetades tirées par les fenêtres au commencement de cette alarme, mais elles ne blessèrent personne, pour ce que quatre des nôtres étaient affûtés pour tirer en ces endroits dès qu'ils y voyaient paraître quelque chose. Enfin, l'effroi saisit ceux qui étaient dedans, qui n'étaient pas des personnes de grand mérite ; c'était un jardinier seulement et quatre paysans du voisinage. Ils demandèrent à capituler, et je me présentai comme celui qui commandait à cette partie. La porte de la maison fut ouverte, et je me rendis incontinent dessous pour les assurer de la vie ; mais je faillis à payer bien cher cette confiance que je prenais en des gens sans honneur et sans connaissance ; car, comme je parlais à un de ceux-ci sans redouter aucune insulte, un de ces marauds, qui s'était rangé contre la muraille, me vint brusquement décharger un coup de pelle de jardinier, qui était capable d'assommer un homme beaucoup plus robuste que moi. J'avais la tête à demi passée sous la porte, et ce coquin, qui ne me voulait pas manquer, s'essaya d'en atteindre tout ce qui paraissait, et cela me sauva la vie, pour ce que la pelle rencontra tant soit peu le verrou qui la fit gauchir sur mon épaule. Je ne laissai pas de tomber par terre du coup, et là-dessus mon frère, qui était près de moi, se jeta promptement dans la porte l'épée à la main, et tous ses camarades le suivirent. Il y eut deux de ces paysans qui payèrent avec le jardinier la folle enchère[1] de leur brutal de compagnon qui s'était sauvé après avoir fait ce coup, par une brèche du jardin. Je ne pus empêcher ce désordre, encore que je criasse de toute ma force qu'ils ne les achevassent pas. Il y en eut deux qui en moururent, environ un quart d'heure après, et l'autre, qui était le jardinier, eut seulement un coup sur la tête. Ainsi nous nous rendîmes maîtres de cette maison, et, faisant de grands feux partout, nous y cherchâmes à butiner[2].

Après avoir allumé quelques lampes, nous en visitâmes toutes les chambres, et nous n'y rencontrâmes que de vieux meubles, que les quatre soldats que mon frère avait amenés partagèrent entre eux. Après, nous descendîmes dans la cave et nous n'y trouvâmes que de vieilles futailles, parmi lesquelles il y avait un tonneau de vin de Gaillac dont nous bûmes tous de bon cœur, le trouvant fort bon, encore qu'on en eût tiré jusqu'à la barre[3]. Après ce repas, où il n'y avait que du beurre, du fromage et des gousses d'ail pour toute viande, mais où la sauce ne manquait pas, puisque nous avions tous grand appétit, je m'allai coucher sur un vieux loudier, pour prendre un peu de repos en attendant que le jour fût venu. Mon frère n'en voulut pas faire de même, disant qu'il fallait être sur ses gardes toute cette nuit, de peur que les paysans qui s'en étaient fuis ne revinssent en plus grand nombre pour nous égorger ; mais c'était pour avoir prétexte d'aller fureter par tout le logis, comme vous allez entendre.

CHAPITRE LI

*Quel fut le butin
de la maison surprise.*

Je n'avais pas été demi-heure à sommeiller, car la douleur du coup que j'avais reçu sur l'épaule ne me permettait pas de pouvoir dormir profondément, lorsque je me sentis presser la main par quelque personne ; je m'écriai avec effroi, demandant qui c'était, et je connus que c'était mon frère, lequel me dit tout bas à l'oreille que je me levasse, et que nous étions trop[1] riches. Je descendis avec lui dans une cave, et ce fut le plus doucement qu'il nous fut possible, de peur de réveiller ses compagnons. Il m'y fit sentir en la muraille une certaine concavité, que l'on avait couverte de plâtre, et que nous ouvrîmes avec la pelle du jardinier. Nous y découvrîmes cinq ou six grands pots de grès, d'une assez bonne hauteur, et mon frère, en battant des mains de joie, m'assurait déjà que tout cela était plein d'or et d'argent, lorsque, m'adressant au premier et portant ma main bien avant dedans, je n'y rencontrai que de vieille graisse. Mon frère en visita un autre en même temps, où il n'y avait que des fromages ; tous les autres étaient à demi remplis, ou de lentilles, de pois, ou de grains pour des pigeons. Tellement que nous nous trouvâmes bien déchus de nos espérances. Cependant, mon frère ne perdit point courage pour cela, et comme il était d'une humeur défiante, il voulut voir le fond des pots, et fut tellement heureux en cette recherche qu'au fond du pot de graisse qu'il me faisait horreur de toucher, le galant trouva une pièce de pain bis dans laquelle il y avait cinquante-trois pièces d'or lardées, auxquelles je ne lui demandai nulle part, la rencontre n'étant pas d'une conséquence à me donner aucun désir. Le jour et les autres soldats parurent au point de cette aventure ; mais ils ne s'aperçurent point de la bonne rencontre de mon cadet, qui avait déjà serré ces pièces, achevant d'essuyer ses mains grasses. Ils n'eurent de part qu'aux fromages, et s'en retournèrent à leurs huttes chargés comme des mulets, tant des lits et des couvertures de la maison que des ustensiles de cuisine. J'admirai la vie de ces jeunes garçons, dont il y en avait quelques-uns d'assez bonne famille, et qui se pouvaient bien passer des fatigues et des incommodités auxquelles ils s'obligeaient volontairement. Mais l'honneur est une maîtresse dont la possession ne s'acquiert pas sans beaucoup de périls et de peines ; et l'on trouve tant de charmes en sa beauté que les travaux qu'on souffre pour l'acquérir ne passent que pour des délices.

CHAPITRE LII

*Effets de la guerre
et mort d'un illustre seigneur
des amis du page.*

Je vis beaucoup de choses durant ce siège, qui ne sembleraient pas croyables. Les ennemis y venaient au combat avec autant de hardiesse que s'ils eussent été en aussi grand nombre que nous. Leurs femmes leur venaient donner à boire en de certaines barricades qu'ils défendaient avec aussi peu de crainte du péril que si l'on n'eût tiré sur eux qu'avec des sarbacanes[1] chargées de sucre ; et c'était le pur effet d'un faux zèle qui les faisait ainsi devenir plus qu'amazones. Elles enlevèrent un jour un des plus vaillants seigneurs de l'armée[2], avec des fourches-fières[3], dessus le haut d'un bastion, après qu'il eut été tué de cent coups. Il y en eut aussi souvent de punies de cette furieuse témérité ; je

sais bien qu'une volée de canon en emporta un jour dix-huit
tout à la fois, comme elles nous chantaient injures en lavant
des linges sous un pont, et qu'il y en eut beaucoup d'autres
qui montrèrent leur nez sur les remparts, à qui l'on apprit à
se cacher. Ce fut en ce malheureux siège que mourut un de
mes meilleurs amis[1], qui était un seigneur des plus accomplis
de France, et dont le mérite était le plus généralement
honoré. Il reçut une mousquetade dans un bras, qui lui
rompit l'os et lui pénétra dans le corps, bannissant ainsi de la
terre la fleur de nos guerriers, l'amour des dames, et
l'agréable support de tous les honnêtes gens. Je n'étais guères
qu'à trente ou quarante pas de lui lorsque ce désastre arriva,
et j'eus l'honneur de l'accompagner en son quartier, comme
on l'y transportait sur un brancard. Il me donna deux fois sa
main, comme je pleurais sa blessure, et me dit des paroles
d'affection dont je ne saurais me ressouvenir que je ne
renouvelle mes larmes.

## CHAPITRE LIII
### *Maladie du page.*

Lorsque cette ville rebelle eut été prise, notre camp s'alla
poser devant une autre beaucoup plus forte[2], et où nous
perdîmes beaucoup plus de gens, soit par les fréquentes
sorties des ennemis, ou par des maladies d'armée. La
putréfaction de l'air causée par les mauvaises exhalaisons des
corps enterrés à demi et par l'intempérance des soldats, qui
se soûlaient de mauvais aliments, produisit d'étranges fièvres
durant cette ardente saison et dans un climat qui est assez
chaud. Il courait des fièvres ardentes accompagnées de
frénésie, dont on mourait au cinquième ou septième jour
pour l'ordinaire, ou qui tenaient plus longtemps un malade

dans des délires et hors d'espérance de guérison. On ne sortait guères le matin de sa maison dans le quartier royal qu'on ne trouvât quelque corps mort devant sa porte, et l'on voyait quelquefois des troupes de vingt soldats malades et transportés de leur frénésie, qui couraient ensemble pour s'aller jeter dans une rivière. J'avais été quelques jours malade avant ce siège, je ne humai guères de ce mauvais air sans rechute, et je ne conservai pas mieux ma raison dans cet accident que tous les autres. Ce mal attaqua mon cerveau et me mit dans de merveilleuses rêveries. Comme j'avais beaucoup de différentes images dans la mémoire, je parlais presque incessamment et débitais des choses si peu ordinaires que toute la ville où l'on m'avait fait porter pour me traiter eut de la curiosité pour me voir. Il y eut un chirurgien qui me vint parler, et sitôt qu'il m'eut dit de quelle profession il se mêlait, je me mis à l'interroger sur tous les principes de la chirurgie et lui fis des récapitulations de tout ce que j'avais recueilli de Pline, de Pomponius Mela, d'Ælian, d'Aldrovandus, Belon, Gesnerus[1], et autres qui ont écrit ou de la médecine ou de l'histoire des animaux, si bien que le dérèglement de mon esprit rendit lors ma chambre aussi fréquentée qu'un théâtre.

Mais selon les mouvements que me donnait cette fièvre chaude, je mêlais quelquefois le tragique au ridicule et ne renvoyais pas tous mes spectateurs contents. Un jeune chirurgien vêtu de noir se mit un jour dans la chaise qui était au chevet de mon lit, et me demandait le bras pour tâter mon pouls et voir si ma fièvre n'était point diminuée ; et moi qui m'imaginai dans mon trouble que c'était quelque petit démon qui venait là pour me tenter, je lui serrai le poignet avec tant de violence que je lui rompis un os du bras. Durant cette grande aliénation de sens, on me mit un épithème[2] à l'endroit du cœur afin de me le fortifier, et comme j'avais la vue aussi trouble que le jugement, je me figurai de ce grand emplâtre, qui était noir, que c'était une ouverture en mon corps, par où la belle Anglaise que j'avais aimée m'avait arraché le cœur. Si bien que je ne voulais plus ni manger ni boire, et croyais qu'on se moquait de moi lorsqu'on me voulait faire avaler des bouillons ou des jaunes d'œuf, disant que c'était en vain qu'on me voulait empêcher de mourir, puisque j'avais déjà perdu tous les principes de la vie. Je fis mille autres discours ridicules durant mon mal, et comme les lions privés ne se laissent toucher qu'à ceux qui ont accoutumé de leur donner à manger, je n'avais confiance en personne et ne me laissais approcher avec sûreté qu'à deux bons pères religieux, que j'avais eu le bien de connaître avant que mon mal fût arrivé dans une extrémité si grande, et qui m'avaient donné de grandes et justes impressions de leur science et probité.

## CHAPITRE LIV
*Histoire de deux malades frénétiques.*

Je n'étais pas le seul qui fît des incartades burlesques en cette saison ; ce mal contagieux faisait jouer de plaisants personnages à beaucoup d'autres. On m'a conté depuis, qu'un gentilhomme de ma connaissance s'était levé et habillé durant l'accès d'un mal tel que le mien, et qu'ayant ramassé un bouchon de paille dans une écurie, il le porta caché sous son manteau par le quartier et, rencontrant un de ses amis, l'avait convié de venir en un cabaret manger sa part d'un chapon froid qu'il avait, disait-il, sous son bras ; l'autre accepta la proposition et ne demanda que du pain, du vin et un plat chez l'hôte, croyant que son ami avait le chapon ; mais il fut bien étonné quand il lui vit mettre le bouchon dans le plat et porter le couteau dessus, comme pour le vouloir couper. Il crut au commencement qu'il était hors de sa maladie et qu'il faisait cela pour s'égayer, mais il le vit bientôt après tomber de table de faiblesse et mourir entre ses bras. Un autre que j'ai connu depuis particulièrement, et qui était un fort bon garçon, mais qui avait toujours quelque pente vers la folie, fit une autre pièce ridicule qui fut bien d'une autre conséquence ; cettui-ci accompagnait un de ses amis à l'armée et, le voyant tombé malade, l'assistait avec passion de ses peines et de ses soins ; il avait même pris celui de lui faire venir un bon religieux, afin qu'il le préparât de bonne heure à tout ce qu'il pourrait arriver. Déjà le bon religieux parlait au malade des choses qui concernaient son salut, pour le disposer à faire une bonne fin, lorsque le galant homme dont je parle tomba tout à coup malade de ce venin qui se humait avec l'air. Son esprit en fut si fort altéré qu'il en perdit sur-le-champ la connaissance. On dit qu'il s'imagina lors être quelque divinité puissante et que, tirant de force le malade hors du lit et lui déchirant sa chemise en deux, il le voulut guérir par miracle avec un seul mot de sa bouche. Le bon religieux, scandalisé de cette sorte d'extravagance, lui voulut dire quelque chose pour essayer de le remettre dans quelque terme de respect ; mais cet insensé furieux, au lieu d'avoir égard à ses remontrances, s'en irrita jusqu'au dernier point et, le prenant pour un mauvais ange, se mit à lui dire des injures et puis à le frapper outrageusement. Le compagnon du religieux entreprit de faire les holà et fut battu de telle sorte qu'il fut contraint de s'enfuir ; mais le fol, ayant fermé la porte au verrou, revint sur l'autre, auquel il donna tant de coups d'un gril qu'il rencontra fortuitement sous la cheminée que ce bon religieux en mourut quelque temps après ; et pour le furieux frénétique, il fallut vingt hommes pour le prendre et le lier, tant il était vigoureux et fort, et l'on n'eut point de raison de lui, qu'on ne lui eût ouvert la veine aux deux bras et que l'on n'en eût tiré seize onces de sang.

## CHAPITRE LV

*La guérison du page
et les vers qu'il fit
pour payer son hôtesse.*

Mon mal me dura près de trois mois, et celui du jeu me l'eût rendu peu supportable, sans l'heureuse rencontre que je fis en ces lieux d'un des enfants de cet illustre maître que j'avais servi, qui était un écrivain célèbre. C'était ce même cavalier qui m'avait témoigné son affection par les vers que vous avez vus dans un des précédents chapitres[1]. Ce gentilhomme et moi ne nous quittâmes point depuis que nous nous fûmes rencontrés, et j'en reçus mille bons offices. Je fus encore bien assisté dans cet accident par mon premier précepteur, qui se voyait lors récompensé de sa vertu par un emploi dont son mérite était bien digne[2]. Cependant la dépense que je fis en ce peu de temps fut si grande qu'il fut besoin que je recourusse à de hautes puissances pour en sortir avec honneur. Je ne m'adressai pas mal dans cette extrémité, recourant au sage et généreux SS. qui gouvernait alors les finances[3], et dont j'avais eu l'honneur d'être connu à la faveur d'un homme illustre pour les belles connaissances autant que pour la piété. Je me servis de l'adresse de cettui-ci pour faire agir la générosité de l'autre à qui j'écrivis ces vers, où vous remarquerez facilement de la faiblesse et de la jeunesse.

*Tandis que le canon grondant comme un tonnerre
Épouvante ici près l'Idole de la guerre,
Et que, bravant la Parque en servant un grand Roi,
Tu signales toujours ta valeur et ta foi,
Je suis dans une ville où le pourpre et la peste*

*Poussent de tous côtés leur haleine funeste,*
*Et par qui plus de corps sont renversés à bas*
*Que le fer n'en terrasse aux plus sanglants combats ;*
*Où l'air humide et chaud n'est humé de personne,*
*Que ce venin mortel aussitôt n'empoisonne ;*
*Où la malignité du terroir et des eaux*
*Fait mourir les poissons et tomber les oiseaux ;*
*Bref, où le sort cruel, d'une province entière,*
*A sans doute arrêté*[1] *de faire un cimetière.*

*Deux mois m'ont vu languir dans ce triste élément,*
*Où depuis mon abord*[2] *je n'ai vu seulement*
*Que des corps décharnés et des faces blêmies,*
*Ressemblant proprement à des anatomies*[3]*,*
*Dont l'impiteuse Parque avec son noir flambeau*
*Conduit au moindre jour plus de cent au tombeau.*

*Quelque semaine après qu'une fièvre importune*
*M'eut contraint d'habiter en ce lieu d'infortune,*
*Je pensai que mon mal était du tout passé,*
*Mais j'éprouvai depuis que c'était que, lassé,*
*Il voulait en ce temps reprendre un peu d'haleine*
*Afin de m'accabler d'une plus forte peine,*
*Puisqu'il revint après et plus grand et plus chaud,*
*Redonner à ma vie un plus cruel assaut.*
*Pour trancher plus soudain ma déplorable trame,*
*Il fit monter sa rage au siège de mon âme*
*Et, troublant mes esprits d'un ténébreux poison,*
*Affaiblit à la fois mes sens et ma raison ;*
*Lors je ne connus plus cet ami qui, malade,*
*M'avait toujours servi de frère et de Pylade ;*
*Lors je ne connus plus médecin ni valet,*
*Si bien qu'un jour je pris un barbier au collet*
*Et crus, le gouspillant en cette erreur étrange,*
*Parce qu'il était noir, gourmer*[4] *un mauvais ange.*
*Mais après que ma fougue et mon feu fut passé,*

*Je devins immobile ainsi qu'un trépassé,*
*Et lors dans mon cerveau les espèces*[1] *confuses*
*Ne me firent plus voir que des vers et des Muses.*
*Je voyais, ce me semble, au Mont aux deux coupeaux*[2]
*Grimper de toutes parts des rimeurs à troupeaux,*
*Et le cheval Pégase à force de ruades*
*S'ébattre à renverser tous ces esprits malades.*
*Je voyais près de là Maillet*[3] *qui, tout berné*[4]*,*
*Disait que les neuf sœurs l'avaient cent fois berné,*
*Et le voulaient punir comme d'horribles crimes*
*Pour avoir mis ton nom dans ses mauvaises rimes.*
*J'y vis maint autre encor dont l'âme de travers*
*N'a jamais eu le don de former un bon vers.*
*Puis lassé, tout d'un coup quittant la poésie,*
*Selon que les objets touchaient ma fantaisie,*
*Jusqu'à ce que mon mal eût achevé mon cours,*
*Mon esprit s'égara de discours en discours.*
*Tantôt je croyais être en la troupe des Anges,*
*Et là de mon Sauveur exalter les louanges ;*
*Tantôt je croyais être au plus creux des Enfers,*
*Tout embrasé de feux et tout chargé de fers ;*
*Le plus brillant objet à mon œil était sombre,*
*Et même la clarté me paraissait une ombre.*
*Quand, touché de pitié, le Ciel enfin voulut*
*Qu'un souverain sommeil s'offrît pour mon salut,*
*Dont la manne sacrée, en mon corps répandue,*
*Me rappela le sens et la santé perdue,*
*Si bien qu'à mon réveil avec étonnement*
*On me trouva sans fièvre et sans égarement.*

*Depuis, je n'ai senti ni douleur ni tristesse,*
*Fors seulement le jour que mon avare hôtesse,*
*Un gros apothicaire, et deux vieux médecins,*
*Me venant assaillir comme des assassins,*
*Sans beaucoup s'enquérir quelle était ma ressource,*
*M'en comptèrent si bien qu'ils vidèrent ma bourse*[5]*.*

Cette galanterie ne me fut pas inutile auprès de ce généreux seigneur ; il m'envoya pour réponse un papier, duquel je touchai mille francs, qui me servirent à me reconduire commodément à la ville capitale du royaume.

Cher Thirinte, c'est où finit le dix-huit ou dix-neuvième an de ma vie. Excusez les puérilités d'une personne de cet âge, et me faites l'honneur de me préparer votre attention pour ce qui reste. Vous allez apercevoir un assemblage de beaucoup de choses plus agréables et qui répondront mieux à votre humeur. Vous allez entendre des aventures plus honnêtes et plus ridicules, dont la diversité peut soulager de différentes mélancolies. Je vais vous rendre raison du dégoût que j'ai pour toutes les professions du monde, et ce qui m'a fait prendre en haine beaucoup de diverses sociétés. C'est en ces deux volumes suivants que vous saurez l'apprentissage que j'ai fait en la connaissance des hommes, et si j'ai quelque tort ou quelque raison de ne les vouloir hanter que rarement[1].

# DOSSIER

# CHRONOLOGIE

La biographie de Tristan L'Hermite comporte beaucoup d'incertitudes et l'on ne peut que prudemment y remédier au moyen du *Page disgracié*.

1601 Année que la tradition considère comme celle de sa naissance, au château du Solier, dans la région de la Marche. Fils de Pierre L'Hermite, descendant probable de celui qui s'illustra dans la première croisade et peut-être de ce Tristan L'Hermite, grand prévôt de France sous Louis XI à qui il emprunte son prénom (car son vrai prénom est François), et d'Élisabeth Miron, dont la famille occupait dans la société du temps des postes très honorables et était alliée à de grands personnages. Nous sommes sûrs que Tristan eut au moins deux frères, plus jeunes : Jean-Baptiste, auteur des clefs du *Page*, et Séverin qui mourut au siège de Royan. Tristan appartient donc à une famille de bonne noblesse que les imprudences de son père vont conduire à la ruine. Toute sa vie il sera à la recherche d'une situation sociale stable, et devra faire face à des difficultés d'argent.

Vers 1604 Départ pour Paris avec sa grand-mère maternelle. Ce sont les Miron qui veillent sur son enfance et son instruction.

1606 Son père venu à Paris obtient de le présenter à Henri IV qui décide de l'attacher comme page au petit Henri de Bourbon, le fils bâtard que lui avait donné la marquise de Verneuil. Il reste quelques années au service de ce prince, poursuit sa formation intellectuelle hors de tout cadre scolaire par la lecture autant qu'en assistant aux leçons du précepteur de son jeune maître.

Rien ne prouve qu'il eut l'adolescence vagabonde de son personnage de fiction avant de passer au service de Nicolas puis Scévole de Sainte-Marthe, de devenir secrétaire du marquis de Villars, et de participer en 1620 et 1621 aux campagnes de Louis XIII contre les huguenots du Sud-Ouest.

- 1621 À la fin de l'année, Tristan regagne Paris, dans la suite du roi.
- 1622 Le voici dans la maison de Gaston d'Orléans, frère du roi, qui sera son maître jusqu'en 1634 sans interruption.
- 1627 Août-septembre : Il part avec Gaston au siège de La Rochelle. Désormais son existence est liée à celle de son protecteur ; il le suit partout et dans toutes ses vicissitudes. L'entourage de Gaston d'Orléans passe pour dissipé et même débauché. Tristan s'abandonne aux deux passions contractées depuis l'adolescence : le jeu, le vin. Il subit de temps à autre des crises du « mal de poumon » dont il mourra, une phtisie. Il entre officiellement dans la carrière de poète (*La Mer*, en l'honneur de Gaston).
- 1629 Il est en Lorraine.
- 1631 Nancy.
- 1632 La Flandre. Son père meurt. Tristan doit renoncer au château du Solier, que sa mère n'a pas les moyens de conserver.
- 1633 *Les Plaintes d'Acante* (poèmes).
- 1634 De nouveau la Lorraine ; puis en Angleterre, à la cour de Charles I$^{er}$. Retour en France. On se perd en conjectures sur les raisons qui l'éloignent de Gaston d'Orléans (définitivement en 1642).
  Il trouve des protecteurs en M. et Mme de Modène. Nouveaux assauts de la maladie. Il se lie avec la famille des Béjart. Il mène de front des entreprises poétiques (*Eglogue marine* est publié cette année-là) et théâtrales (ces dernières paraîtront les années suivantes).
- 1637 Publication de *La Mariane* (tragédie) qui connaît un grand succès.
- 1638 *Les Amours de Tristan* (poèmes) et *Panthée* (tragédie).
- 1640 Retour dans la maison de Gaston comme gentilhomme ordinaire. Il en sort en 1642.
- 1641 *La Lyre du sieur Tristan* (poèmes).
- 1642 *Lettres mêlées du sieur de Tristan* (prose).
- 1643 *Plaidoyers Historiques* (prose) et *Le Page disgracié* (roman).
- 1644 *La Folie du Sage* (tragi-comédie) et *La Mort de Sénèque* (tragédie).
- 1645 Chevalier d'honneur de la duchesse de Chaulnes. *La Mort de Chrispe* (tragédie).
- 1646 Gentilhomme de la maison du duc de Guise. Mais celui-ci part à Rome faire annuler son mariage, puis est fait prisonnier des Espagnols en 1648. *L'Office de la Sainte Vierge* (prose et vers). Tristan est presque sans ressources.
- 1647 *La Mort du Grand Osman* (tragédie).

- **1648** *Les Vers héroïques* (poèmes).
- **1649** Le chancelier Séguier, devenu son protecteur, le fait élire à l'Académie française.
- **1650** Il est possible que Monsieur lui ait rouvert ses portes.
- **1651-1652** À la fin de la Fronde, le roi revient à Paris ; le duc de Guise regagne la capitale et Tristan retourne à son service. *Amaryllis* (pastorale).
- **1653** Institution des droits d'auteur.
Débuts de Quinault (1635-1688), qui est un disciple de Tristan. *Le Parasite* (comédie).
- **1654** Le duc de Guise dans la seconde expédition à Naples.
La maladie de Tristan s'aggrave.
- **1655** Le 7 septembre il meurt chrétiennement à l'Hôtel de Guise.
Ses restes inhumés dans l'église Saint-Jean-en-Grève disparaîtront lors de la destruction de l'église en 1804 pour permettre l'extension de l'Hôtel de Ville de Paris.

# CLEFS DE JEAN-BAPTISTE L'HERMITE

*Remarques et observations
sur le premier livre du Page disgracié*

*On trouvera ici la liste des clefs que Jean-Baptiste L'Hermite ajouta dans l'édition posthume de 1667. Nous avons respecté les graphies anciennes de ce texte qui n'appartient pas à l'édition originale.*

N° 1. *Je suis sorty d'une assez bonne maison*. Tristan l'Hermite, Autheur de cét ouvrage, nasquit au Chasteau de Souliers, en la Province de la Marche, du mariage de Pierre l'Hermite, Chevalier Seigneur de Souliers, et d'Élisabeth Miron : le dit Pierre fils de Jean troisiéme du nom, aussi Chevalier Seigneur de Souliers, Lieutenant de la Compagnie de Gensdarmes du Vicomte de Turenne, depuis Duc de Boüillon, Mareschal de France, Prince Souverain de Sedan, et de Jeanne de la Rocheaymon, de la Branche des Marquis de Saint Maixant : ce Gentil-homme reconnoissoit pour les Fondateurs de sa maison les anciens Comtes de Clermont d'Auvergne, puisnez des Princes Souverains Comtes d'Auvergne, ainsi que l'a remarqué l'illustre Jean le Bouteillier de Senlis, Seigneur de Froymont en Picardie, en l'Épithalame qu'il composa en faveur d'Estienne l'Hermite, Chevalier Seigneur de la Fage, le 25. Janvier 1419. en ces vers Picards.

*Je ne vueil mie deduire, par un long parolage,
Que jadis deschendirent d'un Comte de Clermont en Auvergne, etc.*

Le Pere Pierre Daufremon, Jesuite, est de la mesme opinion, au livre qu'il a composé de la vie de Pierre l'Hermite, Autheur de la première Croisade, et premier Viceroy de Hierusalem ; Il dit que Renaud l'Hermite, pere de ce Viceroy, fut le premier qui porta le nom de l'Hermite, pour estre né en un lieu desert, dans lequel sa mere fut contrainte de faire sa couche, ayant esté surprise dans un voyage qu'elle vouloit faire à Auxerre, pour y visiter le Corps de S. Martin, qu'on y avoit transporté de Tours à cause des Normands, qui lors nous faisoient la guerre. Ce Renaud ayant tué le fils du Comte d'Auvergne dans un combat singulier, fut contraint d'abandonner l'Auvergne et de se refugier premierement à Cluny, où il avoit quelques parens Religieux ; delà il passa en Normandie prés de Guillaume le Conquerant, qui luy procura une alliance considerable dans la maison de Montegu ; suivant les mesmes Autheurs et la Genealogie manuscrite conservée dans le Tresor du Chasteau de Betissat en Flandres, et qui est confirmée par divers authentiques, nostre Poëte celebre dit expressement ces paroles :

*Renaud poussé non par envie occit le fils d'Auvergne, ains son corps deffendant, et que pour se sauver decha de là fuyant vint premier à Cluny et puis en Normandie! Ô qu'il fut bien vaingu ou Duc Dichelle frere, qu'il luy donna en nopces une de Montagu et du Paistre Govais partie du revenu, puis au Duc il aida conquiere l'Angleterre.* Ce fut de son mariage avec Adelide de Montagu, que nasquit le fameux Pierre l'Hermite, dont le courage et le zele pour la Religion, se signalerent si hautement dans la conqueste de la Terre Sainte : Ce brave entre les Chrestiens de son siècle, avoit eu de sa femme Beatrix de Roucy, Pierre et Alix l'Hermite ; la fille espousa Geofroy de la Tour, Chevalier Limosin Seigneur de Casard.

Pierre l'Hermite deuxiéme du nom, Seigneur de Haab et de Cassambel en la Palestine, fut aussi Chastelain et Gouverneur d'Antioche. Il épousa Loüise fille de Hues de Piseaux, et c'est de luy que par tous les degrez de filiation sont issus les Seigneurs de Souliers en la Marche, aisnez du nom et armes de l'Hermite, et qui ont pour puisnez les Seigneurs de Betissat en Flandres, et la branche des l'Hermite qui s'est formée au Royaume d'Espagne.

N° 2. *Et je puis dire qu'il y avoit d'assez grands honneurs et assez de bien dans nostre maison.*

Martial l'Hermite surnommé Milor, le quatriesme aïeul de nôtre Autheur, estoit Seigneur de Souliers, du Chalart, de la Rivière, de Chomin, de la Masiere et autres lieux, grand Escuyer du comte de la Marche, Conseiller du Roy, Chevalier de son Ordre et Lieutenant pour sa Majesté de la Ville de Bourdeaux et pays de Bourdelois ; et le Grand Oncle du mesme Autheur Chevalier de Malthe, Commandeur de Messonnisse, estoit Lieutenant de Roy en la Province de la Marche, Gouverneur de la Ville et Citadelle de Gueret ; Il comptoit encore entre ses Predecesseurs deux grands Prevosts de France, comme luy, du nom de Tristan l'Hermite, l'un sous le Regne de Charles V, dit le Sage, qui estoit son septième ayeul, et l'autre sous Louis XI, qui estoit frere puisné de Geofroy l'Hermite, Seigneur de Souliers.

N° 3. *Un grand procez criminel.* Pierre l'Hermite pere de nostre Autheur fut sept ans detenu prisonnier, accusé d'avoir esté complice avec ses Oncles, Claude l'Hermite Commandeur de Mesonnisse, et Louis l'Hermite, Seigneur du Dognon, de la mort du Vice-Seneschal de la Marche.

N° 4. *Un des grands Capitaines.* Louis de Crevant Vicomte de Brigueil, Marquis de Humieres, Chevalier des Ordres du Roy, Gouverneur de Compiegne, Capitaine des cent Gentils-hommes de la Maison de sa Majesté, issu par des alliances illustres de Geofroy de Crevant, Seigneur de Beauché, qui sous le Regne de Philippes Auguste donna beaucoup de reputation à sa famille ; et auquel le pere de nostre Autheur avoit l'honneur d'appartenir.

N° 5. *Et l'une des plus excellentes femmes du monde.* Gabrielle d'Estrée, Duchesse de Beaufort.

N° 6. *Un vieux Gentil-homme de bonne maison.* Pierre Miron, Baron de Cramail, Gouverneur et Bailly de Chartres, issu des Comtes de Palias, puisnez des anciens Comtes de Barcelonne. Cascales, Menescal, et autres Autheurs François et Espagnols prouvent cette glorieuse descente, et le College de Gironne fondé à Montpellier par Gabriel Miron, fait foy de son extraction Catalane, aussi bien que de la grandeur de son extraction, confirmée par plusieurs authentiques rapportez dans la Genealogie de cette maison, qui s'est transplantée en France, depuis seulement environ deux cens ans, par François Miron, qualifié Chevalier et l'un des braves des troupes que Rodrigues de Vilendrado amena au service du Roy Charles VII. Son fils, Gabriel Miron, Chancelier de la Reyne Anne et President en la Chambre des Comptes de Bretagne, a continué de perpetuer cette Famille en ce Royaume.

N° 7. *Mon ayeule maternelle.* Denise de saint Prés, Dame de saint Prés lez chartres, fille de Jean de saint Prés, dit le Gros Jean, renommé és guerres d'Italie, où il commandoit la Compagnie de Gendarmes de Monseigneur Yves d'Alegres ; sa mere Anne de Château-Chalons, tiroit son commencement des anciens Ducs et Comtes de Bourgogne.

N° 8. *Un Prince de l'Église de mes proches.* Charles Miron fait Evesque d'Angers, puis Archevesque et Comte de Lyon, Primat de France, oncle du sieur Tristan l'Hermite, à la mode de Bretagne, estant fils de Marc Miron, frere de Pierre, ayeul dudit Autheur. Ce Prelat, dont l'éloquence estoit aussi rare qu'il estoit profond en doctrine, prononça l'Oraison Funebre de Henry le Grand, representa l'un des Pairs de France au sacre de Louys le Juste, et soustint si hautement les interests de l'Église et de l'Estat dans l'Assemblée des Notables, que le Roi consentit au choix que le Pape Urbain VIII fit de ce personnage, pour succeder au Cardinal de Marquemont à l'Archevesché de Lyon. L'on remarque particulierement ces paroles dans le Bref dont sa Sainteté l'honora, *non enim dicendus es petiisse dignitatem, petiit enim pro te Ecclesiae Majestas, petiit salus populorum, petiit cœlum ipsum, bonorum Antistitum laudibus favens.*

N° 9. *Mon pere avoit eu l'honneur de servir un des plus grands Princes du monde.* Le Roy Henry le Grand, que le pere de l'Autheur servit fidellement durant la Ligue.

N° 10. *Mon grand Oncle maternel.* François Miron, Chevalier Seigneur du Tremblay, Linieres, Bonnes et Gilevoisin, Conseiller au Parlement, puis Maistre des Requestes, President au grand Conseil, Lieutenant Civil, et Chancelier de Monseigneur le Dauphin ; le mesme aussi brave que grand Justicier, fut Intendant de Justice dans les Armées de Henry le Grand, contre la Ligue : il fut aussi depuis Prevost des Marchands, et en cette qualité il conserva les interests publics, et les rentes de l'Hostel de Ville, qui luy firent meriter les applaudissements du peuple et l'estime du Roy tout ensemble, ainsi que l'a repeté l'Illustrissime Archevesque de Paris, en son Histoire de la vie de ce Grand Monarque.

N° 11. *Ces deux divines Personnes.* Henry le Grand et Henry de Bourbon, Marquis de Verneuil, fils naturel de ce Monarque : Ce Prince est aujourd'huy Duc et Pair de France, Prince du saint Empire, Chevalier des Ordres du Roy et Gouverneur et Lieutenant General pour sa Majesté au haut et bas Languedoc.

N° 12. *Celuy qu'on avoit choisi pour l'instruire.* Claude du Pont, Gentil-homme de Normandie, qui avoit esté Precepteur de Charles Miron, Evesque d'Angers.

N° 13. *Je n'avois qu'un camarade.* Le Page disgracié prend cette qualité dans son Roman, quoy qu'il fust Gentil-homme d'honneur, et non Page dudit Prince, qui avoit receu son cousin germain dans le mesme rang, et que l'Autheur appelle son seul camarade, qui étoit Leon d'Illiers, Seigneur d'Entragues et de Chantemesle, héritier de la Maison d'Entragues de par sa mere Charlotte de Balzac, sœur d'Henriette de Balzac Marquise de Verneuil, mere du Prince susdit.

N° 14. *Ce jeune Soleil.* Monseigneur le Duc d'Orléans, Prince de grande esperance et qui mourut jeune.

N° 15. *Un Gentil-homme de mes parens.* Ce Gentil-homme pouvoit estre le Seigneur de la Rochemassenon, du nom de Barton, parent paternel de l'Autheur.

N° 16. *Une troupe de Comediens.* Vantret et Valeran, qui lors avoient toute l'estime que l'on peut acquerir dans cette profession.

N° 17. *Un jeune Seigneur de mon âge.* Charles de Schomberg, Duc d'Alluin, Pair et Mareschal de France, etc. lequel a toute sa vie honoré cette famille d'une particuliere bien-veillance.

N° 18. *Le Poëte des Comediens.* Alexandre Hardy, lequel a mis au jour un grand nombre de pieces de Theatre, qu'il composoit à trois pistoles la piece.

N° 19. *C'estoit un Gentil-homme de condition.* Charles de Razilly, lors Page de la Chambre, puis Mestre de Camp du Regiment de Perigord, Gouverneur de Haguenau, et Mareschal des Camps et Armées du Roy. Ce Seigneur, des plus anciennes maisons du Loudunois, avoit eu pour pere le fameux Razilly, qui premierement fit redouter l'Estat François dans les Indes, et par toutes les Mers ; ses oncles, nos Vice-Admiraux, n'ont pas acquis une moindre reputation ; et le Regiment des Gardes tient encore à l'honneur d'avoir entre ses Capitaines, un brave et glorieux rejeton de cette si illustre souche.

N° 20. *En la Province où je suis né ou en Espagne.* L'Autheur avoit lors pour parent Jean de Velasque, Connestable de Castille, Duc de Frias, etc. Gouverneur de Milan, et Grand Maistre d'Hostel du Roy Catholique, n'agueres Ambassadeur extraordinaire à la Cour de Henry le Grand, auquel Monarque il avoit l'honneur d'appartenir, ainsi que le témoigna sa Majesté, par la lettre qu'il en escrivit au Mareschal d'Ornano, en ces termes.

*J'ay eu icy trois jours durant le Connestable de Castille avec sa suite, et luy ay fait la meilleure chere et reception qu'il m'a esté possible, comme je l'ay reconnu fort honneste Seigneur, outre qu'il se trouve qu'il a l'honneur de m'appartenir, etc.* Cette Lettre est écrite à Fontainebleau, le 12. Novemb. 1604. Signé, HENRY ; *et plus bas* FORGET.

Ce Seigneur comptoit entre ses Ancestres Dom Juan de Velasque, Grand Chambellan du Roy d'Espagne, lequel espousa Marie l'Hermite de Souliers, fille de Renaud, du mesme nom, Mareschal de Castille, et Beau-frere du Connétable du Guesclin, qu'il accompagna en Espagne, et le seconda dans les victoires que ce grand Chef de guerre remporta sur Pierre surnommé le cruel, que nos François chasserent du thrône pour y placer son frere Henry, lequel Monarque voulant reconnoître les services de Renaud, que nos Historiens appellent le Limosin, et les Espagnols, *Mosen Arnao Limosni que era Frances*, l'honora du Baston de Mareschal de Castille, et luy fit don de la Seigneurie de Villalpendo, encore aujourd'huy possedée par Monsieur le Connestable de Castille : ce Mareschal s'allia dans la maison de Valdes, des plus illustres du Royaume de Leon ; sa femme Beatrix Melandeto de Valdes ne luy laissa que deux filles de ce mariage, Agnés et Beatrix l'hermite de Souliers ; la première épousa Dom Fernand Ruys de Torres, Seigneur de Pardo, duquel mariage il eut Marie et Beatrix.

Marie de Torres, femme du Prince Fernand de Portugal, fils de l'Infant Denis ; les Comtes de Vilars descendans de ce mariage, portent encore pour armes escartelé en sautoir de Portugal et de Torres, qui est de gueulles à cinq Tours d'or posées en sautoir.

Beatrix espousa Martin Fernandes de Cordoüa, Alcaide de *Los Donzelles ;* et c'est de cette alliance que s'est formée toute la branche des Souliers de Cordoüa ; ils eurent plusieurs enfants ; Marie de Cordoüa fut mariée à Rhuis Mendes de Sotomajor, dont sont issus les Marquis de Carpio.

Le Mareschal Renaud l'Hermite de Souliers, espousa en secondes nopces Marie Tiffo, de l'illustre maison d'Arragon, de laquelle il eut

Marie l'Hermite de Souliers, femme du susdit Jean de Velasque, grand

Chambellan du Roy, et Vice-roy de Castille ; de laquelle alliance sont issus huit Connestables de Castille, ainsi que je diray cy-après.

Le mesme Mareschal de Souliers eut encore un fils naturel appellé Henry le Limosin, qui a fait branche en Espagne.

Jean de Velasque estoit fils de Dom Pedro Fernandes de Velasque, grand Juge ou Chancelier du Roy Dom Pedro, et de Dona Maria Sarmiento ; il mourut en Octobre 1418, et laissa de son mariage avec Marie l'Hermite de Souliers entre plusieurs enfans :

Dom Pedro Fernandes de Velasco, premier Comte de Haro, lequel espousa Beatrix Manrique, dont sortit

Dom Pedro Fernandes de Velasco, premier Connestable de Castille et deuxiesme Comte de Haro, allié avec Mencia de Mendoce, dont deux fils.

Bernardin de Velasque, Connestable de Castille, Duc de Frias, et Grand Chambellan du Roy Catholique ; qui espousa en premières nopces Blanche de Herera, fille du Mareschal Garcias de Herera : de laquelle alliance sont sortis les Comtes de Benevent. Il eut pour seconde femme Jeanne d'Arragon, fille du Roy Catholique, de laquelle il n'eut qu'une fille. Dom Inigo de Velasque succeda aux Charges et Seigneuries de Bernardin son frere ; il fut comme luy grand Chambellan et Capitaine General dans les Royaumes de Castille et Leon ; il eut à sa garde les Fils de France, que François premier donna en ostage à Charles-Quint : il fut grand homme de guerre et laissa de son alliance avec Marie de Tobar, Marquise de Berlanga :

Dom Pierre et Dom Jean de Velasque ; le premier fut, comme son pere, Connestable de Castille, grand Chambellan du Roy, Duc de Frias, Marquis de Berlanga, etc. Il deceda sans laisser d'enfans de son mariage avec sa cousine Julienne Ange d'Arragon, fille du Connestable Bernardin de Velasque.

Dom Jean de Velasque, frere puisné de Pierre, fut comme luy Connestable de Castille, Duc de Frias, etc. Il espousa Jeanne Henriques, de laquelle

Inique de Velasque, Duc de Frias, Connestable de Castille, Duc de Frias, etc. allié avec Anne d'Arragon et de Gusman, dont est issu

Jean Fernand de Velasque, Connestable de Castille, Duc de Frias, etc. Ce Seigneur qui merita l'estime et la bien-veillance de Henry le Grand, fut un des Heros de sa famille ; il passa fort jeune en Italie avec le Duc d'Ossonne, où il servit le Roy Philippes second en plusieurs occasions importantes ; il fut Ambassadeur extraordinaire à la Cour du Pape V. Il fut Gouverneur de Milan, Capitaine General de l'Armée Espagnole au secours du Duc de Savoye, et contre les François en Bourgogne, et à la journée de Fontaine Françoise : depuis il fut envoyé Ambassadeur extraordinaire en France, ainsi que j'ay dit cydevant, et estant à la Cour, il s'informa exactement de la condition de cette famille Françoise, à laquelle il estoit allié depuis si longtemps ; il fit mesme effort pour avoir quelqu'un du nom de l'Hermite Souliers, qu'il pust mener en Espagne pour luy faire part des avantages de sa fortune ; mais comme nostre Autheur estoit lors encore trop jeune pour un si grand voyage, le souvenir de cette bonne volonté demeura dans la famille et passa à la connoissance dudit Tristan, qui souhaittoit d'aller en Espagne lors de ses disgraces, où sans doute il n'auroit pas moins receu de satisfaction de ce grand Capitaine, que son petit fils, aussi Connestable de Castille, en a rendu depuis quelques années au Chevalier de l'Hermite, cadet de nôtre Autheur. Il a rapporté d'Espagne de sensibles témoignages de la bienveillance dudit Connestable, divers beaux presens et particulierement un authentique en parchemin, scelé du sceau des armes et signé de la main dudit Officier de cette Couronne, par lequel il reconoist ce Gentilhomme son parent ; cet acte en latin commence par ces paroles, *Nos Inigus Melchior Fernandes de Velasco*, etc. et que pour la facilité du Lecteur j'ay fait traduire en nostre langue.

*Nous Inigue Melchior Fernand de Velasque et de Tobar, Connestable des Royaumes de Castille et de Leon, grand Chambellan, grand Veneur, et grand Eschançon du Roy d'Espagne, Duc de Frias, Marquis de Berlanga, Comte de Haro et de Castelnovo, Seigneur des Maisons, des sept enfants de Lara et des Villes de Hosma et d'Arnedo, comme des bourgades de Vilalpando, Pandreza, etc. Nous faisons sçavoir à tous qu'il appartiendra, que par bons documens et connoissances certaines, il nous appert que l'illustre et noble Jean Baptiste l'Hermite de Souliers, Chevalier de l'Ordre du Roy trés-Chrestien, et l'un des Gentilshommes servans de sadite Majesté, tire son origine de l'ancienne et illustre maison de l'Hermite de Souliers dans la Province de Limosin en France, de laquelle mesme famille estoit Renaud de l'Hermite de Souliers, de bonne memoire, Mareschal de Castille, pere d'une de nos ayeules appellée Marie l'Hermite de Souliers, duquel mariage sont issus nos ancestres comme plusieurs autres trés-illustres familles du Royaume d'Espagne, ainsi que celles de Cardone, d'Arragon, de Benevento, de Mandoce, de Gusman et plusieurs autres, qui composent les plus illustres noms qui soient entre les hommes : c'est pourquoy voulant traiter avec affection le susdit Jean Baptiste l'Hermite de Souliers nostre parent, nous exhortons tous ceux qui sont issus de cette mesme alliance, de le reconnoistre à l'advenir pour tel, et de luy conserver une mesme bien-veillance : En foy dequoy satisfaisant à la priere du susdit Jean Baptiste. Nous avons fait expédier le present témoignage que nous avons souscrit et fait contre-signer par nostre Secretaire, auquel aussi nous avons fait apposer le sceau de nos armes. Donné à Sigovie le vingt-uniéme Decembre 1654. Signé,* IL CONDESTABLE ; *et plus bas, par le commandement de son Excellence,* FRANCESCO SARGADO.

Ce Connestable, aujourd'huy Viceroy et Capitaine General au Royaume de Galice, est fils de Bernardin de Velasque, huitième de sa famille, Connestable de Castille ; et d'Élizabeth de Gusman, et ledit

Bernardin estoit fils du grand Connestable Jean Fernandes, et de Jeanne de Cordoüe et d'Arragon, seconde femme dudit Jean, lequel avoit épousé en premières nopces Marie Giron, fille du Duc d'Ossonne, duquel mariage il ne laissa que Dom Inigue Fernand de Velasque, Comte de Haro, mort sans successeurs, et Anne de Velasque, Duchesse de Bragance, de laquelle sont issus les Roys de Portugal aujourd'huy regnans.

N° 21. *Un grand Seigneur*. Gilles de Souvré, Marquis de Courtanvaut, Chevalier des Ordres du Roy, grand Maistre de la Garderobe, premier Gentil-homme de la Chambre, Mareschal de France, etc. lors Gouverneur de la personne du Roy.

N° 22. *M'osta nostre Precepteur*. Le Sieur du Pont, qui fut nommé Precepteur de Gaston de France, Duc d'Orleans, Frere unique du Roy Louys XIII.

N° 23. *L'une des Maisons Royales*. Fontainebleau, où la Cour estoit pour lors.

N° 24. *Une grande Ville Marchande*. La ville de Roüen.

N° 25. *Albion*. L'Angleterre, ainsi appellée.

N° 26. *Chez un grand Seigneur*. Un Milor des plus puissants dont le nom est anonyme.

N° 27. *Ma belle Escoliere*. La fille d'un Milor dont il fut aimé.

## Remarques et observations
## sur le deuxième livre du page disgracié

N° 1. *Cette superbe Ville d'Edimbourg*. C'est la capitale du Royaume d'Escosse, prés laquelle est le fameux Château des Pucelles, autrefois l'Arsenal où les Pictes et Danois avoient leurs magazins et munitions de guerre.

N° 2. *(En doublant les Orcades)*. Les grandes Îles en la partie septentionale d'Ecosse.

*L'image de mon premier Maître*. Henry de Bourbon Duc de Verneuil, etc.

N° 3. *Cette jeune Armide*. Il compare sa Maistresse à celle du fameux Renaud, qui s'appelloit Armide.

N° 4. *Plemut*. Plemut est une Ville et port d'Angleterre.

N° 5. *Limerick*. C'est une Ville d'Irlande.

N° 6. *Graverine*. Ville d'Angleterre, où le Page rencontra un François qui faisoit trafic de Cavales d'Angleterre, appelées Guilledines.

N° 7. *Cette ville autrefois capitale d'un petit Royaume*. La ville de Roüen, autrefois capitale du Royaume de Neustrie.

N° 8. *Ormus*. Cette Ville est la capitale de l'Arabie.

N° 9. *Mon Oncle maternel.* Jacques le Morhier deuxiéme du nom, Chevalier, Seigneur de Villiers, et le Morhier, fils de Milles le Morhier, et de Denise de S. Prés, Ayeule de l'Autheur. Ce Gentil-homme contoit entre ses Ancestres Adam le Morhier Viceroy de Sicile, l'an 1272. Auquel temps il fut envoyé Ambassadeur extraordinaire par Charles II, pour complimenter le Prince Odoard, fils du Roy d'Angleterre, qui passoit avec sa famille au Royaume de Naples ; ainsi que l'a remarqué Dom Ferranté de la Mara, Duc de la Guardia, en son Histoire des Familles de Naples. Le mesme Seigneur de Villiers avoit aussi eu pour trisayeul Simon le Morhier Seigneur de Villiers, Houdan, et du Tour en Champagne, Gouverneur de Dreux, Prevost de Paris, et depuis, selon le Feron, Grand Maistre de France, renommé entre les Chefs de la faction Angloise et Bourguignonne. Il fut pere de Jean le Morhier, Chevalier Seigneur dudit Villiers le Morhier, lequel de son mariage avec Jeanne de Bretagne, laissa

Jacques le Morhier premier du nom, Chevalier Seigneur de Villiers, le Morhier, Montigny, Voisins, etc. Marié avec Catherine de Brichanteau, dont Miles le Morhier, que nous avons dit, allié avec Denise de S. Prés, dont Jacques susdit pere de Estienne le Morhier, second du nom, Chevalier, Seigneur de Villiers, le Morhier, Sangy, S. Lucien et autres lieux ; lequel de son mariage avec Antoinette d'Illiers, a deux fils au service du Roy. Sa fille a épousé le Baron de S. Quentin en Normandie. Le mesme a eu pour sœur

Geneviefve le Morhier, femme de Charles de le Cocherel, Chevalier, Marquis de Bourdonné, Mareschal des Camps et Armées du Roy, Gouverneur et Bailly de Montfort, cy-devant Gouverneur de la Bassée, de Vic, et de Mojenvic. Il a deux fils dans le service du Roy, et Judith de Cocherel sa fille aisnée, a esté mariée au marquis de Foulleuse Flavacourt, l'un des anciens Capitaines aux Gardes, et duquel les longs services ont esté n'agueres recompensez par le Gouvernement de Gravelines.

N° 10. *Le chemin d'un S.* Le chemin de S. Jacques, pelerinage que l'on fait à l'Eglise de ce S. au Royaume de Galice, où l'Autheur souhaittoit d'aller, pour passer de là en Castille à la Cour du Roy Catholique, où estoit le Connestable Jean de Velasque son parent.

N° 11. *Cette celebre Ville.* La Ville de Poictiers.

N° 12. *Cét honneste Gentil-homme.* Il estoit neveu de Scevole de Sainte-Marthe.

N° 13. *Le bon vieillard.* Scevole de Sainte-Marthe, Gentil-homme des plus accomplis de son temps, et qui possedoit parfaitement les Langues et les Sciences, grand Poëte et grand orateur tout ensemble ; ainsi que font foy les Ouvrages qu'il a mis au jour. C'est de luy que sont issus ces deux lumieres de l'Histoire Genealogique, Messieurs de Sainte-Marthe, si renommez entre les Escrivains de ce dernier siècle ; l'un desquels semble renaître en la personne de son fils aisné, à present encore Historiographe du Roy.

N° 14. *Secretaire d'un grand Seigneur.* Emanuel Philbert des Prés dit de Savoye, Marquis de Villars, Seigneur du grand Pressigny en Touraine, fils de Melchior des Prez, Seigneur de Montpezat, et de Henriette de Savoye, laquelle épousa en secondes Nopces Charles de Lorraine, Duc de Mayenne, Pair et grand Chambellan de France, Chevalier des Ordres du Roy, Gouverneur de Bourgongne, cy-devant Chef de la Ligue.

N° 15. *De me presenter à sa femme.* Eleonore de Thomassin, veufve de Claude de Vergy, Comte de Chanplite, Gouverneur du Comté de Bourgongne, laquelle ne laissa point d'enfans de ce dernier mariage avec le Marquis de Villars.

N° 16. *Une certaine Ville.* La Ville de la Haye en Touraine, distante de sept lieuës du Chasteau et Bourg du grand Pressigny, où l'Autheur se fut divertir avec un des Officiers de Justice dudit lieu de Pressigny.

N° 17. *Un jeune Prince de gentil (esprit).* Honorat de la Baume, Comte de Suze, depuis Chevalier des Ordres du Roy, Gouverneur de Provence, et Vice-Admiral de France. De luy est issu Rostain de la Baume, Comte de Suze, Marquis de Bresieux ; lequel de son alliance avec Hypolite de la Croix Chevrieres, a eu le Comte de Suze, aujourd'huy vivant, lequel a épousé la fille du Comte de Merinville, Chevalier des Ordres du Roy, et Lieutenant de Roy en Provence.

N° 18. *Un grand Prince auquel il estoit allié.* Henry de Lorraine, Duc de Mayenne, son frere uterin. Ce Prince l'attendoit à Bourdeaux.

N° 19. *Cette fameuse Cité.* La Ville de Bourdeaux posée sur la rivière de Garronne.

N° 20. *Un tombeau de pierre.* Cette pierre est appelée Lunaire, et qui a cette qualité que dit l'Autheur. On en voyait une pareille qui sert de Tombeau au corps de S. Virgille, au Monastere des PP. Minimes de la Ville d'Arles en Provence.

N° 21. *Comme il devint Secretaire d'un grand Prince.* Henry de Lorraine, Duc de Mayenne, dont j'ay parlé cy-devant, Prince de grand cœur, et grand ennemy des Religionnaires, lequel avoit espousé Henriette de Gonzagues, fille puisnée du Prince Louys Duc de Mantouë, et d'Henriette de Cleves, Duchesse de Nevers et de Rethel.

N° 22. *Cette orgueilleuse riviere.* Le fleuve du Rosne, qui passe le long de la Ville de Lyon.

N° 23. *Il passa en la Ville où ce Prince commandoit.* A Bourdeaux, principale Ville de la Guyenne, dont le Duc de Mayenne estoit Gouverneur, et où le Roy passa.

N° 24. *J'y fus mené par Hermire.* Hercules de Crevant, Marquis de Humieres, premier Gentil-homme de la Chambre du Roy, fils de Louys de Crevant, Vicomte de Brigueil, Chevalier des Ordres du Roy, Gouverneur de Compiegne et de Ham en Picardie ; et de Jacqueline d'Humieres. Ce seigneur des plus accomplis de son temps, fut tué au Siege de Royan.

N° 25. *De me jetter aux pieds du plus grand Prince.* Le Roy Louys XIII, surnommé le Juste.

N° 26. *Un grand Prelat qui estoit mon Oncle.* Charles Miron, Evesque d'Angers, Oncle de l'Autheur à la mode de Bretagne, n'estant que Cousin germain de sa mere Elisabeth Miron.

N° 27. *Le jeune Alcide.* Le Roy Louis XIII, marchant contre les Villes rebelles du Royaume, lors occupées par les Religionnaires.

N° 28. *Il y en eut une qui l'arresta quelques jours.* Où fut tué le marquis d'Ecry, allié de l'Autheur, à cause qu'il avoit épousé Anne le Fevre de Caumartin, fille de Louys, Garde des Sceaux de France, et de Marie Miron, sœur de l'Evesque d'Angers.

N° 29. *Il nous avoit laissé son image.* Henry de Bossut, Marquis d'Ecry et de S. Scene, lequel comme son pere fut tué au service du Roy à la reprise de la Ville de Roye, n'ayant encore que dix-sept ans; son Gouverneur, Gentil-homme Gascon, Datte, fut blessé à mort au rencontre des voleurs que ce Seigneur rencontra en Champagne deux ans avant cet accident.

N° 30. *J'avois un cadet dans le Regiment des Gardes.* L'Autheur entre plusieurs freres avoit ce puisné Severin l'Hermite, que l'Evesque d'Angers desirant avancer dans l'épée, avoit fait mettre aux Gardes: ce Gentil-homme fut enseveli dans la mine de Royan, et ne resta plus de freres à l'Autheur que Jean Baptiste l'Hermite encore vivant, sous le nom du Chevalier de l'Hermite.

N° 31. *Un des plus vaillants Seigneurs de l'Armée.* Le marquis de Boüesse Pardaillan.

N° 32. *Un de mes meilleurs amis.* Le Marquis d'Humieres.

Nostre Autheur en disant les obstacles qui l'empêcherent de retourner prés de son premier Maistre, devoit parler de l'honneur que luy fit le Roy, de le donner à Monseigneur le Duc d'Orleans, son frere unique, que l'Autheur suivit depuis en Flandres et en Lorraine, où il commença de faire et mettre au jour toutes les Poësies qui luy ont acquis sa reputation entre les premiers de son temps.

## NOTE SUR LE TEXTE

Il existe deux éditions de référence, celle de 1643, publiée du vivant de Tristan, et celle de 1667, posthume, due à Jean-Baptiste L'Hermite, et grossie d'une Dédicace au duc de Verneuil, d'un Avertissement du Libraire au Lecteur, d'une Table des Matières et de la Clef.

Il nous a semblé naturel de retenir, sauf raison impérieuse de sens ou d'incorrection linguistique, les leçons de la première édition, la seule dont Tristan ait eu lui-même l'initiative. Nous avons, en particulier, écarté les modifications stylistiques de 1667, estimant qu'elles devaient trop à la volonté de J.-B. L'Hermite de remettre le texte au goût du jour.

Pour la commodité du lecteur l'orthographe a été modernisée chaque fois que l'on ne se trouvait pas devant une forme qui résistait parce qu'elle comportait une particularité irréductible à l'usage d'aujourd'hui ou indispensable au rythme de la phrase : par exemple « die » (subjonctif au lieu de « dise »), « cettui-ci », « jusques », « guères », « avecque », etc.

La ponctuation, souvent incertaine au XVII$^e$ siècle, a été — dans tous les cas nécessaires — adaptée à la compréhension d'un lecteur d'aujourd'hui. Bien des noms communs s'écrivaient alors avec une majuscule ; nous l'avons supprimée selon les habitudes de notre orthographe, mais en la maintenant là où une distinction importante en résulte (« histoire » et « Histoire », « nature » et « Nature », etc.).

# BIBLIOGRAPHIE

### Le Roman

*Le Page Disgracié ou l'on void de vifs caracteres d'hommes de tous temperamens et de toutes professions,* par Mr de Tristan. Paris, Toussainct Quinet, 1643.

*Le Page Disgracié...,* par M. Tristan L'Hermite. Paris, André Boutonné, 1667.

*Le Page disgracié...,* nouvelle édition, avec une introduction et des notes, par Auguste Dietrich. Paris, Plon, Nourrit et Cie, 1898.

*Le Page disgracié...,* préface de Jacques Savarin, Les Coulisses du passé, Paris, 1924.

*Le Page disgracié.* Préface de Marcel Arland. Paris, Delamain et Boutelleau, 1946.

*Le Page disgracié.* Établissement du texte, introduction et notes par Jean Serroy. Presses universitaires de Grenoble, 1980.

*Le Page disgracié,* édité par Jacques Prévot, figurera dans *Les Libertins du XVII$^e$ siècle,* prévu dans la Bibliothèque de la Pléiade.

### Ouvrages de référence

Le travail fondamental consacré à Tristan date déjà de près de cent ans, il s'agit de la thèse de Bernardin :

N. M. Bernardin, *Un précurseur de Racine, Tristan L'Hermite, sieur du Solier (1601-1655), sa famille, sa vie, ses œuvres.* Paris, A. Picard et fils, 1895.

On pourra se reporter également à des ouvrages généraux :

Gustave Reynier, *Le Roman réaliste au XVII$^e$ siècle.* Paris, Hachette et Cie, 1914.

Henri Coulet, *Le Roman jusqu'à la Révolution.* Paris, A. Colin, 1967-1968.

René Démoris, *Le Roman à la première personne. Du classicisme aux lumières*. Paris, A. Colin, 1975.
Jean Serroy, *Roman et réalité. Les Histoires comiques au XVIIe siècle*. Paris, Minard, 1980.
Maurice Lever, *Le Roman français au XVIIe siècle*. Paris, P.U.F., 1981.

*Monographies et articles consacrés à Tristan*

On trouvera des documents et des études critiques dans les *Cahiers Tristan L'Hermite*, publiés chez Rougerie depuis 1979 et qui doivent beaucoup à Amédée Carriat.
Doris Guillumette, *La Libre Pensée dans l'œuvre de Tristan L'Hermite*. Paris, Nizet, 1972.
Felicita Robello, « Tecniche drammatiche e poesia nel Page disgracié », in *La Prosa francese del primo Seicento*. Cuneo, Saste, 1977.
Mary-Louise Gude, *Le Page disgracié : the text as confession*. Univ. of Mississippi, Romance monographs, 1979.
Catherine Maubon, *Désir et Écriture mélancoliques. Lectures du « Page disgracié » de Tristan L'Hermite*. Genève, Slatkine, 1981.
Claude Kurt Abraham, *Tristan L'Hermite*. Boston, Twayne Publishers, 1980.
Ana Monleon Dominguez. « *Le Page disgracié :* un pseudo-roman-comique. » *Queste*, N° 3, 1987.
Jean Serroy, « Tristan L'Hermite ou les Vertus de l'infortune » in *Littératures classiques* 15, 1991 (avec une bonne bibliographie des travaux récents sur *Le Page disgracié*).

# NOTES

*Première partie*

*Page 23.*

1. Comme nous l'indiquons dans la préface, Thirinte est une fonction romanesque pour laquelle J.-B. L'Hermite ne fournit évidemment aucune clef.
2. Montaigne ? Bien que l'expression « de ce siècle » ne convienne point. On pourrait aussi penser à Théophile de Viau, pour lequel Tristan éprouvait une sincère admiration.

*Page 24.*

1. Voir les clefs n[os] 1 et 2.

*Page 25.*

1. *Que je die* : subjonctif fréquent au XVIIe siècle du verbe dire.
2. Clefs n[os] 3 et 4.
3. Gabrielle d'Estrées (clef n[os] 5).
4. Pierre Miron (clef n° 6).
5. *Incontinent* : sur-le-champ.
6. *Aucunement* : au XVIIe siècle ce mot a le sens positif de « en quelque façon ».
7. La croyance à l'astrologie était encore fort répandue à l'époque. Le lecteur en trouvera d'autres manifestations dans le texte de Tristan.

*Page 26.*

1. *Élévation* : terme d'astronomie appliqué à l'astrologie.
2. Denise de Saint-Prest (clef n° 7).

*Page 27.*

1. L'évêque d'Angers (clef n° 8).

*Page 28.*

1. Henri IV (clef n° 9).
2. François Miron (clef n° 10).
3. Le duc de Verneuil (clef n° 11).
4. Le mot manque dans le texte des deux éditions.

*Page 29.*

1. Le *pédant* est une figure honnie de nos auteurs du XVIIe siècle (*Sidias* de Théophile de Viau[1], *Hortensius* de Sorel, *Granger* de Cyrano, par exemple). Il incarne l'aliénation par la culture.
2. Claude du Pont (clef n° 12).
3. *Possible :* ce terme, employé adverbialement, signifie : peut-être.
4. *Nourriture :* instruction.

*Page 30.*

1. *Postiqueries :* malices, mauvais tours.
2. *Libertinages :* le mot est ici utilisé dans un sens atténué.
3. Léon d'Illiers (clef n° 13).
4. Le *courage,* c'est tout ce qu'on a dans le cœur.
5. *Souffler :* « remettre quelque chose dans la mémoire » (Furetière). Dès le XVIIe siècle, on disait plutôt souffler à quelqu'un que souffler quelqu'un.

*Page 31.*

1. La passion du jeu fut longtemps considérée comme un vice grave, la preuve d'une grande faiblesse de caractère. Et les mésaventures de jeu sont un trait constant des romans antihéroïques.
2. *Gentillesse :* agrément, délicatesse.

*Page 32.*

1. Les contes de fées recueillis et réécrits par Perrault étaient depuis longtemps connus. « Si Peau d'âne m'était conté »... (La Fontaine).
2. *Assurément :* de manière assurée, avec assurance.
3. *Rôles :* listes.

---

1. Rappelons que l'on trouvera un index des auteurs cités à la page 313.

*Page 33.*

1. Le duc d'Orléans (clef n° 14).
2. *Estimions :* verbe au subjonctif.
3. On voit dans quel climat culturel pouvait baigner La Fontaine.

*Page 35.*

1. Satire des médecins, lieu commun de la littérature, trop explicable par l'état de la médecine (Cyrano, Molière, La Fontaine, etc.).
2. Il souffrait d'une déformation du crâne.
3. « On commande aux avocats d'*employer,* quand ils ont un intérêt presque pareil à celui d'un autre avocat qui a déjà plaidé, afin qu'il ne consomme pas le temps en redites inutiles » (Furetière).
4. *Abolition :* terme de droit : « Lettres du Prince par lesquelles il abolit entièrement un crime quel qu'il soit. » Amnistie.

*Page 36.*

1. *Fièvre tierce :* fièvre qui ne se manifeste que de deux jours l'un.

*Page 37.*

1. *Privés :* se dit des animaux apprivoisés.
2. *Ferrer la mule :* faire payer une marchandise plus cher qu'on ne l'a achetée.

*Page 38.*

1. *Linotte :* petit oiseau de plumage gris, auquel on peut apprendre à siffler et à chanter.
2. *Faire ses diligences :* prendre ses dispositions.
3. *Constamment :* avec constance, sans désemparer.

*Page 39.*

1. *Bruyant :* nom vulgaire du bruant.
2. *Assurer :* rassurer.
3. *Défaites :* excuses, échappatoires.
4. *Gringoté :* chantonné, fredonné.
5. Le verbe *ennuyer* a, au XVII$^e$ siècle, un sens fort : provoquer un fort déplaisir.

*Page 40.*

1. *Affaire* est fréquemment masculin à l'époque.

## Notes

2. Selon la clef n° 15 de J.-B. L'Hermite, il s'agirait du seigneur de la Rochemassenon.
3. *Seconde :* favorable.

*Page 41.*

1. *Fusée :* métaphoriquement : affaire confuse. La fusée désigne à l'origine le fil enroulé sur un fuseau.

*Page 42.*

1. *Interdiction :* « trouble, étonnement » (Furetière).
2. *Aposter* quelqu'un, c'est l'utiliser à fin de tromperie.
3. *Intrigue :* mot au masculin.

*Page 43.*

1. *De là en avant :* à partir de ce moment, d'ores en avant, dorénavant.
2. *Portraire :* peindre ou dessiner des portraits.
3. *Action :* expression.
4. Troupe de Vautret et Valeran (clef n° 16).
5. *Roscius :* célèbre acteur romain qui donna des leçons de déclamation à Cicéron.

*Page 44.*

1. Le registre *rouge* au greffe était celui sur lequel on inscrivait les plaignants qui faisaient défaut et perdaient ainsi leur cause.
2. Charles de Schomberg (clef n° 17).

*Page 45.*

1. La clef n° 18 indique Alexandre Hardy. Mais la désignation est douteuse. Hardy est, en effet, né à Paris en 1570.
2. L'édition de 1667 offre une variante considérable : « Après avoir gagné une allée assez sombre, il me fit entrer tout à fait dans sa confidence et me fit part d'un sujet qu'il avait pour une comédie ; il me pria d'en garder étroitement le secret, de crainte que quelqu'un, en entendant parler, ne le prévînt à le traiter. " Car ", disait-il en me serrant la main, " ces messieurs qui se mêlent de notre métier sont tellement larrons de la gloire d'autrui qu'ils ne feignent point de s'attitrer ce qui ne leur appartient pas et de s'en vanter avec insolence ; il n'y a pas deux jours qu'un certain, que je ne nomme point, après avoir récité dans une bonne compagnie plusieurs pièces qui eurent assurément de l'applaudissement, il ne se contenta pas de cela pour augmenter encore sa

réputation ; entêté de l'encens qu'on lui avait donné, il vint à réciter un sonnet que j'avais fait ; il se trouva là un de mes amis à qui je l'avais récité plusieurs fois, qui lui dit qu'il n'était point de lui et qu'il en connaissait l'auteur ; cela mit en telle colère notre homme qu'il en fût venu aux mains si la compagnie ne l'eût retenu par quelque démonstration qu'elle fit de ne pas ajouter foi à ce que disait mon ami. " Nous allions pousser plus loin notre conversation, mais nous fûmes interrompus par un de ces messieurs qui avaient fini leur jeu ; et incontinent tous les autres se joignirent à nous, curieux de savoir de quoi nous nous étions entretenus ; le reste de la journée se passa à se divertir, et puis la nuit nous sépara. »

3. *De :* en échange de, en paiement de.

*Page 46.*

1. *Recous :* retiré, sauvé.
2. *Résolurent :* choisirent, décidèrent de.
3. Derrière le rideau qui ferme l'accès du carrosse.
4. Charles de Razilly (clef n° 19).

*Page 47.*

1. *Masser :* terme de jeu : parier ou risquer au jeu.
2. *Ravissement :* rapt, enlèvement.
3. *Outrer :* « faire un cruel affront » (Furetière).

*Page 48.*

1. *Paix fourrée :* paix fausse. Les monnaies fourrées étaient celles dont l'or ou l'argent était simplement plaqué sur du métal vil.
2. *Nouvelle couleur :* faux-semblant, prétexte.

*Page 49.*

1. Satire de l'hispanomanie, par exemple le gongorisme, du nom du poète espagnol Góngora (1571-1627) dont le style précieux passe vite pour affecté.
2. *M'aggrava :* insista sur la gravité de.
3. *Écuyer :* titre de gentilhomme. Souvent celui qui s'occupe des chevaux d'un prince.

*Page 50.*

1. *De la bouche :* chargé de l'alimentation (boire et manger).

*Page 51.*

1. *Avait bruit :* avait la réputation de, passait pour.
2. *Main de papier :* « assemblage de vingt-cinq feuilles de papier pliées ensemble » (Furetière).

*Page 52.*

1. *Souffrante :* patiente, endurante.
2. *Testons :* cette monnaie ancienne portait au verso la tête du roi. Elle eut cours de Louis XII à Louis XIII.

*Page 53.*

1. *La discipline :* la punition, et l'instrument de la punition.
2. *À ma considération :* dans mon intérêt.

*Page 54.*

1. Latinisme : après avoir échappé à ce danger.
2. Giambattista della Porta (1540 ?-1615) était un physicien qui a fait des découvertes intéressantes. Fondateur de l'Académie des Secreti, qu'on soupçonna de se livrer à des recherches occultes, il écrivit en effet une *Magie naturelle,* traduite en français dès le XVI$^e$ siècle. Le titre prêtait à confusion, mais l'ouvrage contient des observations et des expériences de physique.

*Page 55.*

1. *Carreau :* coussin, oreiller.

*Page 56.*

1. L'accusation de magie ou de sorcellerie était une des plus graves. Voir Théophile, Naudé, Cyrano.
2. *L'Événement :* résultat, issue.

*Page 57.*

1. Au XVII$^e$ siècle *étonner* possède un sens très énergique : proche de l'étymologie : frapper du tonnerre.

*Page 58.*

1. Dans l'édition de 1667, le texte ajoute : « ou de passer en Espagne

pour y voir mes parents, qui étaient les premiers de cet État et qui avaient souhaité de m'avoir auprès d'eux ». Voir en outre la clef n° 20.

2. *Perquisitions* : recherches.
3. *Décevoir* : tromper.

Page 59.

1. *Bourre* : touffe de poils.
2. Gilles de Souvré (clef n° 21).

Page 60.

1. Claude du Pont fut nommé précepteur de Gaston d'Orléans (clef n° 22).
2. *Gouvernement* : direction.
3. Fontainebleau (clef n° 23).
4. *Ne bâterait* : ne se passerait pas. Baster : suffire (italien : basta ; français : baste) ; mais aussi : être en (bon ou mauvais) état.
5. Une série d'édits interdira dans le courant du siècle le port de l'épée par les laquais.

Page 61.

1. *Pour* : malgré.
2. Forêt de Fontainebleau.
3. *Sauter à la jarretière* : sauter à pieds joints, attachés ou non.

Page 62.

1. *Courre* : infinitif archaïque de courir (chasse à courre).
2. La *lieue* variait de valeur selon les régions et les pays. La lieue commune mesurait environ 4 500 mètres.
3. Lexique de la vénerie. *Se rembûcher* signifie, pour un animal, se mettre à couvert dans un bois.
4. Rouen (clef n° 24).
5. Albion : la blanche (en latin, albus), (mais Albion, c'est aussi le fils de Neptune). À cette blancheur marine l'image du cygne s'associe naturellement (clef n° 25).

Page 63.

1. *Avoir la façon* : donner l'impression.

Page 64.

1. *Me geindre* : l'emploi du réfléchi est contraire à l'usage du XVIIe siècle.

2. Cette liste cite des personnages auxquels la tradition populaire avait attribué des activités de magie. Jacques Cœur (1395-1450), banquier de Charles VII, avait été soupçonné de tenir sa fortune des puissances infernales. Raymond Lulle (1235 ?-1315), théologien espagnol mystique, auteur d'un *Ars magna*, d'un *Liber contemplationis*. Arnaud de Villeneuve (1235 ?-1313), médecin de Catalogne, astrologue et alchimiste, inquiété par l'Église. Nicolas Flamel (1330 ?-1418), riche Parisien, que sa générosité charitable fit accuser d'être alchimiste et de posséder la pierre philosophale. On publia sous ce nom en 1561 un petit traité d'alchimie, le *Sommaire philosophique*, et en 1583 un *De chymico Miraculo, quod lapidem philosophiae appellant*. Le nom est associé également à celui d'Artephius et de Synesius dans les textes postérieurs. Marco Bragadini, capucin défroqué, alchimiste qui prétendait transformer le mercure en or, quitta Venise pour la Bavière où il fut décapité en 1588.

*Page 65.*

1. *Artefius*: philosophe hermétique vivant au XII$^e$ siècle et qui prétendait dans un de ses ouvrages *(De Vita propaganda)* avoir 1 025 ans ; on avait traduit en français en 1612 *Le Secret Livre du très ancien philosophe Artephius traitant de l'art occulte et transmutation métallique*.

*Page 66.*

1. *Caractère :* « Se dit aussi de certains billets que donnent les charlatans, ou sorciers, qui sont marqués de quelques figures talismaniques, ou de simples cachets. Ils font accroire qu'ils ont la vertu de faire faire des choses merveilleuses et incroyables » (Furetière).

*Page 68.*

1. Les alchimistes pouvaient subir le châtiment réservé aux faux-monnayeurs. « On punissait autrefois en France les faux-monnayeurs du feu. La coutume de Loudun : " qui fait ou forge fausse monnaye, doit estre traisné, bouilli, et pendu. " » (Furetière, article « monnaye »).
2. En alchimie, le *grand œuvre* c'est la découverte de la pierre philosophale.
3. On reconnaît dans les propos de « l'austère philosophe » les traits du mysticisme dont se parait l'alchimie.

*Page 69.*

1. Il s'agit de Dieppe.

*Page 70.*

1. Rite préparatoire analogue à celui auquel se soumettait le futur chevalier avant son adoubement.

*Page 71.*

1. *Alchimiste :* le mot est employé pour la première fois.
2. *Œil :* lustre, éclat ; comme pour les pierres précieuses.
3. *Huile de talc :* « huile imaginaire que les chimistes charlatans se vantent de tirer du talc ; laquelle ils disent être un fard merveilleux pour conserver le teint » (Furetière).
4. *Poudre de projection :* « poudre chimérique qui a la vertu de convertir en or tout autre métal, lorsqu'on en jette dessus, et qu'on les fond ensemble » (Furetière).

*Page 72.*

1. La ligne mensale de la chiromancie.

*Page 73.*

1. *Contention :* attention, application.

*Page 75.*

1. Noter la durée de la traversée de la Manche à l'époque.
2. *Poste :* lieu où l'équipage se restaure ou se repose.
3. *Tout à l'heure :* aussitôt.

*Page 76.*

1. *Guilledines :* juments anglaises spécialisées dans l'amble.

*Page 77.*

1. *Ordinaire :* auberge, restaurant.

*Page 78.*

1. *Tonnes :* espèces de tonneaux.
2. Le texte écrit « Gaoboy ».
3. Autre lapsus du texte : « conservations ».

*Page 79.*

1. La *ruelle* était l'espace situé entre le côté d'un lit et un mur et par extension la chambre ornée et parée où la dame du logis reçoit ses visiteurs (les *ruelles* des précieuses).
2. *Vaisseau :* diminutif de vase : récipient. Voir vaisselle.

*Page 80.*

1. *Quitter prise :* on dirait aujourd'hui : lâcher prise.

*Page 81.*

1. *Mutins :* violents.
2. Il faut corriger le texte qui donne : « les ».
3. *Température :* « qualité de l'air » (Furetière).

*Page 82.*

1. *Coutre :* soc de la charrue. La réputation du gazon anglais date de longtemps.

*Page 83.*

1. Se reporter à la clef n° 26.
2. *Estafiers :* à l'origine valet de pied, de haute taille. Le terme a pris plus tard un sens péjoratif.
3. *Habitué :* domicilié.
4. *Pleige :* archaïque : qui sert de garant.
5. *Poil :* terme générique : chevelure.

*Page 84.*

1. *Ma belle écolière :* clef n° 27.
2. *Cordon :* en architecture, sorte d'étagère de pierres.
3. *Terre sigillée :* terre rouge, venant de Lemnos, selon Furetière. Voir Bernard Palissy, d'Aubigné (dans *La Création*). Cette terre argileuse passait pour avoir des qualités curatives.

*Page 86.*

1. *Devant :* avant.
2. *Paravos :* ce mot à consonance latine (para-vos), mais d'origine indéterminée, a-t-il un rapport avec le « pareau » consigné par Richelet : barque indienne (le parao chinois) ?

3. *Gravesines* : sans doute Graves-end, à l'embouchure de la Tamise, comme le propose Jean Serroy ; plutôt que Gravelines, comme le croit Auguste Dietrich. Voir aussi la clef n° 6 du deuxième livre.

4. *Rocher* : c'est une des formes de montage des diamants. Le « jonc » est une bague sans chaton.

5. *Ratiociner* : raisonner, peser le pour et le contre. Le mot n'était pas d'usage courant.

6. *Satisfait* : sain, riche, satisfait : conditions du bonheur ?

*Page 87.*

1. Allusion au roman grec d'Héliodore (qui fut évêque au IIIe siècle de notre ère) : *Les Éthiopiques* (ou *Théagène et Chariclée*), roman très célèbre et imité.

*Page 90.*

1. *Ne feignit point* : ne craignit point, n'hésita point.

*Page 91.*

1. *Ressentiment* : ce mot au XVIIe siècle, définit la réponse affective ou émotive à une stimulation extérieure.

*Page 92.*

1. *Me passa pour un moment* : ne me sembla durer qu'un moment.
2. Définition de la tragi-comédie.
3. *Le degré* : l'escalier.

*Page 93.*

1. *Die* : voir note 1, page 25.

*Page 94.*

1. *Subtilise* : rend subtils, donc épurés et délicats.

*Page 96.*

1. *Par commission* : droit temporaire d'exercer une charge.

*Page 97.*

1. *Pratiquer* : « corrompre, suborner » (Furetière).

**2.** *Peu de regret :* il faut comprendre : vous n'aurez... pas de regret ; ou bien considérer le « ne » comme explétif : vous aurez... peu...

*Page 99.*

**1.** *Crotesque* au XVIIe siècle est encore attesté. Le grotesque (grottesque ») est une catégorie esthétique héritée de l'art italien.
**2.** *L'aiguillette :* cordon tenant lieu de ceinture — voir « nouer l'aiguillette ».
**3.** *Donna :* attribua.

*Page 100.*

**1.** *Sur ma retraite :* sur le fait que je devais partir (me retirer).
**2.** Noter l'emploi ironique de ces « on ».

*Page 101.*

**1.** Saignée et purgation, héritées de la médecine galénique et de sa théorie des humeurs, restaient des prescriptions courantes au XVIIe siècle. On en multipliait même l'usage.
**2.** *Honnêtes :* cet adjectif revient fréquemment dans le texte. Il exprime des qualités morales autant qu'intellectuelles ou sociales. Il suppose la délicatesse.
**3.** *Terme :* divinité romaine dont la représentation servait de borne à une propriété. On la sculptait sans bras ni jambes, pour marquer qu'elle ne se déplaçait point.

*Page 102.*

**1.** *Reprocher :* démentir, récuser.
**2.** *Cet esprit revint :* changea de sentiment.

*Page 103.*

**1.** *Domestique :* le mot n'avait pas le sens d'aujourd'hui et qualifiait tous ceux qui appartenaient à une même maison (latin : domus). (Voir les tâches domestiques.)

*Page 104.*

**1.** Dans la chimie ancienne les éléments avaient des *vertus,* c'est-à-dire des qualités opératoires, une efficacité.

*Page 105.*

1. *Régaler :* honorer de présents.
2. *Marqué :* touché (terme d'escrime), atteint.

*Page 106.*

1. *Partement :* départ (archaïque).

*Page 107.*

1. *Dînée :* « Lieu où l'on va dîner » (Furetière) lorsque l'on voyage.
2. *De fois à autre :* de temps en temps.

*Page 108.*

1. *Mettre sur table :* servir à manger.
2. *Dépensier :* celui qui s'occupe des dépenses d'une maison ; économe.
3. *Ressentiment :* voir p. 91, n° 1.

*Page 109.*

1. Le fameux roman de d'Urfé fut publié en plusieurs parties : la première en 1610, la deuxième en 1612 ; la troisième ne vient qu'en 1619, et la quatrième et la cinquième après la mort de l'auteur (en 1625). L'influence de *L'Astrée* fut considérable sur les esprits et sur les cœurs.

*Page 110.*

1. *Petite oie :* rubans et garnitures d'un habit, d'un chapeau.
2. Le goût des chinoiseries, en particulier du mobilier laqué, se développera en France pendant tout le XVII$^e$ siècle.

*Page 111.*

1. *Chiffre :* signe de reconnaissance, souvent constitué de lettres entrelacées.

*Page 112.*

1. Cette réflexion de moraliste annonce La Rochefoucauld.
2. Cette leçon est meilleure que celle de la seconde édition : « fortement ».

*Page 115.*

1. Les jeux de société étaient innombrables. Voir Sorel, *La Maison des jeux*. Ils étaient souvent l'occasion de pousser des intrigues amoureuses.

*Page 116.*

1. L'ordre des Rose-Croix regroupa au début du XVII$^e$ siècle des occultistes allemands. Les Rose-Croix prétendaient travailler à la paix dans le monde et à l'établissement d'une religion universelle. Leur confrérie gagna la France vers 1620 et finit par se confondre plus tard avec les mouvements de la franc-maçonnerie. On ne les prenait guère au sérieux, et ils passaient pour charlatans.
2. *Jacobus :* monnaie d'or anglaise qui portait l'effigie de Jacques I$^{er}$.
3. *Qui fût propre* à l'exécution de la chose.
4. *Propreté :* soin de l'apparence, élégance.

*Page 117.*

1. Au jeu de paume, une *chasse* est un rebond de balle qui donne la possibilité de marquer un point.
2. *Partie :* regroupement de plusieurs personnes, en vue d'un complot par exemple.

*Page 120.*

1. *Déboire :* « Mauvais goût qui reste dans la bouche après avoir bu quelque liqueur corrompue ou désagréable » (Furetière).

*Page 121.*

1. Nouvelle présence de l'astrologie dans le texte. Cinquième signe du zodiaque, le Lion se situe du 23 juillet au 23 août.
2. *Curieusement :* soigneusement, avec soin.

*Page 123.*

1. *Racoster :* retrouver la compagnie de (se retrouver à côté de).

*Page 124.*

1. *Lacis :* « ouvrage de fil ou de soie fait en forme de filet » (Furetière).

*Page 125.*

1. *Thirinte :* retour de l'interlocuteur auquel « je » est censé adresser son récit.

2. *Paquet* de lettres.
3. *Plymouth :* dans la première édition : Plemut.
4. *Habitations :* établissements, petites colonies.

*Page 127.*

1. *La rate* passait dans la médecine galénique pour le régulateur de l'humeur. Un mauvais fonctionnement de la rate rendait hypocondriaque, mélancolique. Le rieur se dilate la rate.
2. *Tamarin :* « arbre des Indes » (Furetière), dont le fruit a des vertus laxatives.
3. Quoique je busse abondamment à la santé de.
4. *Viande :* aliment.

*Page 130.*

1. *Regards :* ouverture.

*Page 133.*

1. *Enquête :* question (voir s'enquérir de).

*Page 134.*

1. *Caractère :* façon d'écrire.

*Page 135.*

1. *Lidame :* nom d'un personnage de *L'Astrée*.

*Page 136.*

1. *M'auraient :* pluriel de sens, et non pas d'accord strict (« quelqu'un »).
2. *Ne lui plaignant :* ne mesurant point chichement.
3. *Indiscrètement :* sans discernement.

*Page 137.*

1. *Sur son départ :* au moment de son départ.

*Page 144.*

1. Sur la condition de soumission des filles, voir Molière.
2. *Ordres :* services administratifs et police.

*Page 145.*

1. *Cependant :* ce-pendant, pendant ce temps.
2. *Linceuls :* linge de lit, draps.
3. *Sauveté :* lieu de sécurité. Le mot n'est pas encore archaïque pour Furetière.

*Deuxième partie*

*Page 146.*

1. *Et si,* à soi seul au XVII$^e$ siècle, a souvent le sens de « pourtant, toutefois ».

*Page 147.*

1. *À la faveur de :* avec l'aide de.
2. *Soupçonneuses :* suspectes, qui font naître les soupçons.

*Page 148.*

1. *Pieds de laine :* avec mollesse et lenteur.

*Page 150.*

1. *L'estrade* était un chemin public (italien : strada). Battre l'estrade signifiait, en langage militaire, envoyer des éclaireurs.
2. *Majeurs :* mayors : maires.

*Page 151.*

1. *Seriez :* « serez » dans l'édition de 1667.

*Page 152.*

1. *Édimbourg :* voir clef n° 11 des *Remarques et observations sur le deuxième livre.*
2. *Le château des Pucelles :* le château était déjà connu des Romains. La légende prétend que dans le Maiden Castle les rois enfermaient leurs filles jusqu'au jour du mariage.

*Page 153.*

1. La chambre à coucher n'était pas alors un lieu de privauté.

*Page 154.*

1. *Busc* ou busque : « certain treillis dur et piqué que les tailleurs mettent au bas du pourpoint des hommes par devant, pour leur donner plus de fermeté » (Furetière).

*Page 155.*

1. L'édition de 1667 propose une correction stylistique : « Je vous conjure de ne m'aimer que... », qui affaiblit le sens de la formule.

*Page 156.*

1. Y a-t-il, ici, quelque allusion à des événements historiques dont la fiction prétendrait expliquer l'origine, comme dans les romans pseudo-historiques ?

*Page 157.*

1. Sous le terme de *chirurgien* on plaçait aussi le barbier.
2. *Rafraîchissements* : aliments frais que les bateaux embarquaient lors de leurs escales.

*Page 158.*

1. *Matelotage* : organisation de l'équipage par équipes de deux matelots.
2. Un *rhumb* : quantité angulaire comprise entre deux des trente-deux aires de vent de la boussole, selon Littré, « et qui sert à marquer la route d'un vaisseau pour aller d'un lieu à un autre » (Furetière).
3. *Les Orcades :* voir clef n° 2.
4. Critique implicite d'un type de description romanesque (La Calprenède, Gomberville).

*Page 159.*

1. *Armide :* la célèbre héroïne de la *Jérusalem délivrée* du Tasse a inspiré bien des peintres avant d'inspirer les compositeurs d'opéra (Quinault-Lully en 1686, par exemple). Voir aussi la clef n° 3.
2. *Ustensiles :* tantôt masculin, tantôt féminin, le mot (orthographié « utencile » chez Furetière) désigne à la fois article de vaisselle et article mobilier.

*Page 160.*

1. *Loudier :* couverture piquée, sorte de couette.

2. *Route :* le fait pour une armée d'être rompue (lat. *rupta*), déroute.
3. *Nourri :* instruit, élevé.

*Page 161.*

1. *Se revancher :* s'acquitter en rendant la pareille.
2. Le roman du XVIIe siècle s'est longtemps complu dans l'emploi des *histoires* intercalaires, en particulier de type sentimental. Tristan en fait un usage très discret.
3. *Disgracié :* comme le page, comme « je », dont il est ainsi un double.
4. *Nacelle :* sorte de barque (lat. navicella, petit bateau).

*Page 163.*

1. *Obliger de :* faire le plaisir de.

*Page 164.*

1. *Moustaches :* grandes mèches bouclées qui descendaient jusqu'à la poitrine.

*Page 165.*

1. La mode de « l'histoire tragique » s'était répandue en France sous l'influence d'écrivains italiens (Bandello, par exemple) dont les œuvres avaient été traduites.
2. *Je m'excusai :* refusai courtoisement.

*Page 166.*

1. *Plymouth :* clef n° 4.
2. *Limerick :* clef n° 5.

*Page 167.*

1. *Gravesine :* clef n° 6.
2. *En effet :* concrétisées, réelles.

*Page 168.*

1. Rouen (clef n° 7).
2. *Sergent :* petit officier de justice, qui pouvait se déplacer à cheval pour remettre les actes dont il était porteur.

*Page 169.*

1. *Retirait :* s'apparentait.
2. *Chalcondyle :* historien de l'empire byzantin mort vers 1490, et qui en retraça l'évolution de 1298 à 1463. En 1577, à Paris, une traduction de son œuvre principale fut publiée sous le titre de *L'Histoire de la décadence de l'empire grec et établissement de celui des Turcs,* reprise en 1612, etc.
3. *Nous étions à peu :* il s'en fallait peu que nous fussions.

*Page 170.*

1. *Le Polacre :* terme péjoratif pour « Polonais ».
2. Le « je » qui s'exprime est celui du narrateur vieilli réfléchissant aux mésaventures du « je » de sa jeunesse.

*Page 171.*

1. *Paires :* assortiments, jeux.
2. *Larder :* placer à l'intérieur (voir larder de coups de poignard). Ici glisser entre deux autres cartes. Ce tour de cartes est bien connu.
3. *Carlins :* ancienne monnaie italienne du temps de Charles (Carlo) d'Anjou, roi de Naples (1367).
4. *Nobles à la rose :* monnaie d'or anglaise sur l'une des faces de laquelle figurait la rose de Lancastre d'York. Elle avait cours en France.

*Page 172.*

1. *Pointe :* élan, passion.
2. *Je ne feignis point :* voir note 1, page 90.

*Page 175.*

1. *Ormus :* Ormuz (clef n° 8).
2. *Arabe :* sens péjoratif, conséquence des guerres extérieures. « Avare, cruel, tyran » (Furetière).
3. Le *tabis* est un tissu au grain un peu plus fin que la moire, mais qui a des reflets ondoyants comme elle.

*Page 176.*

1. Le *marc* pesait la moitié de la livre de Paris, soit environ 245 grammes.

*Page 177.*

1. *Excellent :* comme un acteur en représentation.
2. *Pila :* écrasa.

*Page 178.*

1. *Manufacture :* il faut probablement entendre le terme dans le sens de : construction.

*Page 179.*

1. Ces phrases d'apologétique rappellent au lecteur en quelle période de querelles religieuses Tristan rédige son texte.

*Page 180.*

1. *Bon prêtre* (ci-dessus), *bons religieux*. Le « libertinage » de Tristan ne l'éloigne guère du catholicisme.

*Page 181.*

1. La *chance* est un jeu de dés, comme la rafle.

*Page 182.*

1. Son oncle maternel (clef n° 9).
2. *Cet homme :* « mon oncle » (1667).
3. *Mélancolique :* qui a la bile noire, de caractère fort sombre. La mélancolie est une des quatre humeurs de la médecine galénique.

*Page 184.*

1. *Discrétion :* au jeu, gage ou promesse laissés au choix du perdant.

*Page 185.*

1. *Qui avaient beaucoup à perdre :* qui avaient assez d'argent pour pouvoir en perdre beaucoup.

*Page 186.*

1. *Montée :* escalier, parfois dérobé.

*Page 187.*

1. *Élévation :* le soin qu'on avait pris à mon instruction.
2. « Le *chemin* de Saint Jacques de Compostelle » : la voie lactée (clef n° 10).

*Page 188.*

1. Poitiers (clef n° 11).
2. *En main :* qu'on tenait par la bride parce qu'il n'était monté par personne. C'est le cas des chevaux réservés au maître.
3. Il faut supprimer ici un « que » superflu de la première édition.
4. *Penard :* vieillard vicieux.

*Page 189.*

1. *Tripotage :* désordre et conversation confuse. (Le « tripot » était à l'origine le lieu où l'on jouait à la paume et où se mêlaient joueurs et spectateurs.)
2. *Et s'ils :* et pourtant ils.
3. Le terme de *demoiselle* était appliqué aux femmes mariées de la bourgeoisie, tandis que celui de « madame » n'appartenait qu'aux dames de la noblesse.

*Page 190.*

1. Nicolas de Sainte-Marthe (clef n° 12).
2. *Fièvre quarte :* fièvre qu'on avait tous les quatre jours et qui était « causée par la mélancolie » (Furetière).

*Page 191.*

1. Scévole de Sainte-Marthe (clef n° 13), personnage très remarquable de noble érudit, sur lequel le narrateur porte un jugement équilibré. Il occupa des charges publiques. Il était un fidèle de Henri IV qui l'appelait « l'homme le mieux disant de mon royaume ».

*Page 193.*

1. *André du Laurens* fut médecin de Henri IV jusqu'à sa mort en 1609 ; galéniste, il publia divers ouvrages d'anatomie ; G. Patin, qui fut son éditeur, s'y réfère. *Ambroise Paré* (1509-1590) eut une activité de chirurgien et d'inventeur en chirurgie qui lui vaut le titre de « père de la chirurgie moderne » ; ses œuvres complètes furent publiées dès 1575.
2. *Deux des enfants de mon maître :* Henri et François. La *robe*

*longue* caractérisait magistrats et gradués, tant laïcs que gens d'Église. Un *bénéfice* était un revenu attaché à quelque bien d'Église.

3. Le mont Parnasse.

*Page 194.*

1. Le marquis de Villars (clef n° 14).

*Page 195.*

3. La phrase fut supprimée dans l'édition de 1667, peut-être à cause d'un caractère autobiographique embarrassant.

*Page 196.*

1. Au personnage du *nain* la convention littéraire attache souvent des traits de méchanceté.
2. Éléonore de Thomassin (clef n° 15).
3. *Pièce :* figure, personnage.
4. *Holopherne :* les peintres représentent fréquemment le général de Nabuchodonosor, que Judith décapita durant son sommeil, avec une tête énorme aux traits brutaux.

*Page 197.*

1. *Règlement :* de manière réglée, régulièrement.
2. *Coq d'Inde :* c'est-à-dire de l'Amérique (Christophe Colomb découvre l'Amérique par accident, croyant atteindre l'Inde par l'Ouest). La poule d'Inde et le coq d'Inde deviendront dinde et dindon.

*Page 198.*

1. *Salmigondis :* « espèce de ragoût qu'on fait de viandes déjà cuites auxquelles on ajoute une sauce » (Furetière).
2. *Genetin :* « sorte de vin blanc qui vient d'Orléans » (Richelet).
3. *Chelme :* « coquin, vaurien » (Huguet).

*Page 199.*

1. *Gouspillé :* houspillé (forme normande).
2. *Rondache :* bouclier circulaire ancien.
3. *Faire de l'eau :* uriner.

*Page 200.*

1. « Ah ! traître ! il savait bien que tu serais tué. » Le nain parle de lui-même à la troisième personne.

*Page 201.*

1. Le *dîner* était « le repas du milieu du jour ». Le mot a la même origine que « déjeuner » dont il est un doublet.

*Page 202.*

1. *Tandis :* pendant ce temps.
2. *Tonnelle :* appareil muni d'un long filet pour prendre les perdrix.

*Page 203.*

1. *Ne marchanda pas :* n'hésita pas.
2. *Aiguillette :* voir page 99, note 2.

*Page 204.*

1. *Maudissons :* malédictions (vieux mot selon Furetière).

*Page 205.*

1. *Fressures :* les abats.
2. *Propre :* je faisais le coquet.

*Page 206.*

1. *Riotes :* noises, querelles.
2. *Contrebatterie :* (terme militaire) « préparatifs qu'on fait pour se défendre contre les attaques d'un adversaire » (Furetière).
3. Les *Topinamboux* ou Topinambours (voir Montaigne et Théophile de Viau) et les *Margajats* étaient des peuplades d'Amérique du Sud (Brésil) incarnant aux yeux des Occidentaux l'homme sauvage, grossier, in-civilisé.

*Page 207.*

1. Cette fonction de lecteur se perpétuera. On voit qu'elle n'était pas sans servitudes.
2. Les œuvres citées appartiennent à la littérature de divertissement de qualité : contes, nouvelles. Si Boccace (1313-1375) et son *Décaméron* sont bien connus, ayant suscité plus d'un imitateur, les autres le sont sans doute moins. Straparole (fin XV$^e$ — vers 1557), autre Italien, nous a laissé en particulier ses *Facétieuses Nuits*. Pogge Florentin (1380-1459) a écrit des *Facéties* traduites en français sous le titre de contes. C'est Tomaso Costo (vers 1545-1620) qui est l'auteur des *Otto Giornate del Fuggilozio*, recueil de nouvelles qui eut un grand succès. Les *Serées* de Guillaume

Bouchet (1513-1593) rapportent les plaisants entretiens de bourgeois de Poitiers.

*Page 209.*

1. *Mome :* Mômos était chez les Grecs le dieu de la raillerie (voir Hésiode).
2. La *pipe* contenait plus de quatre cents litres.
3. La Haye, en Touraine, où un certain Descartes était né en 1596. Voir la clef n° 16.

*Page 210.*

1. L'édition de 1667 préfère : « en même temps ».

*Page 211.*

1. *Gélase :* en grec le verbe « gelân » signifie : rire. À la place de Gélase, on aurait pu trouver Gélaste ou Gelastès : le rieur. Ce nom de Gélase a été porté par des personnages historiques très sérieux, dont deux papes.

*Page 212.*

1. *Le couvert :* un abri.
2. *Écaché :* aplati et écrasé.

*Page 213.*

1. *Pièce :* plaisanterie, canular, tour.
2. *Fournière :* celle qui travaille au four, au fournil.
3. *Donner les mains :* consentir à.

*Page 214.*

1. *Moulé :* imprimé, écrit.
2. Il faut substituer *son* (1667) au *mon* de la première édition.
3. *Idiots :* l'expression est très forte et a le même sens qu'aujourd'hui.
4. *Aucunement :* voir n. 6, p. 25.
5. *Coup de partie :* c'est, au jeu, le coup qui permet de gagner la partie.

*Page 215.*

1. *Tout ce qui se put :* aussi discordants que possible, qu'ils le purent.

*Page 216.*

1. *Expéditions :* lettres officielles et d'affaires.
2. *Demoiselle :* suivante (demoiselle de compagnie) ; jeune fille qui est au service de.

*Page 217.*

1. *Entai :* fixai.
2. *Devantier :* tablier (vieux mot comme « devanteau »).
3. *Maltalent :* mécontentement, ressentiment.

*Page 218.*

1. *Apelle :* le célèbre peintre grec qui fit les portraits d'Alexandre le Grand et de son père, Philippe de Macédoine.

Page 219.

1. *Isabelle :* « couleur qui participe du blanc et du jaune » (Furetière).
2. Je n'attendis pas longtemps l'occasion de me venger.

*Page 220.*

1. *Illustres :* personnes illustres.
2. Honorat de la Baume (clef n° 17).
3. *Enfantine :* l'adjectif surprend quand on réfléchit aux voyages, aventures et mésaventures du personnage.
4. *Apostillé :* annoté.

*Page 221.*

1. Henri IV, qu'on appelait Henri le Grand.
2. *Tripe :* étoffe de laine dont l'aspect évoque celui des tripes.
3. *Vertugoy* est le masque d'un juron : « vertu de Dieu ». Il faut se souvenir que les « jurements » étaient, comme les blasphèmes, très sévèrement punis. L'expression revient par la suite sous une forme qui a fait hésiter les éditeurs entre « cent vertugoy » et « sang vertugoy » ; cette seconde leçon présente dans l'édition de 1667 nous a paru moins pertinente.

*Page 222.*

1. *Moncontour :* fameuse bataille gagnée en 1569 par le futur Henri III sur Coligny et les protestants.

2. *L'amiral :* précisément l'amiral de Coligny.
3. *Filière :* longue ficelle qu'on noue à la patte d'un oiseau de proie pendant qu'on le dresse.
4. *Antique :* le terme est parodique : « anachronique ».

*Page 223.*

1. À *Coutras* c'est Henri de Navarre qui en 1587 battit le duc de Joyeuse. *Saint-Denis* fut repris par le même en 1589, les protestants l'ayant perdu en 1567.
2. Le « brave Givry », catholique, était toutefois un compagnon d'Henri de Navarre.
3. Le massacre du 24 août 1572 fut précédé de l'attentat contre Coligny du 22 et par des manifestations d'agitation populaire à Paris même.
4. *Voire :* oui vraiment (latin : verum, cela est vrai).

*Page 224.*

1. *La selle à l'anglaise* était moins lourde et dépourvue de battes.
2. *Elizabeth I$^{re}$ : cruelle,* surtout parce qu'elle avait fait exécuter Marie Stuart (1587).
3. *Selle à piquer :* selle pour le manège qui possède des battes particulièrement hautes.

*Page 225.*

1. *Crotesque :* à la fois ridicule et monstrueux.
2. Henri de Lorraine (clef n° 18).
3. *Parentelle :* le terme, un peu vieilli, est remplacé en 1667 par « parenté ».
4. 1667 : « gouvernement », qui supprime la métaphore.
5. Bordeaux (clef n° 19).

*Page 226.*

1. « Pierre lunaire » (clef n° 20).
2. *Étoffe :* matériau.
3. *Écoliers :* étudiants.

*Page 227.*

1. *Hauts à la main :* terme d'équitation très vite spécialisé dans un sens moral : arrogant, indocile, fier (Huguet, Furetière).

*Page 228.*

1. *Perdu* à la suite d'un pari.
2. Le *branle* se dansait en rond, en se tenant par la main.
3. Le *coquin* est l'opposé de « l'honnête homme ».

*Page 229.*

1. Du fait des rapports de hiérarchie sociale.

*Page 230.*

1. *Émotion* : mouvement désordonné de foule (voir « émotions populaires »).
2. Les étudiants d'une université étaient répartis en *nations*, chacune présidée par un de leurs condisciples qu'ils élisaient, le *prieur*.

*Page 231.*

1. *N'en furent pas bons marchands* : n'en tirèrent aucun profit, en furent pour leurs frais.
2. L'histoire et la littérature abondent en récits de batailles auxquelles depuis le Moyen Âge les étudiants ont été mêlés.
3. Le duc de Mayenne (clef n° 21).
4. Le duc de Luynes.

*Page 233.*

1. *Étude* : instruction.

*Page 234.*

1. *Ruer* : jeter violemment.
2. *À voir* : en voyant, à force de voir.
3. *Faits* : habitués.
4. *Bouges* : sac ou poche qui servait de porte-monnaie.
5. *Double* : petite monnaie qui valait deux deniers.
6. *Gifles* (archaïque) : joues.
7. La *montre* : la revue des troupes.
8. *Offices* : bureau pour les services.

*Page 237.*

1. À six ou sept pas, à une distance de...
2. *Matois* : homme difficile à tromper.

3. *Bennari* ou *bennaric*, c'est, en occitan, un ortolan.
4. *Succédait :* réussissait.
5. Terme du jeu de paume, où l'on disposait l'*enjeu* sous la corde qui sépare les deux parties du jeu.

*Page 238.*

1. *De :* à.

*Page 239.*

1. *Ladresse :* lépreuse (« ladre », de Lazare, personnage de l'Évangile que le Moyen Âge avait imaginé atteint de la lèpre — voir *lazaret*.
2. S'il est vrai que des formes avancées de la lèpre conduisent à l'insensibilité, on verra aussi dans le récit de « je » une manifestation des ragots qui couraient sur la lèpre, et de la cruauté à l'égard des lépreux.

*Page 240.*

1. La clef n° 22 indique Lyon. On penserait plutôt à une ville de la Gironde.

*Page 241.*

1. *Fortune d'eau :* danger couru sur l'eau.

*Page 242.*

1. *Embonpoint :* ce n'était pas à l'époque un défaut. Une belle femme avait de l'embonpoint.
2. *S'émut :* s'éleva.
3. « Le clinquant du Tasse... », écrira Boileau.
4. Virgile était né à Mantoue.
« À Malherbe, à Racan, préférer Théophile,
Et le clinquant du Tasse à tout l'or de Virgile. »

(Boileau, Satire IX)

*Page 243.*

1. *Vérités apparentes :* manifestes, incontestables.
2. *Cartel :* « écrit qu'on envoie à quelqu'un pour le défier » à un duel (Furetière).

*Page 244.*

1. Louis XIII matait la rébellion des protestants du Béarn, rendait

leurs biens et églises aux autorités catholiques et annexait une partie de la Navarre et le Béarn.

2. Dans la ville de Langon. Voir la clef n° 23 qui renvoie, elle, à la ville de Bordeaux.

*Page 245.*

1. Blaye.
2. *Un tel* comme dans « Monsieur Un tel ».
3. *Hermire :* Hercule de Crevant (clef n° 24).
4. Louis XIII, le juste (clef n° 25).

*Page 247.*

1. Charles Miron (clef n° 26).
2. *Blanchir :* être inutiles, comme ces « coups de canon qui ne font qu'effleurer une muraille, et y laissent une marque blanche » (Furetière). Rater son coup.
3. Toujours le duc de Luynes.

*Page 248.*

1. *Hydre :* le mot hésitait entre le masculin et le féminin.
2. Louis XIII se lance en campagne contre les huguenots à la fin d'avril 1621 (clef n° 27).
3. *Bandes :* terme ancien pour « troupes ».
4. Saint-Jean d'Angely.

*Page 249.*

1. Le marquis d'Écry (clef n° 28).
2. *Atterré :* jeté à terre (clef n° 29).

*Page 250.*

1. Il s'agit de Clairac, où naquit Théophile de Viau.
2. Séverin L'Hermite (clef n° 30).

*Page 251.*

1. *Paux :* pluriel de « pal » (pieu, piquet).

*Page 252.*

1. *Payer la folle enchère :* en subir la peine, le prix excessif.
2. *Butiner :* faire du butin (les abeilles butinent).

3. *Barre :* limite inférieure sous laquelle, dans le tonneau, le vin est mêlé de lie.

*Page 253.*

1. *Trop :* extrêmement.

*Page 254.*

1. *Sarbacanes :* Plus fréquemment au XVIIe siècle « sarbatane ». Utilisées pour le jeu ou le combat.
2. La clef n° 31 parle du marquis de Pardaillan, qui ne mourut qu'à Gensac.
3. *Fourches-fières :* des fourches bidentées pour charger les gerbes et le foin.

*Page 255.*

1. Selon la clef n° 32 Hercule de Crevant, marquis d'Humières. Bernardin corrige avec raison, car d'Humières ne meurt qu'en 1622 : ce serait bien plutôt César de Bellegarde, baron de Termes.
2. Montauban, où s'était enfermé le duc de la Force, et devant lequel fut tué le duc de Mayenne.

*Page 256.*

1. *Pline l'Ancien,* savant polygraphe, auteur d'une *Histoire naturelle* (23-79).
— *Pomponius Mela,* géographe latin qui écrivit un *De situ Orbis* et fut contemporain de Claude.
— *Elien* (IIIe siècle après J.-C.), auteur d'*Histoires variées* et d'une *Histoire des animaux.*
— *Aldrovandus,* naturaliste italien (1522-1607) auteur d'une *Histoire naturelle.*
— *Pierre Belon* (1517-1564) naturaliste et voyageur français, auteur de livres sur les poissons, les oiseaux, considéré comme un précurseur de la zoologie moderne.
— *Conrad Gesner,* médecin et naturaliste suisse (1516-1565), également botaniste, qui rédigea une *Bibliothèque universelle,* une *Histoire des animaux* et de nombreux livres savants.
2. *Épithème :* sorte d'emplâtre.

*Page 259.*

1. Chapitre XXI de la deuxième partie, François de Sainte-Marthe, fils de Scévole, et plus jeune que Nicolas.

2. Précepteur de Gaston d'Orléans.
3. Raymond Phelipeaux qui venait de succéder à son frère, Pontchartrain, comme Trésorier de l'Épargne.

Page 260.

1. *Arrêté* : décidé, décrété (voir un arrêté).
2. *Abord* : venue, arrivée.
3. *Anatomies* : représentations du corps humain dont se servaient les professeurs et les étudiants en médecine.
4. *Gourmer* : battre à coups de poing.

Page 261.

1. *Espèces* : images, représentations intellectuelles des objets extérieurs.
2. *Coupeaux* : Faîtes, sommets. « Le mont aux deux coupeaux » : le Parnasse.
3. Marc de Maillet, qui mourut en 1628, fut un poète raillé de ses contemporains et successeurs (Saint-Amant, Furetière, etc.).
4. *Herner* ou « Esrener » (Furetière) c'est : casser les reins, éreinter.
5. Bel exemple de poésie burlesque.

Page 262.

1. Ce trait d'amertume misanthropique achève un roman qui n'aura point de suite et demeure ainsi un récit d'enfance et d'adolescence.

# INDEX
## DES PRINCIPAUX AUTEURS CITÉS

**CYRANO DE BERGERAC**, Savinien de (1619-1655).

La légende s'est emparée de lui, submergeant une vie d'ailleurs mal connue. Son œuvre est remarquable et, malgré la brièveté de son existence, touche génialement aux genres principaux : recueil de mots d'esprit (*Les Entretiens pointus*), Lettres (*Satyriques, Diverses, Amoureuses*), comédie (*Le Pédant joué*), tragédie (*La Mort d'Agrippine*), mazarinades, roman (*L'Autre Monde*) en deux parties (*États et Empires de la lune, États et Empires du soleil*), *Fragment de physique*. Libertin, au plein sens que prend ce terme au XVII$^e$ siècle, il écrit dans des genres pourtant bien répertoriés des textes hors conventions et qui posent énergiquement tous les problèmes de la modernité.

**DASSOUCY** (1605-1677).

Musicien apprécié de Louis XIII, et un des deux grands poètes burlesques avec Scarron, l'auteur du *Jugement de Paris* (1648) et de *L'Ovide en belle humeur* (1653) écrit pour Corneille la musique d'*Andromède*. Il connaîtra quelques démêlés avec la justice française puis italienne à la suite d'accusations de pédérastie. Il racontera avec une verve réjouissante ses diverses mésaventures dans ses *Avantures burlesques* et ses *Avantures en Italie* (1677).

**GOMBERVILLE**, Marin Le Roy de (1600-1674).

Après des débuts poétiques, Gomberville trouve sa voie et celle du succès dans le roman, à partir de 1619. *Polexandre* (cinq versions de 1619 à 1638), *La Carithée* (1621), *La Cythérée* (1640), *La Jeune Alcidiane* (1649) fascinent les lecteurs du XVII$^e$ siècle — parmi lesquels La Fontaine — avides d'aventures héroïco-sentimentales, entrecoupées de péripéties innombrables. Gomberville sait aussi faire partager ses rêves d'exotisme.

**LA CALPRENÈDE**, Gauthier de Costes de (1610-1663).

Autre célèbre romancier, auteur de *Cassandre* (1642-1645), *Cléopâtre* (1646-1658), *Faramond* (1661-1670), terminé par Vaumorière). Ses intrigues, plus inspirées de l'Histoire (quoique librement), se nouent et se dénouent selon le goût du roman héroïque et galant, sont traversées d'actions secondaires foisonnantes qu'il prend plaisir à raconter. Aussi chacune de ses œuvres comporte-t-elle plusieurs tomes et six mille à dix mille pages, dépassant en démesure celles de Gomberville.

MAYNARD, François (1582-1646).

Ce poète mérite mieux que sa réputation de disciple de Malherbe. Il est vrai qu'il a le respect de la forme, mais il a su demeurer original et personnel par la multiplicité de son inspiration, qui lui vaut une place parmi les auteurs de chansons à boire ou de poèmes un peu lestes (dans *Le Parnasse satyrique*), mais qui le hausse également au lyrisme le plus délicat (« La Belle Vieille »). On a de lui un recueil de *Lettres* de grand intérêt.

NAUDÉ, Gabriel (1600-1653).

Il fait partie de ceux qu'on appelle les « libertins érudits ». C'est un de ces esprits curieux et libres qui refusent les vérités d'autorité, quelles qu'elles soient, et qui puisent leur sens critique dans une vaste culture livresque. Ses deux ouvrages principaux sont l'*Apologie pour tous les grands personnages faussement soupçonnés de magie* (1625) et les *Considérations politiques sur les coups d'État* (1639). Il fut, en outre, le bibliothécaire de Mazarin.

SOREL, Charles (1600-1674).

Polygraphe analysant les loisirs (*La Maison des jeux*, 1642), la littérature (*La Bibliothèque française*, 1662, ou *De la connaissance des bons livres*, 1671), et la science (*La Science universelle*, 1641), il doit sa célébrité à un chef-d'œuvre, *L'Histoire comique de Francion* (qui connut plusieurs versions de 1623 à 1633), roman dans lequel Francion, conscience critique, permet à Sorel de définir un romanesque plus vraisemblable et anti-héroïque dont il poursuivra la recherche polémique dans *Le Berger extravagant* (1627) et *Polyandre* (1648).

D'URFÉ, Honoré (1567-1625).

Si l'on ne connaît guère l'auteur des *Épîtres morales* (1595-1608), on connaît bien celui de *L'Astrée*, roman qui commence d'être publié en 1607 et qui est achevé en 1627 par B. Baro, le secrétaire d'Urfé. L'action principale narre les amours galantes et utopiques de deux bergers, Céladon et Astrée, dans la Gaule du V$^e$ siècle. De nombreuses intrigues secondaires initient le lecteur des cinq parties à toutes les variétés de l'amour, pur comme sensuel. *L'Astrée* a profondément marqué la sensibilité du XVII$^e$ siècle, en lui fournissant des modèles littéraires et moraux.

VIAU, Théophile de (1590-1626).

Un des écrivains les plus attachants du siècle. Poète avant tout, il connaît rapidement la gloire à la Cour et auprès des grands. Mais on lui fait une réputation d'impie et, malgré sa conversion au catholicisme en 1622, le jésuite Garasse l'accuse d'être un libertin forcené (*Doctrine curieuse des beaux esprits de ce temps,* 1623). Arrêté, jeté en prison, soumis à un interminable procès, il sort du Châtelet en 1625, mais meurt un an plus tard (septembre 1626), sans doute des suites de son emprisonnement. Poète profondément humain qui parle en « Je » de ce qu'il aime, il écrit une belle tragédie, *Pyrame et Thisbé* (1617), excelle dans la prose de *La Première Journée,* texte fondateur où se mêlent l'autobiographie et la fiction ; c'est un esprit indépendant, un homme sensible, une des figures de l'intellectuel.

*Préface de Jacques Prévot*                           7

## *Le Page disgracié*

Première partie                                      23
Deuxième partie                                     146

### DOSSIER

Chronologie                                         265
Clefs de Jean-Baptiste L'Hermite                    268
Note sur le texte                                   279
Bibliographie                                       280
Notes                                               282
Index des principaux auteurs cités                  313

*Composition Bussière*
*Impression Société Nouvelle Firmin-Didot*
*le 6 juin 1994.*
*Dépôt légal : juin 1994.*
*Numéro d'imprimeur : 27387.*
ISBN 2-07-38909-X/Imprimé en France.

68001